福山风物传说

兰　玲　韩月湖　著

中国海洋大学出版社
·青岛·

图书在版编目(CIP)数据

福山风物传说 / 兰玲,韩月湖著.—青岛:中国
海洋大学出版社,2018.12
ISBN 978-7-5670-1269-1

Ⅰ.①福… Ⅱ.①兰…②韩… Ⅲ.①民间故事—作
品集—福山区 Ⅳ.①I277.3

中国版本图书馆 CIP 数据核字(2018)第 297017 号

出版发行	中国海洋大学出版社		
社　　址	青岛市香港东路 23 号	**邮政编码**	266071
出 版 人	杨立敏		
网　　址	http://www.ouc-press.com		
电子信箱	cbsebs@ouc.edu.cn		
订购电话	0532—82032573(传真)		
责任编辑	郭周荣	**电　　话**	0532—85902469
印　　制	日照日报印务中心		
版　　次	2018 年 12 月第 1 版		
印　　次	2018 年 12 月第 1 次印刷		
成品尺寸	170 mm×230 mm		
印　　张	14.25		
字　　数	260 千		
印　　数	1～1000		
定　　价	48.00 元		

发现印装质量问题,请致电 18663037500,由印刷厂负责调换。

前 言

民间文学可以说是我们人生接触最早的文学形式,在襁褓中的婴儿期,就听过母亲哼唱的摇篮曲。我们可能不记得母亲哼过的这些歌谣,但一定记得小时候听过的大马猴的故事,记得同村里的小伙伴一起听人"说聊斋"不回家的痴迷。可以说,民间文学在每个人面前呈现了异彩纷呈的一面。

作为非物质文化遗产十个大类中的第一大类,民间文学一直是人们喜闻乐见的口头表达形式。在新媒体环境下,民间文学的发展也步入了一个新的时期。随着老一代讲述者的减少,民间文学日渐式微。冯骥才先生在谈到文化濒危问题时提道:"所有的非物质文化遗产最容易消失的就是口头文学,特别是城镇化过程当中。"就笔者了解的情况,除了 20 世纪 80 年代全国范围对民间文学进行的"三套集成"普查,再就是从 2004 年我国加入联合国教科文组织的《人类非物质文化遗产代表作名录》以来至今,各地先后挖掘、整理了一些民间文学资源。但烟台各地市在这方面的工作有些欠缺,没有受到足够的重视,没有进行系统整理,每次所申报的民间文学项目不成规模,成书的民间文学作品也不多见。

福山现为烟台市的一个辖区,但历史却比烟台更为久远。据出土文物考证和《福山县志》记载,6000 多年前,远古先民就在福山的邱家庄、臧家(现福新街道)一带繁衍生息。商、西周时福山为莱国领地,秦、西汉置腄县,唐置清阳县。北宋靖康二年(1127 年),被金朝册封的齐帝刘豫巡边,来到两水镇(福山县之前称两水镇)一带视察,登山环视周边,称两水镇一带为"福地",因名此山为福山。金天会九年(1131 年)设福山县,历代沿之,至今已有 887 年历史。

福山北临黄海,境内有清阳河(内夹河)和外夹河流过,风光秀丽,物产丰饶,是"中国鲁菜之乡"和"中国大樱桃之乡"。福山历史悠久,人杰地灵,仅明代至清末,福山就出了 70 多个进士,几百个举人,文化底蕴丰厚。灵山秀水和丰富的人文资源,也孕育了众多的民间传说,本书的福山风物传说包括山川名胜传说、地名传说、物产传说、动植物传说、习俗传说、美食传说和剪纸传说。由于福山菜是鲁菜的主要分支,烟台剪纸是世界级非物质文化遗产,福山剪纸又是烟台剪纸的组成部分,因此将美食传说和剪纸传说单列。

本书收录的福山风物传说内容丰富。山川名胜传说中,有福山许多村名的来历传说,有福山的山山水水和地方特产的传说,福山大樱桃、兜余苹果、仉村萝卜、老官庄小米等具有地理标志性的农产品的传说故事都收录其中。美食传说中，有福山鲁菜菜名的典故、福山厨师的聪明智慧、福山小吃的由来。习俗传说中收录了包括年节习俗、婚俗、游艺习俗等传说，如《天地棚的由来》《祭海的由来》《春节习俗故事系列》等，《福山秧歌》则对福山秧歌中每个表演节目的由来和故事都有解释。书中也有对一些民俗事象的诠释和演绎，如宴席上为什么客不翻鱼，为什么最后一道菜上鱼，正月初七为何是小人节等。其中对鲁菜传说、烟台开埠和福山剪纸等传说进行了很有价值的记录，填补了福山此类传说的空白，第一次集中展现了福山剪纸乃至胶东剪纸的传说，如《鱼剪纸的故事》《打剪刀》《二月二的剪纸》《老鼠剪纸》等，是研究胶东剪纸不可多得的资料。

　　这些传说具有虚构的情节，其中不乏夸张性的内容，也有一些超现实的幻想性内容。一些山川风物、地名和习俗传说充满了解释世界的人文情趣与艺术构想，如夹河系列传说、大槐树的传说等，表现了人们对奇异事物的求知欲、好奇心，具有传奇性。在表述上，以民间话语为言说方式来叙事。首先，采用民间叙事的方式，如"福山民间八景"与现今《福山区志》所记的八大景不同，记录的是旧时民间对福山八大景的描述；在《福山东北关村地名传说》《黄金河的由来》等地名传说中，可见许多民间口头文化的遗存。随着新型城镇化步伐的加快，许多村庄消失了，这些地名传说保留下了人们对这些村庄历史的某些记忆。当然，传说中也带有讲述者的主观色彩，他们会根据自己的情感，附会上一些传奇色彩和夸张成分。其次，书中的语言多用口语和方言，在整理的时候保留了讲述者的表达方式和语言形式，口语化特征明显，直白通俗，基本不做修饰，力求原汁原味。这样既保留了民间故事的原生状态，又使得这些故事文本更具生活气息，可以为人们提供了解民间文化不可多得的方言语料，成为方言数据库的采集资源之一。

　　本书的风物传说特点是其原创性及原生态，许多篇目是第一次面世，还有不少新创作的文本。可以说，这本书将福山民间风情以传说的形式完整展现了出来，充满了福山人热爱家乡的自豪感。这些传说里有民间的智慧与经验，也有乡间百姓的机智幽默，具有教育价值和娱乐价值；尤其具有文化资料价值，其中包含福山地方的民众观念、民间生活方式、民间语言等，对于宣传当地物产、开发旅游资源等具有现实意义和经济价值。本书是人们了解福山、了解烟台乃至整个胶东地域文化和生活状貌的一个窗口，尤其对了解福山风物及民俗风情具有参考价值。

兰　玲

目　录

二、地名传说

三、物产传说

四、动植物传说

五、习俗传说

六、美食传说

七、剪纸传说

后记

一、山川名胜传说

福山民间八景

福山,历史悠久,山清水秀,自金天会九年(1131 年)建制,至今已经历 800 余年。福山有很长的海岸线,且土地肥沃,丘陵起伏,绿野丛林,风景优美。据清朝的《福山县志》记载,福山就有了八景,分别是烟台海市、芝罘朝日、石门春波、古寺奇泉、长堤新柳、磁山瀑布、仙峰夜月和蛤庐烟云;这是官家八景。福山还有民间八景,包括芝阳麦浪、奇泉梨花、八角渔帆、夹河芦花、磁山箭竹、北海渔鸥、塔顶戴帽、平顶庙会。对于官家八景,民间百姓知道的较少,有知道的也了解得不全,还有的人把民间八景和史志中的官家八景混为一谈。这里说的是福山的民间八景。

(一)芝阳麦浪

旧时,在福山城南两华里,芝阳山的南面,卫家疃村的东面,有一块约万亩的平地,民间叫芝阳泊。据传,这里是古时候清洋河的河道,后因清洋河改道,留下了这块平整的土地。这里土地肥沃,水源充足,以种植玉米和小麦为主,因此民间把这里的地形容为"麦囤子"。俗话说:"三月的麦子,拔三节。"在小麦长到约一尺高的时候,你站在芝阳山上,往南一看就可看到福山民间八景之一的芝阳麦浪。每年三四月,这里游人不断,都是上山春游和观看麦浪的。这山上有道教的庙宇,有马丹阳道长修炼的山洞神仙洞,山南有芝阳村,山西面又有明朝兵部尚书郭宗皋的墓地。站在山上,暖风徐徐,山花烂漫,香气扑鼻,蓝天白云,如同进入仙境一般。往南看去,那万亩麦田绿油油的一片,一眼望不到边。在南风的作用下,麦子随风摆动,翩翩起舞,那民间称作吉鸟的小燕子上下翻飞。如果有人在麦田里走动,就像渔民在大海里驾船捕鱼。如有多人在麦田里串行,就像在平湖里划龙舟。如山下村中的人儿出入麦田,就如船儿出入码头。你细细用鼻子一闻,一股股麦草的香气,使人心旷神怡。

麦子到了金黄色的时候,就可看到另一番景色。那金色麦浪如同无际的沙漠,风一刮麦子就动,就像细细的沙在滚动,令人浮想联翩。人拉着牲畜进入麦田,就使人想起沙漠的驼铃声声,别有一番景象。

在这里,只有你写不出来的,没有你想不出来和看不出来的美景。这里的麦田还有许多传说故事。传说很早以前,麦田的南面有个村叫房家疃村。村中有个人姓房,有点神神道道的。一天,他听人家说,夜间麦田里有一怪物在吃麦子,那怪物身上还发着怪光,人们都不敢去赶它。这位姓房的人就在夜里,拿着一根扁担,在麦地里等着那个怪物来。有一天的后半夜,他借助月光看到一匹白马,从郭尚书坟那里跑到麦地里吃麦子。他慢慢靠近了白马,抡起扁担向白马打去。那白马痛得一个高跑了。他追着白马,到了郭尚书墓地。白马很快就不见了,只有尚书坟前的两匹石马。他仔细察看那石马,这一看有了意思,他听到石马呼呼地喘着粗气,就打了石马一巴掌,收回手一看,满手是马的汗水。接着他推石马。石马一动也不动,可身上还是热乎乎的。他又往石马身上摸,摸到石马的尾巴时,感觉黏糊糊的,仔细一看原来是血;再一摸,石马的尾巴没有了一大截。他半信半疑,难道这吃麦子的马是这石马?马尾巴是自己打掉的吗?第二天白天,他又来到郭尚书的墓前,看到石马尾巴真是少了大半截。他又回到麦田,找到了断下来的石马尾巴,回来往上一放,发现果然是这马的。他认为石马的尾巴是神物,有灵气,就拿回家供了起来。邻居们知道后,说他是个懂阴阳的人。后来他真成了半仙,就是福山出名的房阴阳。

(二)奇泉梨花

城西五华里,上夼村西北面至臧家乡小杨家村以东,包括下夼村、邢家山村、柳行村、黄家村、招贤村、刘家埠、楮佳疃等村的山上,都栽有梨树,约有几万亩。这就是"奇泉梨花"。民间有的说叫上夼梨花,也有的说是楮家疃的梨花。总之,以上村庄的地域,都是观看梨花的好去处,所以民间就有了看梨花为一景之说。民间有谚语说,梨花一天看不完,要去就得拿晌饭。

这里生产的梨,民间叫茌梨,肉质细腻无渣,落地就碎,以个头大、皮薄、核小、口感细腻、甘甜、水分多而闻名。此梨又是果中珍品,有润肺止咳的功能。梨木也是雕刻的好材料,胶东独有的巧果和食品模子,俗称磕子,就是用当地的梨木制作的。据传说胶东的莱阳梨,龙口的长把梨,都是从福山引入的原始树苗。

每年春天,这里就成了旅游的胜地。在清末和民国时期,学生来这里春游,文人墨客来这里写诗作对、写生画画,就连芝罘的洋人也来这里观光。据说旧时在京城当官的福山人,都要在这个季节回乡探亲。

每年春天,这里梨花满园。梨花初放时呈粉色,可同桃花比美,盛开时雪白无瑕,香气逼人。黄鹂在梨园里穿梭,叽叽喳喳地叫个不停,蜜蜂嗡嗡地唱着、舞着采着蜜;儿童们在树丛间捉迷藏,个个美得笑个不停;文人墨客们在此把酒欢歌,要把满肚子的经文一股脑地倒出来。游人们扶老携幼,坐在树下,品着福山美食,看着梨花,听着鸟语,闻着花香。春日到此一游,人就如同进入了仙境。

到了秋后,满园的梨成熟了,果香扑鼻。金色的梨中还有特殊品种,有大黄盖的,像少女脸上的胭脂红,使人一看,马上就要吻上一口;有猴脸的,似千年猴王又来到民间;有梅花点的,它把五福长寿送给了梨农;又有葫芦型的,大概是神仙铁拐李给送来的吧。梨农们挑的挑,抬的抬,收获着幸福和希望。

这看梨花的山上还有许多民间故事。在城北的邢家山村的南面,臧家庄镇和福山镇的交界处,有一座山叫蝎子顶。传说过去山上有许多蝎子,有只大蝎子成了精,称王称霸,尽吃小动物。小动物们敢怒不敢言,谁也打不过它,只得等死。一天,蝎子精发怒,蜇伤了几个村民,又蜇死了许多小动物。几个村民无药治疗,都奄奄一息。这事被邢家山村的一只大公鸡知道了,大公鸡就上山找蝎子精算账。它俩一见面就打斗在一起,几个时辰不分胜负。最后蝎子精败下阵来,跪地求饶。大公鸡逼着蝎子精交出了解蝎毒的药,去给受伤的人治疗。然而,有一人眼睛失明了,落下了残疾。大公鸡去找蝎子精说理,到山上一看,又有许多小动物死的死伤的伤。大公鸡气得一口把蝎子精尾巴上的毒囊吃了,蝎子精死了。从此,这周围再也没有蝎子伤人的事发生,这都是大公鸡的功劳。

现在,这里的梨花还有一小部分可供观赏,比起过去来就逊色了许多,但奇泉梨花的过去,还是给人留下美好的回忆。

(三)八角渔帆

旧时,福山城北40华里,八角村东的海湾处,是天然渔港。所谓的福山民间八景之一的八角渔帆,就是指这里的渔港。俗话说过了谷雨打杂鱼,意思是说这个季节,海里鱼类资源丰富,也是渔民最忙碌的季节。如果这时你来到港口,就能看到别样的景象。

每年春天,渔船穿梭着出入八角码头。晴空万里,海面上渔帆点点,鱼鸥飞翔起舞,享受着海中的美食。再看渔民们,唱着渔家号子,收获着满船的鱼虾,他们笑得满脸都开了花。捕上来的鱼有加吉鱼、鲈鱼、黄花鱼、大头鱼、鲐鱼、鲅鱼、刀鱼、马鲚鱼等,使人眼花缭乱。其他海产品有海蜇、八蛸和海星、海中珍品大海参,还有扇贝、海虹……那些小螺类更是人们的心头爱,有鹰嘴螺、凤眼螺、碧玉螺、肚脐螺、花边螺、盖帽螺、住房螺……如果你遇上吃晌饭的时间,好客的渔民就会请你吃一顿免费的渔家大餐,你可以品尝到有名的鱼锅片片,还能品尝到渔家特有的美食小鱼面汤(俗称"吹排箫")。这种面汤一般人是吃不习惯的,因为鱼刺、鱼肉、面汤全混在一起,但当地人吃起来特别利索,他们的嘴一边吃面汤,一边吐刺。他们的面条有特有的香味,又有鱼的鲜美。还有那有着"一锅烩"美名的焖鱼,是把各种鱼、虾、螃蟹、蛤蜊在一个锅里做出来,再喝点老酒,吃着烙饼,别有一番风味。你说这有多美!

(四)夹河芦花

夹河芦花,是指芦苇的变种植物(俗称江蓠),高约丈余尺,粗如手指,在福山城东面夹河以东,东关村的北面,约有五华里长的水边。官家的福山八景中,夹河一景是长堤新柳,民间又一景是夹河芦花,其实从江蓠长过尺后,就有了非常美丽的景象。

过去,夹河的河水清澈见底,鱼虾畅游。春末夏初,江蓠过尺,同河水连成一片。当你在河岸漫步或垂钓时,往东一看那绿油油的江蓠,上接蓝天下接河水,真是有海天一色的感觉,江蓠在风中摇摆,如同海里的波浪,各种水鸟穿梭其中。如有鱼儿上钩,更是美上加美。再看那出水的荷花,真是出淤泥而不染,就像妙龄少女在翩翩起舞。那渡船载着过客,往来于河中。在船上观看夹河,更是美不胜收。

这不过是春天的景色。进入盛夏,那江蓠高过八尺,连成一条绿色的长龙,卧于夹河之中。风一吹,江蓠顺着风儿舞动,像巨龙腾飞。如果你进入江蓠地深处,那江蓠长得密不透风,四处不见人影,抬头只见蓝天,幽深得有些恐怖,因此也流传着许多江蓠地里发生的故事。传说这里野狼出没,南部山区的野狼成群去北海喝海水,因路途较远,当天夜里回不去南部山区,就在此处过夜。民间越传越吓人,还有狼吃人和叼走小孩的传言。许多家庭妇女教育小孩常常说,如果不听话就送到江蓠地里喂狼。按说狼是不喝海里的咸水的,说江蓠地里看见狼,不过是大人怕孩子出意外吓唬孩子罢了,但误传总是越来越凶。据说有一年秋末,夹河东面的村里丢了个小孩,发动了多人寻找也没找到下落。许多人都说是叫狼叼走了。在收获江蓠的时候,发现了小孩的一件衣服,村民们就确认小孩是被狼吃了,就添枝画叶越传越多,更有甚者把远处的狗粪说成狼粪,闹得人心惶惶。后来,还是官府解开了江蓠地里狼吃小孩之谜。是那年秋后,有一坏人盗走了小孩,在江蓠地里给他换了衣服,又把小孩给卖了,罪犯被官府抓获后,坦白了作案过程,才揭开了这个秘密。

最美丽的景色还是深秋季节。立秋时节,江蓠的花穗慢慢长出,花束随风飘荡。小鸟落在花上,就像新娘走在红地毯上,给人无限的遐想。过冬的水鸟来河里嬉戏,水鸭在水中游出一条直线,像船儿在水中滑行。鱼鹰上下翻飞,吃着水中的大餐。到了深秋,江蓠花盛开,雪白无边,同天上的白云连成一片,远望分不清哪是白云哪是芦花。风儿一吹芦花低头摇摆,像羊群游荡在河边。如有几只鸟儿落在芦花上,那就像一幅美丽的水墨画。当芦花成熟飞扬的时候,更是一景,大风一刮,芦花一卷一卷地滚动,像一群羊儿在走动,如果有人在芦花旁,就像那牧羊人,挥动着鞭儿响四方。要是有旋风一刮,那就是奇观了:芦花在风的作用下,成圆柱形,直上蓝天,上粗下细,像白色的巨龙飞腾。这种奇观同海市蜃楼一样,难得一见。这个季节也是孩子们开心的时刻。他们个个采集芦花,做成玩具,玩得不亦乐乎。他们把芦花插入玉米棒的芯内,抛向空中,上升如风筝,下降像流星。芦苇收获了,芦花顶上的草须可做炊帚和扫帚,秸秆可加工成日用品,养活了许多手艺人。有谚语说:"河东村都打箔,打了箔就好过。"

(五)磁山箭竹

位于福山城西北40华里,福山与蓬莱交界处,有一座山因产磁石而得名磁山。过去山上有寺庙,又有《福山县志》记载的八景之一的磁山瀑布。在山的东面有许多箭竹。如你上山观景,不看箭竹,那可是一大遗憾。

磁山风景秀丽,松柏满山,苍翠无比,瀑布长流,箭竹成片,又有古庙相伴,是游玩的好去处。那箭竹自成一景,每当春天来临,竹林青翠欲滴,迎风摆动,在山花的映衬下,真如一幅美丽的风景画。传说竹林边上住着一对恩爱的老夫妻。老婆叫老头是老公,老头叫老婆是老母。后来他们变成石头,人们就叫他俩石老公和石老母。那么他俩是怎么变成石头的呢?这还得从头说起。

很早以前,竹林边上有几间房子,住着这老夫妻俩。夫妻二人心地善良。上山观瀑的,上山拜庙的,上山赏竹和劳作的,都上他们家里歇息和讨水喝,老两口都是热情招待。时间久了,这里就成了人们上山的一站,有时老两口还送给人们一些吃的,人人都说他们两口子是好人。老两口一天天地老了。有一年,石老公得了重病。石老母采山上的草药和竹叶为石老公治疗,但几天了,石老公仍不见好转。石老母就请来了郎中,治疗了几日也不见好。最后郎中告诉石老母,要用北海新鲜的海龙和海马来做药引子。石老母就亲自来到北海,找了三天三夜,好不容易才找到了海龙和海马。但是,不幸的事情发生了,石老母被巡海的夜叉发现了。夜叉把石老母拉到海里淹死了。这事被海龙王知道了,他知道石老母是个好人,但是石老母已经死了,他也无力回天。海龙王气得要命,叫夜叉驮着石老母的遗体,送到海岸上,并把石老母变成了石头。石老母就面向南,遥对竹林里的家。再说石老公。自从石老母去北海找药后,他拖着病身子,在磁山北面的半山腰上往北海望,盼望着心爱的石老母早日归来,不几日就死在这里。磁山的山神看后想,石老公是一个忠厚老实的善良之人,又无儿无女,尸首又无人收殓,就将他变成一块石头,永远站在那里望着北海的石老母。这是一个凄美的故事。后来的人被老夫妻的事感动了,都说他们在平凡的生活里保持着爱的承诺。石老公和石老母的故事给后人留下了爱的佳话。

多少年来,人们上磁山赏竹、观瀑和拜庙,都忘不了看看这石老公和石老母。每当农历七月七日,少男少女们都来到这里许下爱的诺言,把"海枯石烂不变心""爱得深似海,情如磐石坚"的誓言纷纷表达出来。

磁山箭竹又有许多用途,它可制茶,可入药,竹竿可做鼓键子,可编制器物,箭竹还可作为饲料,废弃的箭竹还可做烧柴。箭竹春夏青绿可爱,冬里雪打不弯腰,冬日观竹赏雪更有情趣,所以福山民间把磁山箭竹作为八景之一。

(六)北海渔鸥

北海渔鸥,位于福山夹河入海口的地方。这里的海鸥比其他地方都多,引来了许多人观看,成了福山民间八景之一。

夹河河口的西岸有一座沙山,传说这是一条被北海龙王处罚的犯了罪的老板鱼精的化身。一次,北海突然刮起飓风。一条渔船触礁,船身破了一个大洞。龙王叫老板鱼精来救渔船。老板鱼精贴在船的大洞上,使船暂时脱离了危险。船上的人磕头感谢神灵的保护。在船快到岸的时候,老板鱼精却向船上的人要一个活人吃,否则就让船毁人亡。船上的人都在船上磕头,求老板鱼精饶命,告诉它船到岸后,盖座庙来供奉它。老板鱼精却丧尽天良地离开了渔船。没一会,船翻人亡。因老板鱼精没有完成任务,犯了见死不救的天条,北海龙王一气之下,就把老板鱼精贬到了夹河入海口的西岸,化成了一座沙山,来保护海水不倒灌到夹河。老板鱼精来到夹河边,把夹河挡出了一个大水湾,这里是海水和河水交汇的地方,海水涨潮的时候,海鱼跟着海水来到湾里,河鱼顺着河水也来到这里;退潮后,这里有海水也有河水,海鱼和河鱼都汇集在一起,都不适应这种环境,许多鱼都被水呛得半死不活的,漂到了水面上,引来无数海鸥觅食,海鸥不费吹灰之力就吃到了鱼,这里就成了海鸥的"天然大饭店"。

海鸥们一年四季天天来这里觅食。海鸥们盘旋着上下翻飞,一个俯冲下来就吃到了鱼。有时两个海鸥同吃一条鱼儿,也成了一景。捕鱼人撑着木筏,在水中撒网捕鱼,也都是满载而归,确实有江南渔村的景象。每年的春夏秋季,退潮后还可收获小螃蟹和蛤贝等海味,在这里边赶海边看海鸥,真是一种乐事。

(七)塔顶戴帽

塔顶,位于福山城南40华里的车家村东,门楼镇、张格庄镇、回里镇三镇与栖霞交界处,因山势高峻,形似高塔而得名,是岠嵎山脉的主峰,为福山第一高峰。山上水源丰富,有蝎洞泉、梧桐庵泉、饮马湾等;许多山泉长年流水不断。巨石景观有试创石、虎头石、乌龟石、仙人石等。山脚下果树成片,有桃子、李子和杏子,还有苹果、柿子和大梨,又有闻名全国的大樱桃。山下还有岠嵎寺庙宇群落,官家的福山八景之一岠嵎烟云也在这里。

民间把夏季这山上的浓云称为塔顶戴帽。福山民间有这样的谚语:“塔顶一戴帽,大雨必来到。”每年的雨季,大雨到来以前,乌云滚滚,就在塔顶上曼舞,从远处一看,就像山头戴了一顶帽子。风一吹,云就变幻,一会像县官的帽子,一会又变成了顶戴花翎,一会是小孩的虎头帽,一会又变成一顶凤冠,一会变成男子汉戴的英雄巾,一会又变成皇帝戴的龙帽。站在山上看云,又有另一番感觉,乌云在脚下走,人在云上飞,像八仙要上天宫给玉帝祝寿。一会儿云变成巨龙,你好像骑在飞龙上进入了天宫;一会儿云一过,你又像在空中飘荡。这里的山上山下有许多民间传说,听后使人更觉塔顶戴帽景观的奇妙。传说当年李世民东征时,在塔顶山上驻扎,千军万马饮水成了大问题。兵卒们找了一处水源。泉眼不大,水也不多。兵卒们都来取水,可是兵卒们取也取不完;马也来这里饮水,喝也喝不完,泉眼越用越大,就形成了一个大水湾。后来,人们就将这里称为饮马湾。类似这样的传说还有很多。

(八)平顶庙会

福山城南八华里,南涂山村东葛庄村西,有一座山叫涂山。旧时,涂山的平顶上盖有许多寺庙,人们就叫这里太平顶。太平顶上有龙王祠、观音堂、玉皇大帝三清祠、碧霞元君公主祠、泰山行宫、送子娘娘庙、十不全老爷庙、大戏楼等古代庙宇建筑,是1938年前胶东最大的庙宇建筑群落。这里常年香火不断,游客聚集。每逢农历四月十八日,这里都会举行太平顶庙会,善男信女、商家小贩、官吏绅士等都云集于此,或烧香祭拜,或买卖交易,或文化娱乐。这是胶东最大的庙会,最多的时候达到几万人。近至胶东半岛,远至京津唐的人都来赶庙会,那场面可谓人山人海,热闹非凡,确实为福山民间一大景观。

太平顶庙会最热闹的场面是杂耍(指民间秧歌)上山表演。杂耍队伍由多家民间表演队组成。各家表演队在庙会的头几天要进行游乡表演,也叫试演或试会,主要是对节目进行彩排,也预告庙会将开始。杂耍队由大小会首(组织者)负责。庙会上的杂耍有南涂山村的六合棍、宋家疃村的雷鼓、兜余村的舞龙舞狮、上夼村的高跷、张格庄村的抬阁、大转村的大杆号,还有演艺杂耍,包括跑旱船、腰鼓、花棍鼓、八仙贺寿舞、西天取经、猪八戒背媳妇、丑婆斗老汉、馋嘴婆逛街、媒婆拉媒、懒汉跟驴、虾兵蟹将和大头娃娃等。

　　杂耍上山时,先由南涂山的六合棍36人舞棍开道,场面宏伟壮观。后面是宋家疃的雷鼓,那雷鼓敲得震天响,舞龙、舞狮栩栩如生,预示着天下太平,五谷丰登。上夼的高跷一出场更是热闹,高的离地三尺,矮的尺余,表演的戏曲人物使人捧腹大笑。最惹人眼是张格庄村的抬阁,八人搭台的阁上,孩子在上面翩翩起舞,表演着天仙配或其他曲目,令人感觉和仙女在一起。后面的四人小轿,抬着阁上孩子的母亲,像做官的贵妇人出门似的,乐得都合不上嘴。阁的四周还有八个鬼脸神在保卫和开路。这种抬阁表演是山会和庙会的重头戏,于是就有了"没有抬阁不成会"的说法。跑旱船的飘来飘去,后面又有虾兵蟹将,演着白蛇传的故事;再看看那媒婆的脸,活像猴屁股一般,使看者大笑不止;那腰鼓和花棍鼓的队伍,整齐划一,鼓点齐鸣。庙会上的杂耍你看也看不完,说也说不完,这里成了民间杂耍的大舞台。

　　俗话说,要想吃好饭,围着福山转。太平顶庙会上又是福山美食展示的最佳之处。庙会上有福山的大面、福山的烧鸡、福山的烧肉等名吃,还有包子饺子火烧子、锅饼烤饼加油饼、炸鱼炸肉炸丸子、油条面鱼和麻花、朝天锅儿老豆腐、牛肉羊肉一锅汤、挖碗火食大杂烩、杠子火烧千层饼、小屉包子手背包、年糕粽子黏豆包、咸菜香椿八宝菜、韭花辣酱豆腐乳、馒头油卷豆饽饽、桃酥果子沙琪玛。庙会的食品你吃也吃不完。

　　庙会上的农副产品样样俱全,有车篓抬筐长扁担、簸箕笊篱小挂篓、木掀木叉和木耙、麻批绳子和皮条、铁犁铁锤和大镐、果树剪子和接刀、锅碗瓢盆也热闹,花布绸子和缎子、红绿齐全花花线、绣花样子一卷卷,小孩玩具也不少,泥老虎和咕咕哨、琉璃球和纸质贴、褶皱绦子风筝绳、象棋跳棋五子棋、小刀小枪红缨枪、竹子陀螺有一筐。每年的太平顶庙会上,还有卖马牛羊、猪猫狗、鸟虫鱼和花卉盆景样样俱全,庙会上就是民间最大的交易会。

　　庙会上唱大戏又是一景。太平顶上有一个大戏楼,文戏武戏齐登场,票友纷纷上台亮相。话说有一年,庙会上唱戏,爷爷和孙子都是戏迷,也来看戏。台上演的是秦香莲的戏。当演到秦香莲上京时,那孙子直叫倒好,爷爷就呲孙子,孙子还是一个劲地叫倒好,看戏的也跟着起哄,闹成一片。戏没法演了,戏班班主就出场赔礼和请教,场下静了下来,看戏的你看看我,我看看你,都不出声。爷爷就按着孙子不让出声,可那孙子一个高站起来,跑到台边对班主大声说:

"你们演的戏,秦香莲要着饭上京寻夫。她手上戴着金镏子(金戒指)和玉镯子,要是卖了那就有钱了,这是为什么?"班主一听,恍然大悟,是扮演秦香莲的角儿来晚了,急于上台,忘了取下手饰来,闹出笑话,被这小戏迷挑了毛病。班主赔了礼,戏又接着开始了。后来,专业戏班来福山演出,被福山的票友挑出许多毛病。他们都说福山的戏迷高手真多,又说福山的戏最难唱。

太平顶庙会在清末民国时期,红遍了齐鲁大地,热闹非凡,使人流连忘返,也成了当时福山民间的一大美景。

内夹河像灵芝的传说

在很早以前,福山发生大瘟疫,死者无数。福山有一习俗,凡有人去世的人家必须到土地庙报庙或送汤水。土地爷忙得不可开交。可是这时,玉帝派了一个天官,命土地爷为他带路,为王母娘娘生日用的仙桃采仙气。土地爷报告天官说:"福山仙气难采,因为瘟疫流行,死人无数,阴气太旺,哪还有什么仙气?"天官问明瘟疫的情况,就架青云直上天空,来查看怎么治疗瘟疫。他在天空中看见,福山人都病得奄奄一息,十分可怜,天官就大发善心,将一棵大灵芝放在了门楼村南面的夹河里,告诉土地爷,托梦给福山人,喝了夹河的水就可以治疗瘟疫。人们得知后都来取水,只见那夹河水清澈见底,鱼虾游来游去。就这样,奇迹发生了,福山人的病全好了。人们为了感谢土地爷和那个天官,在夹河两岸的多个村庄盖了许多土地庙,在山岗上种植了无数棵桃树,供天官选用。人们在山岗上看桃花盛开的时候,发现门楼村上游的河道很窄的一处,变成了又宽又大的水湾(今门楼水库),再一看果真像一颗大灵芝,内夹河变宽了,直通北海。后来,芝罘也爆发了这种病,芝罘的人也来取水回去治病。因路程遥远,来回30华里,有许多人不能亲自来取水,就靠邻居接济一些水救急,还有花钱买的。但是,有几个贪财的人勾结在一起,不让其他人来取水,自己却用马车拉着水到芝罘街上卖高价,谋取暴利。这事被天官发现了。天官对这几个发不义之财的人恨得要命,就对他们吹了一口仙气,让他们也得了这种瘟疫,身上难受得不得了,喝了夹河的水也治不好。这几人就烧香磕头求神灵保佑病快快好。天官托梦告诉他们,自己出钱拉水送到芝罘,免费给那里的病人喝了,自己的病就好了。这几个人就往芝罘送了许多水,病也慢慢好了。通过这事,人们都应该知道,不能自私自利,乘人之危,得不义之财。人人都爱惜夹河的水,还形成了合理利用夹河水的习俗,如福山人为保护饮用水清洁,在早上不洗污物,洗污物时先在家里清洗,再用河水净一净;夏天在河里洗澡,男女之间有一定的分界线;冬天村民自觉修挑水的小桥;人人都爱护和保护夹河的生态平衡。

这里的河水养育了世世代代的福山人。这里的夹河新柳,还是福山的八大景之一。

芝阳山与郭尚书墓

据说郭尚书的墓地,位于福山城东南,芝阳山的西面,墓以墓主人官职命名,俗称"尚书坟"。尚书墓占地 4000 平方米,坐北向南,石坊横列,有"敕使崇修"四个大字,墓道两侧有石马、石羊、翁仲、石碑等石雕几十件,属较大墓葬。因为修路坟墓已不复存在,但是关于尚书的故事还在流传。

郭尚书名叫郭宗皋。他儿时读书非常刻苦,总是到后半夜。烛光太暗的时候,总有人为其打灯笼照亮。任何人都没见到打灯笼的人,只有郭宗皋的父母知晓。他俩就想郭宗皋将来必成大器。后来郭宗皋考取进士,官至兵部尚书。且不说他生前之事,单说他死后的墓地和下葬的传说。

郭尚书亡故后,灵柩被运往福山老家茔地下葬。出发后不久,天还不亮,又有大雾,使人无法行走。就在这时,灵柩前面亮起两盏灯。抬杠的人朝着灯光往前走,当走到芝阳山西面的时候,压灵的大公鸡飞了下来。大公鸡压灵是福山运灵柩的习俗,叫"撞大吉利",有辟邪祈福的作用。一眨眼的时间,鸡就钻进了地下不见了。运灵柩的人一看,怎么出了这种怪事,抬大杠的绳也断了,换上绳子,但杠子又断了;换上杠后却怎么也抬不起这灵柩。于是,又找来一只大公鸡压灵。可是,这灵柩就像扎了根一样,就是抬不起来。天又黑了下来,只能在此过一夜等天亮再走。此时,人们都看见,又有两盏灯照在灵柩上。在傍亮时分,人们还听见先前那只压灵的公鸡在地里叫。天慢慢亮了,再看那第二只压灵的公鸡也不见了。家人请了几个道士来为灵柩作法事,保佑灵柩顺利到达祖茔地,但是不管怎么做法事,都是无能为力。忽然,天空一时灰暗。人们发现多了一个白发、白胡须、白眉、身穿白衣的老头。老头说:"已故仙人选好此地,为何要搬出?就葬在此地吧。"当人们回过神来,白老头早已登上青云上天去了。家人就将郭尚书葬在了芝阳山西边的山下。墓地修好后,所有石雕都摆放整齐。第二天福山县太爷来祭祀郭尚书。人们惊奇地发现,几十件石雕中多出两个石人,打着灯笼站在墓地前。人们都传说这两人是郭尚书的佣人,从郭尚书出生便一直服侍在侧。他俩完成了对郭尚书服务的任务,就永远站在墓前。

内夹河改道的传说两则

（一）

传说那是在大禹治水的时候,禹安排了一条青龙和一只巨龟在福山境内管理内夹河。青龙和巨龟到底在哪里呢,就在他俩化身后的青龙山和祝圣山(芝阳山)。当初,青龙的头在东留公村的东面,它的尾巴沿着曾家庄村、南关村、东北关村、宋家疃等村的东面直甩到北海边,保护着内夹河西岸的福山县城不受水害。巨龟是在内夹河下游东岸的宫家岛村北面,保护内夹河东岸的村庄不受水害,防止海水倒灌县城。一开始,青龙和巨龟恪尽职守,管理得挺好,可是时间长了,巨龟不耐孤独,偷偷地跑到了现在芝阳村的北面,头向西南,要和青龙说话解闷。青龙不听巨龟的,只听从大禹的指令。有几天下大雨,巨龟挡住了山洪的去路,洪水直冲县城。青龙一看不好,就将头调换向北,挡住了山洪向东流去。这么一挡,就苦了福山人,福山人常年吃的河水就向东流去,经卫家疃村的北面通入了外夹河,流向了北海,福山人就要到南面或东面取水,向南取水的时候,有巨龟和青龙挡着;向东取水又要多走三四华里的路,生活十分不便。大禹发现以后,就来福山查看,因为青龙保住了福山县城,巨龟不听指令犯了天条有罪,大禹就用一个木桩将巨龟钉在现在的芝阳山处,远看那巨龟头朝向内夹河的西面,身子向东。在前埠村的北面,有一个石壁就是大禹锁巨龟的桩子。为什么要叫巨龟的头向西呢,因为大禹是令他俩在发大水的时候,喝掉危害福山县城多余的水。大禹又安排了一个山丘挡在今卫家疃村的东面,叫太平顶山,使外夹河的水危害不到福山县城,后来内夹河的水就经过福山县城的东面流向了北海。

传说,福山的内夹河,还改过一次河道,在大禹把河道改到福山县城东边以后,巨龟对青龙有了看法,认为是青龙在大禹的面前说了自己的坏话,自己才被大禹锁在这里。它不能到北海去游玩了,就咬伤了青龙的爪子,又把夹河的河道挡住了,河水又向东面流去。福山人取水又得过了青龙山来取水,巨龟就用许多葛藤缠绕在青龙被咬伤的爪子上,使青龙无法动弹,巨龟还把自己身上用葛藤伪装起来,谁也没有发现是它又挡住了夹河河道。青龙劝说巨龟,不能挡住夹河的水,这样就给福山人带来了许多不方便,叫巨龟不要咬自己了,但巨龟就是不听青龙的劝说。于是,青龙就托梦,把此事告诉了玉皇大帝。玉皇大帝就派王母娘娘下来查看,原来是巨龟用葛藤把青龙绑了起来。王母娘娘用头上的金簪怎么也弄不开葛藤，于是想起了多年看管南天门的持斧将军老葛。他下凡到了福山的葛庄村，现在是个木匠。他有一把神斧，只有用神斧才能把葛藤的根砍断。王母娘娘就点化葛木匠来砍断葛藤。这天傍晚，葛木匠在县城干完活回家时，在青龙和巨龟中间的山岗上走着。王母娘娘就把葛藤掀起绊在葛木匠的脚上，葛木匠不以为意，就把葛藤弄下来继续走，没走几步葛藤又到了他脚上，连续几次都是这样，葛木匠都不予理睬，王母娘娘就把葛藤的根掀起，把葛木匠绊了个嘴啃泥。葛木匠想今天葛藤怎么老和我找别扭，连续绊了自己好几次，他又要继续往前走，王母娘娘把葛藤的根又绊在葛木匠的脚上，葛木匠一生气，拿出神斧就把葛藤的根砍断了，夜里王母娘娘托梦告诉葛木匠，他为福山人砍断了葛藤，使夹河水又从县城东面流向北海，为福山人做了件好事。

第二天，葛木匠来到芝阳山西面一看，滔滔的夹河水又从县城东面流向北海，葛木匠非常高兴，从此夹河水世世代代养育着福山人。

（二）

相传，很早以前，福山没有内夹河一说，是因为旧时河水是从青龙山和芝阳山的南面、卫家疃的东北面向东流，和大沽夹河汇合入海，后来，因为一段神话传说，有了东关村和内夹河的叫法。

福山县城的南面有三座小山，海拔不足百米：一座叫芝阳山（祝圣山），一座叫青龙山，一座叫马山（俗称南山）。山的南面，有几个现在叫芝阳、前埠、南庄的小村子。三座山挡在县城南面，福山人取夹河水用，要翻过山去才行，约两华里的路程，非常麻烦。传说，地上的河流和天上的天河相通，王母娘娘从天河边上溜达着，来到了福山的夹河。她登上了芝阳山一看，这山像只巨龟，是块风水宝地。按民间丧葬习俗，鹤葬颈，马葬蹬，牛葬脊，鹿葬角，龙葬珠，虎葬爪，猪葬肚，象葬鼻，鸡葬冠，龟葬头。在芝阳山的西头葬亲人的遗体，后人可得到高官厚禄。王母娘娘来到县城，看见一处四合院的门开着，面前站着一个老汉，就和老汉搭话。老汉请王母娘娘进家坐坐。他俩进了院子，在照壁的后面，王母娘娘看到了一个洞，就问这洞是做什么用的。老汉告诉她，这是民间孝敬天地神的神位，民间逢年过节，家有喜事的时候，都要在这里摆放供品，请天地神来享用。王母娘娘问老汉，为什么不在家里供奉。老汉回答，那是怕天地神们看不见，就在院子里供奉。王母娘娘问完了，没进屋就走了。王母娘娘想，人们对天上的众神如此尊敬，确实和灶神说的一样。她又来到福山大集上，看到集上物产丰富，买卖兴隆，真如俗话说的"福山大集什么都卖，就是不卖大棺材"。王母娘娘想尝尝福山的民间小吃，就在一个卖焖子的摊上坐了下来。摊主就问她要吃几盘,她说只吃一盘。摊主拿起秤称好了原料,做好了焖子端给了她。王母娘娘一尝,味道很好,想,这里还有点像美食之乡,就问摊主为什么用秤称好原料再做焖子,这样做多麻烦。摊主回答,以盘为标准不准,有时多有时少,对顾客就不公平了。王母娘娘夸他做买卖讲诚信,摊主说福山人做买卖都这样。他拿起秤比画着,对王母娘娘说,这秤一斤有十六个星,一个星为一两,每个星都有名字,是北斗七星的天枢、天璇、天玑、天权、玉衡、开阳、瑶光星,再加上南斗六星的天府、天相、天梁、天同、天枢、天玑星,组成了前面的十三个星,加上后面的福、禄、寿三个星,十六个星正好一斤。王母娘娘问他还有什么意思,摊主就说,这后面的三个星学问可大了,第一个是寿星,如果卖货少一两,人就要折寿短命,第二星是禄星,如果卖货少二两,就永远得不到官禄,第三个星是福星,如果卖货少三两,人就五福全无,永远过不上幸福的日子。王母娘娘听了哈哈一笑说,民间的人确实有学问。她又问摊主:"你知不知道人做买卖,心眼不正,掺杂使假,缺斤短两,死后要下地狱,还会被秤钩勾着,头朝下来受刑。"摊主回答:"这些俺这里的人早就知道了,还有恶人要下油锅,被大锯割两半的刑罚呢。"王母娘娘说:"对,对!确实如此。"她又问摊主福山人最大的困难是什么。摊主就说,福山人人都说福地,但是福山城的河,离得太远了,吃水不方便,要是在跟前就好了。王母娘娘说:"河离得近点会有希望的,你就好好地做买卖吧!"说完就离开了。

王母娘娘来到河边想,引河水到福山县城的东面没有问题,但是山前的几户人家不太好办,她就叫来了天兵天将帮忙。王母娘娘用头上的金簪,把芝阳山和青龙山的两边划了一个大豁口,河水就哗哗地从县城的东面流了过来,山前的几户人家被天兵天将搬到了芝阳山的北面和现在的东关处。夜里福山人被王母娘娘托梦得知,福山人做生意讲诚信,忠厚老实,所以她把夹河改道,为福山人行个方便。福山人这才知道,夹河改道是这样来的。后来就有了山后村和东关村。芝阳山上还成了道教的传播地。山的西面龟头处,还有明代兵部尚书郭宗皋的郭氏茔地。夹河改道后,芝阳山南面的古河道,就成了肥沃良田,慢慢地成了福山民间八景之一的"芝阳麦浪",从此夹河养育着世世代代的福山人。

柳子河的由来

柳子河,旧时叫流子河,位于福山城西北面12华里,臧家乡垆上村的东北面,经过几个村流入夹河,后因河边栽植了许多柳树,改名柳子河。柳子河的由来还有一段故事。

　　传说很早以前，垆上村东北面到夹河并没有这条河，只是西面小杨家村的一个泉眼流过垆上村东北面，形成了一个大大的水湾。水湾里住着一条大蛟，大蛟在水里经常兴风作浪，还吃人。村民们眼看着清清的水却不敢在此洗刷衣物，村里放牛的人也不敢在水湾处饮牛。村里有个姓李的老汉，家里的老牛生了头小牛。这小牛生下来就和其他牛不一样，两只牛角又大又直，牛腱也宽大，四个蹄子像熊掌一样有力。小牛半年就长得比母亲还要高大和健壮。一次，小牛遇见了村里的大牛王，两头牛就开始顶角。几个回合下来，大牛王就败给了小牛，小牛就理所当然地成了牛王。老李一看这小牛力大无比，就更加精心地饲养它，哪里的草肥老李就到哪里去喂它，回家还给它点精饲料吃，小牛越长越精壮。

　　一天，老李拉着小牛路过水湾处，怎么也拉不住了。老李无奈地松了手。小牛跑到了水湾喝水，刚喝了几口被大蛟看见了。大蛟一张口就要咬小牛的脖子。小牛把头一甩角一撅，把大蛟撅了老远。小牛在岸边仔细观察着大蛟的动向，突然饿虎扑食般地扎进了水湾，和大蛟打斗在一起。几个回合下来，它俩不分胜负；打了几个时辰还是不分胜负。小牛就回到岸边，跟着老李回了家。后来，小牛天天来水湾边，看大蛟的活动规律。这天，天气非常晴朗，小牛在山上吃了许多草，回家老李又喂了许多精饲料。然而，看样子小牛还是不饱。老李又给它加了些精饲料。小牛吃完了又喝了些水，就冲出了老李家，直奔大蛟住的水湾。它一头扎进水湾，和大蛟打了起来。老李也跟在后面跑过来。就见小牛头一撅把大蛟撅了老高，四个蹄子踏在大蛟的身上。大蛟的力量也不小，驮着小牛在水里摇头摆尾，几下就把小牛甩了下来。小牛下来后就把大蛟的尾巴咬伤了，大蛟痛得甩着尾巴，血流得把水都染红了。小牛再接再厉，和大蛟继续打斗。可是，这次大蛟把小牛盘住了，小牛用尽了全身的力气也逃脱不了。这时，小牛把尾巴一甩，甩在大蛟的眼上，把大蛟的一只眼睛甩瞎了。小牛脱身了就往岸上跑，大蛟就在后面追，小牛到了岸边就沉入水底，大蛟就火速冲过来，要把小牛压在水底闷死。大蛟哪里知道，小牛是虚晃一招。大蛟冲过来的时候，小牛一抬头，加上大蛟用力过猛，大蛟的肚子被小牛的两只牛角划了两道大血口子。大蛟立时败了下来。大蛟因用力过猛，一半身子落到了岸上，给了小牛彻底战胜大蛟的机会。小牛上岸就用角拱着大蛟往岸上走。大蛟痛得尖叫了一声，一溜白烟地从平地上跑进了夹河，逃进了北海。大蛟经过的平地上就形成了一条小河，就是现在的柳子河。后来，小牛繁育了许多后代，个个体格健壮，力大无比。每年农历的二月初七臧家乡的山会上，许多农民都来这里买牛回家生产，因为小牛的品种好。这里的牛就成了名副其实的牛王。

黄金河的传说

黄金河,位于福山的西北部古现镇境内,古时候叫古现河,因河里能掏出黄金,故称黄金河。河的上游有两条支流,一条源头在蓬莱地,一条在福山的磁山。两条支流在古现的北斗村西北处汇合,经古现的三十里堡村北入海,全长约30华里。

相传古时候,在磁山脚下,河的边上有一个老汉,种了一片甜瓜。这种甜瓜又叫金子瓜,据说能在千千万万颗甜瓜种子里发现一颗金瓜子。这事只是有人说过,没有人得到过金瓜子。老汉种的甜瓜,个个溜溜圆,绿澄澄的,长势喜人。瓜快发黄了,老汉就在瓜地里打了个窝棚,夜里来看甜瓜。一天夜里,有头黄得出奇的牛在瓜地边上溜达,一连几天都是如此。有一天,瓜地里来了一个神神道道的老头,开门见山地和老汉谈起了那头黄牛的事。老头告诉老汉,那是一头金牛,要想得到这头金牛,必须等到地里最后一个甜瓜熟了,用它才能打住金牛,务必要等到最后成熟的那个瓜,否则就前功尽弃了。老头说完就不见了。老汉想,怎么来了这么个怪人,说得有鼻子有眼,说那头牛是金子的。那要是头金牛,就值一个福山县的钱。甜瓜怎么能打住金牛?哪有这种怪事!一天夜里,老汉拿石头狠狠地打了黄牛,黄牛不跑也不叫,石头落在它身上直冒金星。老汉感到这牛确实来历不凡,就耐心地等着甜瓜成熟。立秋后,甜瓜陆续成熟了。老汉发现地里有一个甜瓜长得特别大,看起来成熟还得些时日。其他甜瓜都成熟上了市,那个特别的甜瓜还是鲜绿鲜绿的。霜降后,地里所有的庄稼都发了黄,但是那个甜瓜蔓儿还是绿油油的,而甜瓜刚刚见了点黄的意思。这天夜里,神秘的老头又来了,在地里看了看那个甜瓜,告诉老汉,甜瓜在立冬的第二天就成熟了,到时候他俩用甜瓜,就可以打住金牛。老汉答应了老头的话,等着甜瓜成熟。这期间,那黄牛还是天天来瓜地里溜达。

老汉盼星星盼月亮一样,终于盼到了立冬这天。俗话说,立了冬十月节,反了风就是雪。立冬这天,西北风夹着雪花纷飞,到了傍晚,老汉怕甜瓜冻坏了,就想不差一天的时间,就把甜瓜摘了回家,用棉被把甜瓜包了起来。立冬的第二天,神秘老头来地里一看,甜瓜不见了,就知道坏了大事。老头来到老汉家,埋怨老汉,怎么就等不得豆烂,甜瓜不熟就摘了下来。无奈,二人就想在夜里用不熟的甜瓜来试一试,能否打住金牛。夜里金牛没有来。第二天,二人又来到地里。在太阳出来的时候,黄牛来了。它的黄毛长得老长,闪着金光。黄牛在地里转着圈,头拱着地到处找什么,在那个甜瓜的蔓儿处直打转。老头就用甜瓜打向黄牛。甜瓜落在黄牛身上,金星四溅。黄牛晃悠了几下,大叫着逃出了瓜地,顺着小河东去,跑进了北海。黄牛跑过的时候拉了一溜的粪,落在河里就变成了金沙,就是现在的黄金河。

老头和老汉都很后悔,没有等到甜瓜成熟,没有能打住金牛。在用甜瓜打黄牛的地方,他俩发现了一颗甜瓜种子,种子的三分之二是金子的。老头告诉老汉,这是他种瓜的辛苦钱,让他拿回家好好过日子。说完,老头就不见了。

响水泉的故事

古时候,福山城西北约10华里有藏家乡的小杨家村(别名响水村)、大转村、和平村(别名小转村)、居屯村(别名小沟屯村)几个村子。这里地处山区,严重缺水,时常发生干旱现象。于是,有俗语说:"大转、小转,喝水给么点,小沟屯小沟屯,喝水不管顿。"

相传很早以前,这里的小杨家村有一个老汉,他有三个儿子。一年,这里天旱无雨,地干得不长庄稼。老汉去村南的山上拾草,突然看见在一块大石板旁边长着一棵谷子。老汉本来就是个精明人,他想,天这么旱,谷子却长得绿澄澄的,穗也长得挺长。他想探个究竟。他左看右看也没发现什么,就趴在石板上用耳朵听听石板下有没有什么声音。老汉听到石板下面有哗哗的流水声,就确定石板下有水源。他想,这里自古缺水,如果能把石板凿透,引出水来,就能解决乡亲们吃水的困难,这可是一件行善积德的好事。老汉不管三七二十一,准备了锤子和錾子,开始上山凿石板。这石板非常坚硬,錾子凿在石板上火花四溅,老汉凿了几天才凿了一个小洞,但是他一点也不泄气,天天、月月、年年地坚持凿石板。几年来老汉累得头发白了,背也驼了,眼见着就不能继续凿石板了。

一天,老汉把三个儿子叫到跟前,告诉儿子石板下面定是水源,叫儿子继续凿石板把水源找出来,只有三儿子同意和老汉一起干。爷俩就又干了半年,父亲真干不动了,三儿子就自己继续凿石板。不久老汉就过世了,儿子就把老汉葬在离石板不远的地方,好叫老汉看着儿子为他完成遗愿。三儿子又把石板凿了三年,终于把石板凿了一个大洞。忽然,石洞里飞出两只凤凰,五光十色,色彩斑斓,飞向了天边。三儿子一看石洞下还有一块石板。他掀开了石板,见到下面湿湿的泥还在动。他用錾子一拨弄,奇迹发生了。哗哗的泉水从地下流了出来。三儿子喝了一口泉水,这泉水清澈甘甜。他就弄了一些泉水来到父亲的墓前,磕着头告诉父亲他们的愿望实现了。

　　泉水顺着山沟流到了村边，村民们有了充足的水源，解决了缺水的难题。人们喝着清澈甘甜的泉水，听着泉水哗哗的响声，都非常怀念开凿泉水的老汉，就把村子取名叫"响水村"，纪念这个好人做的善事。

牟家湾的传说

　　现在门楼水库北面有个大水湾，水深数丈，黢黑黢黑的，难见水底。在福山它没有准确的名字，有叫牟家湾、潘家湾和牟家岸的，还有叫老鳖湾的。

　　传说，牟家湾住着一个水怪，它修炼多年已有了道行，能呼风唤雨，能使河水暴涨和泛滥。它神通广大，能把百姓的好东西弄到水底占为己有，时间久了，湾里就积攒了许多金银财宝。

　　一次，有个赶驴卖货的人路过水湾，在湾边洗手。他身上带了许多卖货得的银子。他看见一条大鱼浮了上来，卖货的人就用秤砣打那条鱼。鱼死了，秤砣还在鱼身上。卖货的人下水捞鱼和秤砣，被水怪拖到水底吃了。水怪把银子藏在水底，看见驴的脖子上还带着铜铃铛，就掀起水浪把驴卷进了水底，吃了驴肉得了铃铛。一次，一个新媳妇来这里洗衣服，她戴的金耳环和金镯子被水怪发现了。水怪就把媳妇拖到水里吃了，得到了金首饰藏在水底。俗话说，近怕鬼，远怕水。当地的人都知道这里有水怪，很少来这里了。

　　离水湾不远的地方，有一对小两口种了一片甜瓜。他俩把甜瓜侍理得非常好。甜瓜成熟的时候，地里一片金黄，甜瓜个个像金蛋子。小两口想，有了这些甜瓜，生活就有了着落。小两口一个也舍不得吃，就等着甜瓜上市了。一天夜里，水怪出来溜达，一看地里金黄一片，认为甜瓜是些金蛋子，就连瓜带蔓弄到了水里。第二天，小两口来地里一看，地里空空的。他俩顺着痕迹找到了水湾，一看就知道了是水怪做的坏事。小两口气得拿着铁锨和铁叉，要铲除水怪这个妖魔，为人们除害。

　　小两口藏在水湾的旁边，等着水怪出来。这天，水怪真的现形了，他们在岸上打了几个时辰。水怪回到了水里，小两口就跟到水里打，又打了几个时辰。小两口在水里施展不出来本事，就被水怪打死了，但是他俩的灵魂没有死，就藏在水底。他俩合计着，要想战胜水怪就得智取。水库的南面有许多石灰窑，小两口就弄了许多石灰，又弄了许多辣椒面，把石灰和辣椒面放在水里，把水怪的眼睛和身上烧得不行了。多天来水怪的全身没有好的地方，体力也败了下来，再也不能兴风作浪了，小两口就把水怪打死了。他俩发现水下有无数金银财宝，就想，这些金银财宝都是乡亲们的，要把财宝还给人们。于是他们就把金子化成了小块,让金子顺着湾里流进了夹河。他们又托梦告诉夹河两岸的人们,河里有金子,都可以来河里淘金子。后来,夹河边上的人们在河里淘了许多金子,过上了幸福的生活。

大钟和老鳖

大钟,原来位于福山城南 14 华里的金堆寺里,明万历六年(1578 年)铸造。据说,它在庙里多年,有了灵气,能惩恶扬善,救助百姓,还征服了夹河里的一只老鳖精,留下了一段传奇故事。

金堆寺的西南面是夹河,夹河拐弯处有一个大水湾,水湾里住着一只老鳖精。这个家伙成精后,胆大妄为,兴风作浪,祸害百姓。有时百姓在河边洗刷东西,就被它弄到河里淹死了,还有许多牲畜也被它弄死了,吓得百姓都不敢到河边。这事被寺庙的大钟看在眼里,记在心上,决心要为民除害。夜里,大钟就到河里同老鳖精打斗,打了几夜也不分胜负。一天早上,老和尚发现树上挂着的大钟,全身湿漉漉的直滴答水。老和尚想天晴无雨,大钟上的水是怎么来的?他心里纳闷,就开始注意大钟。在一个月夜,老和尚忽然听到外面有响声,就悄悄出来看,见大钟从树上下来,翻滚着出了庙门,跳进了夹河。老和尚见到夹河里水花四溅,大钟和一只大鳖打了起来。大钟把老鳖精撞得火花四起。老鳖精爬到岸上,它俩就在岸上打。连续几夜的打斗,不分胜负。一天早上,老和尚看见大钟的一只耳朵没了,料定是夜里被鳖精打掉了。老和尚也无能为力,没有办法修理。大钟在庙里歇息了几天,又在夜里和鳖精打斗。这次大钟因没有了一只耳朵,就用了拼死的一招。大钟把老鳖精托在钟口里,露出了水面,鳖精四爪朝天,离开了水面无力挣扎,就慢慢地死了。

北海龙王知道了大钟征服老鳖精的事后,就派青龙把鳖精的尸体放到海里,警示其他妖精,这就是作恶的下场。可是,大钟从此再也没有回到金堆寺。一天老和尚做了一个梦,梦见龙王为表彰大钟惩恶扬善的精神,要把大钟请到龙宫做客。第二天,老和尚来到夹河边,看见夹河的水起着浪花,青龙把大钟驮到了北海龙宫。

大钟惩恶扬善的事,被庙里的和尚代代传了下来。这事说来也怪,民国年间,金堆寺收到一封从杭州灵隐寺发来的信,信中说福山金堆寺的大钟在杭州钱塘江入海口的地方。金堆寺立马派一个叫昌子的和尚到杭州的钱塘江入海口看了看,确实如此。这口大钟,缺了一只耳朵,上面还有清楚的文字:"金堆寺"和"山东福山金善堂"。这个谜一样的故事,给古老的福山增添了神奇色彩。

潘家井的传说

　　潘家井,位于福山城西南 20 华里,福山门楼镇东汪格庄村东,夹河的西岸。这里说的井并不是井,而是多处泉眼,泉水长流不断,最旺的泉水有五六处,现已被烟台张裕酿酒公司开发成天然矿泉水基地。

　　传说,宋朝年间,大太师潘仁美和杨家将北伐攻辽失败后,被皇帝贬到胶东。潘仁美就率兵在胶东寻找安营扎寨之地。他用重金请了道士,为他选风水宝地。道士根据地理方位、水源和靠山,选定了现在福山门楼镇的汪格庄村,在村南建起了兵营。道士还为官兵选了一个泉眼,就着泉眼打了一口井,告诉潘仁美,此井可保泉水长流不断,绝对是一口宝井。潘仁美和官兵在这里住了半年有余,吃着福山的五谷杂粮,喝着泉水,人人养得体格健壮。潘仁美欲东山再起,就上书皇上,要为朝廷出力,为保大宋的江山永固出力。后来,皇帝就命潘仁美率潘家军攻打高丽国。全军将士出征,英勇作战,大获全胜,此井也跟着出了名,就取名"潘家井"。此处泉水最神奇的是冬暖夏凉,常年温度在 13～15 摄氏度,百姓就叫这里的泉眼和泉水是"暖水洞"和"暖泉",干旱时也水量不减,取之不尽,用之不竭,至今还在造福着当地百姓。

　　在福山民间,还有一个传说故事。相传,当年潘家军急于行军,有许多金银财宝无法带走,潘仁美就命兵卒把金银财宝找了一处泉眼放了进去,据说放了几天才放完,他们还在此还做了记号。后来,潘仁美派官兵回来取宝,但此处又多出了几个泉眼,原来藏宝的泉眼怎么也找不到了。他们就找来许多百姓回忆,当年原来有的泉眼是哪几眼,可是百姓也记不得了。官兵只好作罢,但百姓们知道了潘家井里有无数的宝藏。官兵走了后,百姓口口相传,说潘家井藏有无数金银财宝,引来了许多探宝的人,可是谁也没有找到那些财宝。所以就有了"谁要得了潘家一口井,能值山东一个省"的说法。这种说法在当地流传了几百年,有人还说,喝了有金银财宝的水,能长生不老。周围村的人都取泉水饮用,用这里的泉水煮茶,茶清香甘甜;做饭饭香,炒菜菜美。周围村的人多长寿,姑娘们也个个美丽漂亮。

　　几百年来,潘家井的泉水养育着这里的人们。近几年,城区的居民也来这里取水饮用,络绎不绝。

钟家庄村影树山的传说

（一）影树山的来历

影树山位于钟家庄村北,民间亦有叫树影山的,总之与树和影子有关。清朝以前此山叫北山。相传,清朝中期此山被外地船商买下后,改名影树山。故事还得从头说起。

清朝时期,外地的一个船队在福山北面的海里遇上恶劣天气,狂风呼啸,海上波涛汹涌,乌云遮天,夜里伸手不见五指。看架势,船只时刻都有翻船和沉没的可能。船老大发出信号,各船船工都在甲板上磕头,祈求神仙保佑船只平安无事。就在这危急关头,就在船只迷失航向,在水中团团打转的时刻,不可思议的事发生了,海上出现了一座长着树的山,成了船只航行的航标。船就奔着山的方向航行,海面变得风平浪静,他们平安无事地顺着夹河在福山北面靠了岸。靠岸后船老大他们仔细一看,根本没有什么长着树的山,但水中却有山的倒影。船老大感到这事挺蹊跷,就在岸边摆了供品,烧了香和纸。做完后,他们在船上一看,水中的山影消失了。几天后,船队起航回了老家,但船老大一直把这件事记在心中。无巧不成书。第二年的春天,船队又来山东沿海。俗话说不刮春风难下秋雨,船队行至福山北面的海里时又遇上风浪。狂风暴雨中,船队又迷失航向。这次,船老大又和上次那样,奔着一座山的方向而来,又顺着夹河平安到达了福山北面靠岸。这天夜里,船老大又烧香磕头,感谢神仙搭救,祈求搭救的各路神仙现身,以谢相救之恩,但没有什么神仙出现。这一年间,船队经常穿梭于胶东沿海和老家之间,一切都平安无事。秋后的一天,船队又在福山北面的海里遇到恶劣天气,西北风咆哮着,冰雹打得船板叭叭响,这时那有树的山又出现了。船老大就指挥船只向山靠近,船队又顺着夹河,来到福山的北面。船老大想,事有再一再二,没有再三再四,自己的船队三次脱险,都是此山相救。此山在哪里,有什么奥秘自己却全然不知。他就召集所有的船工,在河岸摆上供品,烧纸烧香,唱起大戏,来感谢救他们命的神仙。他们忙活了三天三夜,神仙还是没有显灵。第四天夜里,船老大怎么也睡不着,总感觉没有找到救命的神仙心里不安,就又起来烧纸和烧香。他边磕头边说:"请搭救过吾等的神仙快快显灵吧,好表表吾等的感激之心。"船老大正说着,他的前面亮起一盏灯。船老大就向灯光处走去。他走了几个时辰,天都快亮了,来到了钟家庄村的北山上。他走到一块巨石前,灯光灭了。船老大就问巨石可是救命恩人。这时,一个白发老者站在他面前。船老大赶快跪下说："多谢神仙的几次搭救,请问是何方仙人?"神仙回答乃是北山山神。两位就打开了话匣子。他们说了许多知心的话,最后山神对船老大说,他住在北山已有千年,山上有500多年的古树,有解救民间疾苦的药材,有许多益兽在修行,但是近一年来,山下城里的大户人家要买下北山,用树木来烧炭,泥土来烧窑。这里的环境已遭破坏,他就无家可归了,只能流落他乡。这一年来他四处寻找新的住所,也是有缘,和船老大他们见了三次面。说到这里,船老大一切都明白了,并告诉山神不必为此事心烦。船老大又说,这么好的山景,又有灵气,他必定将此山买下,就告别了山神回到了老家,筹集了许多银子,要将钟家庄村的北山买下。

几日后,船老大就回到福山,通过官府将钟家庄村的北山买下,并在山上盖了山神庙,唱了几天大戏,命名此山叫影树山。据说,旧时山里还有一封山名碑。后来,山神领着船老大看了山上许多物景。他们看了修炼百年的树精,有老柿子树、老杜梨树、老山枣树;还有修炼百年的动物精,有蟒蛇大爷、有老白家(刺猬)、狐狸小姐;还有山上有名的中药,有木灵芝、紫草、红根、苍术等。后来船老大就因为此山在福山县城落了户。传说,后来他们家族成了有名的富户,还出了几个朝廷命官。

影树山的来历还有一说,相传很早以前,山上长着许多古树,在千里外也能隐约看到树影。

一天,福山的一个书生外出求学回乡。当船行至福山北面大海里的时候,遇上了风浪,船在海里迷失了方向,大风夹着暴雨袭击着船只,巨浪时而将船推上空中,时而把船打入浪底,时刻都有翻船的危险。就在这危急关头,一个海夜叉出现在海中,对船上的人号叫着说:"奉海龙王之命,今天要你们众人的性命,快快报上姓甚名谁,不得有误。"船上的人都吓得不敢动弹。这时船上的福山书生大胆地说:"你海中神灵,不在海中好好生活,来帮着龙王残害我等性命,就不怕玉帝惩罚你们吗?"书生就报上了姓名:"我乃福山福地王氏之人,本是旺盛不死之人,如果你夜叉胆敢造次,我就把你和龙王送到山上困死。"说来也巧,就在这时,一座长满树的大山在海中出现了,吓得海夜叉咕噜一声沉入了海底,船就随着北风跟着山的影子,来到了八角港口靠了岸。船上的人都看到救命的山在福山县城的西面,就来到山上拜谢。在这里,他们才明白原来救命的山是此山的影子,后来就叫这里为影树山。

(二)柿子仙树和蟒蛇大爷的故事

在影树山的西面,有一棵好几百年的老柿子树,已有了灵气。它的树下有一个洞,洞里住着一条几百年的蟒蛇,人称蟒蛇大爷。蟒蛇灵气不小,能产出冰片(一种中药),两只眼睛已成宝珠。它们俩同住一个地方,为当地百姓做了许多好事,远近村民常到此参拜,祈保平安,消灾祛病。

传说一开始的时候,并没有人知道老柿子树和蟒蛇大爷的本事。俗话说,七月核桃,八月的梨,九月柿子来赶集。在一年的农历九月底,钟家庄的村首去山上砍柴,累了就在老柿子树下歇息,迷迷糊糊地睡着了。他梦见一位似人非人,似蛇非蛇的神灵,告诉他明年三月,影树山周边有一次瘟疫,要死很多人,如要免去一死,你回去告诉村里的民众,上山来摘柿子拿回家晒成柿干,等明年瘟疫来了的时候,用柿干泡水喝即可。神灵又说此事不得有误,快快起来吧! 这时,村首感觉被人踢了一脚。他醒了过来知道这是一个梦。他想,为什么偏偏在柿子树底下做了这么个梦呢? 此梦必有缘由。此梦又人命关天,他就回到村里一股脑地告诉了村民。村民们宁信有不信无,就一传十十传百地传开了,都摘了柿子回家备用。

第二年的春天,福山城北面的村庄果然传染了一种瘟疫。瘟疫来势凶猛,染上必死。有的人去埋葬死者,在路上染了病,还没回家就死在半路上。官府为了预防传染,就用生石灰把村围起来,不准出入,以防蔓延。

人们想起头年村首做的那个梦,就都用晒的柿子干泡水喝,有说是老柿子树说的,有说是蟒蛇神灵说的。说也奇怪,后来真的就止住了瘟疫,有几个人就是不信,结果染了瘟疫而亡。人们都说是老柿子树和蟒蛇救了他们,叫柿子树是柿子仙树,叫蟒蛇是蟒蛇大爷,每年农历二月初二龙抬头日和农历九月柿子上市的季节,这里的人们都要在老柿子树下祭拜,为柿子树挂红,祈求平安。平时村民有了疾病和难事也都来参拜老柿子仙树和蟒蛇大爷。

(三)刺猬、地瓜和萝卜的传说

相传很早以前,钟家庄村的影树山上住着许许多多的刺猬(民间俗称白家,有灵气的叫白仙家),还有一只成了仙的白家。它们很守规矩,从来不偷吃村民的庄稼,也不在民间做坏事,与村民和睦相处。那成了仙的白家还为民间做了一件好事,至今被传为佳话。

那时,民间还没有地瓜。这一年,久旱无雨,庄稼歉收,人和畜类都缺少食物。白仙家化成一个老婆婆,到处找可食的东西。白仙家来到一户人家,看到这家的媳妇用苞米细面做饭给公婆吃,粗面给孩子和丈夫吃,自己吃最外面的麸皮。白仙家就问那儿媳妇,苞米面为什么要这么吃,媳妇答道公婆年老体弱应吃细的,孩子和丈夫也应吃得好一点,自己就无所谓了。白仙家感到这是一个很孝顺的儿媳妇。她又走了几家,白仙家发现家家都少吃的,但家家都过着和睦的日子,人人尊老爱幼,这里都是些善良的人们,就是因地理环境所限,庄稼经常无收成,家家户户缺粮。白仙家就想帮助这里的人们添补一种粮食,来解决吃粮问题。

白仙家找到了司粮天官,向司粮天官说明了钟家庄周围土地薄瘠,山区又缺少水源,要司粮天官赐一种适合这里生长的庄稼,司粮天官就给了它一些地瓜的瓜秧。白仙家回来叫村民种在地里。秋后地瓜大丰收。村民们一吃地瓜。地瓜甘甜可口,是一种好庄稼。第二年,人们又种了许多地瓜,长势非常好。夏至后,来了一只老鼠精。他偷吃了地瓜后,感到口味很好,又是新鲜食物,就想独享这里的地瓜。于是,他率领着小老鼠们,给地瓜吹上了毒气。人如果吃了毒地瓜后,在百天内不吃萝卜,就必定会中毒身亡。无巧不成书,正好司粮天官视察天下的粮食,发现了老鼠的诡计,就叫来了白仙家,把给地瓜解毒的植物种子交给了它,就是现在的萝卜种子。

白仙家把萝卜种子送给了村民,并要求村民立秋时一定把萝卜种完,萝卜和地瓜在霜降同时成熟。又嘱咐村民吃了地瓜后百天内一定要吃萝卜,这样就不会被地瓜毒死了。有了萝卜后,老鼠气得不得了,走几步就低头吹气放毒。玉皇大帝就放了天猫下来专门来吃老鼠。

萝卜和地瓜在山脊薄地都能很好地生长,解决了村民缺少食物的问题。有一个县官想推广这两种农作物,就来到钟家庄的地里,向送来两种作物的神灵参拜。村民们也纷纷参与,香火点上后烟雾直往影树山的大槐树处刮去。他们就来到大槐树下参拜。这一参拜不要紧,大槐树根的树洞里出来无数个白家。县官生气地说:"你们畜类为什么见本官?"这时奇怪的事发生了,树洞里发出了说话的声音:"报告父母官大人,我乃已得道的白家,只是帮民间要了点庄稼,这点小事经不起你的参拜,由众子孙向大人还礼。"这时,人们才知道是白仙家送来了地瓜和萝卜。县官夸白仙家是保护粮食的仙家。从这以后,人们又给了白仙家一个美名,叫护粮神或护粮官。福山民间还留下了一个习俗,逢年过节的时候,都剪白仙家的剪纸贴在盛粮食的地方,用来保佑粮食无毒和不生虫子,祈求粮食吃也吃不完。据说,这个习俗已有千年了,而钟家庄的地瓜在福山是首屈一指的好庄稼。

(四)碧霞元君与淘井的故事

钟家庄村在卧牛山的西南面,海拔 115 米,多为石灰页岩岩层风化地貌。这里平时就缺水,到了旱天就更不用提了,每到旱天就要淘井,每次淘井都出许多麻烦。旱天一到,村民们就都犯了愁。

　　传说很早以前,村中有两口井,一口在村西,一口在村东,村西的井地势高,村东的低。这年干旱又要开始淘井。每次淘井的时候,村中有名望的人都要出面协调村中两口井的深浅,如果东面的井淘得过深,西面的井因地势高就无水了。

　　话说东面的井情况有点特殊。村民到东井取水,要经过一块私人的果园地。果园主人姓周,非常"够囊"(吝啬的意思)。村民取水经过这里,他常找碴索要东西。有几次他还偷着淘井,使村西的井因地势高而无水,这事引起了村民的不满。

　　老周的所作所为早被碧霞元君公主发现了。碧霞元君公主想,自己作为一方神灵,要帮百姓解决吃水难的问题。碧霞元君公主向泰山山神求援,泰山山神就介绍公主去黑龙潭,找黑龙帮忙解决。碧霞元君公主向黑龙说明了来意,黑龙就给了公主一只泰山泉水蛙。这是一种宝蛙,它能使水源永远不干枯。碧霞元君公主就把泉水蛙暂时养在自己宫中。按当地的习俗,每年农历四月十八是供奉王母娘娘的日子。这天老周也来祭祀,却把祭祀剩下的酒给喝了。这一喝不要紧,他醉倒在了庙里。夜里他听到王母娘娘和碧霞元君公主在说话。王母娘娘问公主,村中两口井,就一只泉水蛙,要放在哪口井里。碧霞元君公主说要放在村西的井里,因为村西的井叫东边的井闹得经常无水。王母娘娘说公主的做法是对的。这些话被老周听见了。这个小气的人动了不正之心,想把泉水蛙占为己有。他在庙里四处翻找泉水蛙,找了半天也没有找到。因为没有找到泉水蛙,他又在庙里边找边骂,骂了许多对王母娘娘和碧霞元君公主不敬的脏话,把泰山泉水蛙气得忍无可忍,就尿了一泡尿在地上。老周就被尿滑倒了,腿摔断了。第二天一早,他喊着:"救命啊,救命啊!"老周被人们救了,但他还是猪头烂了嘴不烂,说了庙里发生的一切,埋怨王母娘娘和碧霞元君公主说大话,哪里来的什么泉水蛙,害得自己腿摔断了。

　　后来,天一天比一天旱,村里的两口井都没有水吃了,村里有名望的人就组织淘井。按习俗,淘井前要先祭拜水神。村民们都送来了供品,一切按规矩办。先淘西边的井,当天发生了意想不到的事情,村中发出了哗哗的流水声。村民们一看,村西的井发出了绿色的光,井中泛着水花,涌出的水比以前多了许多。有几个村民看见了水中的泰山泉水蛙的身影,和老周说的如出一辙。村东的井里没掏也有了许多的水。村民们高兴地点上了香和纸,摆上了最好的供品,向王母娘娘庙和井上参拜。从这以后,井水即使在最旱的时候也没有干枯过。

　　后来,老周的腿好了,他的"够囊病"又犯了,又向来挑水的村民索要东西。

碧霞元君公主就给泉水蛙发了个信儿,告诉他只要老周向村民要东西,就叫老周到井里取水时井中无水。有好几次老周多天没有水吃,有明白的高人就指点老周,告诉他他的行为把神仙惹火了,这是自作自受;不改了"够囊"的坏毛病是打不到水的。老周听了后,逐渐改掉了贪小便宜的毛病,还在下雨的时候,把通往井边的路整整平添点土,冬天扫扫路上的雪。村民们见老周变好了,都和他打招呼。跟大家相处和睦了,老周也整天乐呵呵的。

沙山显宝

沙山,位于福山城北,夹河西岸的胜利东村北面,今属烟台经济开发区,距福山城区 12 华里。旧时,胜利东村是逃荒者流落到此而形成的村落,民间称这里是侨户村、沙里旺村和北沙旺,1949 年后更名为胜利东村。30 年前,沙山还在,后因建立开发区把沙山整平了。在福山,沙山留下了许多传说故事。

(一)避风珠的传说

在民间有这样的说法,平地起沙山,必有宝物。福山的沙山就属于这一种。很早以前,有一个挑八股绳的人(指挑两只筐子的买卖人),常年挑鱼来福山城里卖,沙山是他的必经之路。这年早春,他挑了凉水偏口鱼和开冰梭鱼,这是正月的第一海鲜,也是鲁菜之乡的最爱。这天,忽然刮起大西北风,挑夫走到沙山迷了路,沙粒打得他的脸生疼。他就找到一处刺槐丛避风。奇怪的是,远处的风呼天嚎地,黄沙漫天飞,可是这里一点风都没有。他正琢磨着,突然看见一个一丈长的蜘蛛网,上面有一只巴掌大的蜘蛛,蜘蛛的头上顶着一个珠子,那珠子五光十色。东面风大的时候,蜘蛛就把珠子放在蜘蛛网东面,东面的风就刮不到蜘蛛网了;放在蜘蛛网西面,西面的风就刮不进来了。后来蜘蛛用了四颗珠子,分别放在东南西北四个方位上。挑夫想冬天怎么会有蜘蛛呢,这一定是人们说的沙山宝贝避风珠。过了一会儿,风停了,蜘蛛在网上休息。这时飞来一只大鸟要吃蜘蛛,挑夫就抢起扁担把大鸟赶跑了。连续几次,大鸟都没有得逞。后来,挑夫就要走了。刚走了几步,他感觉担子被什么拉住了。他回头一看,原来是一根蜘蛛网的丝。这时,蜘蛛的一颗珠子从网上滚进了筐里。挑夫把珠子送到了蜘蛛网上,可是蜘蛛网上的丝还是拉着他没法走,一连几次都是这样。挑夫想大概是他救了蜘蛛,蜘蛛要回报他吧,挑夫就把珠子装进了兜里,那蜘蛛网的丝就断了。以后,挑夫常来这看看蜘蛛,还自言自语地和蜘蛛说说心里话。这蜘蛛似乎还真通人性,挑夫一来,它总是在网上手舞足蹈地跳着。

一次，天刮大风，其他村的草屋都被风刮坏了，挑夫村的草屋却太平无事。挑夫告诉村民这是避风珠起的作用。许多人都叫他拿避风珠试试避风的效果，他拿着一试果然有奇效。村民们都很高兴有这样一件镇村之宝。这事被城里一个歹人知道了，他千方百计想把避风珠占为己有。他用了许多卑鄙的手段，要从挑夫手中获取避风珠，扰乱了挑夫的生活。挑夫不堪其扰就约了那个歹人，要把避风珠还给蜘蛛。他俩来到沙山，找到蜘蛛。挑夫刚把避风珠拿出来，那歹人还没有来得及抢，就被蜘蛛丝收了回去。那歹人迫不及待地在刺槐丛中蹿来蹿去地抓蜘蛛来抢避风珠。可他哪里是蜘蛛的对手，被刺槐刺了满头满脸满身的口子。后来，他的身上长了很多的疤癞，人们都说他是自作自受，叫他疤癞人。

这就叫一物降一物。沙山的蜘蛛和避风珠就世世代代在沙山上保护着福山人不受大风侵袭，安居乐业。

（二）沙山沙参的传说

沙参，是一种药材，可润肺、止咳，还是滋补的佳品。福山的沙山上长着很多的沙参，但很早以前当地人并不知道沙参的药效，是一段人与动物和谐相处的故事让人们认识了沙参。

事情还得从头说起。很早以前，沙山南面的沙里旺村，住着一户董姓人家。老夫妻俩为人心地善良。老董下地种庄稼，老伴在家料理家务。老夫妻俩都酷爱动物，家里养着鸡、鸭、鹅、猪、猫、狗，还养几只鸽子。他们家的小动物个个都活泼可爱。一天，天下大雨，老董家的院子里来了一只特别大的刺猬（刺猬，福山民间称为粮食神、白仙家和老白家，还有叫粮草官的，又有说千年的刺猬是白色，万年的是黑色）。老董家来的这只刺猬是白色的，肚子非常大，雨一淋就走不动了，老董费了很大的劲才把老白家弄回了家。老伴一看老白家很快就要生小刺猬了，赶紧把它弄到草屋里，放上水和粮。大雨还是一个劲下着。下午白家就生了六个小刺猬。小刺猬个个焦黄，非常可爱。老白家很懂事，几天后，就把家搬到了院子的一个草垛里。老董两口子高兴地说老白家真成了粮草官了。夏天的夜里，老董两口子在院子里纳凉，老白家们就出来，学个老头咳嗽，打个滚儿，来逗老两口玩。说来也怪，自从老白家们住进了他们家的草垛后，老两口就发现草垛的草怎么烧也不见少，老两口再不愁没草烧了。

俗话说，天有不测风云，人有旦夕祸福。这年沙山南面村里的人都得了一种咳嗽病，老两口也没有幸免，咳得卧床不起了。自从咳嗽病来了以后，老白家们驮了许多的沙参来，但老两口也不知道这是一种药材，没有当回事。一天，老婆婆拖着病体起来烧水,一掀开锅,就见到几只鸽子叼着沙参往锅丢。老婆婆要往外拿,鸽子就啄她的手。老婆婆纳闷,想这难道是药吗?于是把此事告诉了老董。老董说那就放锅里煮吧。沙参水烧开了,气味芳香,口味甘甜微苦,老两口尝了尝,清爽润喉。过了一会儿,他俩感到不那么气喘了,便大口地一人喝了一碗,上炕睡觉了。他俩醒来后,奇迹发生了,咳嗽的症状全消失了。老董在院子里活动了几圈,也不咳嗽也不喘了,他们就知道是沙参起的作用。第二天他俩又继续喝沙参水,感觉很好。老董告诉邻居们也来试试。果然,沙参水治好了村民的咳嗽病。从此,这里的人们都知道沙参可治咳嗽病。后来,在福山的药王庙庙会上,外地的中医说沙参确实是治咳嗽的良药。福山多了一味治咳嗽的好药,沙山也成了采沙参的好地方,世代保佑着福山人。

这真是,人和动物来相处,动物救人药方出。人和动物都平安,人畜和谐有好处。

(三)海龟现身的故事

传说,平地起沙山,必有说辞。福山的沙山是怎么来的,已没有办法考证,但有个传说挺有意思。

很早以前,沙山上长满了刺槐、甜茅草、碱蓬菜、马齿苋和沙参。在槐花开放的季节,沙里旺村许多人都来山上采槐花、挖野菜。有一年,沙里旺村一个有名望的人老周来山上看槐花,溜达累了就在槐树林里歇息。他在细细的沙地上一躺,就睡过去了。他梦见一只巨大海龟和他说话,海龟告诉他自己是怎么被玉帝和北海龙王罚到这里变成沙山的。

一年,北海龙王变化成人形出游福山县城,在东门外看见个卖饭的小摊,有一老者正在用拐杖打一个年轻人。他问所为何事。老者说,这个混账儿子,用烂了的蔬菜做饭卖给客人吃,不讲卖饭人的道德,必须狠狠地打,好让他记住。龙王笑了笑就走了。龙王又来到城里,见到一个残疾人在卖蔬菜,人们都在买他的菜,一会儿蔬菜就卖完了。龙王问残疾人,你卖的蔬菜便宜吗,他回答说不便宜,是城里的人可怜我有病,都来买我的菜。龙王想,都说福山人心眼好,还真是名不虚传。龙王就假装成一个盲人,在城里大街上走着。这时过来一个孩童,问龙王说:"爷爷要去哪里?我给你带路。"龙王说:"把我领到你家去,给我点饭吃吧!"孩童就搀着龙王来到了家里。龙王和主人说明了来意,主人就留龙王在家吃了炸酱面,龙王吃得心满意足。告别了主人,他沿着夹河边往北海走。龙王一看夹河的河堤非常不牢固,一算近期夹河上游要下大雨,海里又有"跑马潮"(跑马潮是海中的自然大潮,来势猛又有破坏力),如果夹河水入海时遇上

"跑马潮",两水相遇必危及福山县城。俗话说,水火无情,福山人这么心地善良,怎么能让水患淹了福山人呢? 龙王就风风火火回到北海,想办法来救福山人。他想了许多方法,都感到不妥。龙王忽然想起犯了天条被锁在海底的巨龟,就到天宫找玉帝请示,要派巨龟变成沙山,挡住海中的"跑马潮"。玉帝爽快地答应了,龙王得令后就派巨龟到了沙里旺村的北面,以沙山的形象出现在这里,保护着福山人。

果然,几天后,福山南部大雨倾盆。几天的大雨灌满了夹河,泛黄的河水流入北海,同时海里也来了"跑马潮",巨浪快速地倒灌入夹河,挡住了河水下行。夹河的水眼见着就要满了,两岸居民危在旦夕。就在这关键时刻,巨龟伸出长长的脖子,用力地咬着"跑马潮"的巨浪后退,夹河水就畅通无阻地流入了北海,保住了福山的安全。这种事巨龟每年都要做几次。巨龟说,几百年来他一直听玉帝和龙王的话,在这里坚守岗位,保护着福山人的安全。但是,近几年来,许多村民都来沙山上采槐花,挖马齿苋和沙参,把他身上挖得千疮百孔;采槐花的人把槐树的枝条都折断了,夏天晒得他像坐在热锅里。巨龟求老周救救他。

就在这时,老周醒了。他就回村把这个梦告诉了村民。村民们便立下了规矩,不准在沙山等地方乱采乱挖。保护好环境,也是保护自己,要给子孙们后代留下青山绿水,永保福山太平。

龙石的传说

在福山城南,旺远于村村南的南夼里有块巨石,长约 50 米,宽约 20 米,石头青、黄两色相间,弯曲似龙,有头有尾,被村民们叫作龙石。龙石的旁边有泉水常年流淌。

相传古时候,北海龙王派了一条青龙来福山巡查旱情。它发现这里风调雨顺,青山绿水,瓜果飘香,人们生活安定。当青龙来到旺远村里的时候,见到有户人家的儿媳像喂孩子一样在喂婆母吃饭。老婆婆的牙齿已脱落,长年卧床不起,真难为了这儿媳。青龙看这个儿媳如此善良孝顺,就发了善心。它变化成一个郎中,给了老婆婆一服药,把老婆婆的病治好了。青龙来到旺远村的南夼里,感到口渴,就在泉水旁边喝水,突然听到一个老婆婆的哭声。他过来一看,老婆婆穿的破衣烂衫,骨瘦如柴。老婆婆向青龙诉说着自己的遭遇。原来她丈夫早逝,撇下了一儿一女。她含辛茹苦地把两个孩子拉扯大,女儿出嫁,儿子也娶了媳妇。可是,儿子从小就不孝敬母亲,结婚后因为母亲老了、无用了,更是多次虐待母亲。老婆婆被逼无奈,只得流浪街头,乞讨度日。老婆婆的悲惨遭遇激怒了青龙。青龙就对老婆婆说,天神必定来惩罚这个不孝之子。天神就命令雷公劈死了那不孝之子。儿女都是父母的心头肉,老婆婆舍不得儿子离去,要跳下山崖自尽。青龙一看,就在半空托起了老婆婆,救了老婆婆一命,并告诉老婆婆:"这一切都是天意所为,不要悲伤了。你还有儿媳妇和女儿,能为你养老送终,回家好好过日子吧!"这时,老婆婆听到了北海龙王和青龙的对话。龙王爷告诉青龙,他在救老婆婆的时候,身上留下了人类的痕迹,再也不能返回龙宫了。因青龙舍己救人,龙王爷把青龙化为了石龙,留在了人间。就在这时,天空大雨倾盆,老婆婆就见到青龙化成了石龙。

雨过天晴,老婆婆回村把此事告诉了村民,村民们纷纷过来观看,一条美丽壮观的石龙呈现在村民面前。老婆婆的儿媳和女儿也来到这里,拜谢了青龙的救母之恩。后来,村民还在这里盖了一座青龙庙,用来纪念青龙。人们常用这个故事来教育后人,要孝敬父母,善待家人。

龙王洞的传说

龙王洞,位于福山西南 32 华里,俗称龙王宫和冯家洞,在冯家村的南面。传说,洞的里面有座龙宫,通往龙宫的路是大洞套小洞,洞中有洞,洞洞相连,有时走着走着又回到了原地,没有几个人进去过。这个洞非常神秘,据说曾经有一条狗,从冯家洞的洞口进去,三天后,从栖霞的一个洞口出来,身上的毛都没有了。

明朝年间,有一个乞丐住在洞的外边。有天夜里,叫花子起夜,迷迷糊糊地迷失了方向,找不到住的地方了,就在洞里摸索着走,走了大约一天的时间,也没有找着洞口。他在洞里越转越糊涂,连滚带爬地摸索着继续找。又不知道过了多久,他突然发现前方一亮,便朝着亮光的地方走去。他走到跟前一看,是一座龙宫。宫殿宏伟壮丽,飞檐斗拱,蔚为壮观,旁边还有一条清清的小河,岸边长满了桃树和柳树,好一派诗情画意。叫花子看着,想这里真是仙境。他的肚子饿得咕噜咕噜地叫了起来,正巧这时过来一个白发、白眉、白胡须的老者。叫花子一看来了救命的人,就跪地向老者乞求救命,告诉老者自己实在饿得不行了。老者把他带进了房间,给他端上热乎乎的饭菜。他自己没有先吃,而是先请老者吃。老者叫他快吃,叫花子才狼吞虎咽地吃了个肚儿圆。他吃饱了就帮老者收拾碗筷,又把屋子收拾得干干净净。老者问叫花子为什么这么勤快。他就说:"吃水不忘打井人。你给了我饭吃,我没有钱给你。干这点小活算什么?"老者为了试探叫花子,就把许多豆子和小石块掺合在一起,叫他把豆子和小石块分开。叫花子仔仔细细地分。老者在旁边看着便问叫花子："如果你有花不完的钱，你怎么办？"叫花子说："要是我真有了钱，就分给吃不上饭的人。人不管穷与富，不能只是想着自己。如果人人都富了，我叫花子上门讨饭也便宜。"老者看叫花子是个可信赖的人，就给了叫花子一包干粮，告诉他出洞口的路线。叫花子又磕头又作揖，谢过了老者，就按老者指点的方向，往龙王洞的外面走去。

叫花子走了半天，感觉肩上的干粮包袱越来越重。他想，怎么这干粮会这么重？他打开包袱一看，里面全是金子和银子。他回头往宫殿的地方看去，却漆黑一片，什么也看不见。他知道了这是老者的恩赐。他按照老者的指引，很快走出了龙王洞。他想，有了这么多的金子和银子，自己几辈子也花不完，就把它们分给了讨饭的伙伴和其他贫穷的人，让他们都过上了好日子。

叫花子分金子这事被一个懒汉知道了。他整天偷偷摸摸，游手好闲，总想发个歪财。他一听叫花子走了发财的鸿运，就天天缠着叫花子问这么能到龙宫去。叫花子告诉他，自己也是误打误撞地到了龙宫，真说不上来是怎么去的。懒汉气得就要自己到洞里取宝。他带上干粮，来到龙王洞里，东一头西一头，大洞小洞不知钻了多少个，把头都撞了好几个大包，好不容易找到了龙宫。懒汉一看小河边上的桃树上结满了仙桃，想这定是吃了能长生不老的仙桃，就迫不及待地伸手去摘桃子。桃树看着不高，但他怎么也够不着。于是，他爬上了桃树。他爬得越高桃子就越高，这时树枝一弹，把他弹到小河里。懒汉在水里挣扎半天也无济于事，就一命呜呼，被河水卷走了。

过了几天，懒汉的尸体被水冲出龙王洞。人们看到懒汉的身上写着四个字"心贪手脏"，这就是懒汉贪心的下场，成了人们茶余饭后的笑料。

漏金顶

漏金顶，位于福山城南 23 华里，绍瑞口村西南，兜余镇和回里镇的交界处，因旧时山坡上有个水坑，坑里能淘出金子而得名。

传说，古时候，漏金顶的山下住着一户老夫妻。他俩过日子很仔细，一分钱能掰成两半花。夫妻二人都很贪财。一天来了一个外地人，要租他俩一间房子。夫妻俩想房子闲着也无用，还能得到租金，就租给了外地人。只要下过雨后，外地人就自己悄悄地到山上的水坑淘金子。他早出夜归，把淘金的工具藏在山上，谁也没发现他淘金子的事情。连续几年，外地人淘到了不少金子。一天，他告诉老两口自己要走了。由于和老两口相处的关系很好，他把淘金的工具送给了老两口,还教会了老两口淘金子的方法。

外地人走了。一天,下完小雨,老两口就山上淘金子,第一天确实淘了不少。他俩去城里把金子卖了,得了不少钱。老婆想,这回行了,可发了财,就等着再下雨,去水坑淘金子。第二次,雨大水坑也大,他俩淘的金子也多,又卖了许多钱。老婆就说,水坑越大金子越多。她叫老头上山,把原来一丈大的水坑开的有四五丈大。不久,天又下了场大雨,水坑里的水多了,也深了。老婆想,这次能淘更多的金子。她早早地就和老头到了水坑准备淘金子。可是,水大了、深了,老两口却怎么也淘不出来金子了。因为老两口财迷,天天在水坑里淘,越淘水坑里的水越多。天大旱的时候,水坑的水也不见少。后来村民都来取水浇地,怎么用水也不见少。老两口想,这里可能成了一个泉眼。他俩盼着水坑能和以前那样大小,能淘出金子来,还是经常到水坑看看,有没有什么变化。

一天,外地人突然来了。老两口告诉外地人,水坑淘不出金子了。外地人和老两口一起来到淘金的水坑一看,说,这下可坏了大事,是什么人把地下的水眼挖通了。因为金子发沉,水眼已通,金子沉到了泉眼的底下,谁也淘不出金子来了。老两口后悔得要命,就说了实话,告诉外地人是他俩把水坑弄坏了。外地人就说他俩:"贪财贪财扩水坑,金子全部落水中。贪财必然两手空,竹篮打水一场空。"

由于金子都漏到泉眼下边了,所以后来这里就有了个名字叫"漏金顶"。

迷鸡山的传说

大小迷鸡山,位于福山城西16华里,东厅村西南2华里处。《福山县志》记载:"米俗山,在县西南25里,俗呼密取山。"清康熙、乾隆年间《福山县志》皆载:"迷鸡山,在县西南20里,旧志名米取山,又名米俗山。"传说,有一个樵夫看见一只金鸡在山顶上盘旋,像是迷失了方向,落在山上。后就叫两座山是大迷鸡山和小迷鸡山。小迷鸡山与大迷鸡山相连,但比大迷鸡山矮小。

迷鸡山有这样一段传说,福山城南12华里有一个仇村,仇村村西北有处茔地,叫孙家茔。孙家茔种了许多柞树(福山称梓栎,即麻栎)。因孙家茔地气好,孙氏后人常出大官。孙氏的后人当了主管考试的官员,他为人正直,做官清廉。南方考官的举子贿赂他,他不但不收,反而把南方的举子训斥了一顿,于是得罪了南方的举子。南方举子没有中官,有两个举子就对福山的考官恨得要命。他俩都会看地气风水,知道福山的官家茔地的地气好,就想"作索"(糟蹋)福山的官。他俩来到福山,白天把孙家茔挖了个"十"字的豁口,认为这样就破坏了孙家茔的地气,可是白天挖开了,夜里就填平了,一连几天总是这样。无奈,夜里两个南方举子就来茔地看个究竟。后半夜,他俩忽然看见两只金鸡把豁口填平了。他俩把耳朵贴在地上听动静,突然听到了金鸡的话:"这两个南方蛮子,挖一年也破坏不了茔地,就怕他俩用黑驴粪的烟来熏咱俩,到那时咱俩就要搬家了。"这是金鸡迷惑两个南方举人的。他俩中了计,急忙弄了一些黑驴粪在茔地烧,但是怎么点也点不着。他俩就砍了一些柞树枝,晒干了点燃了驴粪。随着浓烟的升起,只见一对金鸡从孙家茔飞出,金鸡东一头西一头的,飞到了黑山岭的山上面,在空中打转。天快黑了,一个樵夫看见了这对打转的金鸡,以为它们迷失了方向,就仔细地看着金鸡的动向。这时金鸡钻进了山里。后来许多人都听到金鸡在山里叫,就把此山叫大迷鸡山和小迷鸡山。

　　两个南方举人又用了很多方法来破坏孙家茔的风水,但怎么也破坏不了。福山人官越做越大,他俩一气之下,放火烧了孙家茔里的树。因火势太大,一个南方的举子被火烧死了;另一个举子要在一棵柞树上上吊自杀,被村人救了下来。村人知道了他俩的所作所为,对他进行了批评教育。善良的福山人还帮他把伙伴的尸首埋了,给他盘缠叫他回老家去了。

　　后来,也不知道是什么原因,孙家茔周围的柞树再也长不成大树了,成了丛生的小灌木。人们都叫这种小灌木"梓栎"或"穷柞",还留下了一句话,说那些做事做过头的人,是孙家茔的梓栎——穷柞(穷作)。

落山坡的传说

　　落山坡,位于福山城西北 26 华里,在古现镇东吴家村西面,其西面有座大山叫磁山,是福山的第二高山。传说,很早很早以前,磁山上有个老神仙,因磁山的东面是陡壁悬崖,人们无法上山饱览风光,他就求造山神来帮他解决磁山的陡险问题。有一天,人们看到磁山东面的天上乌云滚滚,乌云中落下了一个缓冲的山坡,成了磁山东面的大坡,和磁山连在了一起,就形成了所说的落山坡。也不知道过了多少年,罗姓人在旁边盖了房子,种了果树,雇了人放牧,因为福山人说话"落"和"罗"发音不分,就把落山坡叫成了罗山坡。

　　在福山民间,有一个流传了几百年的故事,就发生在罗山坡,那就是王小买下落山坡的故事。

　　传说,罗姓人家里有个牧童叫王小,王小和母亲相依为命。王小聪明伶俐,还跟着一个账房先生学了许多字,能写诗答对,可谓不出门的小秀才。他在山上放羊从来没出过差错,很得东家的好评。有一天,王小在一块中间高两边低,坐北面南,像太师椅的地形里放羊。这里有泉水缓缓流出,山花烂漫,鸟语花香,真是美不胜收的好地方。王小看见一个陌生人在一块石板上比画,就好奇地过去看,一搭话得知那陌生人是个南方人。南方人向王小打听土地是谁家的等事,王小做了回答。他看到南方人在石板上画了个圆,边上是许多长长短短的杠杠。王小不懂,但是他有过目不忘的本事,回家后先把此事告诉了母亲,又去问账房先生。先生告诉他,那是八卦图,是看地气用的,还告诉他南方人对地气研究的水平。第二天,王小又来到这里放羊,南方人就给了王小十个铜钱。他告诉王小,钱不是白给的,叫王小帮他忙。他把十个铜钱放在地上告诉王小,他在四个方向用脚踩地,叫王小看看铜钱能不能上下动。南方人就开始踩地,王小一看铜钱确实动了,但是,王小留了个心眼,就告诉南方人一点也没有动。南方人又告诉王小,他在山顶踩脚,让王小观察山下的一个水潭是什么样。南方人踩脚的时候,王小看着水潭里的水起了水花。南方人下来问王小水是什么情况。王小就说,什么情况也没有,和原来一模一样。南方人叫王小用同样的方法来踩脚,他自己来看看铜钱和水的变化。王小高高地抬起了脚,却轻轻地落了下来。南方人看王小用力并不小,铜钱和水都没有动,就感觉可能是自己看走了眼。王小回来后,他就告诉王小,他在一块土厚的地方插上一条柳枝,明天这柳枝就能发芽。王小就说:"你净瞎说,哪有这种怪事?"南方人叫王小好好看着柳枝,不要被人动了。傍晚,南方人走了,王小神不知鬼不觉地把柳枝用火烧了烧,又插了回去。第二天,二人来看柳枝。南方人拔出柳枝一看,柳枝已经焦了。他想王小一个小孩不可能捣鬼,这里怎么成了火地? 南方人就以这里为中心向南北东西方向,各丈量出了 100 步,在地上画了一个圈。他趴在地上用耳朵听了半天,告诉王小下午再来做实验。下午,南方人拿来两个鸡蛋,告诉王小鸡蛋埋在圈内,第二天能孵出小鸡,叫他好好看着,千万不要被别人动了,明天二人辰时来看。王小点了点头说:"好,辰时准到。"傍晚,王小把此事告诉了账房先生。先生说,有的南方人很可恶,专门破坏人家的好地气,就告诉王小夜里把两个鸡蛋拿回来,放在锅里煮熟了,再把鸡蛋埋回去。王小按先生说的做了。第二天南方人怕王小捣鬼,天不亮就来看着埋鸡蛋的地方,他哪里知道,鸡蛋早叫王小掉了包。辰时已到,王小准时到了。二人取出鸡蛋一看,鸡蛋都熟了。南方人想这里还是火地,就拿出了自己的杀手锏。他在周围取了一些细土,在地上放了一张黄表纸,用八块石头压在上面,叫王小在远处看着,南方人在山顶上,一把一把地扬细土。王小就趁南方人不注意的时候,把一些细草末撒在了纸上。南方人回来看了看,对王小说,这里是火地,火地难葬百家姓的人。王小装着听不懂样子,问为什么。南方人说柳枝不发芽,鸡蛋熟了,原土不归原位，不是什么好地气。他说完了就走了。王小想这里肯定是好地气，就把此处做了记号，回来告诉先生，南方人说自己看走了眼，不是什么好地气。先生对此没有在意，没有说什么就作罢了。

几年后，王小长大了，和账房先生合作得不错，常常给先生家送点柴火，干点零活，给先生捶捶后背揉揉肩。王小的母亲身体一天不如一天了。王小就和先生商议，要买下罗山坡的一块地，作为父母的茔地，钱不够就用放羊的工钱顶债。先生知道东家不会轻易把地给了王小，但想王小这孩子挺好，人也孝顺，一定要把这个事撮合成了，就答应了下来。他告诉王小，一定帮他圆了这个心愿。一天，先生告诉王小随便准备点酒菜，和他一起找东家商议买地的事宜。王小买了一只烧鹅、一坛酒，用食盒提着，来到东家家。王小把酒倒在大海碗中，把烧鹅放在桌上，三人就在一起喝酒，商议买地的事。先生说了王小的想法，东家听了想，那里不是什么好地，就痛快地答应了。先生对东家说，他作为中间人，还是写个字据为好。东家就说："写吧，写吧。"账房先生拿起笔写道："一海酒、一河鹅，王小买下罗山坡，谁要反了悔，要换王小一海酒、一河鹅。"写好后，先生指着大海碗的酒，指着食盒和烧鹅，把字据念了一遍，东家也没有在意就按了手印，画了押。就这样，王小得到了罗山坡的那块地。

后来，王小的母亲过世，他把父亲的骨骸和母亲的遗体，合葬在罗山坡做了记号的地方，王小还在这里开荒种地。几年后，家里的日子慢慢地好了起来，先生还帮他娶了媳妇。王小和媳妇辛勤劳动，过得越来越好，家里还开了个磨坊加工米面，媳妇还生了一男一女两个孩子。先生老了，不能为东家出力了，善良的王小就把先生就接到家中，教孩子读书和写字，把先生当老爹供养。家中的农活王小干不完，就雇了几个伙计。眼看着王小成了小财主，东家红了眼。他想来想去，认为王小就是得了罗山坡的那块地才发了财。他想要回罗山坡，就拿着契约来到县衙，要求王小归还。县官看了契约，就对东家说："要回去可以，你能算出一海酒是多少吗？这个不用说了。还有一河鹅到底是多少，你这不是装着聪明装糊涂吗？"县官就命衙役把东家赶出了大堂。东家后悔得逢人就说："一大海碗酒，食盒里的一只鹅，白白丢了罗山坡。"

王小是个心地善良的人。他持家勤俭，苦心经营致富不忘乡人，常常施舍财物给原来的东家和村人。为了人人都过上好日子，他办了学堂，教愿意学习的孩子读书识字，教育他们好好做人，孝顺父母，为百姓出力。以后，在王小的带动下，这个地方人人爱学习，王氏家族的子孙个个都有作为。王氏家族先后出了二十多个进士，成了当地的名门望族。

仄棱井的传说

传说,在福山北面的大海里,住着一条作恶多端的蛟龙,经常在海里兴风作浪,偷袭渔民,掀翻了许多渔船,渔民死亡无数。北海龙王治不了它,就向东海龙王求援,前来捉拿蛟龙。虾兵蟹将和两个龙王,与蛟龙打了三天三夜,终于制服了蛟龙,但是却怎么也弄不死它。

后来,龙王就把蛟龙用铁链子锁好了,压在福山最高、最大的狮子山里,以示惩罚。蛟龙在山底下被压得喘不上气来,就憋住一口气,从嘴里连气带水地喷了出来,形成了一个水洞。水洞的水长年不干枯,就是蛟龙喘气带出来水的缘故。据说,水洞过去是直上直下的像一口水井,也并不是倾斜的。当年大将薛礼征高丽的时候,天气大旱,人畜饮水非常困难,官兵四处寻找,找到了水洞,因没有工具取水,就报告了薛礼。薛礼已几天没有喝水了,也渴得要命。他是个急性的人,又力大无比。薛礼一着急,就手握水洞的边一使劲,把水洞扳斜了,滔滔的泉水就从水洞里流了出来。官兵们都喝上了水,解了燃眉之急。水洞仄棱过来后,当地人就叫水洞是仄棱井(仄棱,当地方言,倾斜的意思)。从此,仄棱井的水长流不断,造福了一方百姓。

当地的人认为,仄棱井是山神赐给的宝泉,就在此处用了许多大石板盖了一座山神庙,用来感谢山神的恩赐。不管怎么说,泉水给人们带来了收益。现在,这里的人把流淌的泉水集中了起来,修了一处水塘。这里水长年不断,供给农家耕作之用,使得旱涝保收。这里的山上年年瓜果满枝头,山花烂漫,一派迷人的景象。每年春天,从大樱桃开花到大樱桃成熟,这里就成了观光和采摘的乐园。

吴阳泉的传说

吴阳泉村,距城西 14 华里。村西北的山坡向阳处有一处泉眼,泉水清澈甘甜,常年有水,又因泉眼呈仄棱形,取名"扳倒井"。泉水从石洞中流出,石头长3.8 米,宽 3.2 米,泉水出口直径 0.6 米。因村近泉,故名吴阳泉村。泉水为村民生活、浇地带来了方便,也留下了许多美丽的传说。

(一)

相传很早以前,泉眼像井一样是直上直下的。村民用灌绳(井绳)从井里提水用。一天，八仙之一的铁拐李路过泉眼，见一个种地老汉在提水，累得满头大汗。铁拐李向老汉讨了口水喝。中午的时候老汉带着午饭在泉眼旁边吃，就叫铁拐李一起吃。闲聊的时候铁拐李问老汉，提水的时候是不是很麻烦。老汉回答确实如此。铁拐李感到老汉心眼挺好，就说自己有超人的武功，力大无比。老汉一听笑了，说："老兄，你是一个腿残疾的人，怎么还吹牛皮？"铁拐李说不信咱就试试。老汉说铁拐李："你快别瞎掰，你能有什么本事？"二人一个说能一个说不能，就越说越急。老汉说，除非八仙有这个本事，他们为福山做了许多好事。铁拐李说："那我也做点好事给你看看。看你提水很费力，我把泉眼帮你仄棱过来，泉水就能自动地流出来。"老汉就说："果真如此，我给你磕响头。"话音没落，就见铁拐李用铁拐把泉眼出口的巨石一掀，巨石一仄棱，泉水就哗哗地流了出来。老汉一看此景，知道此人不是凡人，就问铁拐李是何方人氏。铁拐李就一拄铁拐飞上了半空回答："本人铁拐李是也。"老汉一看，铁拐李的铁拐把石板踏了一个很深的窝，永远留在了巨石上。从此泉眼就仄棱了过来，叫扳倒井。

（二）

传说，王母娘娘领着两个天兵和一个侍女，下凡在福山东厅镇的周围游览。他们在一条小路上见到一个妇女背着一个老婆婆艰难地走着。侍女对王母娘娘说，看那个女人背着母亲走路，挺孝顺。王母娘娘说："那不是她自己的母亲，而是她的婆婆。"侍女不信，上前一问果然如此。侍女说："娘娘怎么什么事都知道？"王母娘娘说："我还知道福山人都孝顺。就说这个女人吧，她公爹没有牙，她就嚼饭喂公爹吃饭；把精粉面给家里老人和孩子吃，自己却吃粗粮，真不容易呀。"侍女就说，福山人心眼好，福地之人必得福报。娘娘说那是必然，大孝之人必定洪福齐天。他们说说笑笑来到了吴阳泉村西北，在一块巨石上看到了一个像井一样的水洞，水清澈透明。侍女感到口渴，想喝水，王母娘娘就拿下头簪，叫天兵试一试水是否有毒。天兵不小心把头簪掉进了水里，怎么也捞不上来，急得满头大汗。无奈，天兵要掀开巨石找头簪。他俩合力一掀，巨石仄棱了过来，呼呼地往外流水，头簪被冲了出来。远处的村民不知这几个人在干什么，过来一看清清的泉水从石洞里流了出来。村民们问王母娘娘："这里怎么出来水了？"王母娘娘告诉村民，这是孝顺人得的福报，也是天意。随后就和天兵侍女回到了天上。村民知道这是神仙所扳，就叫泉眼是"扳倒井"。

（三）

据说，唐太宗李世民东征高丽的时候，在福山吴阳泉村至十里堡村的官道边上,安营扎寨,休整部队。几千官兵饮水成了困难,到处找水源。在吴阳泉村的人带领下,官兵们在村西北找到了一处泉眼。泉眼像井一样,需要工具才能提上水来。村民和官兵一起提水,但还是杯水车薪。李世民手下一个叫薛礼的大将,身高六尺,力大无比。他来到泉眼处,发现泉眼在山的半坡,水在巨石洞里。他看了看地势,运足一口气把巨石一掀,掀成了仄棱的,泉水呼呼地流了出来。官兵们都鼓掌喝彩。泉水流到了兵营旁边,解决了官兵们吃水困难的问题。李世民非常高兴,亲自到泉水处观看,见泉水从仄棱形的石洞流出,像一口倒了的井,就随口说出来一句:"好一口扳倒井呀!"村民也说泉眼像倒了的井,就这样,留下了扳倒井的美名。

陷湾的传说

旧时,陷湾位于现在的门楼水库内,在东北面最深处,靠近泄洪闸的地方。原来这里是一个泉眼,后来形成了一个大水湾。因为水湾常常出现一些稀奇古怪的事,有许多人落入湾中不见尸首,所以人们都叫这里"陷湾"或"老鳖湾"。

传说,陷湾不远处有个村庄,叫两甲庄村。村中有个叫牟大胆的人,常常在夹河里游泳。他游泳像坐在水上面漂着,人们都叫他水上漂。牟大胆有一身好功夫,夹河发大水的时候,能背着 50 多斤粮食轻松过河。他精通长拳、螳螂拳、六合棍和剑术。他为人耿直豪爽,行侠仗义,什么妖魔鬼怪都不怕,是当地出了名的大胆。

一天,村里的人听说陷湾里又发生了怪事,有个赶着毛驴贩卖粮食的人在陷湾边上洗手,发现水中有个怪物。他拿起秤砣就打,秤砣却在水上漂着没有沉底。那人下水拿秤砣,一下水就沉到水底不见了踪影。这事被牟大胆知道了。他告诉村里人,他要去陷湾里看看有什么妖魔鬼怪。他准备了许多黑豆,六个驴蹄子,一包朱砂和一把锋利的短刀。牟大胆和几个好事的村民一起来到了陷湾,见陷湾里的水瓦蓝瓦蓝的,深不见底,但是看起来很平静。牟大胆观察了好长时间,也没有发现水中有什么妖魔鬼怪。他把一块红布抛在水中,引诱妖魔鬼怪出现。突然,水中出现一个像牛一样大的怪物。只见牟大胆一个蹿跳落在水上,撒出黑豆来辟邪。怪物沉到了水底,牟大胆也下到底。人们只见到了水花翻滚。约过了两个时辰,水面上出现了一道道血红。牟大胆上了岸,浑身是血,一句话也没有说,吐了两口血就昏倒了。村民呼喊了很长时间,他才醒过来。

后来,牟大胆叙说在陷湾水底下发生的事。他随着怪物来到了几十丈深的水底。怪物忽然钻进了一个大石洞里。他发现有两个人在洞门口把守。牟大胆想,这里怎么会有人呢? 一定是怪物。他拿出两个驴蹄子打了过去,从嘴里喷出朱砂,和怪物打斗起来。怪物被朱砂和驴蹄子逼得现出了原形,原来是两条鲇鱼精。牟大胆把朱砂喷向鲇鱼精,把鲇鱼精逼得昏头涨脑。他仔细一看鲇鱼精的嘴有一人大小。他潜水到了一条鲇鱼精的肚子底下,借着鲇鱼精打挺的惯性,用尖刀直刺鲇鱼精的肚子,正好刺在内脏上。这条鱼精断了气,沉到了水底。另一条鲇鱼精张着大嘴向牟大胆扑来。牟大胆躲闪不及,被鲇鱼精咬在嘴里。他用尖刀刺在鲇鱼精的喉咙上,鲇鱼精痛得张开了嘴。他又用尖刀割开了鲇鱼精的鱼鳃,艰难地钻了出来。他顺势骑上了鱼头,用尖刀猛刺。鲇鱼精驮着他就往石洞方向钻。但是,还没有到洞口鲇鱼精就不行了。牟大胆趁机用尖刀把鲇鱼精的肚子开了膛,内脏全露了出来。鲇鱼精翻滚了几下就死了。

牟大胆又进了石洞下,见到一个正在啼哭的姑娘。牟大胆用黑豆和朱砂看看她是什么怪物,却发现她确实是个活脱脱的人。牟大胆问她是怎么来到水底的,女孩说,自己是某村的人,路过陷湾的时候,头巾落在水中,自己就在水边捞围巾,突然不知怎么地被鲇鱼精拉到了水底,当了鲇鱼精的媳妇。牟大胆告诉女子在此等候,他去制服鲇鱼精后救女子出水。女子告诉牟大胆说,鲇鱼精在里面的大厅里藏了许多金银财宝,全是鲇鱼精在陷湾里吃了人弄来的东西,到里面一定小心。牟大胆点点头进到洞里,看到鲇鱼精正在呼呼大睡。他悄悄找到了一口袋金子,回来要送女子上岸。女子告诉他,自己被鲇鱼精施了妖法,不能上岸。牟大胆就又返回去找鲇鱼精算账,叫鲇鱼精为女子解除妖法。他趁着鲇鱼精没有防备,就用驴蹄子黑豆和朱砂向鲇鱼精打去,把鲇鱼精打得嘴里吐血。鲇鱼精翻身向牟大胆横扫一尾,被他一闪身躲了过去。鲇鱼精把触须一甩,缠住了牟大胆的身体。他拿起尖刀将鲇鱼精的触须割断了。鲇鱼精张开大口,一下把牟大胆吞到了肚子里。鱼肚子里漆黑一片,他什么也看不见。他拿出尖刀,用尽了全身力气,把鲇鱼精肚子割了一条口子,才看见亮光,好不容易才出了鲇鱼精的肚子。牟大胆在鲇鱼精的身上猛刺几十刀,鲇鱼精痛得在水中翻滚。它张开大嘴,把牟大胆又吞到了肚子里。这次,牟大胆用刀猛割鲇鱼精的内脏,割了一个时辰,才从鱼肚子里钻了出来。此时,那鲇鱼精已是奄奄一息。牟大胆逼着鲇鱼精为女子解除了妖法。鲇鱼精翻腾了几下就落到水底死了。鲇鱼精的血染红了一大片水域,牟大胆也是筋疲力尽,回到岸上,出现了先前的一幕。

牟大胆歇了一会,又下到水中营救那女子。他看到水中有许多小鱼,正是鲇鱼精的肚子被割破后出来的。陷湾里的鲇鱼,成了人们的美味。女子很快被救上了岸,但因为被鲇鱼精糟蹋了,无法见人,就躲在陷湾的东山上住下了。牟大胆发动村民在山上盖了一处尼姑庵,供女子居住。人们叫尼姑庵是"牟家庵",把陷湾的水域叫"牟家湾"。

后来,牟家湾的水和夹河的水汇合在一起,再也没有怪物吃人的事发生。牟大胆惩治鲇鱼精的故事一直在民间传颂着。现在,那里已修成了门楼水库,是烟台市和福山区的饮用水源地。

金堆山的传说

金堆山,位于福山城南 14 华里,门楼镇大屋村东北。因山为孤堆状,所以当地人常常叫此山"孤堆山"。山上产石英石,在阳光下金光闪闪。当地人根据这种自然景观和一个传说的故事,为其取名"金堆山"。

传说,金堆山下住着一户人家,家中有母亲和两个儿子,大儿子叫石头,小儿子叫宝子。母亲早年死了丈夫,含辛茹苦地拉扯着两个儿子过日子。因为多年的操劳,母亲得了眼疾,见风流泪,视力模糊。两个儿子尚小。为了生存,母亲白天和男人一样侍弄着二亩薄地,夜里还要为人家缝补衣裳,洗洗浆浆,换点油盐酱醋,苦苦地熬着日子。她的眼疾一天比一天重,也无钱医治。

就这样,半瞎的母亲终于把两个儿子抚养到了婚嫁的年龄。大儿子石头为人忠厚老实,勤勤恳恳地劳作。村中的一个姑娘相中了他,和他结成了连理,把母亲美得欢天喜地,小两口也非常孝顺母亲,母亲也比以前轻松多了。二儿子宝子从小受到母亲的溺爱,长大后就又懒惰又自私。他娶了一个富裕人家的女子为妻,这个媳妇也是娇生惯养,还爱耍小脾气。宝子和媳妇结婚后,常常为家务琐事和母亲及哥嫂吵架,把母亲气得眼疾越来越重。母亲和哥嫂拿他们俩也没有办法。后来宝子要求分家单过。母亲没有办法,只好同意。宝子强要家中的二亩土地和房子,母亲提出房子和土地只能选一份。宝子和媳妇又哭又闹,不依不饶地两个都要。无奈,母亲和哥嫂就把土地和房子都让给了他。

分家后,母亲和哥嫂就借了邻居的房子居住。没有了土地,哥哥就以打柴出售为生。石头两口子还是很孝顺母亲,勤勤恳恳地劳作。虽然日子过得紧巴巴的,但全家人还是其乐融融。宝子和媳妇则好吃懒做,坐吃山空,二亩地也荒芜了,家里越过越穷,眼见着就要要饭吃了。俗话说,儿女都是娘的心头肉,母亲常背着哥嫂给宝子些吃的、用的,但是宝子和媳妇的日子还是越过越差。母亲和哥嫂对他俩是一点办法也没有。

石头是个勤奋的人,天天起早贪黑上山打柴。他的心眼好,做事总为他人着想,从来不自私自利。一天,石头在孤堆山上打柴,看到一棵野生枣树。夏天枣树上结着青翠的枣儿。到了农历八月,枣儿成熟了,红彤彤的一树,个个红得闪光。石头想这是一棵野生的枣树,自己不能全部摘回家享用,就摘了两个枣儿一尝,比蜜还甜。他吃着枣儿回了家,两个枣核在嘴里越咂越甜。后来,他感到枣核在嘴里有了变化,吐出来一看,枣核变成了金晃晃的金枣核。石头从来没有见到金子,不能肯定枣核是否是金的,就跑回家叫母亲看。母亲说,可能是金子,就叫石头拿到城里的金铺,看看是否确实是金子。夫妻俩来到金铺后,老板一看确实是金子,而且是世上少有的珍宝,因为没有人能雕刻这种金枣核,就出了高价收购,给了石头许多钱。两口子高高兴兴地回家把喜讯告诉了母亲。媳妇就叫石头快上山把枣儿全部摘回家,石头和母亲都说人不能贪得无厌,如果是自己的财宝,自己会来不必强求。石头家真可谓一夜致富,有了钱,买了房子,买了几亩地,找了名医把母亲的眼疾也治好了。媳妇还为家里生了一对龙凤胎,日子越过越好。

弟弟宝子一看,母亲和哥嫂过上了好日子,就找哥哥问怎么发了财。哥哥告诉他得到了金枣核的事,宝子就马不停蹄到山上去摘枣儿。他来到树下一看,确实满树全是枣儿。他费了九牛二虎之力,一个枣儿也摘不下来。他回来找哥哥帮他摘枣儿,哥哥就帮他摘了两个枣儿,果然枣核是金子的。哥俩就各自回了家。宝子回家把金枣核藏了起来,自己又偷偷地拿着扁担,来到枣树下用扁担猛打树上的枣儿。枣树像铁树一样,宝子连个叶子也没有打下。他回来叫哥哥来帮忙,哥哥坚决不去,并告诉他,枣树是野生的,应该人人有份,不能一人独得,贪财之人是得不到财宝的。听了哥哥的话后,宝子气得一蹦三尺高地走了。他回家后把自己的酒肉朋友召集在一起,拿着金枣核显摆给他们看,告诉朋友金枣核的来历,并约定第二天一起去打枣。几个酒肉朋友齐声说好。

第二天,他们来到树下,用尽了全身力气打树上的枣儿。但是怎么也打不下来。宝子的一个狐朋狗友,就回家拿来斧子,要把枣树砍倒。他们使劲地砍,就见枣树上掉下来许许多多"百刺毛"(一种蜇人的虫子),把他们几个蜇得叫个不停。这时,枣树上的枣儿和叶子全落了下来。宝子他们就到处捡地上的枣儿。然而他们一伸手,枣儿就不见了。他们累得满头大汗,不但一个枣儿也没有捡到,而且个个磕得鼻青脸肿。他们看到落下枣儿和叶子的地方,变成了漫山遍野的石英石。这时,石头得到了他们来打枣的消息,来到树下一看,树上什么也没有了,树干底下被斧子砍得都是伤口,流着鲜红的血。石头心痛得用土把枣树的伤口包了起来,把宝子等人训了一顿。石头告诉他们,人越是想发财,就越发不了财;只有不贪财的人才能发财;人只有勤勤恳恳生产劳动,想着帮助别人都致富才能发财。几个贪财的人低着头,和宝子一起回家了。

在宝子家里,宝子又拿出金枣核显摆,他们一看都惊讶得不得了,金枣核变成了普通的枣核。宝子气得拿起斧头砸开了枣核,一看确实是普通枣核,就和他的狐朋狗友拿着枣核往孤堆山上扔去,这一扔不要紧,满山的石英石变得金晃晃的,人们后来就叫孤堆山是"金堆山"。

后来,石头家的日子越过越好,他儿子中了进士,他还是老实本分地种地,常常施舍贫穷的人。弟弟通过此事,慢慢地悟出了道理:人不能不劳而获;总想取得不义之财,必将一事无成,甚至身败名裂。只有勤奋劳动,事事为他人着想,孝敬父母,才能有所作为。宝子慢慢地变好了,全家人和和睦睦过日子。石头还捐款捐物在金堆山上建了一座寺庙,取名"金堆寺"。

福山晃宝的传说

福山位于福山县城西北五华里处,在城西村北面。根据史料记载,福山在县西北五里,金朝刘豫登之视为福山,遂得名。《中国古今地名大辞典》条释:"福山在山东省福山县西北五里,由莳芝山蜿蜒30里至此,园峰拔起,群山绕至,县以此名。"《今县释名》记载,福山汉腄县地。福山山体呈圆形,直径约300多米,周长约千米,海拔45米。山巅有烽火墩,坡有果园犁为农田。现已立地名石碑,正在维护和开发中。

(一)刘豫避难

传说旧时福山上长满了野生玫瑰,春天白、红、粉、紫色的花开满山岗,夏天玫瑰长得枝叶茂盛,密不透风。金代的刘豫率兵对敌作战,因战事失利,被敌追至福山。刘豫往东面、北面和南面一看是一马平川,西又有追兵,无处躲藏。刘豫对天长叹:"到此我命要亡也,苍天何不救我乎?"这时奇迹发生了,山的西北面原来密不透风的玫瑰花丛闪开了一条道路。刘豫见后大喜,率兵进入了玫瑰丛中躲藏。说来也怪,那满身是刺的玫瑰一点也没有扎到官兵。他们进入山中后,玫瑰闪开的通道就闭合了。追兵赶到福山,没有见到刘豫的一兵一卒。追兵的首领命令手下用长矛挑开玫瑰丛搜查,可是兵将们被玫瑰扎得头破血流,鼻青脸肿,也没进去几尺远。最后,追兵就认为刘豫无法进入玫瑰丛中躲避,就放弃了搜查,向县城追去。刘豫他们躲过了大难,对天地磕头说:"大难不死,谢天谢地,此山真乃福地也!"后来,刘豫的队伍日益扩大,仗仗必胜,最终做了皇帝。他不忘福山的救命之恩,登基后还派大将到福山来祭拜过。传说,刘豫在梦见被玫瑰扎得头破血流。刘豫醒后,下人问是什么事惊到了他。他说了梦的内容后,下人说皇帝是真龙天子,就叫福山上长荆子吧,就不用做这样的梦受惊了。刘豫说:"好,就叫福山上长荆子吧!"因皇帝金口玉言,从此就有了福山县的县名,山上也长出了许多荆子。荆子开白色、紫色和黄色的花,花上有很好的花粉和蜜,引来了蜜蜂采蜜。蜜蜂采集的蜂蜜药用价值非常高;荆条能编成许多用具,还可以做篱笆墙用,废弃物又是好烧柴,造福了世世代代的福山人。后来,福山就传出了许多民间故事,使人听后感到这里真是圣地和福地。

(二)福山龙

传说城西村的王老汉早就听老人们说过,福山是名山,山上有镇山之宝。老王多年来天天去福山上打荆条回家编篓子,也没见到过镇山之宝。有一年夏天,老王又来到福山上,在一条常走的路上,有一根像大树一样的东西横在路上。老王想,天天路过这里,今日怎么来了这么个东西?他试着搬了几次,因此东西太粗、太大,怎么也搬不动,自己也无法过去。他就拿出老旱烟坐在此物上抽了起来。一会儿,老王感到所坐之物有一点动弹,他就自言自语地说:"我王大胆什么都不怕。我骑在你身上看你有多大本事。"老王刚坐稳,他就平稳地飘了起来。飞起好几丈高之后,老王瞪眼一看,这是一条大虫(指龙、蟒、大蛇等爬行动物)。他想,这定是民间传说福山龙吧。他在空中看了北海和福山县城,后来不知不觉地又落到了福山上。以后老王在福山上又看到福山龙很多次,天大旱的时候他看到福山龙上天行雨,久雨不停的时候福山龙就行风停止下雨。他每次来福山劳作的时候都要拜拜福山龙,称福山龙是龙爷。老王家的儿媳过门多年不生育,什么法都使了也无济于事。一年农历二月初二,老王又来到福山上摆了供品,又磕头又作揖,祈求福山龙给他家添个孙子,真是无巧不成书,当年五月儿媳就有了喜,来年二月前后,老王家添了双胞胎孙子。在孙子过百日庆贺的时候,老王又来到福山上感谢福山龙,和福山龙成了知心朋友,有什么话都愿意和福山龙说说。传说后来老王家的两个孙子在京城和大连等处做了大买卖,发了大财。王氏家族的后裔,曾经出过进士、举人,成了福山县城西村的首富。人们得知福山龙的事后,就在福山的旁边盖了一座福山龙的庙,来感谢福山龙的恩德。

(三)人参娃娃

传说,福山的西面,距县城五里处的上奅村(因产柿子原名柿子奅,后因村中出进士,改名上士子奅,现名上奅)有个姓郭的老者,这人什么稀奇古怪的事他都能遇到。他听说福山上有宝物，常来福山上寻宝，却什么也没见到。有一年冬天，他又来到了福山上。他折了一枝荆子枝，用荆子枝打着草丛，来探探哪里有宝。他边使劲敲打边自言自语道，福山为福地，怎么就是不见宝。西北风刮得呼呼作响，他用荆子枝边打边走。忽然草丛中惊出一只野兔，把他吓了一跳。他气得说："你草兔子转山坡，转来转去回老窝。你算什么宝物，还出来在我面前晃摆。"就在这时，天上飘下了雪花，老郭听见福山上有孩童的嬉戏声。郭老汉想，大冬天怎么会有小孩子上山玩耍，就随着声音找过去。来到山顶处，他惊奇地发现，山上有两个赤身裸体的小孩在打斗着玩。他俩身上冒着热气，头上扎着大红色的头绳，胸前带着红色的绣花小肚兜，两腮像抹了胭脂一样，通红通红的。郭老汉就向前靠近。他向前一尺，俩孩童就远离他一尺；郭老汉向前一丈，俩孩童就远离他一丈，郭老汉怎么也靠不到小孩的身边。约有一个时辰后，郭老汉离两个孩子老远就大声说："你俩是从哪里来的孩子？"话音刚落，两个孩子齐声回答："我俩乃是福山的镇山之宝，人参娃娃兄弟俩。"两个人参娃娃说完了话就不见了。郭老汉在山上到处找，怎么也找不到人参娃娃，就放弃了。要回家时，郭老汉听见了人参娃娃的对话。人参娃娃说："咱俩是福山的镇山之宝，人们都没见过。这次被老郭弄得显了灵，以后咱们就经常出来晃晃吧！"老郭听后就一口气跑回了上夼村，告诉村民这奇事。许多村民都因为老郭总是神神道道，认为不太可信。

当天夜里下了一场鹅毛大雪，到处白花花一片。几个村民来找郭老汉，问他说的话是否是真的。郭老汉就把看到的、听到的描述了一遍，那几个人还是半信半疑，就结伴又来到了福山上。有个人还带来了一条长棍子。他们踩着雪，发出吱吱的响声，拿棍子的人打着雪走，找了半天也没有见到人参娃娃。他们冻得不行了，就来到山的南坡背风处，抽着老旱烟等人参娃娃出来，但等了很长时间也不见人参娃娃的影子。那几个人就说，真叫郭老汉的瞎话给骗苦了，这哪来的光身娃娃。郭老汉就跟他们吵了起来。就要吵到脸红脖粗的时候，人参娃娃出来了，朝他们喊道："镇山之宝千年人参来到。"郭老汉他们几个都惊呆了，两个人参娃娃和老郭见得一模一样，还表演了福山大秧歌给他们看。表演了一会儿，两个人参娃娃贴耳说了什么，一眨眼就不见了。老郭他们几人正在兴头上，人参娃娃走了，他们恋恋不舍地回到了村里。

回村已过午时。那个拿棍子的人是个自私自利的财迷。他到家急三火四地吃了口干粮，谁也没告诉，又来到福山上。他拿着三齿子（刨地的农具）到处找人参娃娃，想把人参娃娃弄回家占为己有。人参娃娃想大冬天有人来看自己，就又出来显。这一显摆不要紧，那个财迷就要过来抓人参娃娃，但抓了半天怎么也抓不到。人参娃娃一看来人恶气十足,不是什么好来头,就嗖的一下钻入了地下。那财迷就用三齿子猛往地下刨,三九天地冻得邦邦硬,怎么也刨不动,把财迷累得头发昏来眼发麻。他在人参娃娃下地的地方大小便,然后不声不响回到了家。第二天又有几个村民叫着郭老汉,带着他们来福山上看人参娃娃,他们来到了福山上,等了半天也不见福山娃娃的影。他们又找了多处,还是不见人参娃娃。天都到晌午了,郭老汉就双手合十,说道:"镇山之宝,人参娃,你我有缘。你说三天内现身,怎么今天不守诚信,就是不出来了,我们都来了半天了。"这时,不远的地下发出了声音,郭老汉和众人围了过来,就听到地下有木匠、瓦匠在建房子的声音,还在唱上梁大吉的吉利歌。这一听,可把郭老汉他们惊住了。这时人参娃娃说话了:"老郭,不是我们不守信用,是因为前天上午拿棍子的那个人他又来了,拿着三齿子把我俩又追又打,最可恨的是还拿三齿子刨我俩。我们躲回了家,他不舍弃,就在我们的房上搞破坏,把我们好好的家弄得臭烘烘。我们几百年的房子就叫他破坏了。今天我们选了新地方,在忙活着盖房子,就不和各位见面了,请不要怪我们。"郭老汉一听就对人参娃娃说:"请人参娃娃指点我们为你盖房子帮点什么忙,等我们回村再收拾那个恶人。"人参娃娃说:"这不必了,但是你们都要记住,人不能过分求财,更不能取不义之财,要保护好环境,才能子孙兴旺。"郭老汉他们明白了这一切。

后来,郭老汉告诉村民要好好保护福山上的环境。福山周围的人都在福山上种植了各种果树,美化了福山,人们也得到了收获。上夼人就在山上种满了柿子和杏子,保护了环境。有道人选择这里盖了寺庙,成了福山八大景之一的古寺奇泉。

(四)福山的护山神

传说很早以前,上夼村的安姓老汉跟着郭老汉上福山看过人参娃娃,后来他常来福山上看看,看是否有机会能再见到福山的镇山之宝。有年夏天,山上的知了叫得吱吱响,闷热得像是大雨就要来到了。老安在山上走累了,就坐下来喘气。他在树下面抽着老旱烟,刚抽了几口,就见对面来了一老汉。这老汉白眉毛、白胡须,脸面红润,很有福相,活像画上的老寿星。两人互相打了个招呼。老安叫老汉坐下,递上了老旱烟,二人坐下谈了起来。话越说越投机,老汉对老安说,有一事要求他帮忙,告诉他在农历七月初七前后,要是连下三天大雨,福山的周围将发大水,海水上涨,山水无处流淌,就要淹了村庄和人畜。老安接着说,水火无情,那可怎么办?老汉说:"我有办法可保无事。你必须告诉人们,用此方法解救,那就是大雨下了两天后,见到冰雹一下来,就把家里的铁刀铁铲子丢在院子里。如果发了大水脚就要离地，就是踩块石头或者踩块木头。"老汉叫老安快把这消息告诉福山周围的人，老安就马不停蹄地把这个消息传了下去。福山周围的人都知道了这个消息。

果不出所料，七月初六大雨来了，后来又下起了雹子。百姓都丢出了刀和铲子。鸡蛋大小的雹子见了铁器，就停了下来，村民们保住了庄稼。但是大水又来了，百姓就站在石头和木头上。真是奇事，凡是脚站在东西上的人都平安无事，只见滔滔洪水从脚下流了过去，保住了平安，但也有不听话的人被洪水冲走了。大水过后，老安就拿着供品来到福山上，感谢在这里遇到的老汉。老安自言自语地说："不知是什么神仙，救了福山周围的人，只能在这里谢谢老仙人了。如果和我老汉有缘，咱们就见一面吧！"这时，来了俩小男孩，开门见山地告诉老安，那白眉、白胡须的老人是他们的老爷爷，是福山的护山神，因他保护了福山周围的人，玉皇大帝表彰他，他上天庭领赏去了。小孩说："不必重谢，你快回家去吧！老爷爷还说了，你也功德无量，必有洪福。"说完小孩就走了。老安回村后率领村民在山上盖了一座山神庙，用来祭拜所有山神。每年的山神庙会上村民就把脚下绑一块木头，在庙会上表演。久而久之，木头越绑越高，经过几百年的演变，就成了现在的上刘高跷。

传说，后来老安活到一百多岁。他是坐在山神庙里的山神像旁过世的。

天鼓岭的传说

天鼓岭位于福山城西18华里，在高疃和东厅镇的交界处，隆口村东。传说天鼓岭有许许多多的乱石。乱石中有一块巨大的石头，敲击时能发出和鼓一样的声响，民间称此石叫"天鼓石"，天鼓岭也因此而得名。

相传很久以前，天古岭山下住着一户人家，家里有一个十多岁的孩子，父母双亡，跟着哥嫂过日子。俗话说老嫂如母，但这个嫂子没有给这个孩子一丝母爱，不是让他打猪草就是放羊，一天到晚不让这个孩子闲着。孩子经常吃不饱饭就下地干活，嫂子还因为他吃得多打他。夜里嫂子不让他回家睡觉，他被逼到山上的一个石屋去过夜，冻得直打冷战。就这样忍受着过了好多年。这年冬天，大雪铺天盖地，嫂子逼孩子上山砍柴。可是，大雪封山看不到路。孩子艰难地来到山上，从雪中扒出来了一些柴草，但是看看柴草不多，孩子怕嫂子不高兴就没有回家吃午饭，继续在山上砍柴。傍晚，他背着柴草，踏着大雪往家走，一路上不知道摔了多少跤，好不容易把柴草背回了家。可是，刚进家门，可恨的嫂子就说柴草少。可怜的孩子据理力争："大雪封山，这些已经不少了。"嫂子就不依不饶地打了孩子。邻居过来说情,叫她不要难为孩子了。嫂子没好气地拿了一块冷地瓜给孩子,说:"快滚。"说完把孩子推出了家门。

可怜的孩子无家可归,无奈又到了山上的石屋。这时西北风越刮越大,大雪直往石屋里扑,孩子冻得直跺脚。他想自己从幼时就没有得到父母之爱,又有这样狠心的哥嫂,越想越觉得自己的命越苦,感到活着真不如死了好,于是产生了自杀的念头。他用一件破袄捻了一根绳子,要在石屋外的松树上上吊自杀。他把绳子挂在树杈上往脖子上一套,只见天空一道白光,绳子断了几截。他接好绳子一连上了几次吊,都是如此。最后一次,连碗口粗的大树枝也断了。想死死不了,他就回到了石屋开始胡思乱想,难道自己的罪还没遭够吗?找死都没有门。要不就是自己能发大财,过上富有的生活,也能和人家一样也找个媳妇好好过日子……他越想越美,竟做着美梦睡着了。

他在美梦中醒来,感到暖和了许多。原来,屋内有一堆炭火。他看见一位老人端坐在那里,白发、白眉、白胡须,被火光映得红光满面,看上去定是神仙。还没等那孩子回过神来,老仙人就先开了口,告诉孩子他是此山的山神,早已知道了他的遭遇,知道他吃了不少苦,非常可怜他,今天是专程来搭救他的。孩子高兴得直向老仙人磕头。老仙人叫起他,给了他一个能生百物的天鼓,并告诉他从此以后不能轻生,男子汉要顶天立地,有需求的时候就敲打天鼓,要什么就会有什么。但天鼓不可给不孝之人使用,不可给贪财之人使用,不可给心术不正的人使用,否则就不灵了。孩子接过天鼓,山神就和孩子道别走了。

天亮了,孩子早早地回到了家里,把院子里的雪打扫干净后,哥嫂才起来。吃早饭的时候,嫂子对孩子的哥哥说:"你弟弟也不小了,能自己成家过日子了,就把他分出去单过吧。"哥哥在家里说了不算,就按媳妇说的,只分给了孩子三分旱涝不保收的薄地。孩子被分了出来,从此自己单独立户过日子。

孩子拿着天鼓来到了哥嫂给他的三分薄地上,看着这块只长乱石不长庄稼的土地,愁得紧锁眉头。他站在地里,看着手里的天鼓在太阳光的照耀下发着奇光,想是否可以求天鼓帮忙呢?可他又怕山神说的禁忌事情发生。可是现在,当务之急是找房子住。他就壮着胆子,用手轻轻地敲了一下天鼓,并对天鼓说:"我身无分文,现在冰天雪地没有可住之处,求天鼓给间能住的房子就行。"话音刚落,天鼓发出了"隆隆"的响声。随着天鼓的闪动,三间坐北朝南的房子落成了。他走上前一看,门上锁着大铜锁,根本进不去。他想这可能不是天鼓给他的房子。这件事情很快在村里传开了,也传到了哥嫂的耳朵里。哥嫂来到地里一看,确实有三间大瓦房,比自己住的强百倍。嫂子起了贪心,就向小叔子要这房子,小叔子说他也没有钥匙。嫂子不信,就动手和他打了起来。这事闹到了官府。县官一听，真来了怪事，怎么凭空荒地上长出了三间房？经衙役调查确实如此，县官就来了个现场办案。官府的人和百姓来了一片。县官围着房子左右看了看，先问嫂子："房子确定是你的吗？"嫂子回答："确实是。"又问他小叔子："这房子是你的吗？"他回答说："是我向天鼓要的，应该是我的。"这时县官宣判："你们二人听判，此房的大门和对面厢房的门都已被四把锁锁死了，你们谁拿出钥匙把锁打开就把房子判给谁，拿不出钥匙的棒打四十。"嫂子一听，就像泄了气的皮球，坐在雪地上。她去哪拿四把钥匙开那锁呢？县官对那穷孩子说："你说天鼓给的房子，那么钥匙在哪里？"这时，孩子手里的天鼓"咚咚"地响着，四把钥匙从天而降，落在了孩子手中。县官一看孩子真有一个天鼓，这可是个宝物，真是天下奇闻。孩子用钥匙将门全部打开了，县官判房子归孩子所有，任何人不得霸占，还为房子写了房契文书。县官和众人进屋一看，屋内应有尽有，吃穿用的样样俱全。他的嫂子十分后悔，想当初怎么不知道小叔子有这么个宝贝呢？

后来邻居们都管这个有天鼓的孩子叫"福子"，从此孩子也有了名字。福子是守信用的人，从来不向天鼓要什么东西，总是自食其力，只享用自己的劳动成果。但是，他用天鼓为百姓做了许多善事。有一年天下大雨，洪水冲垮了出村的石桥，他就拿着天鼓要了一座又大又坚固的石桥，给村民们带来了方便；天大旱的时候，村里的水源不足，他就叫天鼓送来几眼水井。这种好事、善事福子做了不少，都是天鼓的功劳。福子的日子一天天地好了起来，娶了媳妇，又添了孩子。他和家人从来不找天鼓要过分的东西，始终靠劳动致富。

时间久了，许多人都知道福子有个天鼓，要什么有什么，几个不法之徒就妄想霸占福子的天鼓。在麦子收获的季节，几个不法之徒找到福子，借口要求福子用天鼓修整麦场好叫村民打麦子，想设法得到福子的天鼓。修整麦场也是福子早就想干的事。他们就一起来到麦场，几个不法之徒看着福子对天鼓说："请天鼓帮忙整平麦场好叫乡亲们打麦子用。"一会儿的工夫，原来高低不平的麦场被平整得似镜子一样。几个不法之徒早就打起了天鼓的主意。有一个人对福子说："老弟，咱们和天鼓为乡亲们修麦场也是做了一桩好事，何不叫天鼓送来两个西瓜吃，给咱们解解渴。"他们看清楚了福子是怎么用天鼓来要西瓜的，其中一个大汉就抢走了福子的天鼓。这几个不法之徒跑到了山上，福子也追到了山上。他们打斗在了一起，福子被打晕了，被他们拖到石屋里。他们在外面学着福子的样子，向天鼓要这个要那个，还要金银财宝等东西，但天鼓就是不灵，什么也不出来。这时福子醒了过来，一看自己在是石屋里，就磕头向山神诉说了天鼓被恶人所抢的遭遇。福子怕恶人用天鼓干坏事，就求山神保护好天鼓。

山神告诉福子,这事与他没有什么关系,他也和天鼓无缘了,以后的事由天鼓来安排。福子走出石屋,见几个恶人还在向天鼓要东西。这时,福子看见山神站在天鼓上,天鼓一个劲地在长大,长成了一间房子大的大石头。几个恶人认为鼓中定有他们要的金银财宝,都过来敲打天鼓。天鼓发出隆隆的声响,碗口大的石头像下雨似的向几个恶人身上砸去,他们痛得直叫。这时山神开口说了话,告诉几个恶人身上的伤无药可治,如果能够老老实实地做十年好事和善事,身上的伤便可不治自好。后来,几个恶人做了许多好事和善事,但是十年过去了,他们身上的伤也没有好。于是商量着上山找天鼓求情,保佑自己的伤能早点好。他们来到天鼓石下,胳膊和腿上的伤竟都一下子好了。

后来,福子家的日子越过越好,全家人都行善积德,过着幸福的日子,儿子还考取了进士。几百年来天鼓岭的故事,在福山一直流传到今天。

魏家山的开宝钥匙

魏家山在福山城西北13华里,楮家疃村西北。这里并不是什么大山,只是一个方圆约4华里大的土岗,当地人叫这里"魏家山"。据说魏国国王打天下,作战失败曾来到这里的树林里而得救,后以国名为山名,叫魏家山。

旧时,大土岗树木参天,密不透风,阴森恐怖。传说,山里有许多吃人的动物,当地人都不敢出入。一天下午,从西面来了一群官兵,魏王和大将带着家眷亲属,车马拉着金银财宝藏进了树林,躲过了追杀。后来追兵得知了情况,就把树林包围了起来。魏国军队无法出来,就挖了一个藏宝井,把所有的金银财宝埋在了地下。他们挖出来的土堆成了个小山。几天之后,为了逃命,他们突围了出来。魏王得了天下后,派人来找那些金银财宝,结果找了几个月也没找到。此事在村子里传得沸沸扬扬。魏国的兵走后,当地的几个财迷常常来这里探宝。

楮家疃村边上有个黄家村,村中有个姓黄的人,排行老二,是个财迷,人送外号"二财迷"。他也常在树林里探宝,有时还牵着自己的小黑驴,就是为了方便好往家里驮财宝。一天他又牵驴到树林里探宝,找了半天仍然一无所获。他累了就躺在土坡上休息。二财迷不知不觉睡着了,他做了一个梦,梦见地下有一对金鸡在说藏宝井的事。金鸡说他俩去找山神爷问藏宝井的金银财宝怎么弄出来。山神爷说,等姓黄的家中排行老二的人来,叫他种两条黄瓜长成后拿来做开山钥匙,才能打开藏宝井,把金银财宝分给这里的人们。金鸡又说:"山神还要咱们俩给黄老二点费用钱。"就在这时,二财迷的驴大叫起来,把他惊醒了。原来这是一个梦。但是,他的小黑驴脖子上的一个铁铃铛变成了铮亮的金铃铛,二财迷想起梦里的情景,就朝地下说:"请山神和金鸡放心,我回家种黄瓜等着来开山。"二财迷乐滋滋地回到了家里,摘下了驴脖子上的金铃铛卖了许多钱,发了个小财。这事二财迷上不告父母,下不诉妻子儿女。他买了黄瓜种子,回来种了一片黄瓜。黄瓜长得真不错,有两个特别大的。他就点上香,磕头问山神爷怎么办。山神爷叫他留下那两个特别大的黄瓜,其他的卖了换钱,等那两个黄瓜熟了再来找他。就这样,一直到了秋后,山神爷也没来,二财迷急得不行了,就来到藏宝井的地方,磕头问山神爷,怎么开山取宝,黄瓜什么时候能当开山钥匙。山神告诉他,霜降节气后到立冬前,要好好管理黄瓜,勤施肥,勤浇水,这半个月是黄瓜的主要成熟期,在立冬那天午时,摘下黄瓜拿到这里,放在地上就能把藏宝井的山门支开了,金银财宝就在里面,到时候叫乡亲们都来拿吧。二财迷回家好好管理着黄瓜。吃晚饭的时候,他喝着酒乐呵呵地把这个秘密告诉了老婆。他老婆是个公道人,从来不小气,同村人和睦相处。她就对男人说,一定要听山神的话,把财宝的事告诉乡亲们,让大家都去拿,不能财迷心窍地吃独食。二财迷却不听。

到了霜降后,那两个黄瓜长得有五尺长,一尺粗,金黄金黄的。立冬那天,二财迷鬼迷心窍地把老婆锁在家里,拉着黑驴来到地里。还没到午时,黄瓜还没有完全成熟,他就摘了下来,用黑驴驮着,赶往藏宝井,想开山吃独食。再说他老婆,一拉门知道自己被锁在了屋里,就跳窗而出,叫着乡亲们跑往藏宝井,他们来到就见那藏宝井的门吱吱嘎嘎地开了。山神挡在门口,大声地说:"开山的钥匙没长成熟,现在进去取宝,必有性命之忧。都怪你二财迷,等不到豆烂还想吃独食,大家就看一眼这里的财宝吧。"众人一看,里面珍珠、玛瑙、翡翠、金银财宝样样俱全。二财迷红了眼,往里冲,要拿财宝。说时迟那时快,山神一把拦住了他,往外一拉。那支山门的黄瓜断成了两截,把二财迷的一条腿打坏了。山神见他挺可怜,就给了他一个银元宝,让他回家治腿伤,并叫他用剩下的银子去学着打金银首饰来挣口饭吃。后来,二财迷改掉了财迷和自私自利的毛病,卖首饰的时候总是给个高头。后来山神就把这里的金银珠宝变成满山的香水梨树。到了秋后,满山的香水梨挂满枝头,活像金色的黄铃铛。

从古到今,楮家疃村的香水梨都非常有名,以个大、皮薄、汁多、香甜可口而闻名。以前这里还是福山民间八景之一,即著名的"楮佳疃梨花"。这里引来了无数游人观光游览。

马山与神马

福山县城南两华里,有座青龙山,山南有座小山叫"马山",可以说是青龙山和西面白虎山的余脉,像马的样子。《福山地名志》中没有它的记载,但是民间流传着一个关于马山的故事。

传说夹河里有一条恶龙,常常在夹河里兴风作浪,使得夹河水上涨,淹没夹河两岸的村庄,连福山县城也不能幸免。许多人落水身亡,恶龙把人的尸首吃了。人们失去了亲人,连尸首也找不到,都哭天嚎地。多次洪水的袭击,使得这里民不聊生,人们在春节的时候纷纷祈求玉帝,救救福山人。灶王爷上天汇报了恶龙的罪行,玉帝大帝就派了白马来征服恶龙。

白马得令,来到夹河边,看到恶龙非常凶猛,感觉在水中难以对付它,就心生一计。一天下小雨,白马变化成一个落水的人,假装在水中挣扎。恶龙一看有人落水,以为又有什么吃的了,就向白马靠近。白马慢慢地上了岸,到了东关村北面的河滩上。恶龙不识白马的计,也跟着上了岸。白马一看时机成熟,就扬起蹄子和恶龙打斗。几个回合过去,它俩不分胜负。白马身上的毛被恶龙弄下了很多。它用尽了全身力气,用蹄子把恶龙踢得招架不住了。恶龙看在岸上施展不出本事,就逃到了夹河里躲了起来。土地爷一看河滩上落了许多白马的毛,为了助白马一臂之力,就对白马的毛吹了一口气,白马的毛变成了一片江蓠地。江蓠长得绿油油的,白马就在江蓠地里藏身,吃着江蓠养着身体准备继续和恶龙交战。恶龙回到夹河里想:这匹白马神力不小,敢和我搏斗,要多加小心。它就在夹河里练功,也准备继续和白马交战。后来,经过几次的交战,白马和恶龙仍然难分胜负。

一天,北海龙王来到江蓠地见到白马,得知白马是来征服恶龙的,就告诉白马,恶龙原来是自己地界里一条犯了规矩的龙,本来正在受刑罚。它趁着北海龙王不在龙宫,逃到了夹河里。现在它已经离开了自己管辖的范围,自己也没有办法降伏它。北海龙王告诉白马,有个方法可以征服恶龙。他让白马请土地爷帮忙。征服恶龙的方法是,清明节的时候,叫土地爷托梦给夹河边上的人,让人们把柳枝插在河岸上。柳枝生长要用夹河的水,根就要伸到夹河里,恶龙喝了河水就元气大伤,白马就可以征服恶龙。白马就去找土地爷。土地爷找灶王爷帮忙,清明节的时候,灶王爷一夜就把插柳枝的事告诉了夹河边上的人。人们纷纷在夹河边上插了许多柳枝。土地爷为柳枝发了神功,柳枝几天就长成了大树,根都伸到了河里。恶龙喝了夹河的水整天昏头涨脑。白马就用后蹄子直

踢恶龙,把恶龙踢得头破血流,皮开肉绽,在夹河待不住了,就往海边游去。它
一喝到海水就有了精神,但白马和北海龙王一起,把恶龙逼到了夹河入海口的
西岸边上,把恶龙的龙骨、龙筋、龙皮抽走了。恶龙没有了生命,不能危害福山
人了。剩下的龙肉,被玉皇大帝变成了一座沙山,用来挡住海水不侵袭福山县
城。

　　白马完成了征服恶龙的任务,玉帝要召唤它回天宫去了。白马为了感谢福
山人、土地爷、灶王爷和北海龙王帮他征服了恶龙,就请求玉帝把自己的魂魄召
回天宫,身体留下来和福山人做伴,挡住夹河水不再淹没福山城。白马就卧在
福山城南约一华里的地方,成了一座小山,它的身体永远留在了福山城南,成了
福山城的南大门,保护着世世代代的福山人的生命安全。土地爷告诉福山人,
白马的身体还在。人们就在年节的时候来拜拜白马的身体,叫白马所在的地方
为"马山"。后来白马为了感谢福山人对它祭拜,又来到福山。它看到福山夹河
高疃东面的地段水流太急,危及岸边的村庄,需要缓冲一下,就将自己身体的一
部分移到了高疃的东面,也化作马形的小山。后来这里也叫"马山"。

　　白马战胜恶龙后,夹河两岸落下的白马的毛生出许多江蓠。秋天江蓠花开
的季节,一片片白茫茫的江蓠绒非常壮观,成了福山民间的八景之一,就是"夹
河芦花"。人们插在夹河边上的柳枝长成了参天大树,成了《福山县志》记载的
福山八大景之一的"长堤新柳"。现在的马山上建有福山区人民医院,为福山人
民治病防病提供方便,和白马一样为人们的身体健康服务。

二、地名传说

高疃村与宰相的传说

福山有个并不优美的传说,就是福山的高疃村与宰相的传说。高疃村,位于福山城西 28 华里。高疃村并不高,是一个地势平坦的村庄,东有马山,西有高谷河,南有夹河。

相传很久以前,有一个县令从济南风尘仆仆来福山县上任。他出了栖霞地见到了福山的高疃。经过高疃村西面的山岗时,县令坐着小轿看着山景,发现眼前一条山丘延绵起伏有数华里,像一条长蛇盘于高疃村西。县令再往东一看,有一座小山,像一只巨龟踞于村东方。县令命轿夫停轿,便下来和随从步行来到村中。县令一行来到村里一看,村中有一个河不成河,路不成路,街不像街的地方,有污水流经。县令看后对随从们说:"按地理风水,这个村应出高官达人,是出宰相之地。我小小县令到宰相家,岂有不下轿之理。可此穿心河大煞风水。此村是东有巨龟,西有蛇盘把门,可是中间一条穿心河,要出宰相无望,却为屠宰户之村也。"随从有些不信此言,县官就叫来几个农夫打扮的人,叫随从打听是否如此,结果来了五个人,三个杀猪的。随从们确信县官说的是,确实是个屠夫村。县官气得说,这样的村子我县官哪有下轿之理。就坐上轿子向县城方向去了。至今,此村还是屠夫较多。这真是,高疃不高窜心河,不出宰相杀把多(福山旧时叫杀猪宰羊的人为杀把)。

这个县令在福山为官的时候,凭着自己懂地理风水的经验,还做了一件有益于福山人的好事。一年,夹河发了多年不遇的洪水,因芝阳山西面山脚的缘故,把洪水逼到了福山县城。县城户户进水,家家被淹。县令亲自察看地形,测量水位,丈量尺寸,选取在南庄村的东南面,修一处拦洪水的堤坝。这个堤坝如果高度、长度和宽度修建得不合理,就将危及夹河东岸山后村和东关村居民的生命和财产安全。两村的村民得知消息,就来到县衙请愿,不同意此项工程建设。县令对村民耐心解释,村民们就是不相信。县令就找来了村首,立下了这样一个契约,如果洪水淹了村庄,一切损失官府照价赔偿;但是,如果特大洪水来了,村庄安全无事,村民就要向官府多交一成的税赋。解决了矛盾,工程顺利地开工了。县令亲临一线,指挥施工,严把质量关。几个月的时间,工程就完工了。

第二年,百年不遇的大洪水又来了。这次的洪水比以往年份的都大了许多,但是福山县城和东关村、山后村都没有遭到洪水的危害。人们纷纷敲锣打鼓来到县衙,感谢县令的英明,赞扬县令确实是为百姓做了件好事。县令一高兴,就免去了东关村和山后村契约中要多交的那份税赋。

棘子夼的由来

棘子夼村,位于福山城西北 22 华里,属古现镇,原名王家庄,是古现镇大王家村地主的庄园。旧时,此村的山上长着许多棘子。穷人上山打棘子,挑到县城去卖。

村中有一个王老汉,为人忠厚老实,还是个勤快人。一次他挑着一担棘子到县城卖,等到了下午也没有人来买。王老汉就挑着棘子往家走,走到县衙的北面,见到一片菜地,有几只鸡、鸭、鹅在地里吃菜。老汉想为什么不用棘子扎个篱笆挡一挡鸡、鸭、鹅?王老汉就把棘子送给了种菜的人,也没有要钱就走了。以后老汉只要有卖不出去的棘子,就给了种菜的人。这块菜地原来是县衙的,在没有棘子扎的篱笆墙的时候,有人在县官面前说,要用砒石精(一种矿物毒药)把来菜地的鸡、鸭、鹅毒死。县官一听,就大发雷霆,批评他们不知道农家人的辛苦,鸡、鸭、鹅就是农家人的命,怎么能做这种大逆不道的事?种地的人于是再也不敢打和赶进菜地的鸡、鸭、鹅了。后来,王老汉送了许多棘子给种菜的人,还给菜地送来许多作物的种子。篱笆墙就扎了起来。

一次,县官溜达到菜地一看,菜地扎了篱笆墙,用的棘子又高又粗,就问棘子哪里来的。种菜的人就原原本本地说了王老汉送棘子的事。县官叫衙役找了几次才找到卖棘子的人。县官就问明了王老汉的姓氏名岁家境如何,农民的收入如何,住在哪里。县官想,王老汉住在一个穷山村,大老远的为菜地送来这么多棘子,就付了棘子钱。王老汉憨厚地说,只要一半就可以了,那是些卖不出去的棘子。县官就说,虽是卖不出去的,但是质量是好的,就说服了老汉收下了钱。县官还管了老汉一顿饭。王老汉拿着钱,连连道谢,高高兴兴地回到王家庄。

一年后,福山大旱,县官路过王家庄村,发现这里的土地贫瘠,又干旱缺水,山上的棘子都打了蔫。县官视察完了旱情,想起了送棘子的王老汉,就拨了银两,发动村民在村南修了一个小水库,为村民解决了农田浇水的困难。以后这里旱涝保收,王老汉的事在当地就传开了。后来,这里的百姓就把王家庄的村名改名叫"棘子夼",来感谢官府的帮助,弘扬王老汉的奉献精神。

院下村的传说

院下村,位于福山城西北 25 华里,属古现镇。旧时,村西的洪钧顶山下,有金代建的普安禅院(又名尉岂寺),禅院建得宏伟壮丽,是福山十大寺院之一。村子建在寺院的下面,取名"院下村"(过去分大院下和小院下,现合一)。寺的旁边有一座"月牙桥",月牙桥至今仍在,也留下了许多传说。

相传很早以前,每年农历七月初七到七月十五的夜里,在月牙桥下可看到牛郎和织女相会的场面。这年,村里有个叫石头的小伙子,老大不小了,因家有病母还没有媳妇。七月初七这天,石头在山上放牛,傍晚的时候走丢了一头牛,他就把没丢的那头牛拴在月牙桥下,去找丢了的那头牛。找累了,他就在月牙桥下歇歇。到了半夜,就着月光,石头忽然看见桥上有人影在晃动。他定神一看,原来是牛郎和织女在相会。石头就自言自语地说:"牛郎哥哥、织女姐姐,你们俩每年的七月初七还能相会,我这么大了还没有媳妇,求求你俩帮我娶个媳妇吧!"天渐渐亮了,丢了的牛自己回来了。石头就拉着牛回了家。事也真巧,当天就有媒人上门提亲,这也是石头家第一次有人上门提亲。石头美得把此事告诉了同龄的光棍汉们。第二天,石头的婚事就成了,村里的光棍们就纷纷来到月牙桥下,摆上了供品,祝福牛郎和织女相会,祈求他俩也帮自己娶上媳妇。说来也怪,后来光棍们也都娶上了媳妇。

后来,每年的七月初七到七月十五,院下村周围的少男少女都在夜里来到月牙桥下,看牛郎和织女相会,祈求自己的姻缘。时间久了,少男少女们在白天也摆上巧果、葡萄、桃子、李子、石榴、甜瓜、西瓜等来求姻缘。女孩们还把自己的剪纸、绣品和自己做的衣物拿来,祈求织女赐给自己一双巧手,好剪出更形象的剪纸,绣出更精美的绣品,做出更美丽的衣服。

院下村的南面有条小河。相传,古时候村中有个孙老汉。村南的山上发生山石崩塌,有人说山石崩塌出了金子,孙老汉就上山找金子。他找了半天也没有找到金子,却发现一条被山石砸伤的蟒蛇。蟒蛇有一丈长,身上血肉模糊,都不能动了。孙老汉想救蟒蛇,但这么大的蟒蛇他没法弄回家。他告诉蟒蛇在此等着,他回家拿药为它治伤。这蟒蛇通人性,眼里含着泪点了点头,表示明白了。孙老汉跑回家拿来了刀枪药(外伤药),擦在蟒蛇身上。一连抹了好几天,蟒蛇的伤好了许多,可以活动了。孙老汉在地里侍理庄稼完后,就为蟒蛇抹药。

又过了几天,蟒蛇的伤全好了。它常常摇头摆尾地在孙老汉的面前活动,感谢孙老汉的救命之恩,有时还在孙老汉的地边陪陪老汉。时间久了,孙老汉就叫蟒蛇是老伙计。从救了蟒蛇以后,孙老汉就发现自己的庄稼比谁家的都好,人家的庄稼旱得都打蔫,他的庄稼却绿油油。老汉就很纳闷地问蟒蛇:"老伙计呀,咱家庄稼长得这么好是你帮的忙吧!"蟒蛇就点点头表示确有此事,孙老汉就知道了蟒蛇有灵气。一天,天降大雨,村南的小河发了洪水,淹了院下村许多房子,孙老汉家也没有幸免。他就在家修了几天房子。房子修好了,孙老汉又来地里干活,蟒蛇也来了。孙老汉哀声哀气地对蟒蛇说:"老伙计,这几天咱们没有见面,你不知道,家里差一点叫水淹没了。"蟒蛇仔细地听着,老汉又对蟒蛇说:"老伙计,如果南河再发水,你能不能帮帮我和邻居们免遭水害?"蟒蛇连连点头,表示明白了孙老汉的意思。老汉干完活要回家了,蟒蛇就跟着他来到小河边,蟒蛇看了看小河就回到了山里。

一天,孙老汉又在地里干活,蟒蛇也闷热得要命。慢慢地天上乌云密布,眼看着一场暴雨就要来了。老汉就说:"老伙计呀,看样子天又要下大雨了,南河必定发水,你一定要保护好乡亲们的安全。"雨点伴着雷声预期而至,孙老汉就赶快回了家。他穿上蓑衣又来到河边,看到河水越涨越凶,眼看着就要危及到村子的安全。这时蟒蛇就来到河里,用身体挡住了进村的河水。许多村民也来看河水,但谁也看不到蟒蛇。第二天,孙老汉又来到地里,见到蟒蛇累得躺在地里。老汉就对蟒蛇说:"老伙计,多亏了你保护了村子,真是辛苦你了。村民都看不见你,你是否担心村民害怕就没有现身?"蟒蛇翘了翘尾巴,意思是老汉说对了。

就这样,蟒蛇一直当着无名英雄。孙老汉活到了99岁,他过世前,就告诉村人,南山里住着这条蟒蛇,谁有幸见到它,千万不要祸害它,要爱护动物,因为动物也会感恩。从此,院下人上山,见到水湾、密林、山洞都不随便动,怕惊动了蟒蛇和其他动物。人和动物和睦地相处着。从此,河里再也没有发水,蟒蛇几百年来都保护着院下人的安全。

钟家庄村的传说

钟家庄村位于福山县城西。从福山县城,步步登高,走6华里的山路,才能来到小村。相传,宋朝初年有孙姓迁居于此,明朝景泰年间周、刘两姓迁居于此,并没有钟姓的人家和钟家村。

那么钟家庄的村名是怎么来的呢?这里面有一段小故事。传说万历年间,福山西关村的富户钟鸣俞的曾祖父多次考官都没有考上。当官的事对他来说总是一块心病。一天夜里,钟氏做了一个梦。梦里,有个白发老人对他说:"你家大业大,就是没有官做。姓钟的住在洼地,能发出什么声响? 家中要想出当官的人,就必须住在高处。"钟氏醒来一想,自己家在城里城外都有买卖,房产土地应有尽有,还就是缺当官的人。第二天,钟氏就来到城里的城隍庙前,找占卦的房阴阳来为夜里的梦占卦。钟氏在卦摊前就地而坐。他没开口,房阴阳也没有问什么就说:"来者求卦本阴阳,就按你的坐相来批卦。准了看赏钱,批不准则分文不取。"说完,房阴阳就为钟氏批卦,他看着钟氏说:"先生坐如山、形如钟,应该姓氏为鸣钟的钟。命中为宝剑金,命中金和姓氏钟的金相合,人现在是大福大贵,钱财物随心所欲。眼下家中无官才来问卦。请问钟先生此卦是否如此?"钟氏答道:"确实如此。"接着他请房阴阳来指点迷津。房阴阳说:"钟先生家住城里西北洼,住宅低矮,阳气不足。要想出官必须住在山坡高处,否则很难出当官之人。"钟氏就说:"对,对,确实如此。"这时,房阴阳就开始卖关子,不继续往下说了,意思就是想叫钟氏快上银子。钟氏是个明白人,一看这情景,就交上了十两白银。房阴阳告诉钟氏:"县城西面的卧牛山是块很好的官地,地势也高。你们钟氏去住,必钟鸣千里,高官厚禄。"钟氏想,自己做的梦,和阴阳先生算的一样,这应该不是巧合吧,必是仙人指点的一条明路。他回到家中,又一连两天夜里做了同样的梦。钟氏就确信无疑,把梦告诉了家人,决定在县城西面的卧牛山上建造房屋,举家迁至此处生活,使后人能为官。

卧牛山地处丘陵地带没有平地,水源也不充足,可谓只长石头不长草的地方,钟氏为了当官,却任凭县城中心不住,选择来这里安家立业。几年的时间,几处锃新的四合院落成了。后来,加上王、李、张姓的先后迁入,就形成了一个自然村。钟氏家族入住后,人丁兴旺,很快繁衍成了大户家族。说来也巧,后来,钟氏家中真有人做了朝廷命官,还出了很多名人。后来,小村兴旺了,就以钟姓为村名,取名钟家庄村。

旧时,村北有钟氏祠堂,村东有周氏家庙,村中有王母娘娘庙,门上雕刻"天仙神母府,碧霞元君宫"。相传,清代乾隆皇帝微服私访路经此地时,曾为村中赐四字匾"奉先祀孝"。村中还有两棵古树,树龄500年以上,分别是一棵国槐,一棵黄连。几百年来小村不大,但流传着很多民间故事。

一村两座关帝庙的由来

关公是关羽在民间的叫法,祭拜他的庙叫关帝庙。关羽死后被不断加封,使关公成了君王、百姓齐供祭和崇拜的对象。有的人把关公当成除灾祸的神灵，还有人把关公当成财神来祭祀。求平安、求财宝，都要去关帝庙拜拜。关公在民间成了全能神。旧时，福山多处都建有关帝庙，而一村两座关帝庙的情况并不多见。

福山高疃镇曲家村过去有两座关帝庙，城区的内夹河东面的山后村，也有两座关帝庙，这究竟是为什么呢？

传说，原来的曲家村是两个村庄，东边的村大，叫富源居，姓曲的人多；西边的村很小，只有十多户，叫周家胡同。过去社会动荡，兵荒马乱，又有土匪，小村庄常被土匪抢夺财物。因村小无力保卫村庄安全，村民就自发地联合起来保卫村庄。为了村子安全和村内的统一管理，两个小村合二为一，成了一个村，叫曲家村，于是一村有两座关帝庙。

再说山后村的两座关帝庙。很早以前，据传山后村中有一条南北街，街东边地势较高，住户较多，多为邹姓，以加工豆腐为主业；街西面低，住户较少，杂姓居多，多是外迁来的住户。当时村中只有一座关帝庙，在街西南面。

街东住户常欺负街西的人。有五个年轻人不学好，还拜了把子称兄道弟，不但欺负街西的人，也欺负街东的人，经常打家劫舍，偷鸡摸狗，坏事做了不少。村中百姓都非常恨他们，送给他们外号叫"五鬼"。街西面住着一位从文登来福山经商的人，人称"文登学"（福山人对外来的文登人叫"文登学"，说文登人有学问）。他是个能说会道的人，什么批八字、算命、看阴阳宅邸、写写画画都行，加上还懂点医道，村中人对他评价很好。怎么能让五鬼改邪归正，就成了"文登学"的一块心病。五鬼中老三（人称三鬼）最坏，什么歪心眼都有。他爱听戏唱戏，当票友，特好武功戏。有一次，三鬼唱戏时被对方打了一花枪，正刺在眉中，一个月才好。伤刚好，五鬼又在一起喝酒，结果食物中毒，上吐下泻，痛得直叫。大鬼（五鬼中的老大）家人就叫"文登学"帮忙给五鬼开药治疗，"文登学"忙了一下午，给五个人扎银针、吃中药。傍晚五鬼才有了好转。三鬼有气无力地问"文登学"，明天还继续给他们治病吗？"文登学"说："必须再治一治才能好。""文登学"回家想出了个连环计，来治治五鬼让他们改邪归正。

第二天一大早，"文登学"拿着银针又来给五鬼治疗，三鬼急得要"文登学"先给他扎针。扎针的时候，三鬼求"文登学"给他算一卦，并告诉"文登学"，这些日子他运气不好，先被花枪捅伤了后又中毒了，问"文登学"这是怎么回事，请"文登学"给他批批卦。"文登学"一听机会来了，就掐着五指眯着眼，不紧不慢地说："不好，不好。天机不可泄露，三伙计您好自为之吧！"三鬼眼瞪得比鸡蛋还大，问这到底是怎么回事，你能不能讲出来。"文登学"说："这卦不是你一个人的事,是你的四个把兄弟都在卦里。关帝爷发怒了,他的大刀都架在你们脖子上。这次病是关老爷要你们的命,先来探探路。"五鬼一听吓得差点尿了裤子。五鬼急得不行了,又叩头又作揖,争着求"文登学"帮助破解。"文登学"心中有数,对五鬼讲,破解的方法他得回家看看周易论。五鬼直央求说,务必请"文登学"帮忙救救小命,有什么条件尽管说,只要能保住命,什么条件都可以答应。"文登学"心中暗喜,想这次真的来了机会,扎完银针给他们分了药,便回家去了。

当天傍晚时分,五鬼等了半天,"文登学"也没来。五鬼便派三鬼到"文登学"家打听解救的方法。三鬼来到他家就喊:"文登学"先生。"文登学"听到后,急忙拿起一本推算命理的书,招呼他进来。他告诉三鬼,推算命理的书中讲,解铃还须系铃人,那个系铃人是谁呢? 就是村南关帝庙里的关帝爷。三鬼问到底怎么办才能保命。"文登学"说:"从推算命理的书中看,今天夜里亥时(夜里9点到11点),你们五人由我领着去关帝庙里,求求关帝爷给个解救的方法。你们必须带着香纸及供品,一定不能带蜡烛。我领你们去关帝庙求关帝看看,能否保住你们性命。"三鬼听完撒腿就跑,回去告诉其他四鬼。

亥时已到,"文登学"领着五鬼他们,摸黑推开庙门,里面漆黑一片,阴森森的,只听见大门吱吱嘎嘎的声响。五鬼吓得头发都竖立起来了,浑身冒冷汗。"文登学"点燃了他拿的一段很小的蜡烛头,叫五鬼点上自己拿来的香和纸,"文登学"命令五鬼他们快一点,好就着蜡头的光来求关帝爷。他们忙活完了,跟着"文登学"跪在关公大爷的神像下面。

"文登学"先开口说:"关帝大老爷,我等前来跪拜,请你指点迷津,保住他们五个的性命。""文登学"又叫五鬼说这套话。话音未落,庙中的那块蜡头突然熄灭,庙里黑洞洞的一片。五鬼吓得牙磕得当当响,不敢作声。突然,这时关帝爷说话了:"文登学,你泄露天机。本官收拿五鬼性命是大功德,你有点小法术就要救他们。玉皇大帝都发怒了。本老爷罚你减阳寿十年。""文登学"回答:"知罪,知罪,谢过关大老爷!"接着,关老爷对大鬼发话了:"大贵(大鬼的乳名),你名叫大贵人不贵,坏事做尽。前几日因邻居家狗叫声大,你就给邻居家的柴草垛点了火,你是否知道杀人放火是死罪?"大鬼吓得不敢作声。关帝爷叫起二鬼的名字:"小民子你也犯了不少天条。'民子'是众乡亲的子孙之意,应多行善事和好事,可是你净做坏事。前几日偷人家一头驴,你可知偷牲口可要永远发配边疆做苦力?"二鬼也不敢做声。关帝爷把五鬼做的恶事一一说了一遍。关老爷又说:"你们五个的命,官府不要,那是因为你们做的坏事,你们的老家(指父母)都替你们处理了,被害人没有报官,民不报官不究。但是,官府不管的事,我关老爷管,15日内你们五个回家等死去吧!"五鬼一听吓得磕头如捣蒜,呼天喊地求关老爷指条明路保住性命,保证以后要改邪归正。他们哭了很长时间,又叫"文登学"帮忙求关老爷。"文登学"就对关老爷说:"关大老爷,看在他们哭成这个样子的份上,像是能改邪归正。再说他们家中又有老小,就放过他们一马吧。"过了一会儿,关老爷问:"你们确实能改邪归正吗?"他们异口同声回答:"能!"关老爷说:"好,从现在起,每逢初一、十五,你们五个都要向我汇报做了什么好事。坏事不用告诉我,我自然知晓。我从现在开始,上街东面去常住。今晚的事,我怎么说的,你们怎样表示的,回去找村里的管事和你们家中的长辈,全部讲述一遍,如有差错就拿命来吧!"五鬼都赶忙磕头感谢关老爷,说一定照办。

放下五鬼暂且不说,先说庙里关老爷的泥塑神像怎么能说话呢? 原来,这是"文登学"同村里管事设下的一个妙计,管事用了一个盛粮食的斗,倒扣在头上,发出来的声音粗声大气,庙内又漆黑一片,五鬼便深信不疑。

从庙中出来,"文登学"边走边和五鬼说:"我为了保你们的命,还要折十年阳寿,都是你们五个混账东西惹的事。今后你们再作恶多端,关老爷必定收拿你们的性命。都回家去吧,关老爷要你们告诉的话,千万千万别给忘了。"五鬼吓得还直打哆嗦,哪里敢不听。第二天一大早,五鬼把头天晚上庙中发生的事都告诉了家人和村管事。"文登学"趁热打铁,又添枝加叶有声有色地说了庙里的事,并找到五鬼的家长,说关帝爷要来街东面住下,帮助他们的孩子改邪归正,又能保住性命又能学好。言外之意是说让他们做个好事修座关帝庙。世上没有家长不盼望自己儿女好的,再说五鬼家中生活都比较富裕。在"文登学"和村管事的撮合下,五家都同意出资再修建一座关帝庙。村民们知道了关帝爷要镇五鬼的事。五鬼学好了,自己也不再受欺负,街东要修关帝庙确是好事一件,于是村民们也纷纷捐钱捐物。几日后庙就开工了,五鬼都来义务帮忙,为了保住自己的性命干得非常勤快。一日,二鬼帮忙搬木料,一枝大梁滚动了,把二鬼压在下面。工匠们吓得都说,上千斤的大梁压在身上,不死也是重伤。工匠们赶快叫了十个人帮忙,把大梁掀起来救了二鬼。二鬼毫发无损,原来二鬼躺在地上的一条小土沟里,大梁没打着他。这时有留心的人说,这个地方原来是平地,根本没有土沟,定是关老爷用神法保住了老二的命。村民们越传越神乎,就更敬畏关帝爷了。二鬼家人赶紧叫了其他四鬼的家人,一起来为关老爷烧香送供品。五鬼对关老爷信得五体投地,更信誓旦旦保证要改邪归正。

几个月过去了,新的关老爷庙落成,村民们又把原有的关帝庙粉刷一新。三鬼还请票友唱了三天大戏。从修了这座关老爷庙开始,五鬼确实改邪归正,村中再没有发生偷盗打架的事情,村民们安居乐业。

大鬼跟父亲学着加工豆腐,成了有名的豆腐世家,又无偿地把做豆腐的技术传授给乡亲们。老二、老四也跟着老大学着做豆腐,成了做豆腐的能人。老五开起了杂粮店,为村民做豆腐提供了大量的原料,生意红红火火。老三当戏曲票友唱戏,也唱出了名堂,去香港唱票友戏的时候,被香港戏院请去干了专业演员,后来全家迁居香港。临走时,哥五个又一次拜祭了关帝庙,还唱了一场大戏。后来,"文登学"就写了两段顺口溜:"建庙镇五鬼,五鬼深知悔,个个都学艺,个个得福气。""卤水点豆腐,一物降一物。盖了一座庙,五鬼不再闹。人人要学好,要不神不饶。"

白衣庙的传说

白衣庙,位于福山城东北面3华里的东北关村北。关于此庙的名称,还有白衣庙、白玉庙、百日庙几种。叫白衣庙的说法是,庙里曾住过一个道人,道人总是穿着一身白衣大褂,所以叫白衣庙;叫白玉庙的说法是,建造这座庙的时候用了许多汉白玉,还有另一个说法是最初庙里供奉的是一只白玉鸟,所以叫白玉庙;叫百日庙的说法是,据说此庙盖好后,在第一百天的时候,就被雷击了一下,后来百姓取笑这座庙,就叫百日庙。

传说很早以前,夹河的水很多,河面又很宽阔,船只可以在河海之间来往。有一年,外地有一条船在福山北面的海里触礁,船被撞了一个大洞,海水呼呼地往里灌。就在这紧急关头,船老大把祭祀海龙王的供品摆在船头上,开始磕头。说来也巧,霎时间,船就不漏水了。就这样,险情虽然过去了,但是天有不测风云,不一会儿的时间,天上乌云滚滚,海里浪高八尺,船一会儿就迷失了方向,顺着风浪起起浮浮。就在这时,船的前方出现了一个白色风行物。白色风行物照亮了海面,船就在后面跟着前行,一会儿就来到了福山宋家疃村的东南、夹河的西岸停了下来。船上所有的人在船老大的指挥下,摆上供品,磕头拜谢神灵的搭救之恩。这时,就见到白色的飞行物飘飘摇摇地落在了宋家疃村的南面。船老大他们过来一看,什么也没有发现,但是看见地上有一块白色的地方。船老大就在这里做了记号。回到船上,船老大和伙计们商议,要在这里盖座庙来拜谢神灵的救命之恩。

就这样,船老大把船上的货物卖了许多银子,便开始盖庙。说干就干,庙宇很快就落成了。船老大找来了泥塑的工匠,告诉工匠们船是怎么脱险的,以及后来发生的事。他们统一了意见,要塑龙王老爷的塑像,但他们塑了个大体模样时,夜里龙王老爷的塑像就自己塌了。接着他们又塑了几天,夜里塑像不知怎么又塌了。有人说龙王老爷不来住,就再塑另一位神灵吧。后来他们塑了许多神灵的塑像,没有一个成功的,都是自己塌的。许多人说,神灵比人自觉,不是自己的功劳,自己不抢着领。塑像没法塑了,他们就又摆上了供桌,点上香,烧纸磕头来求神灵显灵,好塑其金身。民间有说法,凡是庙宇、祠堂、宫殿的屋顶上,什么鸟都不会落。凑巧的是,他们在祭拜的时候,飞来一只白玉鸟,不当不中地落在了庙的屋脊上。众人都说应该塑白玉鸟的塑像。几天的工夫,白玉鸟的塑像就塑好了,也没有塌。人们就知道是白玉鸟救了船上的人。于是,人们大摆供桌,拜谢救命的神灵。

据说,庙宇建好第一百天的时候,一个晴天霹雳,把庙的一个地方给炸毁了,白玉鸟被炸得飞了出来。这是为什么呢?

话还得从头说起。船在海中迷航,是白玉鸟引着船儿前行的。船触礁撞的大洞是怎么不漏水的呢?原来是一只镜鱼王(鲳鱼)堵在漏洞的地方,保护着船没有沉没才来到了福山。船老大盖庙时镜鱼王没有邀功,庙里也没有给镜鱼王留个神位,镜鱼王也没有不高兴。但是,后来发生了一件事,把镜鱼王惹火了。原来,镜鱼王在河口处生育了许多小鱼苗。小鱼苗被白玉鸟的小鸟给吃了不少。镜鱼王心痛得不得了,就来找白玉鸟说理。白玉鸟被盖了庙祭拜着,供养着,觉得了不起了,对他的小鸟吃了小鱼的事不予理睬。镜鱼王找了白玉鸟多次,都没有结果。镜鱼王眼见着小鱼就要被吃光了,没有办法,就去找北海龙王来调解。白玉鸟也没有给北海龙王面子,我行我素,不予理睬。北海龙王气得找到了雷公,要雷公降雷治一治白玉鸟。雷公就打了一个小雷,打坏了白玉鸟的家,把它赶出了庙宇。白玉鸟就再也没有家了,从此这个庙也空了。

传说,后来人们在庙里又塑了一个神灵的塑像,有人说是十八只手,也有人说是二十八只手,总之是位多手的神像。有一年庙里失火,火烧得并不大,庙里的物件都完好无损,但是神像不见了。许多人从多个方向都看见一个大火球落在了宋家疃村的西面。宋家疃村的人怕出什么意外,就找阴阳先生出了个主意,在宋家疃村西面盖了一座火神庙。从那场火后,那白玉庙就又空了。后来,也不知是什么年月,来了几个道人,个个穿着白色的衣服。他们从来不开北屋的庙门,也不让人进入庙的北屋。没人知道里面是用来做什么的,村里的人也不管他们的事。忽然,他们一夜之间都走了。据说,他们是在这里炼好了丹,去了昆仑山。再后来,这座庙因多年失修,自己塌了。总之,这座庙都与白字有关,"白玉庙""白衣庙""百日庙"各名字都有自己的缘起,可惜此庙百年前就不在了。

相公庙的传说

在福山张格庄村北面的山上,有一块大石头,叫马蹄石。说起这马蹄石可有一番来历。

传说明朝时,天宫的一个相公不听玉帝的指令。王母娘娘劝说他,他还很傲慢,就是不服。王母娘娘无奈,就把相公贬下了天宫。王母娘娘心地善良,还给了相公一匹马,叫他骑着马到人间。相公骑着马向人间飞奔,在胶东游逛了几天,看到张格庄村的人心地善良,就想在张格庄村北面的山上落户。他一不小心,摔在了一块大石砌上。马一使劲,马蹄子就插在了石砌上,相公用尽了招数也弄不出。夜里富家庄村(今东风村)的老富走迷了路,见到了相公和马,就帮相公把马蹄子从石砌上拔了下来,但马蹄印清清楚楚留在了石砌上。相公想,此人心眼善良,助人为乐,这里离张格庄村也不远,就告诉老富,他和马在此休息三天,就去富家庄村安家落户。

第二天,张格庄村的老王早早上山劳作,见到了老富。老富告诉了老王相公的遭遇和他的想法。老王想,一个天上的神仙要在这里安家,能保佑这里平安,是一件好事,就跑回家告诉村民。村民就捐了许多木料和盖房的材料,要为相公盖一座庙。村人们点着香,烧上纸,把木料运了过来。为了便于管理,村民还在捐的木料上写了名字。富家庄的老富也回村把这事告诉了村民,富家庄的村民也纷纷捐了材料。两村捐的材料堆得像小山一样。第三天,张格庄村的人准备盖庙,可是早上起来一看,自家的牛、马、驴和骡子都大汗淋漓。村民也不解是怎么回事。他们来到盖庙的地方一看,所有材料全不见了。老王就说,肯定是相公用张格庄村的畜力,把盖庙的材料运到了富家庄村。村民们来到富家庄村一看,果然如此,那些写着自己名字的材料全部在这里,路上全是牛、马、驴和骡子的蹄印。两村的村首就共同商议,既然相公自己选定了富家庄村,这也是天意,就在此处建庙吧。建庙那天,村民们敲锣打鼓挂红彩。两村的村民齐心协力,庙很快就落成了,庙门的牌匾上写着"相公庙"的大金字。庆典那天,张格庄的抬阁和大秧歌也来助兴。人们又跳又舞,欢迎相公在这里落户,祈求他保佑风调雨顺,天下太平,人人平安。张格庄村和富家庄村两个村的人也和睦相处,共同致富。后来,富家庄村就改名叫相公庙村。相公庙在"文革"时期被毁,给后人留下了遗憾。

鱼骨庙的传说

　　传说很早以前,福山的夹河入海口处西面有座沙山,山上有座鱼骨庙,是用大鱼的骨头盖成的。后来海水把鱼骨庙冲垮了,人们再也不能一睹它的风采了。

　　在沙山的南面住着几户人家,其中有户渔民,家里有一男三女四个孩子,男主人叫海宝,全家人都非常敬仰北海龙王,爱护海中的生灵。一年福山大旱,庄稼颗粒不收,加上这里的土地又是沙窝地,更是没有收获。俗话说"屋漏偏遇连阴雨",出海打鱼的海宝也是这样,出海捕鱼时网网无鱼网网空。海宝和其他人家家里眼看着就揭不开锅了。

　　这天海宝和其他渔民一起出海打鱼,海宝捕到一条大鱼。他看这条鱼,头有点像马也不太像,鳞有点像鱼鳞也不太像;还有爪子和胡须,总之就是不像正常鱼。村民饿急了,想让海宝把这怪鱼杀了大家分分吃了。海宝从来没有见到过此鱼,认为这鱼必是神灵之物,就把大鱼放归了大海。其他渔民要继续捕捞这条鱼,海宝也阻止了他们,并告诉他们要保护海中的特殊生灵。渔民们无奈只好罢手。

　　到了晚秋,西北风加上苦霜一打,山里的野菜也没有了。海宝顶着西北风来到海边赶海,却只捡到一些海青菜。这种菜还可以充饥,海宝就向大海磕头表示感谢。突然,他看见放生的那条怪鱼浮出水面,朝他摇头摆尾。海宝不解是什么意思。这时,海里随潮冲上来许多小鱼。海宝知道了这是怪鱼所赐,就捡了一些拿回家。海宝是个无私大方的人。他想,村民都在忍饥挨饿,就叫着村民去海边捡鱼。他和村民向大海磕头谢恩。有了这些鱼,除了自己吃还可以用来换些粮食。村民都解了燃眉之急。村民都知道是那条被海宝放生的怪鱼帮的忙,从此也懂得了保护海里生灵的重要性。以后这里常常见到渔民们祭拜大海的场面。

　　很快到了正月十四。夜里,海宝做了一个梦,梦见怪鱼告诉他,它是北海龙王的贴身护卫,正月十五要和龙王一起到天宫,无法为渔民赶鱼上岸。龙王爷大发慈悲,恐怕村民挨饿,就把一条犯了天条的大鱼赐给村民食用。海宝揉了揉眼睛,醒来知道这是怪鱼给他托的梦。正月十五早上海宝把此梦告诉了村民,村民纷纷带着礼品来欢送龙王爷。村民来到海边一看,果然有一条小山一样大的鱼。村民们知道海宝的梦是千真万确的事,就把大鱼取回家食用和贩卖。说来也巧,鱼肉一直取到了五月端午下来小麦也没腐烂,家家户户都有了生活来源。渔民们的小麦上了场,磨了面后,大鱼的肉也没有了。

　　渔民们为了感谢北海龙王和大鱼的恩德,就用大鱼的骨头在沙山上盖了一座庙,叫鱼骨庙。渔民们出海都要来拜一拜。慢慢地每年正月十五集体到鱼骨庙祭海就成了一种习俗。一年正月海宝和几个渔民在鱼骨庙里听到奇怪的声音。原来,是北海龙王告诉他们,鱼骨庙的大鱼已经结束惩罚,龙王要点化它重生。后来,北海里大潮汹涌,波浪滔天,把鱼骨庙冲到了海里。但是,渔民们还是在正月十五这天祭祀大海,这个习俗一直延续至今。

山区妈祖庙的来历

　　福山高疃镇曲家村距县城40华里。尽管曲家村不大,但1949年前却有六座庙:两座关帝庙、土地庙、火神庙、龙王庙和妈祖娘娘庙。曲家村离海边约百里,在福山山区有妈祖海神娘娘庙是非常少见的。这是为什么呢? 这还得从民间的一个故事说起。

　　清朝中期,有一村民姓曲。老曲以赶脚运粮为生,长年来往于八角港和曲家村之间;去时驮着五谷杂粮,回来捎些海货等。一年春天刮起大风,海浪滔天,大雨也随风而至。老曲在八角港口的一家酒馆避风雨,听见外面来人说:"爷们儿们快到海岸去救人吧,有船打了(指船触礁翻船了)。"老曲也跟着来到海岸,看见一条三篷船(有三个帆的船)已被礁石撞出了大洞,船在岸上,水中有几个落水的船工在挣扎。岸上的人开始下海救人,先后救起六人。老曲从救人者手中接过了一个船工背到了酒馆,问其是从哪里来的。那船工答是从福建来的,在海里遇上了大风,迷失了方向,随风漂流。六个船员在船上跪下,请求妈祖娘娘救命,就感到船前有一盏灯,引领着他们来到八角海口,但因不熟悉进港的海路,还是触了礁,幸好被老哥救了。船上六个人中四个姓曲,自己也姓曲,老曲心想这也是个缘分吧。按海岸渔民的习俗,凡是在海中遇难的人,谁救的谁就要领回家管吃管住。原来,此人还是船上的船老大。老曲告诉船老大按当地规矩,他要跟老曲回曲家村暂住。老曲弄了些饭菜给船老大吃饱了后,和船老大找到其他五人,与船坞老板商量好修船事宜,安排妥当后坐着骡马车来到了曲家。

　　老曲是老实巴交的庄稼人,就实实在在地对船老大说:"我四天五日的工夫就去八角港一趟,你帮我一起收粮,然后一起去八角港送粮,以便去看看船修的什么样。"二人干得得心应手,船老大还在八角港请了一幅妈祖神像挂在老曲家,天天上香磕头,一晃过了一个月有余。

　　春去夏来,满山庄稼长得旺盛,水果满枝瓜上架,一派丰收景象。但曲家村南八里外的山南面的大片庄稼地遭了蝗灾。蝗虫成群活动。一群蝗虫飞来，铺天盖地，落到哪里哪里的庄稼就被吃个干净，颗粒无归。眼看着就要危害到曲家村的地块，百姓们没有办法了，就敲打铜盆、打锣、烧香、烧纸，夜里点燃火把来驱赶蝗虫，可是都无济于事，只听见蝗虫吃庄稼的唰唰声。眼看着差数里地就要危害到曲家村南畦的庄稼地，百姓老老小小就跪着在自家地里磕头求蝗虫嘴下留情，不要吃自己的庄稼，但都阻挡不了蝗虫的脚步。

船老大知道了内情后，就对老曲说他在福建家乡时，闹蝗虫都请妈祖海神娘娘来驱赶，就和村民一起在村南请妈祖海神娘娘的帮助。船老大念一句，村民跟着念一句："妈祖妈祖来显灵，蝗虫蝗虫快西行，离开曲家去山顶，再吃庄稼就要命。"说来也巧，念了大约半个时辰，天上下起大雨，地上刮起东北风，蝗虫就从曲家村村南的东台沟去了没有庄稼和果树的村西南的大城山（又名陀山，俗称笔架山）了。雨过天晴，蝗虫已过，村民对船老大都挺感谢的，纷纷表达对妈祖海神娘娘的敬畏，还在妈祖神像前供上了供品。

又过了大约半月，曲家村的周边又闹蝗虫，百姓又用同样的方法来驱赶蝗虫，曲家村又一次免遭蝗虫之灾。

船老大就对老曲说，他在海中遇难，多亏妈祖保佑来到福山，保住了性命，又遇上了老曲这样的好人，还两次为曲家村赶走了蝗虫，保证了村民的收成。等船修好了回老家运木料，要在曲家村建造一座妈祖庙。老曲连声说好，并告诉本村百姓，百姓一呼百应。

两日后船老大要起锚回福建。按福山沿海习俗，遭难船只的维修费用可暂时免收。先将船开走，后期付维修费，但必须有人作保。老曲和曲姓的长者便当了保人，船老大顺利起航回了福建。

再说曲家村的百姓，在长者和老曲的提议下捐钱捐物，老少齐心协力，利用农闲的时间，在村西头开始进行修建妈祖娘娘庙的基础工程。20天后船老大从福建载了一整船上等木材运到了曲家村，是专为修妈祖庙而用的，还领来了两个塑造妈祖金身的工匠，使神庙同福建的建筑风格相同。经过两年多的修建，在曲家村西建起了一座宏伟的妈祖海神娘娘庙，用来保佑曲家村，这也是福山山区唯一的一座海神娘娘庙。可惜的是在1958年，因其影响门楼水库的修建，已被拆除。

公鸡岛和母鸡岛的传说

公鸡岛是指现在的芝罘区的宫家岛村，母鸡岛是指现在福山区的永福园村。

旧时,两个村都是在夹河边上沼泽地的高处建立的村庄,因村庄建在高处,村名就加了个岛字。为什么村名和公鸡母鸡有关系呢?这里有一段与八仙之一张果老有关的故事。

据传说,很早以前,两村村民因在夹河捕鱼产生纠纷,矛盾越来越大,后来一河之隔的两村儿女都不联姻了。久而久之,两村的村民就发生群殴,还闹出了人命官司。官府曾多次调解无果。一次,张果老来到宫家岛村游玩,听见村民在说和永福园村群殴的情况。他在村中游逛,见到一妇女在做面糊。张果老问面糊做什么用。妇女答道,婆母无牙,用来喂婆母吃饭的。张果老想,这儿媳还挺孝顺的,就赞扬了一番走了。张果老又在村中见到一老婆婆摔倒了,一个小孩子跑上前把老婆婆扶了起来。这时,过来一个年轻人把老婆婆背了起来。张果老就跟在后面看着。年轻人把老婆婆背回了家。张果老就问年轻人老婆婆是他什么人。年轻人答道,是村中的一个村民,并不沾亲带故。张果老想,这么善良的村民为什么和永福园村有矛盾呢?张果老就又来到永福园村,一进村就看见许多人在盖房子。张果老一打听,是一户人家不慎失火,村民们都无偿来帮忙盖新房。张果老又在村中见到一人在村中教几个孩子认字。他想,两村的村民都非常善良,矛盾是可以化解的。张果老在村中见到了几个年迈的老人,了解了本村和宫家岛村的主要矛盾,他的心中就有数了,想出了一个化解矛盾的方法。

张果老给了永福园村的人一些母鸡,给了宫家岛村的人一些公鸡,并告诉永福园村的人,可吃母鸡下的蛋,鸡蛋有益于人的健康;告诉宫家岛村的人,公鸡是一种可食的美味。以后张果老常来两村看看。在鸡有繁殖能力的时候,张果老就给两个村的鸡施一点仙法,两个村的鸡就大声地叫。后来两村的人都知道,永福园村的鸡只有母的,宫家岛村的鸡只有公的,两村的鸡都不能繁殖。村中的明白人就求张果老帮忙解决。张果老找到了两村的长者,提出了解决这个问题的方法:从此两村和好,不许再打群架,要和睦相处,互帮互助。两村的尊长都答应了,在自己的村中贴出了告示,讲明了解决鸡不能繁殖的原因和村民要遵守的条件。村民都同意了。

张果老一看时机已到,就叫宫家岛的男人用船载了一船人和公鸡,来到永福园村和他们换母鸡,两个村多年不见面的人终于见面了。从此,两村都有了公鸡和母鸡,两个村的人都靠养鸡发了财,也能和睦相处。两个村还有了桥会(修桥的民间组织),在夹河上架了桥梁。两村的人相互来往,团结得和一个村一样。然而,民间仍然有宫家岛别名公鸡岛,永福园村别名母鸡岛的说法。

母鸡岛改名永福园

永福园村过去叫母鸡岛村,是由韩家岛、潘家岛、胡家岛组成。三岛的族长共议,以其村前后的平坦土地要永享田园之福之意,更名永福园村。

更名起初,村民和周围村的人都习惯叫母鸡岛,很长时间也改不过来。村里有两个文化人,一个姓潘一个姓胡,在一起讨论怎么能让人们都来叫永福园这个名字。老胡是大户人家,家里很有钱。老潘就说:"要是谁叫永福园,你就得管饭。"老胡毫不犹豫地说:"没有问题,我不管包子就管面(面条)。"老潘就说:"好汉话已出口驷马难追。"老胡就说:"男子汉说话绝不食言。"二人就起誓为盟。老潘写了个告示贴在村口,上面写着:"街坊四邻大家好,谁要再叫俺村母鸡岛,谁家日子过不好,再叫老潘和你恼;谁要叫声永福园,老胡就管你包子面。"人们就在说笑话中说,永福园开大店,不是包子就是打卤面。

说起来还真管用,人人都改口叫永福园,也没有吃老胡的包子和面条的。

南堤修堤的传说

旧时,南堤位于福山城南1华里,夹河的西岸,因修了一段石堤,又在县城的南面,因此就叫南堤。修堤时是官府和民间出资,这里修堤的时候发生了一段反腐败的故事。

相传,清朝初期的一年夏天,山洪暴发,河水横溢,致使夹河的水冲垮了夹河河堤,给平民百姓造成了极大的损失,许多家庭流离失所。为了尽快疏河固堤,造福百姓,福山县令拿出国库银两,不足部分由民间集资,官民齐心协力修河堤。为确保修堤质量,防止偷工减料,县令暗地里找了东北关、盐场、东关、宫家岛等村的心腹,秘密监督着施工现场的情况对施工现场的一切,县令都了如指掌。

随着堤坝不断增高,偷工减料、消极怠工、贪污银两的情况频繁发生。县令就乔装打扮,和心腹一起来到工地四处察看。果然不出所料,有的把收料人员贿赂好了,推三车泥,挑五筐土,多领几张票据;送石头的也在石头里设机关,多算方数,而后拿着票据到县衙多领钱款。如果没有后台撑腰,他们是不敢这么做的。长此以往,即使有更多的钱修堤坝也不够用。县令根据掌握的证据,把消极怠工的各打五十大板,收缴出工工钱,令其加倍干活;对偷工减料者进行重罚,令其返工补料;让从中牟利得到好处的人全部退赃,强迫劳动,以观后效。

有一个福山财主的儿子，平日仗着有钱有势，朝中有人，常常投机倒把，欺行霸市。他有恃无恐地派了几个走卒，安插在工地能捞钱的地方，暗地里贪污工程银两，得了大头。县令对他毫不客气，将其抓获归案，将贪污的银两上缴国库，对他加倍惩罚，命他白天在工地劳动，晚上把他押回大牢。县令彻底整治了修堤秩序。

后来官府在工地打了个棚子，县令就在此监督和指挥工程，确保工程的质量和进度。很快，河堤落成了，为保护福山人的生命财产提供了保证。后来堤上又栽了几千棵垂柳，这里就成了福山八景之一的"长堤新柳"，造福了一方百姓。

南炮台的故事

明朝时，福山县城的城门、城墙、护城壕、炮台都修好了。南炮台在东城墙南头与南城墙东头的交汇处。这里起初并没有炮，后来在安装土炮的时候，发生了一件说不清怪事，使人费解。

传说，福山县官府弄来了几门土炮，要安装在南炮台上。土炮运上了炮台，有人提出四门土炮的炮口，要两门朝东，两门朝南。官兵们用了九牛二虎之力，才把十几吨重的土炮安装好了。第二天官兵们一看，原来两门炮口朝东的土炮变得朝南了，官兵们就把炮口调换了过来。第二天炮口又转过来了，官兵们又把炮口调了过来。有一个老兵留了个心眼，他把细泥撒在炮的周围，扫得平平的。第二天，官兵们一看，炮口又调了过来，地上的细泥上有许多二尺长的大脚印。谁也说不清这是什么人的脚印。官兵们把炮口又调了过来。夜里，他们就埋伏在这里，要看个究竟。夜里来了一股大风，刮得什么也看不见。天亮以后，炮口又调了过来，但是什么痕迹也没有留下。后来，官兵们就放弃了。

后来，福山来了一个懂军事的高官上炮台视察。他来到南炮台的时候，就夸福山的官兵有才。他说："福山县城的东面是夹河，是天然屏障，来犯之敌不易进犯，炮口朝南非常合适。"传说，这个地方从来没有来犯之敌，而几句顺口溜流传了下来：南炮台上真是怪，炮口变得朝南来。天意保护福山城，官兵百姓乐开怀。

凤凰顶的传说

凤凰顶位于福山城西北约 40 华里，古现村的南面，今属烟台经济开发区。

此山有三个顶,中间高,两边低,形似凤凰展翅。老辈叫此山挑担山。因一段传说故事,此山又叫凤凰顶或凤凰山。

很早很早以前,有一个老汉在山下种了一片西瓜。老汉是种瓜的能手,他种的西瓜长得非常好,个头也大。奇怪的是,地里有个西瓜长得特别出奇,大得惊人,引来许多村民的观看。一天,来了一个"三白"(头发白、眼眉白、胡须白)老道。老道一眼就看见了那个特大的西瓜,就和种瓜的老汉讲价钱,要把它买下。种瓜的老汉答应了。老道付了铜板,再三嘱咐种瓜的老汉,此瓜到了冬至节气才能成熟,那时他再来摘瓜。老汉收了铜板,满口答应了。老道交代完就走了,种瓜的老汉还是精心侍理着西瓜。

天一天天的冷了,山上的庄稼都收完了,树叶杂草一片黄色,瓜地里就剩下了那个最大的西瓜,鲜绿鲜绿地还在长着。冬至的前几天,西北风夹着大雪,铺天盖地下着。老汉心疼那个西瓜,怕它冻坏了,就提前把西瓜摘了回家,在家里用麻包和茅草包着。冬至立马到了,老道来到地里一看西瓜不见了,就气冲冲地来到老汉家,怒斥老汉不讲信用,害了许多人的好事,并说这瓜是开挑担山的钥匙。这一吵,许多人都来看热闹。有人就说老道:"你说西瓜能开山,不妨去试试。"老道抱起西瓜就说:"那你们就跟我来看看吧。"

村民和老道来到挑担山的半山腰。老道把西瓜往地下一放,在西瓜的四周左转右转,嘴里还念着咒语。念着念着,就听见山里有奇特的鸟叫,山就吱吱嘎嘎地裂开了一道口子。村民们都看见里面有许多宫殿,黄金盖顶,白银铺地,金银财宝遍地都是。就在这时,人们看见一只金凤凰从山里飞出来,落在了山顶上。突然,西瓜发出了咔嚓咔嚓的声音,被山压破了。据说,西瓜流出来的红水把山上的泥都染成了红色。从此,这座山就再也没有开过,也没有人能得到这些金银财宝。打这以后,人们就叫这座山是凤凰顶或凤凰山。

可见人要讲诚信,说到做到,不能言而无信。

黄家村的传说

民国以前,民间都叫现在的黄家村是大黄家村,为什么呢?这得从每年农历二月初八的黄家山山会说起。

黄家村属福山臧家乡,距县城 12 华里。村西的小山上有一座龙王庙,小庙不大但挺有灵气。旧时旱天无雨或久雨内涝,黄家村周围的村民都来龙王庙,祈求龙王排忧解难,每次龙王都是有求必应,使这里风调雨顺。时间一长,村民就选定了每年农历的二月初七、初八、初九三天来龙王庙拜谢龙王,这里就形成了山会。山会期间人山人海,庙里香烟缭绕,钟鼓齐鸣,前来祈祷还愿的善男信女络绎不绝。山会的执事率领人们在庙前焚香烧纸,祭奠行礼,表演节目,有演杂耍的,有唱对台戏的。山会也招来了远道的客人,东面有威海、牟平和芝罘的,西面有龙口、莱州和蓬莱的。当西面龙口、莱州和蓬莱的游客走到黄家村西面,小杨家村的东面山上,往东一看,黄家村、招贤村、刘家埠村、柳行村几个村子连在一起就像一个村子。外地人就误认为黄家村一个村就有这么大,就传说山会在大黄家村的山上,把小小的黄家村叫成了大黄家村。大黄家村的叫法就这样出了名。

赶山会的时候正值早春二月,小麦还没有进入生长期。赶山会的人越来越多。因山上场地有限,山会就在麦地里进行。人太多了,就把麦苗都踩踏了。说来也巧,经过踩踏的麦地,小麦的长势非常好,产量也非常高。后来,老农民们总结出了一个经验,就是在早春的时候把小麦苗压实,小麦可丰收高产。于是,就有了俗语"春压麦苗多打粮"的说法。

"一里蹲"是怎么叫出来的

旧时,从福山县城出了西门,向南去东西留公村或向西去东厅,经过青龙山的北坡,走大约一华里的地方是条上坡路,路的东面是一片乱葬岗,原来没有什么名字,后来发生了一件事就有了名字——一里蹲。

这段坡路很陡,从城门出来的人挑的挑,抬的抬,走到半坡累了,就在这里蹲着歇歇,连牛车、马车上了坡也要歇歇。有一伙不法之徒就在这里挡道抢劫,已有多人遭殃。官府得到报案后,多次抓捕未果。一次,这里发生了凶杀案件,一客商在半坡路上被杀死后,尸首被丢在乱葬岗里,几天都没有破案。官府为了不打草惊蛇,就放出假消息,说凶手已被抓获。后来,官府抓了一个小毛贼。经讯问,他交代了这伙不法之徒在半坡路上的活动规律。县令率领兵卒夜里埋伏在半坡路的两边,用一头毛驴驮着个妇女,一个人拉着毛驴在路上走着,诱使罪犯出来。夜里,拉毛驴的走到半坡上,三个罪犯果然出来作案,被埋伏的官兵一举抓获。

此次抓获罪犯,县令蹲守了半宿,累得腿疼了好几天。师爷在写处决罪犯的布告时,因半坡路的地方没有准确名称,就问县令怎么写地名。县令就说:"老百姓都爱在这里蹲着歇歇,我们抓罪犯的时候也在这里蹲了半夜;这里离县城有一里地,就叫一里蹲吧。"布告贴出后,老百姓都知道了要在半坡路的东面乱葬岗处决罪犯。老百姓对罪犯都恨之入骨,纷纷来看。县官一念布告,老百姓都知道了半坡路的地方叫"一里蹲"。一天的时间,"一里蹲"的地名就传开了。

二宅的石狮传说

二宅在福山是指旧时大户人家和做了官的人家在县城盖的第二套住宅。家乡的老住宅叫原住宅和第一住宅。当官的住宅叫官宅。

这里说的二宅是曾任国子监祭酒的王懿荣的二宅。旧时,二宅位于老城区中北部,在县衙大门向南再往西的旬宣街西头。此街直通萝卜市街,后因旧城改造,旬宣街和萝卜市街已被注销街名。

二宅盖有十几间房子,还有王懿荣家族的藏书楼。二宅大门前有一对不大的石狮子,东门外有一个姓王的半盲人,以算命为生,经常去萝卜市街算命。他和王懿荣只是同姓而不同宗,不是王懿荣的本家亲戚,但他因王姓人家有这样一个人,也感到很荣耀。只要去萝卜市街算命路过二宅时,他都要用手摸摸二宅门前的石狮子。时间久了,他把石狮摸得溜光水滑。

一天天气非常晴朗,盲人又去萝卜市街算命。当他路过二宅门前的石狮时,用手一摸感到湿漉漉的;再摸摸另一个石狮也是如此。他感到非常不解:大晴天的无雨无雾,为什么石狮会湿漉漉的呢? 他就在集上批了一卦,卦中显示住宅的主人正在出大力,已操尽了心。这一天也正是王懿荣为抗击八国联军入侵京都任京师团练大臣的日子。盲人几乎每天都来摸摸石狮子,每天都是如此。他的心中就有一种不祥的预兆。又过了二十几天,盲人又来摸石狮子,石狮子的眼睛流着许多泪。他就地一坐,掐指一算,二宅的主人已不在人世了。这天正是清光绪二十六年(1900年)农历七月二十一日(8月15日)。盲人就把批卦的事告诉二宅的看门人,看门人不高兴地把他赶走了。盲人就在集上把这事告诉了许多百姓。

不几日,福山县衙就接到了京城的快报,王懿荣确实已为国捐躯。二宅的石狮子已不复存在,但人们永远崇敬和怀念王懿荣先生。

福山城池无北门传说两则

(一)

在明朝万历年间城区布局图和清末县城图上,福山城只有东门(镇静门)、南门(平定门)、西门(义勇门),唯独没有北门。据传说,城池修建之初开有北门,后因县官的一段故事,才把北门改造没了。

事情是这样的。很早以前福山有一个县官,从济南府来福山任职,走到高疃村东的地方,就得了重病。随从们急急忙忙把他抬到县城的住处。县官从此一病不起,多处寻医问药请郎中,均无好转的迹象。县衙的正事他也无心打理。从他来福山以后,福山连遭自然灾害,庄稼颗粒不收,民众贫困潦倒,艰难度日。一天,县衙门前来了一个老道,宣称包治百病。衙役火速来到后堂,报告县官说,有人包治百病。县官一听大喜,就把老道请进了后堂。老道来到后堂,为县官把脉。老道把完脉说:"您的病没有大碍,只是长期卧床,身体发虚,只需要进补和锻炼就可痊愈。"老道又问明了县官的生辰八字,算了算对县官说:"根据大人住的大环境,病是无药可治的。"县官急忙问是什么原因所致,老道就说,福山城池四周像一个油坛子,南面为口地盘小,北面为底地盘大。城南面有一座山,福山县城可进财,东西两面也均可进,但是北门是油坛子的底,把进来的财漏掉了。老道又说,县官的命为火命,北门的方位属水,又面临大海,为大水旺地,自然就把县官的火命给克住了。因此县城不进财,县官的身体也不健康。县官和师爷听后都感到有道理,问老道怎么破解。老道就卖起关子,伸手要银子。县官给了老道银子,还好好地招待了他一番。

老道说,将原有的北门砌死,一切就平安无事了。县官宁可信其有不可信其无,就命师爷找人,不几日就把城北门砌死了,并把老道留了下来,要看看效果。一晃就是一年,县官的病果真慢慢好了,县城也风调雨顺,人人安居乐业。后来,老道又提出要在县衙的西面盖一座财神庙,来保佑福山人发财。财神庙说盖就盖,几个月的时间就落成了,还开辟了一条街叫财神街。老道告诉县官,福山是个福地,人也忠厚老实,要求县官遇事要为百姓着想,多帮百姓致富,如果不做一个清官,将来必定落难。说完,老道就离开了福山。

后来,福山年年风调雨顺,在官府的倡导下许多人学厨师,发扬光大了福山鲁菜,还出了许多生意人,家家丰衣足食,便有了"金招远银福山"的说法,意思是说,招远人做生意一天能收入一个金元宝,福山人一天能收入一个银元宝。福山就成了福地和福人会聚的好地方。

(二)

传说,福山城池修建好后留有北门,几任县令掌管福山县都无建树,被革职或亡故。后来,这种情况就在为官的人中传开了,没有人愿意来福山任职。

朝廷后来又派了一个县令来福山。这个县令上知天文,下知地理,还懂驱鬼辟邪。他从登州府（今蓬莱）往福山县城走，在城北的地方，看见一座小山坡。这里妖气十足，是个蝎子精修炼的地方。县令马不停蹄来到福山县衙，叫来福山的师爷，拿出福山的城池图，按着八卦图为福山城池批卦。批了几个时辰，县令问师爷："近几年，城里是否有许多得怪病的人？"师爷答有。"他们是否是出入北门得了此病？"师爷答是。师爷不解地问："大人为什么这样问？"县令说，北门是蝎子精的出入口。蝎子精常常在北门口害人，有时还进城害人。县令告诉师爷，这次他要好好治一治蝎子精。师爷说，前几任的老爷都不知道是什么原因。县令自豪地说："他们哪能和我一样。第一，本官不贪赃枉法，秉公办案，坚决为民排忧解难；第二，本官上不贿赂官府，下不勒索百姓，使民众安居乐业；第三，本官能批解奇案怪事，能驱妖辟邪。"

县令就在城北的小山坡上，找到了蝎子精修炼的石洞，放进去六只大公鸡，在洞口点燃艾蒿和雄黄（别名鸡冠石）熏蝎子精。县令还不时地念咒。约两个时辰，一个像小牛一般大的蝎子精被熏了出来。大公鸡有的啄眼有的啄尾，把蝎子精逼得一溜烟地上了福山城西6华里邢家山子村南的小山上。大公鸡在山上变成了"鸡骨石"和"鸡冠石"。蝎子精在山上一命呜呼，但是它的筋骨皮肉变成了许多小蝎子。因为山上有许多鸡骨石和鸡冠石围着，小蝎子再也不敢下山危害人类了。后来，人们就叫小山为"蝎子顶"。福山人的怪病慢慢地好了，官府的人问县令怎么镇住了蝎子精。县令告诉他们，自己属相为鸡，鸡是蝎子的天敌，治理蝎子是手到擒来的事。如果不属鸡就有点难了。这事以后，福山人不长怪病了，但还是富不起来。县令看了看福山的地理位置说，福山城池属阳地，人群居住也属阳，东有夹河水阴气已足，确实阴阳平衡，福山城里是块好地方。不富的主要原因是，城池南门为进财口，北门为出财口。北门面向大海，阴气入侵县城，财宝又从北门流出，福山人就富不起来。于是县令就命令把北门堵死了，据说还在墙里放上了宝剑、葫芦和聚宝盆。后来，县令还在县城兴办学堂，减免税赋，鼓励经商和学手艺、开作坊。几年后，福山人就富裕了起来，人人安居乐业。福山成了福地和福人会聚的好地方。

俗话说，哪里的黄土都养人。有了好的地理环境，没有安定的社会秩序，没有好的惠民政策，当官的人不为民做主，人们不勤劳致富，也将是一事无成。

下官乐与上官老

福山城西南27华里属张格庄镇。这里的下官乐沟村和上官老沟村，很早以前并不叫这个村名，而是因一个当官的人死在这里而改的名。

　　传说很早以前,有个监察御史东巡视察,路过一个叫下中夼的村,见到这里山清水秀,鸟语花香,泉水淙淙地从村边流过,村民醇厚朴实,热情地招呼御史和官兵。御史大呼,此乃世外桃源,福地洞天;就命令人马在此歇息休整,以便看看这里的大好风光。

　　下中夼村的村首快马加鞭赶到福山县衙,报告监察御史的到来。县令接到来报,置办了许多福山的海产品,带着名厨来到下中夼村,为监察御史接风洗尘,后面还由师爷带了县城的戏班和民间杂耍艺人前来献艺。一时间小小的山村热闹非凡。席间上了福山有名的螃蟹、海螺、对虾等海味,吃海鲜需用姜做佐料,因为不经常吃海味的人,吃了大量海味容易引起腹泻,吃姜可以稍加预防。可监察御史的部下告诉福山的厨师,因为御史姓姜,席间不能用姜做菜,谁也不敢在他面前提姜。御史在下中夼村过着花天酒地的生活,品尝着福山的海味,乐不思蜀。可是好景不长,因监察御史因常年不吃海味,又没有吃姜,就得了腹泻,都脱了水。福山县令和御史的部下,一看御史得了重病,就派人立马到福山城找名医来诊治,可是远水解不了近渴,御史病得快不行了。有人提出上中夼村有个郎中,快去那里看看,先救救急再说。于是,监察御史被抬到了郎中家。郎中是个土法郎中,哪里见过这种病人?郎中就知道人参和灵芝是好药,便把家中珍藏多年的人参和灵芝弄了一些给御史喝了。可是,御史的胃肠功能受损,病反而加重了,奄奄一息。

　　等到福山的名医风尘仆仆赶来,为时已晚。他们又拔火罐,又针灸,又灌药,用尽了所有的方法,却无力回天。监察御史就一命呜呼,死在了上中夼村。当地的百姓和官府从来没有经历过这种事,为了此事处理得圆满,就写了一个文书,证明监察御史在下中夼村里生活得很快乐,由于突发急重病,虽集中全力,积极抢救,但因病入膏肓,抢救无效而亡。福山县衙的官员就和下中夼、上中夼村的村首商议,为了避免监察御史的死惹上麻烦,就把下中夼村改名叫下官乐沟村,将上中夼村改名叫上官老沟村。

狗道臧家

　　西臧家村,位于福山城北 32 华里,今属烟台经济开发区古现镇。小村有几个别名:小臧家、西沟臧家和狗道臧家。为什么叫狗道臧家呢? 有这样一段传说故事。

　　传说,明朝以前这里并没有村子,只有一个老汉在这里打了个窝棚居住。旁边有个小村,村里有户人家生了一个小孩。小孩出生后家里的一条黑狗天天在屋脊上趴着。在过去,人们认为,小孩出生的时候,自己的星座也从天上下来落在自己身上。皇宫里有个机构叫观星台,观星台能观察出哪颗星是未来的皇帝。如果皇帝之星落入民间,天下就有了两个皇帝,必然引起天下大乱,必须在百天内找到小皇帝将其杀死。小孩过了百天,就查不到了。福山的小孩一出生,他家的黑狗就天天挡住他的星座,让观星台找不到他的准确位置。

就在小孩九十几天的时候,观星台经过多次推测,计算出其星座落在了福山。皇宫的兵将和观星台的人火速来到福山,却无法知道其准确位置。经调查,福山在百天内出生了许多小孩,也不能把所有的小孩都杀死。这事被福山官府走漏了消息,许多百天内生了小孩的家庭,人心惶惶,都怕招来杀身之祸。在第 99 天的时候,家里准备在这天为小孩庆祝百天(福山俗称过百岁),家里要宴请亲戚朋友,特别是小孩的舅舅和舅母必到。远道而来的亲戚都提前来到了小孩家,其舅舅和舅母提前一天来了。舅母看见黑狗趴在屋脊上,就对其舅舅说,黑狗在屋脊上不吉利。舅舅就在夜里把黑狗打死了。结果,观星台就测出了小皇帝出生的村子,官兵快马加鞭要来杀小孩。官兵在路上遇到了窝棚里的老汉,就问某某村在什么地方。老汉早就听说杀小皇帝的事,就告诉官兵一个错误的方向,把官兵骗走了。老汉赶快把此事告诉了村里的人,几家有小孩的人家都把小孩藏了起来。后来,官兵还是找到了小孩的村子。他们在村中找不到小孩,就开始杀大人,逼迫他们交出小孩。有人为了保命,就报告了小孩的下落。官兵找到几个小孩,分不清,就把他们全杀了。村民和官兵搏斗,官兵们大开杀戒,把全村的人都杀死了。官兵杀人的时候,小孩家有个伙计,把小孩藏在狗道里,逃过大难。这一切都被躲在远处的老汉看到了。官兵离去了,老汉就在狗道里找到了那个孩子,他是这个村子唯一的幸存者。

老汉把小孩带回了家里。老汉问小孩姓什么,他也不知道。老汉就想,就叫他姓臧吧。后来小孩慢慢地长大了,娶了媳妇,在这里生活了许多年。这里有水源,有土地耕种,外地的逃荒人也来到这里安家落户,就繁衍成一个小村。村里臧姓的人最多,村人根据臧姓人的故事,叫这里是狗道臧家、小臧家,因为东面有个臧家村,又叫这里是西沟臧家。现在这里准确的村名叫西臧家村。

尚武的小山村

福山城西,高疃的西北有个小山村叫湘里村,距县城 35 华里。小山村自古以崇文尚武闻名,以文为基础,以武拓展。村民积极习武,用于强身和自卫。早年村里有习武坊,后组织过民间护卫团来看家护院。湘里村的"北方武坊"最为出名,弟子众多,注重武德,习练的兵器有刀枪、鞭锤,套路有梅花枪、单刀、五节七节鞭、七星锤、路花棍,拳术以小武平、小虎燕、铁门栓最为出名,习武者中有许多能飞檐走壁的人。所以,此村习武故事甚多。民间有"文有荆子埠高,武属湘里棒"的说法。有人说荆子埠的毛驴能叫出平仄音,湘里村的小狗站着都是马步。

传说很早以前,村中的一个于老太精通武术和诊骨。村中的习武者有了筋骨伤病,在她手下绝对手到病除。一天,她到福山城里走亲戚,回来的时候走到高疃村东面。这里道路崎岖,北面是山,南面是几丈深的悬崖,悬崖下面是滔滔的河水,俗称险道子。在这里若遇上挡道抢劫的,是无路可逃的。当地人都不敢独自行走,夜里更是无人通过。傍黑时分,于老太独自一人走到这里。她裹着小脚,个头不高,挎着包袱,还背着一斗(35斤)粮食,走得确实艰难。忽然,路边窜出一个彪形大汉,看看于老太是个弱不禁风的女人,就不慌不忙来到于老太的跟前挡住了去路。于老太是经过大场面的人,一看就知道来者要抢劫。于老太巧妙地说:"要什么东西?"大汉说,什么都要。于老太把包袱和粮食放在地上。大汉一看东西想,今天真好,不费吹灰之力就把东西拿下了。于老太说:"看看你这后生也是过得不富裕,那些东西不值钱,把我的金耳环摘去吧。"大汉信以为真,伸手就过来摘耳环。这时,于老太一个点穴法,把大汉的一面肩肘点住了,他的一只胳膊完全不能动了。大汉气急败坏地从腰间拿出短刀,逼着于老太把他的胳膊弄好。于老太来了一个蜻蜓点水,就把大汉的刀拿到了自己的手里,逼着大汉一只手背着粮食送自己回家。大汉只得乖乖地跟着于老太走。路上,于老太问大汉为何做贼。大汉说,自己一共抢了三次东西,两次没有得逞,就这次看见了东西,还成了这个样子。大汉又说,一个月前自己在芝罘街打工,柜上开了工钱,还有点东西。回家的时候,钱和东西就在险道子上被人家抢走了。老婆一时想不开就上吊死了,老母双目失明,三个孩子也无人照料。自己没有办法,就学着人家也来抢东西。于老太又问大汉,家住哪里。大汉说是某某村的。大汉的村是去湘里村要路过的地方。于老太就说要去大汉家看看情况是否和他说的一样。如果确实如此,就把粮食送给大汉。来到大汉家,于老太叫大汉在门口等着,于老太进门一看,大汉家里真的一贫如洗。于老太出来把大汉的手臂治好了,和大汉一起回到了屋里。当着他母亲的面,于老太没有说他抢劫的事,只是说粮食是大汉在自己家干活挣的,并告诉大汉的母亲,要留大汉在家做工。大汉的母亲高兴地说:"好好好,这回行了,可找着饭碗了。"就这样,大汉成了于老太家的长工。

大汉来到于老太家,勤勤恳恳地种地,有吃有喝还有工钱,家里还得到于老太的资助,日子慢慢地好了起来。大汉在于老太家也表现出了农民忠厚老实的本性,对于老太非常孝顺。于老太很是高兴,常说大汉和自己的儿子一样孝顺。后来,大汉认了于老太为干娘,于老太还为大汉娶了媳妇,在家里照顾他的母亲和孩子。大汉家的日子越过越好。冬闲的时候,于老太和儿子还教大汉习武。大汉学了几年武功,成了一把好手。于老太和儿子合计,为了不让险道子处再有盗抢之事,也为了大汉的生活方便,就在高疃村的边上开了一家马车店(可住宿和存放骡马车的店铺),由大汉掌管,告诉过险道子的旅客,要结伴同行以防不测。于老太又组织村中的习武者,护送过往的车马过险道子。马车店开办以来,险道子处很少再有盗抢之事发生,村中的习武者也得到了不少收入。于老太的尚武仁义精神在当地被传为佳话。

古时候,福山古现村的磁山上有"磁山洞"端午节庙会。庙会从农历五月初一到五月初五,人山人海,其中有来自芝罘、牟平、栖霞、蓬莱等地的游客。赶庙会的人都要通过磁山山口进入主会场,这里道路崎岖狭窄,非常拥挤,有时排着长长的队伍。福山的许多村都有秧歌队参加庙会,以古现村为主的秧歌队俗称北队,以湘里村为主的秧歌队俗称南队。湘里村秧歌队的节目有武术器械表演、腰鼓队表演、大鼓表演、戏曲杂耍表演、彩绸舞表演等。为了表演队伍的畅通,湘里村的秧歌队都是以武术班的芦花棍来开道。芦花棍开道的时候技艺特别,眼看着打到了人,实际一点也碰不到,使拥挤的人群很快就闪开了。这一次,湘里南队的秧歌队百余人,走到磁山口子的时候无法通过,因为古现北队请了一个当官的轿子挡在路上,那官要在这里看风景。几个做生意的人上前央求官员,行个方便让其通过,官员和手下不予理睬。这时人越挤越多。无奈之下,湘里村芦花棍的队员轻轻用棍往轿子上一拨弄,官员连人带轿滚下了山沟,人群开始顺利通过。后来,官员找了半天也没有找到拨轿子的人,就作罢了。然而,官员的轿子翻了,古现人很没有面子。古现王氏和湘里王氏是本族本家,两村其他姓氏也和古现王氏有亲戚关系。此事虽没有闹大,但古现秧歌队和湘里秧歌队有了矛盾。

第二年春天,古现"邀请"湘里武术队进行农历三月初三古现山会的会演。湘里组织了三十几人参加会演。有个爱好打锣的人没有选上,那天他提着大铜锣跟在后面也去了。到了古现的一个大院内,古现人关上大门,留下了湘里队习武的兵器;进了二门,古现人关上二门。湘里人刚刚进了客屋,埋伏在这里的50多个古现人突然跳出来,手拿棍棒堵住了客屋大门。湘里人一看这是一场骗局,就组织自己人破窗而出,个个飞身上房,越墙而走。打锣的那个人上房后脚底一滑,回头朝下就要掉下来。说时迟那时快,他来了一个"珍珠倒挂链",手还在打着锣。这一打锣，古现人一惊。有个人回过神来，就喊抓住这个人。这时打锣的人飞起锣锤，砸在了那个人的眼上。他飞身上房，越过几处房子，和湘里的人会合，回到了湘里村，湘里村没有一个受伤的，但是兵器撂在了古现村。后来，在两村的村首调解下，古现村归还了湘里村的兵器，两村和好如初，继续在庙会的时候表演着福山传统大秧歌，给民众带来欢乐。

湘里村人武德高尚，惩恶扬善，保卫了一方平安。村中崇文重教，人人资助教育，热衷于办学。旧时，村中有"一村四校"的美誉。村民正直质朴，温和儒雅，忠孝友谊，求知好学，明礼诚信，勤俭持家，邻里和谐。湘里村不愧是一个崇文尚武的文明村。

依柳村的传说

在明朝以后的福山地名史料中，找不到依柳村的信息，但是民间还流传着依柳村的故事。民间常说："出了东关见沙埠，进了依柳到上坊，出了上坊到芝水。"简单地说，就是出东关，见沙埠，进依柳，到上坊，到芝水。这是说从东关村到芝水村必须路过的村庄。为什么明朝以后依柳村就没有了呢？故事还得从头说起。

传说明朝以前，外夹河的西岸，东关村东面，有一个大沙埠村踞南，一个小梁家庄村踞北。在上坊村东面，外夹河东岸边上就是依柳村，因为村边有几棵大柳树，村庄依柳而建而得名。那时，依柳村没有几户人家，据说是几个落魄的土匪在此居住。村中的人心眼很坏，和当地人来往较少。村里一个姓胡的人心眼善良，为人忠厚老实。一天村中来了一个老道讨饭吃。除了老胡外，没有人给他饭吃。老道告诉老胡，村中的人心眼坏透了，近期必遭天谴；又告诉老胡，赶快做一个木筏子，等洪水来的时候，和老婆孩子坐着木筏子就能逃过一劫；这个是天机，千万不可泄露。老胡问老道怎么才能知道什么时间来洪水。老道告诉他，只要看到人身上长草，鱼上树，石狮子眼红、嘴流血，就知道洪水要来了。老道说完就走了。老胡就天天观察有没有人身上长草、鱼上树等现象，可是过了好多天，什么也没有发生。到了雨季，夹河常常涨水，但也没有淹了村子。老胡还是想，救人一命是行善积德的好事，就把老道说的事告诉了村里人。村人都说老胡是大白天说梦话，没有一个信的，但老胡却还是坚信不疑。

一天，老胡赶集回来，见到一个放牛的人大晴天穿着蒲草编的蓑衣。他问人家为什么穿蓑衣。放牛人说感到天冷就穿着蓑衣。老胡想，这不是人身上长草吗？他继续往前走，看到有人把一条刀鱼挂在树上正在解手。老胡想，这不是鱼上树吗？难道这是巧合？他半信半疑地继续往家走，走到村头忽然看到有个小孩在用红颜色，把一个小石狮子的眼睛和嘴染得通红，嘴像流血一样。老胡一想老道的话，认为这绝对不是巧合，就急匆匆地往家走。他一边走一边招呼邻居逃难，可是邻居都说老胡疯了，满嘴胡说八道。老胡进门一看老道也在他家。老道就叫老胡快拿点东西去木筏上等着。老胡和老婆孩子同老道一起上了木筏，一会儿就听到夹河里呼呼的流水声。他们的木筏漂了起来。很快，一片大水就淹没了村庄。他们乘木筏漂到了福山城北 8 华里的一个土丘上，逃过了一劫。老道告诉老胡，这就是天意，以后就在此安家吧！这里就成了一个小村庄，取名"胡家岛"，后来合并到现在的永福园村。

故事说到这里还没有完。后来，老胡和老道来到依柳村的地方一看，这里什么都没有了，就剩下那几棵大柳树。老道告诉老胡，依柳村的人都是土匪，来到新的地方不思悔改，继续作恶。这就是老话常说的天不留人，他们都到了北海喂了鱼、鳖、虾、蟹，得到了应有的报应。老道又告诉老胡他为什么能活下来："有几次夹河里有人落水，村人不救是你救的；村人盗抢你不但不参与，还规劝他们改邪归正；你还常常施舍贫穷的人，从来不求回报。做了许多好事善事，你才有今天的好归宿，这就是善有善报恶有恶报的结果。"

小梁家庄和东关村的故事

村居如果选址不当，就会人丁不旺，家不致富，村居不聚气，村子也不能兴旺发达。

据传说，宋朝末年，几个逃荒的人在福山城东，内夹河的东面，外夹河的西面，搭了几个窝棚住了下来。这里是内外夹河交汇的三角地带，可谓是三面环水，交通不便。河边长满了江蓠（芦苇的变种，比芦苇高大），土地是两河交汇留下的淤沙，不利于农作物生长。人们主要靠用江蓠打箔（打箔是用芦苇和江蓠等编成帘子）为生。几个逃荒的人分别姓梁、姜、孙、李。因梁姓的人多，所以取名"小梁家庄"村。过了约百年的时间，小梁家庄也就几十户人家。一年，村里来了一个风水先生。他在村里转了一个遍，发现村里的土地贫瘠，不长庄稼；居民所盖的房子，朝向也不符合福山的地理方位。风水先生把这一切告诉了小梁家庄的人，并说明了几个姓氏也不适宜在此居住。这些都迎合了人们说的顺口溜："小梁家庄靠打箔，一时不打箔，老婆孩子没法过。"还有说："小梁家庄不是家，冬春遍地是黄沙，春夏江蓠唰啦啦，有个闺女不嫁他。"还有说："小梁家庄出门两条河，死守饿死也不多。"风水先生就告诉村里人，如果在福山城夹河东岸边上建村就能兴旺发达,村的选址必须正冲着东门,并讲明了在此选址的好处:第一,这里的土地是夹河的淤泥细沙土,适合庄稼的生长;第二,内夹河河水不大,进入县城方便,便于经商;第三,城内有动乱,夹河就是天然屏障;第四,水源充足,饮用和灌溉方便。村民听后就有了在新址居住的想法。

元朝年间,小梁家庄的梁姓人就在县城东门的东面,夹河的东岸盖了房子,居住了下来。经过百余年的生息繁衍,加上许多杂姓移民也来居住,这个新村已有了几百户家人。他们冬天在夹河上搭桥,夏天水大就撑船,水少就蹚水过河,频繁来往于县城,或经商或卖农产品,改变了贫穷的状况,原来的小梁家庄村人成了新村梁家的佃户。因为新村正在东门的东面,就取名"东关村"。东关村的人越过越好,明朝至清末出了约有十个朝廷命官。1949 年时,小梁家庄村被东关村兼并,小梁家庄村的村名自动消失。旧时,东关村建有占地 35 亩的三元宫殿,殿堂宏伟壮观。村西的夹河河堤上有许多垂柳,成了福山八大景之一的"长堤新柳",风景可与杭州西湖的垂柳媲美,年年吸引许多文人墨客前来吟诗作画,留下了许多作品。

可见,村居和住宅选址的重要性。人们要对自然环境合理利用,过去是这样,现在也是这样。这不是迷信,而是前人为造福一方百姓的经验总结。

义井村的故事

义井村位于福山城西南 22 华里,属高疃镇,现有 219 户。村子还有一个别名叫"大义井"。村名的由来有一段故事。

传说李世民东征的时候在村北面驻扎。盛夏天热得像火炉一样,官兵们和马匹热得都喘不过气来,寻找饮用水就成了官兵的当务之急。村中一个老汉带领官兵来到村东的泉眼处,告诉官兵此泉眼长年涌泉四溢,旱涝年份均有水。官兵们大喜过望。这里也是村民们饮水的水源地。村民们都讲仁义道德,个个心地善良,就让官兵们先取水用。官兵们找到了水源,解了燃眉之急。几天来官兵们还受到村民的热情款待。李世民看到村民仁义有德,热情好客,民风淳朴,心地善良,感到非常高兴。恰巧福山县令也来看望李世民,他们二人对村民的善举大加赞赏。李世民就说,此处泉眼可谓"义井"。福山县令听到他管辖的地方受到了李世民的赞扬,非常高兴,连说确实是义井,确实是义井。于是,泉眼就有了义井的名字。后来李世民得了天下,福山县令认为根据李世民为泉眼定的名,此村也应该改名叫义井村,泉水流入的村西的小河叫"义井河"。

旧时,小村很小,不足百户。后来,村民人人心地善良,鼓励后代勤奋好学,

到清代出了几个当官的人。其中有郭诗，清顺治七年（1650年）岁贡，官至陕西
富平县知县；郭蔼，清康熙元年（1662年）恩贡，考授州同改县丞；郭懋莒，清道光
三十年（1850年）恩贡；郭维凯，清咸丰八年（1885年）岁贡；郭维亮，清同治十一
年（1872年）恩贡。据说，旧时此村平均二十户出一个官。现在，此村也有许多
名人，是福山少有的名人村。

　　义井村有了官宦人家，富户也多了，家家有实力大量购买土地。周围的几
个村都有土地属于义井村。义井村拥有的地产面积比其他村都要大。村中有
个老汉到高疃赶集，他卖的苹果个头很小。一个买苹果的人问他是什么村的，
老汉说是义井村的。买苹果的人说："你的苹果同怘村一样大小，就一把鸡蛋的
大小。"他用十个鸡蛋的少，来形容义井村小，也形容老汉的苹果个头小，气得老
汉胡须都翘了起来。第二天，老汉拿来许多大苹果，又遇见那个买苹果的人。
老汉就自报家门说自己是大义井村的人。买苹果的人问老汉，怎么说是大义井
村？老汉就说："义井村出的官比周围村的大，义井村的地盘也比其他村的大，
你说大不大？"买苹果的人一个劲儿说小，老汉就说大，两个人吵得不可开交，眼
看着就要动手了，路人拉都拉不开。这时县令路过，得知二人是为了争论村的
大小而吵架。老汉不知道问话的人是县令，就说义井村出的官比福山县太爷的
官还大，地盘也比其他村大，就应该叫大义井村；就连义井村的村名也是李世民
赐的。县令一听感到有理，就说："本县令同意叫大义井村。"在场的人都向县令
和老汉伸出大拇指，说老汉是大义井村的人。县令看到义井村只有百余户，却
出了几个大官，就和老汉一起到了村中看了看，发现村子山清水秀，确有灵气。
村首听说县令来了就出来迎接。县令就说村首，要好好为大义井村的百姓和官
府服务，称赞小村不大但确实大气，叫大义井村更好。从此义井村就有了大义
井村的名字。

八角口的传说

　　八角口是福山的鱼码头，盛产鲅鱼，旧时叫鲅鱼口。有一段时间，八角口鲅
鱼的产量很少。渔民捕不到鲅鱼，纷纷到龙王庙祈求北海龙王，把鲅鱼驱赶到
八角口的海边，让渔民捕到来贴补生活。但是，这之后，渔民还是捕捞不到鲅鱼
和其他鱼类。其实，不是北海龙王不帮忙，而是北海里来了一条大虫在作怪。

　　传说，蛇长大了就成了大虫，过了海就成了龙。这条大虫是八角口西面山
上的一条修炼多年的大虫，快成精了，就要过海去成龙。北海龙王有防止大虫
过海成龙的职责，不让大虫过海，就和大虫在海里打斗多日。北海龙王受了伤，

大虫也受了伤。大虫为了补充体力,就把八角口海里的鱼差不多都吃光了,还把海水搅得非常浑浊,许多鱼没法在此生息繁衍。因此,百姓打不着鱼。北海龙王也治不了大虫,就求玉皇大帝来帮忙。玉皇大帝带着天兵天将来到北海,在半空就看到大虫在芝罘岛的海里追着一群鲅鱼正要吃。天兵天将对大虫发出猛烈攻击。大虫见天兵天将来势凶猛,自己招架不住,就赶着鲅鱼往八角口走。玉帝调来了虾兵蟹将和天兵天将一起来和大虫搏斗。在八角口,大虫卷起海水和许多鲅鱼,离开海面落在八角口南面的山里。大虫离开了大海,在陆地上也仍然很厉害,继续和天兵天将打斗,但毕竟势单力薄。后来,虾兵用虾须缠绕在大虫的身上,蟹将用大钳夹住了大虫的腰,天兵用天叉叉在大虫的尾巴上,天将骑在大虫的头上。天兵天将和虾兵蟹将终于把大虫制服了。玉皇大帝审问大虫,问它为什么不好好修炼成龙,要犯天规过海成龙。大虫说,在山里哪一年能修炼成功?玉帝说:"既然你犯了天规,就要受到惩罚。"大虫对玉帝说:"我过海成龙关你什么事?玉帝老儿在天上享福,我要和它在天上同吃同坐。"天将就训斥大虫:"大胆的妖孽,玉帝在此还敢放肆!"大虫还是不老实地说:"哪里来的玉帝老儿?"玉皇大帝龙颜大怒,命令天兵天将狠狠地打大虫的嘴。大虫嘴被打歪了,还是不思悔改,继续对玉帝出言不逊。无奈,玉皇大帝就把大虫贬在八角口南面的地里,变成了侧立山。大虫的嘴被天兵天将打歪了,头向西,嘴歪向一侧。后来人们叫此处为"歪嘴山"。歪嘴山和其他山形成了一条大山沟。

大虫从八角口海里卷到山沟里的鲅鱼遭了殃,没法回到海里去了。它们在山沟里变成了鲅鱼形的石头。说来也怪,到了下雨的时候,山沟里的水哗哗地流着,人们看到许多石头像鲅鱼一样,顺水游到了八角口的海里,成了一种奇观。人们就叫山沟是鲅鱼沟。从此,八角口年年盛产鲅鱼,给捕鱼人带来了收入,人们就叫这里是鲅鱼口。人们根据鲅鱼口呈"八"字形,加上鲅鱼口的谐音,称这里为"八角口"。现在八角口划归烟台经济开发区,是烟台的造船基地。这里造船厂众多,崭新的巨轮从这里开出八角码头,驶向大海。

福山东北关村地名传说

东北关位于福山城区,河滨路以西,民丰路以东,县府街以北,永安街(北一路)以南。相传在唐末建村,因位于当时的城东门外之东北,故名东北关,简称北关。宋元时期曾是两个村,黄姓居北,以姓氏取名黄家庄;邓、麻等姓居南,因濒鱼池形大湾取名鱼池村,后用东北关或北关为名。因东北关村分村以旧时城北的宾阳书院为界,书院以东命名为东北关,书院以西命名为西北关,沿用至今。东北关村有些小地名,因街道重新命名,已被人们遗忘。对于失去的地名还是有记录下来的必要性,以供人们查找和回忆。

(1)葫芦头的由来:老的福山县城建成后,城墙的外边上都修有护城壕,壕沟的边上都修着一条路叫"护路"。城东门往北和北门往东的护路交会处叫"护路头"。后来,老百姓称这里为"葫芦头"。

(2)灰塔的地名来历:在东北关村的西北面有片地,被人们叫作灰塔。其实这里并没有塔。多年前,为改良土壤,在这里用灰色的砖砌了两个高大的池子,样子像塔,用来装草木灰,但没几年就废弃了。因为池子用的砖是灰色的,并且是用来装草木灰的,所以后来村民都叫这里"灰塔"。

(3)丘子井地名的传说:据说很早以前,有一路官兵行至福山,队伍中的一个当官的暴病而死。队伍为急着赶路,就把那当官的遗体装棺后,在东北关北面的一块地里埋了。后来他们把棺材起走,留下许多丘子坟上的砖。村民为了浇地在边上挖了一口井,还把坟砖用了,以后就叫这里的井和地块是"丘子井"。

(4)杀牛锅的来历:很早以前,在东北关村的东北面,宋家疃村的东南面,距县城面约三华里处,有一杀牛、马、羊的作坊。此处常宰杀一些偷盗来的牲畜,官府打击过多次也无济于事,1949年后才被政府取缔了。尽管作坊不在了,老百姓还是叫那周围的地块是"杀牛锅"。

(5)卡子门的由来:在日伪时期,军阀混乱。在东北关村北面的老烟青公路上,日伪官兵在此建了两个炮楼,像城门楼差不多,在这里设卡,不允许人随便出入,给民众带来许多不便。以后,人们就叫这里是"卡子门"。

(6)高台茔的地名趣闻:在东北关村的西北面有一片茔地,用汉白玉修得很高大。坟地的主人并不姓高,这里实为赖氏家族的茔地。村民下地干活都爱在高台边上的树荫下纳凉和歇息,还有人在高台上晒粮食。就因坟墓修得高大,老百姓就叫这里为"高台茔"。

(7)北店子街的地名:在过去老县城城东门的北面,东北关村的最南边,有一条街叫北店子街,这条街上开有百余家店铺,是当时福山主要的商业街,人们也叫这条街是百店街。

(8)东门口与东门外:东门口与东门外,是东北关北店子街的最南头,县城东门(镇静门)的出口处,在现在福城大桥的西面和健身广场的地方。旧时,这里是北店子街的延伸部分,形成了东门口的商业区,民间俗称"东门口"或"东门外"。

(9)前门殿和后门殿的由来:旧时,东北关村分前街和后街,或称呼前门殿和后门殿的。在当时,东北关村赖氏家族是大户人家,一条胡同、一条小街都是赖氏家族所有,小街和胡同的头上都有栅栏门,赖氏家族的房屋都是高大的四合院,像宫殿一样。民间就把前街和后街的赖氏家族住的地方叫前门殿和后门殿。

(10)桥子的地名:旧时,东北关内有三座石桥。三座石桥都是建在护城壕的壕沟上:一座修在夹河的防护堤上,是河堤路的主桥之一;一座修在北店子街的中段,是北店子街往北延伸的唯一通道,往北直通北关小学(现城关中学);另一座在护路头(葫芦头)的偏南处,是通往东北关后街的主要通道。当时村民俗称石桥为"桥子",称桥子以北叫"后街"或"桥子北街";桥子以南称南街或前街。

福山小楼的故事

(一)裕丰小楼

裕丰小楼,还有一种说法叫"御封小楼",意为是皇帝封赏的小楼,这实际是误传。旧时,裕丰小楼是福山东北关赖氏家族的。赖氏是福山第一富户,他18岁入商界,家有2000余亩土地,在烟台、青岛、大连、哈尔滨、济南、天津、上海等地开办的作坊、工厂、钱庄、商号等,多达170余家,是福山最大的农民实业家。赖氏家的堂号是"务正堂"。赖氏家的商号都是"裕"字开头,如上海有"裕生盛杂货庄""裕生兴米庄",济南有"裕生泰杂货庄"等,"裕丰小楼"就是赖氏的房产之一。

裕丰小楼在老北店子街东北面,总占地面积几十亩,有东西大门、厢房和临街房几十间。西大门院内有豪华的照壁和过道,房前都是水泥甬路。在当时,小楼是福山私有房产中最豪华的。小楼主体几百平方米,共19间,南面是明柱走廊明楼梯,都是宫廷式门窗。起初,小楼是准备住人的。传说在快完工的时候,木匠和瓦匠在此暂住。夜里木匠和瓦匠睡觉的时候,明明是头朝南,天亮起来的时候,头都是朝北。有时,夜里木匠和瓦匠的衣服都跑到了院子里。木匠和瓦匠都吓得不敢在这里睡觉了。这事被小楼的主人知道了,夜里就和几个伙计睡在小楼里,试一试真假。果然,夜里小楼的主人不知道怎么从屋里睡到了院子里。知道小楼确实闹妖,小楼的主人家也不敢来住了。

后来,有个阴阳先生路过小楼,看出了小楼的毛病。

为了得到赖氏家的钱财,他就找到小楼的主人,告诉他闹妖的原因。原来是小楼快完工的时候,一条小龙住了进来。不管是多么有钱的人都住不了这里的房子,穷人就更不用说了。只有当兵的人住过以后,普通人才能住得了。小楼的主人就把小楼闲置了起来。福山解放的时候,八路军借住了小楼。事也真怪,八路军住着什么事也没有。1949年后,赖氏就把小楼捐给了国家。后来,小楼住过各种各样的人,再也没有闹过妖。

(二)吉升馆小楼

旧时,吉升馆是福山有名的饭店,不但鲁菜做得好,福山大面做得也非常出名。吉升馆饭店为了扩大店面,就在后院盖了小楼,就说说小楼开基时候发生的事吧。

小楼开建的时候,按照福山的盖房习俗,要祭祀神灵保佑盖房顺利。夜里,饭店掌柜的烧香、烧纸、摆供品、磕头,祈求盖房一切顺利。可是开基的时候,挖出了许多蛇。木匠和瓦匠都说,此地是龙地宝地。有人提议要把蛇弄到夹河里。因为是冬天,饭店掌柜的坚决不同意,就叫瓦匠把蛇埋在了原地,给了木匠和瓦匠双份的工钱。工程就此停止了。这一停止,饭店掌柜的损失就大了,包括木料、砖瓦、石料、灰等材料,都要闲置下来,一般人家是负担不起的。

俗话说,善人有善报。夜里,饭店掌柜的做了一个梦,梦见蛇对他说:"掌柜的是个善良人,救了我们小龙多次。你要在此盖房,我们哪有不搬家的理由?还有几天就到了农历二月初二,到时候我们就把家搬到城南的青龙山去,你就在此盖房吧!"掌柜的醒了想起他救小龙的两件事:一次是从海上来了几个花花公子,带来一条大蛇,叫饭店给他们加工菜品,掌柜的说什么也不给他们加工,并告诉他们,蛇也是生命,不能杀害。掌柜的费了九牛二虎之力说服了他们,然后花了银子把蛇买了下来,还免费管了他们一顿大餐。事后掌柜的就把蛇放生了。还有一次,掌柜的在夹河边上,看到一个捕鱼的人捕到了一条水漂蛇。捕鱼人把网拖到岸上,用石头猛打那蛇。掌柜的阻止了捕鱼人的行为,并告诉捕鱼人,以后他捕的鱼,饭店都高价收购。捕鱼人感动了,就把蛇放生了。掌柜的想来想去,就认为这是蛇在向他报恩。

二月初二天还没有亮,掌柜的就看到要盖房的地方冒着红色、黄色和绿色的光,许多蛇从水道口出了院子。掌柜的就打着灯笼,来到青龙山给蛇摆供品、磕头,感谢蛇为自己行了方便。过了二月初二,掌柜的就又开始盖房。很快,小楼就盖好了。小楼盖好了后,生意红火,招来了四面八方的食客。后来,饭店一直保持不用野生动物加工菜品的传统。

(三)西关街的谢家小楼

谢家小楼位于西关东街的北面路西,民间俗称"小姐楼"。但是,小楼并不是给什么小姐盖的。知道内情的人都知道,这处小楼应该叫"孝顺楼"。这里有一段故事。

谢家是福山的名门望族,为人心地善良,口碑也好。谢家的人都非常孝顺,每年谢家做官的人都要回福山探亲。谢氏家母年事已高,就对子女说,自己从来没有住过小楼。加上原来住房离集市较远,官人就和家人商量在自家的空地上,为母亲盖了这座小楼。因为母亲年龄过大,也就上了三五次小楼,小楼就成了家中女孩的女红用房。谢氏老太太请来先生为女孩们教文化,还把街坊四邻的女孩也叫来。其实,学文化的时间少,做女红的时间多。谢氏对外来的人也不收费,女孩们个个都在这里学到了剪纸、绣花、做饭的好手艺,这里也成了女孩们聚会的场所。逢年过节,女孩们都在小楼上看秧歌表演,把谢氏老太太乐得整天合不上嘴。一天,邻居家的一个女孩几天没有来做女红,谢老太太就登门询问,得知女孩病了,家人因为没有钱找大夫医治就在家里拖着。老太太就拿自己的钱为女孩看好了病。后来,女孩家里有了钱还给老太太,老太太分文不要。老太太还为几个女孩说媒找了婆家。女孩们都把老太太当成了自己的奶奶或母亲,出嫁的女孩也常回来看看老太太。谢家的人为民间还做了许多善事和好事。据说福山建孔庙他家捐的钱最多,老太太成了出了名的大好人。

一天,一个算命的人在街上和老太太及几个女孩相遇。算命的人花言巧语地要给她们算命。当给老太太算命的时候,算命的人告诉老太太,三天后老太太要驾鹤西去。女孩们哭得眼都红了。第三天,邻居和女孩们都守在老太太跟前。为了满足老太太临终前的愿望,他们就问老太太想吃点什么。老太太和正常人一样,告诉她们想吃炒的豆腐渣,她们就炒了豆腐渣给老太太吃。可是,老太太吃着吃着被豆腐渣噎得昏死过去了。在场的人都放声大哭,还是几个年长的人有经验,说老太太身上还热乎,没有死,能活过来。她们也舍不得老太太过世,就在一旁守着。过了很长时间,老太太突然醒了过来。老太太告诉她们自己去阴曹地府看了看,阎王老爷告诉牛头马面,老太太本来应该今天过世,但是,老太太行善积德,为自己又增了十年阳寿,并告诉牛头马面要好好地把老太太送回阳间,继续享受人间美好的生活。这天算命的人想来看出大殡的,来混个吃喝(旧时,福山习俗中凡是来送葬的人,丧主都开流水席管饭)。他一看老太太没有死,就说自己算走了卦。女孩和邻居就告诉算命的人,通过老太太的事可见,人的寿命是掌握在自己手里的,只有行善积德才能长寿。这真是,人在做事天知道,行善积德寿来到。

（四）东关村的小楼

民国时期，小楼位于东关村大关街的北面。据说，小楼的主人年轻的时候，在东北中朝边境和朝鲜人做生意，给朝鲜人当伙计。他的勤恳深得朝鲜人的赞赏。他还学会了朝鲜语，在店铺中成了两国人的翻译，把店铺的生意打理得非常好。

因为国内战事的原因，朝鲜人就把店铺交给了他打理。经过清点，货物总价值有几十万元。按当时的情况，他如果把朝鲜人的财物化为己有是轻而易举的事，但是诚信的他没有这样做，坚持继续经营生意等着朝鲜人回来。几年后，朝鲜人的妻子和一个陌生的男人来找他，告诉他，朝鲜老板已不在人世，她已经改嫁，是来和他解决前夫店铺遗产之事的。他经过调查得知此事确实无误，就把朝鲜人原有的资产和盈利如数返还了，又为朝鲜人继续打理生意。因为他经营有道，店铺生意红红火火，朝鲜人的妻子开了一个分店也由他打理。后来，老板娘为他介绍了一个朝鲜媳妇，还把分店给了他。因为那朝鲜老板多年没有孩子，她后来的丈夫也死了，她就又把两个店铺合并在了一起。多年后，他们都老了，他将朝鲜老板娘和亲人一样对待，生活上有什么要求都是尽力满足。后来，老板娘有了要在中国安度晚年的想法，他们就签了生养死葬文书，也有了回福山的想法。

他在福山东关村盖了这个小楼。朝鲜老板娘来看了看，非常满意，还出主意要在福山城里继续做生意。可是，老板娘还没有正式住进小楼，就在东北病逝了。东关村这个小楼是福山人诚信做人的体现，也是中国人和朝鲜人友谊的体现。

（五）天壤阁藏书楼

藏书楼位于旧时福山衙门前街以西的萝卜胡同（后名为翰林胡同），王懿荣故居院内西南面，是一处较好的阁楼，取名"天壤阁藏书楼"。楼内藏有王兆琛、王祖源、王懿荣祖孙三代的书籍10万余册，内有书桌和画案，还挂有名人字画，是胶东少有的私人藏书楼。这里常年由一个姓谢的人看管。

传说，老谢出来巡夜，借着月光惊奇地发现藏书楼里有人在读书。于是，他打着灯笼上楼，却根本没有见到什么人。后来，他就留意着小楼这个怪事。这件事连续发生了多次，可是，老谢就是没有见到读书的人。老谢的一个亲戚是个阴阳先生，他就把此事告诉了阴阳先生。阴阳先生告诉他，用一包朱砂和七个黑豆放在小楼里，就能留住读书的那个人，并知道他是谁。阴阳先生给他准备了这些东西。人人都知道,农历十五六的月亮最亮,老谢就在那天把朱砂和黑豆放在了小楼里。夜里老谢看到读书人又来了,就上了楼。他终于见到了读书人。老谢刚进门,读书人就说自己知道老谢夜里肯定能来,老谢施的计谋让他走不了了。老谢就说,请问是哪位仙人。读书人就告诉老谢,他是古现王氏的老祖宗,知道后人都有出息,来看看后人们的成果。老谢做着揖对读书人说,今天冒犯了老祖宗,请多多见谅!读书人说,不必赔礼,他们还是亲戚,因为谢家的进士谢隽杭是王懿荣的舅父。只求老谢在鸡叫三遍的时候,把那些朱砂和黑豆拿走,自己才能回到古现,老谢连连答应。后来,读书人还是常来常往,夜里在小楼里读书,老谢再也没有打扰他。慢慢地,许多人都知道了这件事。

也有许多人说这是老谢编的故事,是怕有人来偷小楼里的东西才这么说的。不管此事是真是假,小楼的藏书却是福山读书人向往的地方,许多人都来借书看。小楼藏书丰富了福山人的文化生活。直到现在王懿荣家族的事迹在福山还被传为佳话。

(六)楼底村小楼

楼底村,位于城东南 11 华里,属于兜余镇。旧时,肖、钟、王等姓氏的人在此居住,时称南壃村。清乾隆四十六年(1781 年),进士王鸿中为官后在这里盖了一座小楼,因村庄在小楼下,因此,更名为楼底村。小楼上下各五间,是当时福山最豪华的小楼之一。

在盖小楼的时候,王家人请来了阴阳先生,主要是叫阴阳先生看看在此处建小楼,王鸿中能不能为百姓当个好官清官,如果有妨碍就不打算盖了。阴阳先生点上香火,摆上罗盘,前后左右丈量了老半天,告诉了王家人盖小楼应该注意的事项。阴阳先生说,按他的方法盖小楼,家中可保平安,王鸿中能当个出名的好官。不知是小楼的风水好,还是王鸿中的本质好,他确实是个好官,人称泰山先生,过世后被封为文林郎。其妻被封为七品孺人。

清乾隆四十六年(1781 年),王鸿中考取辛丑科三甲第一百四名进士,授泰安府教授。王鸿中在泰安府教授期间,倡导建立泰安书院,并亲自筹资修建,广招有真才实学的学士、举人和秀才,使书院学风大进,人才辈出。王鸿中在泰安书院还亲自授课。因他精于儒学《周易》《春秋》,他的授课受到学子的称赞,人人称他为泰山先生。王鸿中和书院广交社会名流和地方名人,扩大了书院的影响,使书院的名声大振。乾隆皇帝路过泰安的时候,专程视察了书院,书院和王鸿中都得到了褒奖。

传说,王鸿中在泰安教授的时候,喜爱泰山的风光,就在泰山脚下租了一套住处。他常常和书童来往于书院和住所之间。书童总是为他背着一个褡裢(旧时搭在肩上装物品的口袋,常常用来装钱),里面装着笔墨纸砚。王鸿中常常在路上看着风景作诗作词,在半路上记录下来。两个讨饭的小孩常常看到主仆二人背着褡裢在这里走,因为王鸿中穿得非常得体,就认为王鸿中是个有钱人。一天傍晚,小孩一天没有讨到吃的东西,肚子饿得咕咕响。突然他俩见到王鸿中路过这里,就跪在路上拦住王鸿中来讨钱。王鸿中问明情况,就给了他俩几个铜钱,并告诉他俩第二天到书院找他。第二天,他俩准时来到书院。王鸿中问明了他们家中的情况,叫书童做了调查,知道他俩都是贫穷人家的孩子,就想把他俩留在书院。王鸿中问小孩识不识字,小孩回答不会写字,但是会背唐诗。他俩滚瓜烂熟地背了几首唐诗。王鸿中问他俩从哪里学来的,他俩回答是在学堂外面听来的。王鸿中认为两个小孩是念书的料,就让两个小孩半天在书院干零活,半天和书童一起学文化。两个孩子慢慢地长大了。王鸿中为他们资助了学费,他们就在书院正式读书学习。后来一个孩子还中了进士。

王鸿中的为人在当地被传为佳话,是出了名的泰山先生。王鸿中年事已高,要告老还乡的时候,书院舍不得这位泰山先生,又挽留了他几年。他回到家乡福山后,为家乡办学出力献策,被县令聘为山长。虽然他年事已高,但他还是坚持为学生授课,桃李满天下,使家乡的学子受益匪浅。他过世的时候,送殡的队伍有几华里长,人们纷纷赶来送他最后一程。

大成栈的故事

从前,大成贸易货栈(简称大成栈),在芝罘是响当当的商号,主要经营杂粮、杂货、各种日用品。现在,在福山盐场村还有大成栈的一处民居,是七间房三进院的四合院,保存完好,被区文物保护部门列为重点保护单位。

据知情人讲,当初大成栈的老主人王氏并不富裕,王氏在芝罘的一家米粮行干杂工。他为人忠厚老实,干活勤勤恳恳。一年,因为米粮行的掌柜经营不善,米粮行需要减员,掌柜忍痛把王氏解雇了。当时正值盛夏,王氏背着东西回福山盐场村。出了芝罘几里路的时候,他已是汗流浃背。这时,天上乌云滚滚,眼看着大雨就要下来了。还没有等他反应过来,大雨倾盆而至。王氏想起掌柜家有间库房漏雨,就调头往回跑。来到库房一看,库房没有人管理。他就找来梯子,顶着大风大雨用席子把库房盖好了,自己的东西却已被大雨淋透了。他正要悄悄离开的时候,掌柜的看见了他,就问他为什么又回来了。他说,库房有个地方漏雨,就回来盖好了再走。掌柜的看他被雨淋得像个落汤鸡,就把他叫进家里。看看他的东西也被雨淋湿了,掌柜的感动得要命。掌柜的内人找了衣裳让王氏换上,就狠狠地说掌柜的:"我就看着这个伙计好,为什么要解雇他?再看看留下的那几个伙计,早就找地方避雨去了。王氏都走了还能回来为咱家盖粮食。这样的伙计打着灯笼也找不到,必须把他留下。"掌柜的感动地说:"留下,留下,一定留下。"王氏高兴,就又穿着蓑衣,在库房里里外外巡查了一遍,确保粮食没有损失。他告诉掌柜的自己要回伙计屋了。掌柜留王氏在家里吃饭,表表心意。吃饭的时候,王氏和掌柜的谈起了生意经营不善的原因,提出了以下弊端:第一,店铺进货的时候只知道价格便宜,不管销路如何。第二,库房管理不善,有鼠害和发霉的事发生。第三,店面的伙计服务不周到,还把发霉了的米面当好货,懒的送货上门等等。因为以上种种原因,生意出现了恶性循环。王氏对掌柜的说,如果不改变经营方式,生意难以维持。掌柜的听后感到王氏说得确实有理,就把王氏调到库房当了主管。

　　王氏上任后,对库房进行了改革,他养了许多猫来防治鼠害。他把库房的通风口改大,猫可以自由出入,防止粮食霉变的同时也消灭了鼠害,为掌柜的节省鼠药费,又减少了粮食污染。王氏又提出了凡是进货和出货的大小车辆,不管好天坏天都必须带防雨工具,以防天气变化,否则要赔偿物品的损失。他还把污染的粮食放开,专门作饲料卖。一年的时间,王氏提出了许多经营措施,把库房管理得井井有条。掌柜的也收入颇丰,货栈年底结账已是扭亏为盈,收入可观。掌柜给王氏发奖励的时候,王氏只要了工钱,坚决不要奖金。他告诉掌柜的,他所做的一切都是自己分内的事。年三十的中午,掌柜的为王氏准备了鸡、鸭、鱼、肉和过年的米、面、油,叫王氏赶着毛驴车回福山老家过年。在傍晚的鞭炮声中王氏回到了家中,全家人欢天喜地地度过了春节。

　　过了正月初三,王氏就回到了货栈。掌柜问他为什么不等开门营业的时候再回来。他告诉掌柜的,要提前回来看管好库房和喂喂猫狗,再帮掌柜家干点零活,但是不要工钱。掌柜高兴地说给他双份工钱,还把王氏留在家中同吃同住,并研究了新的一年里怎样经营和管理货栈。正月十六正式开门营业的时候,掌柜召开店员和伙计的会议,提升王氏为货栈的总管。王氏被提升后,如鱼得水,发挥着自己的聪明才智。在端午节的前夕,他根据胶东包粽子的习俗,在店铺里卖糯米,白送粽子叶,而且价格也便宜,招来了许多顾客,店铺外排起了长长的队伍,群众争相购买,把店铺堵得水泄不通。其他店铺也纷纷效仿。货栈一边批发糯米和粽叶,一边零卖,几天的工夫,就大赚了一笔。王氏的经营理念是薄利多销,让利于民,货真价实,绝不掺杂使假。一次,店面上的伙计把落地的米不加清洗就添加在干净的米里准备出售。王氏发现后,就和掌柜商议处理意见。在外人看来这是件小事,但是王氏和掌柜重重罚了那个伙计,提醒店员们决不能对货物掺杂使假。中秋节前夕,王氏把精面粉按普通面粉的价格出售给群众用来制作月饼,得到群众的好评。俗话说,人心都是肉长的。在王氏的精心经营下,大成栈的声誉越来越好,顾客盈门,天天人来人往,车水马龙。

几年后,货栈的经营范围从米粮扩大到日用品等杂货,便多了外程客(外出进货和出货的店员)。货栈一个外程客,平常花钱大方,还有出入妓院的恶习。王氏发现后,对他进行了调查,发现此人进货时加价入账,从中牟利;出货时掺杂使假,败坏货栈声誉。王氏就把他开除了,保护了货栈声誉,堵住了内部的漏洞。王氏的经营能力深得掌柜的赏识。红包奖励,他从来不要,掌柜的就把王氏的钱作为入股记在了账上。掌柜对王氏办事非常放心,授权他可以代表掌柜的处理一切事务,但是王氏从来不多吃多占,本本分分地为货栈出力。一年,河北省春旱秋涝,粮食歉收,天津和北京的粮商纷纷从烟台进货。他为天津和北京的老主顾以平价供应了充足的货源,解了粮商们的燃眉之急。粮商们都发了财,货栈也收入颇丰。天津和北京的粮商为货栈供应的日用品,也是以平价买卖,双方的生意都做得红红火火。就这样,在掌柜和王氏的苦心经营下,大成栈的生意越做越大,在许多地方设了分号,成了福山和芝罘有名的贸易货栈。俗话说:"天有不测风云,人有旦夕祸福。"掌柜唯一的儿子因意外死亡,掌柜悲伤过度,也无心打理生意了,就把生意全部交给了王氏。王氏接手后继续潜心经营,账目清楚,生意井井有条。他用了几个助手帮助打理生意,使掌柜的没有后顾之忧。

王氏见到掌柜膝下无儿无女,就常常陪着掌柜的两口子,像对父母一样侍候他俩。以后,掌柜的就不过问生意上的事了,由王氏一手打理,一切收入掌柜的也从来不过问。王氏见掌柜的一天天地老了,还买了一辆洋车,自己和伙计常常拉着掌柜的两口子出门散散心,逛逛市场和海边。掌柜的为王氏娶了媳妇,王氏让媳妇像侍候父母一样地对待掌柜的两口子。一次,媳妇烙了发面饼,掌柜的两口子咬不动。王氏就告诉媳妇,每次做饭都要先问问掌柜的,吃什么就做什么。掌柜的两口子生病了,王氏和媳妇细心侍候,请大夫、熬药,从来不厌烦。

突然有一天,掌柜的叫王氏分别给街面上的几个有名望的人送了一封信。王氏是个忠厚老实的人,信件没有封口,他也没有随便看,就把信送去了。原来是掌柜的和内人商量,要把自己的生意和一切资产给王氏,希望那些人来做见证人。在见证人的见证下,掌柜的把生意和资产给了王氏,写了生死文书。掌柜的两口子由王氏活养死葬,负责终生。从此,王氏有了自己的生意和资产。

以后,王氏继续做生意,对掌柜的两口子像对待亲生父母一样。掌柜的两口子过世后,王氏把他们葬在了老家的祖坟里,年年祭拜。

芝罘区福山路和福山里

在芝罘区烟台一中西面,有一条路叫福山路。通过荆辉祥先生调查访问,家住世秀社区的 86 岁的王淑英(福山人)老人讲述了福山路的由来。

王淑英的父亲叫王克谦,家居福山城北关,是远近闻名的大户人家;姥爷叫鹿华源,是福山城里村人;丈夫叫范德福,栖霞人。王克谦精通英语,人称"大写"(方言,对懂外国语和能写诉状的文化人的称呼)。当时,他在烟台山下美国人开办的朝阳街北头右拐弯处的顺昌洋行当英语翻译,后来又在朝阳街西边的货顺洋行任同一职务。因他精通业务,外语熟练,又会打字,他的母亲常叫着他的乳名小三子来夸他,说小三子的能耐可大了,能写能算能双手打字,会的玩意儿可不少。

王克谦在两家外国洋行工作,深得外国老板的信任,在福山老家开着贸易货栈,通过在海上(旧时福山指芝罘地区叫海上)进货,挣了许多的钱。他家在一中西边的空场上,盖起了 20 多间大瓦房,当时这里并没有街道的名字。后来,当地公安部门办理居住地和户口时,经办人员问王克谦的住房在什么街什么路时,王克谦回答,没有名字,但有房子在。经办人员又问,那你是哪里人,王克谦说是福山人,经办人就说,那就把房子的位置写上福山路吧。这就是福山路的由来。

芝罘区还有个福山里,位于朝阳街的北段路东,东至招德街,西至朝阳街,长约 140 米,大约始建于清光绪六年(1880 年)。该巷 1949 年后并入招德街。

有史料记载,这条街是根据福山县名而取的。在福山有这样的说法,据说福山大实业家赖芳圃的父亲赖氏,1890 年前后在芝罘的朝阳街上开有杂粮、杂货店,还经营烟草生意。赖氏在青岛、大连、天津、上海等地都有生意,其资产巨大,在福山和芝罘首屈一指,并在朝阳街的路东面有房产一处。后来,他把福山的大户人家和在芝罘做买卖的有钱人,都笼络到他的房产处,有的买房,有到买地。经调查,买家有福山东关的双盛家、福山城西的大成家、福山盐场的大成栈家。

后来,这里的福山人也越来越多。他们在芝罘的生意越做越大,钱也越来越多,有的还在芝罘成了有头有脸的人物。这里成了福山人的福地。这条小巷不长但名气可不小,有人把此处当成了福山的标志,就取了一个福山里的名字。

三、物产传说

仉村萝卜和大葱

"仉"字在字典里唯一的解释是用作姓氏,但在仉村乃至全福山地区,并无姓仉的人家,这是为什么呢? 根据传说,孟子的母亲姓仉。孟母晚年身患重病,久治不愈,孟子万分焦虑。一位老中医给他出了一个药方,说能治愈此病,但必须用新鲜的萝卜汁做药引,否则无效。当时正值暮春,到哪里去找新鲜的萝卜呢? 孟子一筹莫展,幸得他的一位门生历尽周折,在福山夹河西岸的一个小村庄寻得了萝卜,孟子的母亲服药后果然康复了,孟子十分激动。孟母说这个村庄的萝卜救了她一命,是她第二个家,就用自己的姓,就将这个出萝卜的村命名为仉村。这就是仉村村名的由来。"仉村萝卜旺远葱,福山厨子进了京。"这是福山几百年来的民谣,在福山久久传颂,是说福山鲁菜自古名扬天下,而福山鲁菜的主要调料又是大葱。以葱为主要蔬菜做的鲁菜有葱爆羊肉、葱段海参、葱拌羊肚等等。

说起大葱,在福山婚俗里,还有这样一段故事。仉村周围平坦的河岸上,土质肥沃,水源充足,许多村都种植大葱。一户人家的闺女到了出嫁的年龄,有个媒婆来提亲,说男方家人很善良,对人对事没有挑剔的,小伙子也挺俊,还有先生在他家教他念书。女方母亲和父亲不太相信,也不太放心,告诉媒婆打听打听再说。到了秋天大葱收获的季节,女方父亲就到城里卖葱,以便打听媒婆说的男方家境如何。

女方父亲挑着一担大葱来到城里,走到了个男方家门前。这户人家是大门楼,门旁还有两棵大槐树,一看就是了不起的人家。天快中午了,女方父亲敲门,男方母亲出来问道:"老人家有什么事?"女方父亲说卖葱路过,想要碗水喝。男方母亲说:"天快响了,肚子没有食,喝茶水不好,给你碗高粱米水喝吧。"女方父亲说好,就在大门外面等。一会儿工夫,男方母亲端出来一碗不热不凉的高粱米水,后面有一小伙拿着一个方凳,施了一个礼,请女方父亲坐下喝水。小伙回屋去了。男方的父亲回家的时候,一看有人在门口喝水,就问女方父亲:"老丈来有何事相求?"女方父亲说,只要碗水喝。男方父亲说:"请进屋吃了晌饭再走吧。"女方父亲说:"喝完了水,我要去卖葱。"男方父亲回家,叫人送了两个白面卷子(一种馒头)给女方父亲吃,女方父亲不肯收。男方父亲说:"不收不行,要是不收,喝的水得给十吊钱。"女方父亲无奈,就收下了白面卷子。男方家人高兴地进了家门。女方父亲就找了两棵并连的双株大葱(这种大葱一棵约一斤重),放在了男方的大门里面,作为对这户人家的回报,然后去卖葱了。

事不凑巧,当天下午又下起了大雨,许多卖菜的农民都到一家饭店避雨,女方父亲也去避雨。雨越下越大,饭店伙计说:"掌柜的有话,把你们没卖完的菜全收下。这里有雨帽和蓑衣。等雨小点后,早点回家去吧。"卖菜的人领了钱都走了,女方父亲就打听饭店伙计,问掌柜是谁,这人可是真好。伙计告诉他说:"像这种善事老掌柜做得多了,三天三夜也说不完。老掌柜的家,就住在前街的大门楼处,门旁边还有两棵大槐树。这饭店就是他开的,雨下这么大,他还来关心卖菜的人,真是一个大好人。"女方父亲一听说:"伙计,我能不能在不惊动老掌柜的情况下,老远看看掌柜的是不是我上午遇见那户人家的老先生?"伙计领着他,还没到掌柜的屋里,他就认出了老掌柜的。女方父亲说:"就是这位大善人,我一天见了他两次面,真是缘分。"说完,女方的父亲就回家了。

再说那媒婆又到女方家里说这门亲事。女方家父母就把进城卖葱的事从头到尾告诉了媒婆,并一口答应了这门婚事。女方父母连连说,真是打灯笼也难找啊,好人家,好人家。媒婆又来到男方家,告诉掌柜的,卖葱的人就是他们未来的亲家。男方家人说:"这家人能过日子,是户懂事理的人家,喝了咱口水,都不忘感谢咱,还留了两棵大葱给咱,婚事可定。"定下亲事后,老掌柜帮女方家和周围村的人把农产品销售到县城,为女方家和周围的村子做了许多好事。

结婚当天,新媳妇进门了,下轿还抱着两根葱和压铜盆的大饽饽等婚俗用品。福山有一习俗,男方的公爹要翻箱子,就是翻女方家带来的箱子。老掌柜翻箱子的时候,一看箱子上面有两棵大葱,不解地问媒婆,大葱是什么意思。媒婆说:"两根大葱一门亲,红线连着两新人,翻翻箱子日子好,一箱一箱大元宝。"翻完箱子,男方父亲问媒婆,这四角为什么压着钱。媒婆说:"你亲家不忘你雨天收葱多给钱,把这钱又压了过来,是要他闺女不忘本,好好孝敬你。"公爹就又压了红包。

箱子里压着大葱和钱,新媳妇还抱着大葱,许多参加婚礼的人看到了。有人认为,葱有扎根的功能,压箱子的钱让双方都体面,大户人家都这么做。所以从此以后,福山南部的女儿出嫁,也多了一个习俗:新媳妇抱着大葱,压箱子加上大葱,还压上喜钱。这真是:双棵大葱喜相连,对压喜钱有体面,包袱包葱好姻缘,饽饽带来福无边。后来传说,男方家的儿子做了名厨,鲁菜也是他带进宫的。后来,御膳房就成了福山人的天下。

钟家庄和老官庄出小米的故事

现在,钟家庄和老官庄村盛产小米。这里的小米粒大、饱满,周边的人们都知道这里的小米好吃、有营养。

据说很早以前,钟家庄和老官庄村并没有小米这种庄稼,是八仙之一的铁拐李送来的种子。

事情还得从头说起。那是在铁拐李还没有得道成仙的时候,他从通仙宫修炼的地方来到钟家庄南面的一块大石头上,在此炼丹。铁拐李搜集了百药放在葫芦里来炼丹,炼丹时要绝食九天,而铁拐李发生意外,昏死在大石头上,几天没人知晓,生命危在旦夕。就在这时,老官庄的王老大看见了,他和钟家庄的老周一起,把铁拐李救到了老官庄村。铁拐李来到王老大家后,王老大全家总动员:老婆赶快做饭,孩子们出去挖野菜,王老大给铁拐李擦洗身体。一会儿苞米饭(玉米面粥)熬好了,王老大就喂给了铁拐李一大碗。俗话说:"人得饭,铁得钢,一时不得饿得慌。"铁拐李喝了一大碗苞米饭后,身体就好了起来。钟家庄的老周又送来许多地瓜。铁拐李就在王老大家里,吃着地瓜,喝着苞米饭,住了几天。因炼丹心切,铁拐李着急走。王老大去送他。在路上铁拐李问王老大,为什么在他家只吃到了地瓜和玉米等食物。王老大说:"'要想吃好饭,围着福山转'的说法是指那些有平坦土地的人家和城里的人家。我们这个地方,全是山脊薄地,不长庄稼,能吃饱就不错了。"铁拐李明白了,就想将来一定要给村民找一种适合山地长的好庄稼。两个人分别后,铁拐李经过九九八十一天后,大功告成。他炼得仙丹后在蓬莱得道成仙。

后来,为玉帝祝寿的时候,八仙为玉帝献上了贺礼。玉帝高兴地问众仙有什么要求。铁拐李想起了在老官庄发生的事,就把老官庄和钟家庄村的人救了自己和没有好庄稼种的事,向玉帝做了报告。他向玉帝要小米种,玉帝告诉他种子已没有了,如果必须要,就自己来繁育。铁拐李一口答应了,亲自繁育小米种子。一年后,铁拐李繁育小米种子成功,告别了玉帝,来到了老官庄村找王老大。铁拐李拿出种子告诉王老大,这是一种耐旱且生命力顽强的好作物,他要把种子撒在地里,让乡亲们吃上好粮食;并告诉王老大谷子收获后怎样脱皮,怎样食用。就这样,王老大在铁拐李的帮助下,将种子撒在了老官庄和钟家庄村周围的地里。到了秋天,这里漫山遍野的谷子金黄金黄的,一眼望不到边,长长的谷穗压弯了谷秸,人们纷纷感谢铁拐李的恩德。

自从有了小米,人们的生活有了改善。但是玉帝的司粮官不高兴了,他认为铁拐李不但救了这里的好人,也救了这里的坏人。铁拐李与司粮官理论,告诉他,人之初,性本善;天下自古好人多,坏人少;坏人做坏事必有报应,不必和他们一般见识。但是司粮官还是耿耿于怀,把铁拐李告上了天庭。玉帝招铁拐李到天庭。临走前铁拐李来找王老大道道冤屈,他俩又在炼丹的大石头上见了面。王老大就劝说铁拐李,玉帝是开明公正的,并告诉铁拐李有了小米后,百姓生活好了,都感谢玉帝和上苍的保佑。可是铁拐李还是生司粮官的气,一跺脚,铁拐一拄就上了天庭。从此,这块石头上就留下了铁拐李的脚印和铁拐印。后来,人们都叫这里是仙人脚。

传说,玉帝因铁拐李为福山种小米还褒奖了他。老官庄和钟家庄的百姓想铁拐李了,就常来他炼丹的地方看看和祭拜。后来,小米种植就在胶东半岛推广开了。

福山樱桃的传说

很早很早以前,福山太平顶上有许多庙宇,特别显眼的是碧霞元君公主祠。碧霞元君公主的塑像非常慈祥,也非常漂亮,她的身上带着许多珍珠,村民们都叫她元君公主。

一次,碧霞元君公主要到福山八景的蛤垆烟云处看烟云。来到张格庄镇的某村,她的侍女突然发现几个村姑得了一种怪病,症状是嘴大牙大,还流口水,已经没有了从前漂亮的模样。村姑们都愁容满面。元君公主问村姑,怎么得了此病?村姑们都说全然不知。元君公主掐指一算,原来事情是这样的。

正月里,几个村姑都在家里看自己剪的窗花。看得正热闹的时候,来了一个貔狐精。它想戏弄村姑,但是门上贴着门神,还插有端午节辟邪的桃树枝和艾蒿,貔狐精进不来。它就在窗缝里偷看,姑娘们全然不知。她们拿出了许多剪纸,大家在一起看,有四季花鸟,梅兰竹菊,有牛郎织女,梁山伯与祝英台,八仙过海等等。姑娘们指指点点地说着,谁的好谁的坏,有时还争吵几句。这时,一村姑拿出了一套十二生肖,品头评足地说起来。貔狐精一看十二生肖剪纸全是动物,却没有它,于是从窗缝里吹了一些毒气进去,把村姑们的容貌毁了。

元君公主很生气,就去山里惩治貔狐精。元君公主一进山,貔狐精就上当了。元君公主和侍女一前一后,引着貔狐精进了一个山洞。元君公主吹了一口仙气,把貔狐精迷昏了,然后把洞口堵死了。惩治了貔狐精后,元君公主又回到村里为村姑们治病。元君公主和侍女叫着几个村姑,来到村边的山上。元君公主把自己的几颗红珊瑚饰珠埋在地里,告诉村姑们,几天就能长出一种结着红色果子的树,叫樱桃树。吃了樱桃后嘴就可变小,也会更好看了,人还像以前那样漂亮。碧霞元君公主说完就走了。过了大约有两个月的时间,树上结满了樱桃。村姑们吃了樱桃,几天嘴就变小了,个个美丽漂亮,被称为樱桃小嘴。这就是福山樱桃的传说。

现在,福山人又在小樱桃树上嫁接了大樱桃,成了有名的福山大樱桃,享有"北方春果第一枝"的美誉。福山大樱桃色鲜味美,营养丰富。1996 年,中国农业特产命名委员会授予福山区"中国大樱桃之乡"的称号。现在,福山的大樱桃已成为烟台市的城市名片,烟台还有中国唯一的大樱桃博物馆。

福山苹果的故事

福山苹果早在 1949 年初就驰名中外。俗话说:"烟台苹果莱阳梨,苹果好吃不出福山地。"所谓烟台苹果主产地以福山为中心,而福山区兜余镇绍瑞口村的苹果最有名。因该村在小河口处,故名小水口,后改名绍瑞口村。

传说,旧时村南的龙王山上有座龙王庙,庙里有个 80 岁的老道士。他为人和善,常常和村人下棋娱乐。老道士有个知心的棋友姓刘。一天,二人在下棋的时候,老道士神态不安。老刘问道士为何事不安。道士说,庙里来了两个盗贼偷粮食。棋友们都不信,就跟随老道士来到庙里,一看,果然有两个盗贼被老道士用法术定在那里,一点也不能动了。老道士为他们解除了法术,问他们能不能改掉恶习,在庙里学医,为香客治病。二盗贼同意了。老道士为他俩施了几天法术,他俩学会了医术,天天为香客治病。从此庙里的香客越来越多,名声大振。

一天,老道士要去南方云游,就和老刘等棋友们道了别。他告诉棋友们,要好好监督两个盗贼,看他们是否真心实意悔改。如果不知悔改,绝不饶恕。后来,老道士捎来书信,说在扬州的庙里暂住。老刘一年多没有见到老道士,心中非常想念。秋后,他带着福山土特产到扬州看望老道士。二人见面,亲如兄弟。老刘回福山的时候,老道士就给了老刘一些苹果种子,告诉老刘,福山的地理环境非常适合种植苹果。老刘回来后,就把种子分给了村民,种在山上。几年后,绍瑞口村的山上长满了苹果树。这就是福山苹果的由来。

福山的苹果成熟晚,皮也厚,口味也一般,但是福山多了一个新的水果品种,确实是一件幸事。苹果种植很快在福山传开了,福山成了苹果之乡。

道光三十年(1850 年)前后,芝罘毓璜顶东南的山坡上,有个叫倪维思的美国传教士,种了一些西洋苹果、洋梨、草莓、葡萄等水果,果园的名字叫"广兴果园"。福山绍瑞口村的一个老汉,常年赶着马车去芝罘贩卖粮食,每次都路过广兴果园。一年秋后,西洋苹果熟了,形状像猪嘴,个大皮薄,金黄奇香。老汉问管理果园的人,这是什么水果。那人告诉他是西洋苹果,老汉向管理果园的人求点种子。那人说,这是外国人的果园,自己不能拿着人家的东西送人。一天,下大雨的时候,老汉见果园里没有人,就偷偷摘了两个苹果,在家里放了许多日子,也舍不得吃。为了获得种子,他把苹果切了一半尝尝,此苹果口味甘甜,沙绵绵的。春天,他把种子种在地里,到了夏天他发现树苗的叶子、形状和福山苹果没有什么两样,与西洋苹果果树的样子有很大差别。他就拿了一棵树苗,带着福山的花生米、大豆、小米等农产品,去芝罘拜访了美国传教士。老汉首先向传教士道歉,坦白了自己偷了他两个苹果的事。传教士说:"没有关系。你这么爱惜我的苹果,我传授给你西洋苹果的繁育方法。"传教士告诉他,要获得西洋苹果的苗木,必须用福山当地的柰子(福山的苹果)来嫁接,可以采用芽接和劈接。福山的老汉本来就会嫁接树苗。传教士就提供了几个品种的西洋苹果的接穗给老汉,老汉回来后就开始嫁接。功夫不负有心人,几年的时间,西洋苹果就在绍瑞口村传开了。苹果收获后,老汉把福山生产的西洋苹果送给美国传教士品尝。传教士品尝后感到在福山种植的西洋苹果,口味非常纯正,果型硕大,皮薄甘甜,果肉细腻,果汁多,果核小,品种不退化。传教士告诉老汉,应在福山大力推广西洋苹果。后来,传教士又给了老汉几个新品种的西洋苹果苗木,传授了他许多西洋苹果的管理经验,二人成了知心朋友。这就是福山西洋苹果的发源地绍瑞口村苹果的由来。据记载,抗日战争之前,福山苹果多达 170 万株,年产 736 万余斤。芝罘区有约 40 家商行在烟台街上收购福山苹果,通过陆路和水路销往全国各地和海外。

1949 年后,福山苹果得到了大力推广,有了名气。在庆祝建国十周年的时候,福山苹果被选为国庆献礼的礼品。为了苹果更加美观,福山人把剪纸贴在苹果上晒出了字和图案。绍瑞口村果业队长的妻子是个剪纸能手,她用剪纸熏样的方法,把剪好的文字在苹果上色前期贴在苹果上,经过避光,文字就晒在了苹果上,生产了现在的艺术苹果。这个方法很快在兜余镇推广开来。在国庆十周年以后,福山政府的干部经过筛选,把一些带有"毛主席万岁""共产党万岁""社会主义好""人们公社好""庆祝中华人民共和国成立十周年"等字样的艺术苹果送到了北京。这种艺术苹果受到了党中央和周总理的好评,福山的民间剪纸艺人也是功不可没。

福山属温带季风型大陆气候,空气湿润,土壤酸碱度适中、疏松、肥沃,雨量适中,极适宜苹果生长。在各级政府的支持下,苹果种植业得到了蓬勃发展。1984 年,据《福山区果树资源调查和区划报告》统计,福山的苹果品种有 60 余种,真可谓是中国的苹果之乡。

现在,以福山绍瑞口村为中心的兜余镇开发了万亩种植传统品种的老苹果园,选出了优良品种,供人们挑选。这里成了春有大樱桃,夏有瓜果和蔬菜,秋有苹果的采摘好去处。

福山玉石

福山旧时出过黄玉。回里镇旺远于村西南有块龙石,龙石下有个泉眼,泉水长年不断。夏季大雨过后,泉眼的水特别大,能冲出黄玉来,可与青田玉和和田玉媲美,可谓玉中珍品。

传说很早以前,有两个采玉的人,一个姓于,一个姓刘,二人在龙石的地方采到许多黄玉,也卖了不少钱。二人相处得亲如兄弟,就拜了把子,发誓有福同享,有难同当。一天,老刘发现了一块特大的黄玉。按规矩,二人采玉谁先看见就归谁所有。然而,老刘因为和老于是兄弟,就告诉老于,这块大黄玉百年难得,咱们兄弟一场,卖了钱二人平分。二人就把大黄玉拿到玉行卖。玉行的人从来也没见到这么大的黄玉,都收购不起。官府知道了这事,就花高价将大黄玉买去了。老刘、老于平分了得到的银子。后来官府把大黄玉进贡给了皇宫,皇宫用大黄玉刻了玉玺。皇宫为了表彰福山官府的贡献,给了福山官府许多银子。福山官府给采玉的兄弟俩每人奖励了一匹马。老刘的马有点特别,可以日行千里不歇脚,还能过河游泳,上山如飞。老于心生嫉妒之心,想得到老刘的宝马,暗地里给老刘下了毒。老于骑上老刘的宝马在山上狂奔。宝马一头扎进了一个水潭里,把老于淹死了。宝马上岸后在山上变成了一块马状巨石。后来,人们就叫此石是大马石。俗话说,好人有好报。老刘中毒后,慢慢地醒了过来。他就自言自语地说,这真是路遥知马力,日久见人心。后来,老刘继续采玉卖玉,再也不敢海誓山盟地拜把子了。

民国以前,确实每年都从泉眼里冲出许多福山玉。有一年战乱,出玉的泉眼处来了一帮官兵,有人说是日本人,有人说是国民党。他们想得到更多的黄玉,就用了许多炸药把出玉的泉眼炸毁了。这里被炸后,旁边又出了一个小泉眼,但此泉眼再也没有出过正宗的好玉。现在,许多奇石爱好者还能找到过去采玉人留下的废弃玉,是质地细腻、色泽土黄、纹理奇特的观赏石。几年前,有个老人在此处找到一块 40 厘米大的奇石,打磨出来后,上面有一个亭子,亭内有人物,旁边有许多梅花,参加全国展览获了奖后,被奇石博物馆收藏。

如果当年出玉的泉眼不被破坏,也许我们今天还能见到正宗福山黄玉的风采。

海蜇的由来

海蜇是海中的一种水母,有微毒,但经福山人的特殊烹调方法加工后可以食用,而且美味可口。福山的拌海蜇成了有名的小吃。海蜇的由来还有一段故事。

传说,福山北海岸边上有个妇女。丈夫过世的时候,她已是身怀六甲,后来生下一个女孩(福山称这种小孩是背生),就把女孩取名叫"背生"。妇女为了生计,就带着背生上山种庄稼。一天,背生睡着了。妇女就把草帽盖在背生身上,继续忙着收拾庄稼。再说北海龙王,他得了重病,要用活人脑子做药引子,就派夜叉出来寻找。夜叉变化成人形,出来到处寻找,一看草帽下的女孩,就抱起来跑回了海里。妇女一看背生不见了,找了几天几夜,也没有找到,非常悲伤。

夜叉把背生带到了北海龙宫。龙王一看是个女孩就很气愤,因为需要的是男孩。北海龙王没有伤害女孩。说来也巧,龙王的病慢慢地自己好了。他认为这是女孩给自己带来了福音,就把女孩养在龙宫十多年。女孩在龙宫慢慢地修炼成了黄花鱼精,只要女孩出入龙宫的时候,就要用那顶草帽遮着自己,这也是女孩唯一的物品。龙王慢慢地对女孩有了感情,对女孩非常好,但是背生还是想回到人间找自己的母亲,常常找机会试着回人间。可是背生不知道,龙王把她身上辟邪的兜兜藏了起来,使她无法回去。

背生的母亲失去女儿后,整天哭哭啼啼的。邻居家生了一对双胞胎男孩,因为可怜她,就把一个孩子给她当了儿子,取名叫大宝。大宝生来聪明伶俐,孝顺两家的老人,常常为村民做些善事。大宝生活在海边,长大后游泳的水性也好,还学了武功,能在水上行走如飞。大宝以捕鱼为生。他捕鱼的时候常常放生一些稀奇古怪的鱼类。一天,大宝捕到了一条不同寻常的黄花鱼。黄花鱼顶着一顶草帽,在船上流着眼泪。大宝想,怎么鱼还会啼哭,莫非鱼儿还能说话吗?他就问黄花鱼有何冤屈。黄花鱼说了自己遭遇。大宝告诉黄花鱼,如果能设法逃出龙宫,他一定帮它的忙。黄花鱼点了点头。大宝就把黄花鱼放归了大海。

一天,龙王和夜叉在一起谈论背生的事,背生就悄悄地偷听。龙王告诉夜叉,只要背生拿不到自己的兜兜,就无法变化成人形回到人间。夜叉问,兜兜放在什么地方。龙王无意中说,兜兜放在定海神针底下,谁也拿不出来。背生知道了这个秘密,就天天观察定海神针的情况,找机会拿到自己的兜兜。恰巧,孙悟空来借定海神针。借此机会,背生拿到了自己的兜兜。她趁着龙宫混乱的机会逃出了龙宫。背生一出水面就变成了如花似玉的姑娘,也失去了在水中生存的能力。背生就高喊:"大宝兄弟你快快救命。"正好大宝在渔船上听到了,就把姑娘救回了家中。大宝母亲一看姑娘手中的兜兜,是当年丢失的女儿的东西,就问明了姑娘的身世,最后确定这就是自己的亲生女儿。全家人欢天喜地地团聚了,亲戚朋友都来祝贺。

那龙王一看姑娘的兜兜不见了,就知道姑娘逃出了龙宫。龙王和夜叉一起把姑娘的草帽变化成了许多水母,放出毒素来捉拿姑娘,可是已经来不及了。从此,海里有了蜇人的水母,就是人们说的海蜇。后来,人们也叫水母是草帽海蜇。

蘑菇的由来

福山有一种可食用的野生蘑菇,叫"扎莪";因为有黏性,也叫"黏莪";味道鲜美,可以鲜食,也可晒干后再泡发食用;可炒菜、煲汤。此蘑菇在旧时是吃火锅的上品,可与东北的蘑菇媲美。现在,它也是村民增加收入的山野菜品种之一。

传说,何仙姑在福山西边修心禅静的荷花采露水,见到一个叫小娥的姑娘和爷爷在一起采药材,爷孙俩采了何首乌、丹参、远志、车前草等草药。何仙姑问小娥采这么多草药干什么。小娥告诉何仙姑,爷爷和家人都是乡间医生,药材是为村民治病的。何仙姑说:"你们家赚了很多钱吧?"小娥告诉何仙姑,她家人为人治病从来不收钱,也不收礼。何仙姑夸她爷爷是个大善人,小娥的爷爷就插嘴说:"行善积德是做人的本分,何足挂齿。"何仙姑来到村里,打听到小娥的爷爷确实是个济世救人的好医生。她来到小娥家里,见到了老医生的家人。医生的老伴问何仙姑有何事。何仙姑答道只是路过的人,来讨碗水喝。医生的老伴就给何仙姑端上了一碗高粱米水。这时医生的儿子和儿媳回来了,说:"邻村的产妇难产,好不容易在媳妇的帮助下,顺利地生了个男孩。如果去晚了,产妇和孩子的命都保不住了。产妇家人又要给钱又要给东西,咱家能收人家的钱和东西吗? 就按习俗带了两个喜蛋回来,给两个孩子一人一个吧!"这时一个村妇抱着一个小男孩进来了,小男孩叫妈妈,何仙姑知道这是老医生的孙子。这时老医生和小娥也回来了。何仙姑和老医生谈论着行医之事,儿媳妇和母亲忙活着做饭,儿子就在院子里整理草药。因为两个孩子都饿了,奶奶就把鸡蛋给两个孩子吃。奶奶念叨着说,两个孩子已经多日没有吃过鸡蛋了,都叫他爷爷做了药引子了。奶奶的话何仙姑和爷爷都听见了。老医生就说老伴是妇人之见,人家吃了比自己家人吃了强,家里老辈就有先为邻居后为自己的规矩。何仙姑夸奖了一番老医生一家人的善心后提出要走,全家人都留何仙姑在他家吃了饭再走。

　　何仙姑和全家人坐好等着吃饭的时候,何仙姑得知老医生的儿子也懂医术,儿媳妇还是接生的能手。她想,这真是一家行善的好人,老医生家为了济世救人,过着贫穷的日子,真是可敬可佩。儿媳妇把饭端了上来。何仙姑一看,全是粗茶淡饭。全家人吃得很香,只有小孙子要肉吃。母亲告诉他因为今天为人家看病,没有去买肉,改天再买。小孙女就说吃肉要等到猴年马月。父亲看了她一眼又看了看何仙姑,小孙女伸了伸舌头表示不好意思。何仙姑就笑着说:"等我帮小娥弄点肉吃。"两个孩子都说好。吃完了饭何仙姑和老妇人在唠嗑,这时来了病人,老医生为病人诊脉开方,儿子为病人抓药。病人要付钱,老医生却分文不收,病人连连道谢后走了。老医生叫儿子在家接待病人,他要和孙女继续去挖药材。儿子提出父亲留在家里,自己和小娥去挖药材。何仙姑提出也要跟着去,他们就一起来到山上。

　　何仙姑看到他们挖药材总是挖一些留一些,就问他们为什么这么做。小娥就告诉何仙姑,留一些是为了留给其他人来挖。父亲就接着说,留一些还利于药材继续生长,不能好用不留种。何仙姑想,这真是一家高尚的人,就想起了要给小娥弄肉的事。何仙姑告诉小娥,她要为小娥种一种东西,和肉一样好吃。何仙姑就把自己的宝物——荷叶埋在地里,一会儿就长出来许多像荷叶一样的东西,就是蘑菇。何仙姑告诉她怎么吃这种东西。小娥好奇就问何仙姑,这种从地里扎出来的东西叫什么名字。何仙姑就用小娥的娥字,随口说出叫"扎莪"。小娥就问何仙姑,这是怎么变出来的。何仙姑笑笑说:"只要你们家挖药材去过的地方,都有这种扎莪。你们就采些回家吃吧,味道和鱼肉一样鲜美。"说话间何仙姑就飘上了天空,小娥和父亲看着何仙姑的身影,才知道原来是神仙所赐。

　　老医生家得到了蘑菇,回家尝了尝非常好吃。他们在山上看到自己去过的地方有许多蘑菇,就告诉乡人哪里有蘑菇,蘑菇怎么吃,叫乡人们去采摘回来食用。从此福山就有了野生的蘑菇。这真是行善引来神仙到,赐给蘑菇为回报,行善积德人人好,五福长寿全来到。

葫芦枣的由来

　　传说很早以前,八仙之一的铁拐李重游福山的时候,在境内留下了一种葫芦形的大枣,叫葫芦枣。它产量极低,又因为是铁拐李赐给的神枣,当地人就把这种枣当成了吉祥果。

故事还得从头说起,铁拐李在福山修炼的时候,在福山兜余镇的某村得到了宝葫芦。他成仙得道后,非常想念福山这块风水宝地,就在某一天重游福山。铁拐李在福山的某村看到一家人家在出殡,子女们哭得惊天动地。他就问出殡的人死者是怎么死的。村人告诉铁拐李,这里的人得了一种叫大肚子癣的病(肝硬化腹水)。这病还传染,男人得了必死无疑。铁拐李告诉村里的郎中,快快用大枣做药引子来治疗。人们就照做了,还撒了许多石灰粉末来预防传染。病慢慢地控制住了。一天铁拐李看见几个妇女拉着犁在种庄稼,就问男人哪去了。妇女答道,得大肚子癣病死了。铁拐李想,当初是福山人帮自己得到了宝葫芦,使自己得道成了仙,自己要好好回报福山人。

铁拐李从宝葫芦里拿出一棵树苗,叫妇女种在地里,并告诉妇女这是枣树。他看着妇女把枣树种好了,就高兴地走了。几天的时间枣树就长成了大树,上面结着许多村民从来没有见过的像葫芦的枣,引来了村民的围观。妇女就告诉村民枣树的来历,村民知道这是神仙赐给的神树,就给枣树挂红,烧香烧纸,摆供品,以此来感谢神灵的祝福。人们知道了这是铁拐李所赐,就叫枣儿是葫芦枣。人们把葫芦枣分着食用了。葫芦枣不但形美,而且口味甘甜,皮薄核小。第二年春天,村民把小树苗分开种在地里,福山就有了许多葫芦枣树。

说来也巧,自从有了葫芦枣,福山人很少再得那种大肚子癣病。可惜的是,在一个只求产量不求品种的年代,因为葫芦枣结的少,许多葫芦枣树被砍掉了。现在,福山的张格庄镇还幸存了几棵葫芦枣树。近几年,村民把葫芦枣拿到集市上出售,不是论斤卖,而是论个卖,有时五元钱才能买三个,或者一元钱买一个。据说葫芦枣有补肝养血、防病祛病、美容养颜等功能。老人把它当成保健水果,妇女把它当成美容水果,小孩把它当成玩具。葫芦枣被当成了吉祥果。现在福山为了适应市场的需求和秋季的采摘旅游,又开发了葫芦枣采摘活动,等待游客的到来。

此故事应当唤起人们对于物种多样性的保护意识,不能过度消费和过度开发,这是现在农民最关心的问题之一。

四、动植物传说

大公鸡的传说

传说,很早以前,大公鸡的冠子是没有缺口、非常光滑的。那么大公鸡的冠子为什么是现在这个样子的呢? 有这样一种说法。

福山有户人家,老两口有个儿子,三口之家和睦地生活着,其乐融融。老两口的儿子眼见着就要结婚娶媳妇了,全家人整天乐呵呵的。

俗话说:"老娘们的鸡,老爷们的驴。"这是说老爷们爱驴,可以下地干活;女人爱养鸡,可以下蛋。在过去鸡蛋是人情往来的好礼品。现在,福山的西南部地区结婚吃喜面的时候,还有带几个鸡蛋做贺礼的习俗。民间就留下了俗话:"看喜的份子钱照拿,鸡蛋白拿。"这户人家的老太太非常勤快,家里鸡、鸭、鹅养了不少,有一只大公鸡更是她的心头爱。那只大公鸡长得非常大,全身长着火红色的毛,因为品种好,还是邻居家用的种鸡。它从来不挑食,还非常有力气。和其他鸡、鸭、鹅打架,它总是胜者。吃起五毒(蜈蚣、蝎子、蛤蟆、蛇、壁虎)来,大公鸡更是显示出强大的本领。大公鸡吃蜈蚣和喝面汤似的。吃壁虎时能飞起五六尺高,从墙上把壁虎抓下来。吃蛤蟆的时候两只爪子像钢叉一样,几下就把蛤蟆撕个粉碎。吃蛇的时候用嘴叼起尾巴,扬起头左右摔打几下,再把蛇抛上空中,蛇一落地就一命呜呼了。吃蝎子的时候,它用尖尖的嘴把蝎子从石洞里叼出来。这只大公鸡老太太家也舍不得吃,年数久了就有了灵气,能帮助母鸡护理小鸡,还能帮主人看好门。如果有生人闯进主人家里,它就又咬又抓。一次主人家来了一条狗,大公鸡腾空而起,跳到狗身上攻击它。就这样,大公鸡的本领越来越大,人们都说大公鸡成精了。

秋天到了,这户人家收成不错,就选了个黄道吉日,吹吹打打地给儿子把新媳妇娶回了家。放下小两口不说,先说说新房里发生的事。新房装饰得非常漂亮,贴着精美的剪纸,家具齐全,被褥锃新。邻居家的一只快成精的蝎子,爬到了新房的梁上。大公鸡看到了这只蝎子,但是因为蝎子在屋内的梁上,大公鸡没有办法进去消灭它,急得在院子里团团转。它知道蝎子要伤害小两口,便一刻也不敢松懈,想出来一个治蝎子精的妙计。

新婚夜里,闹洞房的人走了以后,蝎子精就要下来作妖,大公鸡在院子里一看不好,使劲扑打着翅膀,发出了道道奇光,吓得蝎子精不敢下来。一连几天,大公鸡都在院子里站岗。蝎子精在梁上也不敢下来,气得尾巴上的毒针翘得老高。蝎子精想,自己要是喝了人血就能真正成精了,都是被大公鸡搅黄的。有天夜里,天上下着大雨。蝎子精想,这是老天在助它,大公鸡不能有什么动作。蝎子精就在后半夜从梁上偷偷地下来,爬进了新郎的鞋里。这一切看起来神不知鬼不觉,可大公鸡却是心知肚明。大公鸡就发动家中的鸡、鸭、鹅、猪、猫、狗,一个劲儿地叫。大公鸡自己在新郎的门上用爪子直抓。大公鸡抓,新郎就没有穿鞋,也没有点灯,摸着黑出来看看是怎么回事。新郎开门的时候,说时迟那时快,大公鸡呼地一头扎进屋内,把那个约三寸长的蝎子精从新郎的鞋里叼了出来跑到了院子里。因为黑乎乎的,新郎看了看没看到什么,就回到屋里睡觉了。

在院子里,大公鸡和蝎子精从后半夜打到天亮,不知道打了多少回合,也没有分出胜负。天亮以后家人和邻居都看到了大公鸡和蝎子精打斗的场面,只见大公鸡把蝎子精叼起,又高高飞起。它把嘴一张,那蝎子精重重摔在地上。蝎子精落地后就往洞里钻,大公鸡就一个苍鹰扑食扑下来,把蝎子精从洞里抓出来。但是,蝎子精的毒针就蜇在了大公鸡的冠子上。大公鸡痛得直甩头,把蝎子精甩在墙上。大公鸡和蝎子精打了半上午,累得筋疲力尽,蝎子精也是奄奄一息。这时大公鸡的眼睛都气红了,双爪齐抓,把蝎子精彻底治服了。人们仔细一看,大公鸡的冠子上有一道道血口子,还肿了不少。

就这样,大公鸡救了小两口的命。老太太看着大公鸡的冠子上一道道的血口子,还肿了不少,就给大公鸡的冠子抹了药。然而,大公鸡冠子上的血口子还是没有长好,留下了缺口,再也没有以前那样光滑了,变成了现在的样子。

公鸡打鸣叫早传说两则

(一)

据传很早很早以前,天上有鸡,地下无鸡。那鸡是怎么来的呢?传说天河边上住着两只鸡,是亲兄弟。哥哥非常勤快,弟弟很懒惰。有一天兄弟俩看见大鹅在练飞行。鸡问大鹅练飞行干什么。大鹅说,听说过了天河是天宫,那里景色特别美;过了天河玉皇还封官,又有重赏。就这样,鸡和鹅一起练习飞行,但弟弟偷懒,不好好练。

这一天下午,大鹅约定和鸡一起飞过天河,去见玉皇要封赏。大鹅和鸡哥哥飞了过去,鸡弟弟没飞过去。过了天河的鸡和鹅,得到玉帝加封,封鸡为天鸟(凤凰),封大鹅为天鹅。那鸡弟弟就在天河对岸叫:"鸡哥哥,等着我。鸡哥哥,等着我。"王母娘娘常到天河边上逛逛,常听见鸡在叫"鸡哥哥,等等我"。王母娘娘听了心烦,为了可怜鸡,就给它两个鸡蛋,叫它下凡到人间,后来就有了公鸡和母鸡。

天河的水是早上涨,中午满,晚上退;而天上的白天,又是地上的黑夜。所以,到了天上傍黑,地上傍亮时分,大公鸡还是不停地叫着:"鸡哥哥,等等我。鸡哥哥,等等我。"

(二)

据传说,从前有一个恶妇,将头麦面(精面粉)做给自己吃,二麦麸面(次面粉)给丈夫和孩子吃,三麦麸面(最次面粉)给公婆吃。灶王发现恶妇的不孝行为,就在腊月二十三升天后,向玉帝做了汇报。玉帝派管粮神下凡查看,果真如此。管粮神就决定了一件事。早先,小麦没有现在那么多叶子,三至五叶以上全是麦穗,足有一尺长。管粮神一气之下,把麦穗的大半部分除了下来,还要继续往下除。这时来了一只狗。狗就求管粮神说:"天神息怒,天下的好人还挺多。你看我忠厚老实,留下来点给我吃吧。"那管粮神就放下了手,留下今天这么小的麦穗。可是,又来了一只公鸡,继续吃麦穗。狗就咬鸡,不许鸡吃,鸡就继续跳起来吃,鸡一跳狗就咬。管粮神认为狗做得对,就说:"鸡,等麦子一返青,就叫你上桌席,去见阎王老爷吧。"鸡被狗咬得没有了办法,又生管粮神的气,可又没有什么吃的。每到天亮前,鸡就又饿又气地开始鸣叫。你细细听来仿佛是:"好小麦,我要吃,饿。好小麦,我要吃,饿。"从此就留下了立春前麦子返青时百姓杀鸡吃的习俗。春节又在立春前后,所以春节有杀鸡吃和祈盼小麦丰收的习俗,也有了狗儿有年鸡无年的说法。由于鸡狗的争斗,民间又有鸡狗不对头的说法。民间还有鸡一叫,人们就下地干活的习惯。人们带着狗上山保护庄稼,还在锅台的边上留了一个洞给狗来住。

海龟报恩

相传很早以前,福山北部的一个渔村。村中有个姓刘的渔翁救了海龟的命,海龟报恩又救了渔翁的命。这个故事在当地流传了下来。

一天,海上刮大风,老刘无法出海。他担心自己的渔船被风浪损坏了,就去海边看看。他在海边看到几个人在用挠钩挠一个大海龟,把海龟的裙边(龟盖的边缘)挠了几个口子,还流了血。他们把海龟弄到了岸上,有人说海龟能卖很多钱,有人说要吃了。老刘就出了大价钱,把海龟买下了,找人把海龟抬回了家。他往海龟裙边伤口上抹了药,又发现海龟的一只爪子受了重伤,已是血肉模糊,就为海龟的爪子包扎、上药。海龟明白了老刘在救它,老老实实地一点也不动。海上没有风浪的日子,老刘天天出海打鱼,回来就用鱼虾喂海龟。海龟一边吃一边流泪,似乎是被老刘感动了。海龟在老刘家养了多日,爪子好了,能正常走路了,但是裙边上的口子没有长好,留下了三条疤痕。老刘想,大海才是海龟的归宿。他抚摸着海龟说,等海龟的身体养好后,就把它放归大海。海龟仿佛听懂了老刘的话,点了点头。一天老刘要出海打鱼,海龟咬着老刘的裤角不让他去。老刘就问海龟,是不是不允许自己出海。海龟直点头。老刘就没有出海,并告诉许多人不要出海。下午海上狂风巨浪,如果出海必然遇难。老刘就把海龟预知天气变化的事告诉了渔民,人们都知道了海龟的灵性。

几天后,海龟常常从老刘的院子往外跑。老刘想,海龟可能不适应家里的环境,就问海龟是否想回到海里。海龟点着头。一天早上,老刘领着海龟,来到海边要把海龟放归大海。海龟看到大海高兴地四肢舞动。老刘挥挥手示意海龟走吧。海龟围着老刘转了三个圈,就向海里爬去。它不时地回头看看老刘,确实有些恋恋不舍。老刘示意它快快走。海龟欢快地游走了,老刘也恋恋不舍地回去了。在以后出海打鱼的日子里,老刘每次都是网网有鱼,次次鱼满舱。其他人捕不到鱼的时候,老刘也总是能收获到许多鱼。他想肯定是海龟帮的忙。

一天,老刘在海里捕鱼,突然海上刮起了大风,大雨也跟着来了。老刘的船艰难地在海里航行着,一会就迷失了方向。船触礁撞了一个洞,海水往船里直灌,眼见着就要船沉人亡。突然,船不漏水了。老刘惊奇地一看,船体破洞的地方贴着他救的那只大海龟,是海龟堵住了船上的漏洞。船好不容易靠了码头,老刘看着海龟直作揖,表示感谢。海龟看懂了老刘的意思,把头伸得老长,点头表示明白了。就这样老刘躲过了一劫,平安回到了家。老刘救了海龟的命,海龟报恩又救了他的命。

小龙的传说

传说,福山城关有一个老婆婆,她有祖传的接骨手艺。如果有人手脚错位,她可以手到病除;有人骨折了她可以用简单的方法把病人的骨伤治好。她心地善良,为人治病从来不收取钱财,自己常常到山上采药为乡亲们治病,人人夸她是活菩萨。她也非常爱护动物,家里猫儿、狗儿的养了不少。

一天,老婆婆山上采药,无意中发现一条受了伤的蛇。她一看蛇的脊梁骨断了,就把蛇装在篮子里,带回家后把蛇的脊梁骨接好了。她叫蛇是小龙。每天上山挖药材,小龙就在前面开路。她想挖什么药材,小龙就能把她带到有这种药材的地方。老婆婆想这小龙还真有灵气,就和小龙成了好伙伴。一天,天气非常晴朗,小龙和老婆婆出门。小龙在前面带路,把老婆婆带到了一个山洞里。老婆婆想小龙带她来这里必有蹊跷。老婆婆在山洞里左看右看,什么也没有发现。这时天上乌云滚滚,电闪雷鸣,大雨倾盆而至。这会儿,老婆婆才恍然大悟,原来小龙是领着老婆婆来这里避雨的。就这样,老婆婆有个知心话,也和小龙说说。时间久了,小龙懂了老婆婆的语言,老婆婆也明白了小龙摇头摆尾的动作表示什么意思。

一年,村民得了一种叫带状疱疹的病,民间叫"蛇盘疮"。得了这种病,身上起红色的疱疹,又痛又痒,并伴有发热,有的人因此丧命。许多人来求老婆婆医治。老婆婆用了许多方法也无能为力。老婆婆就对小龙说,小龙听懂了老婆婆的心事。它教老婆婆用铁器刮那蛇盘疮,并教给了她一套咒语。老婆婆就一口气念道:"蛇盘疮,蛇盘疮,长在身上不要慌,铁器掐头又去尾,不出三天溜溜光。"她连续念叨三遍,得了蛇盘疮的人果然好了。许多人病人治愈后都来答谢老婆婆,她分文不收。后来,村民知道了是小龙告诉的方法,都明白了人与动物和睦相处的好处,村中有个以抓蛇为生的人,也改行了。

后来,老婆婆把治疗蛇盘疮的口诀和方法教给了许多人。

蛇的传说两则

蛇在福山民间被称为"小龙"。这里有许多因保护蛇而受益的人,也有祸害蛇得到报应的事。蛇本身惧怕人类,人类见了它也有些惧怕。如果人类不侵占它的领地,蛇是不会主动袭击人类的。传说如果蛇见到了人,就要痛苦地蜕一次皮。人和动物和睦相处,动物就是人类的朋友。

(一)

福山有个猎人,他养着一只猎鹰,是专门用来抓吃豆子苗的野兔的。这只猎鹰很灵活,捕捉猎物能百发百中。一天傍晚,老汉带着猎鹰,发现豆苗地里有东西在动,认为又是一只野兔,就放出了猎鹰。猎鹰腾空而起,到了地里动的地方,就扑了下来。猎鹰连续扑了多次也没有抓上来什么东西,老汉一个口哨把猎鹰唤了回来。豆苗地里还是有东西在动。老汉上前一看,原来是一条受伤的大蛇。大蛇的伤口都结了痂，说明不是猎鹰抓的。那大蛇已是奄奄一息，老汉就把猎鹰抓的一只野兔给大蛇吃了。一会儿老汉看着大蛇有了精神，就自言自语地说："小龙啊，你好好在豆苗地里养着，我天天来喂你，千万不要出去被人伤害了。"大蛇眨着眼睛吐着信子，似乎明白了老汉说的话。老汉回到家里用艾蒿灰合着香油，天天来给大蛇治伤和喂食，大蛇的伤慢慢好了。它在老汉面前摇头摆尾，表示感谢，老汉越看越觉着大蛇又有灵气又可爱。

一天中午，太阳火辣辣的，老汉热得得了"火来病"（中暑），昏倒在地边不省人事，山里也无人相救。就在这时，大蛇把自己的身体绕在老汉的身旁，用头和尾巴抚摸老汉的身体。过了一会儿老汉醒过来，感到身体凉凉的。他一看，原来是大蛇把他救了。他起来对大蛇说："小龙真是有灵气，谢谢你救了我。"老汉还作了个揖。大蛇听懂了老汉的话，摇头摆尾地走了。老汉和大蛇有了深厚的感情。大蛇常来看看老汉，老汉也常常带些好吃的东西给大蛇。就这样人和动物交了朋友。

一次，山中突发山火，老汉无处躲藏，腿被烧伤了，已经无法动弹，痛得老汉死去活来。这时大蛇来了，它驮起老汉来到一个山洞里，避开了大火。在山洞里，大蛇用尾巴卷起一些地上的土，弄在老汉的腿上。老汉刚要怪罪大蛇，突然感到腿上凉丝丝的，一点也不痛了。老汉知道这是大蛇做的好事。他起来一试，腿敢走了，就迷迷糊糊地在洞里睡着了。当老汉醒来一看，自己已经来到村口。他知道这定是大蛇把他送回了家。这时家人告诉老汉，大火过后家人找了半天也没有找到他。他就把自己被大蛇救了的事告诉了家人，家人都说了些非常感谢大蛇的话。这时，老汉得知村中有几个人被山火烧死了，还有许多人烧伤了。他一摸口袋，口袋里全是泥土，和大蛇弄到自己腿上的一模一样。老汉想莫非是大蛇叫我捎给乡亲们的烧伤药吗？他再看看自己的腿，不红了也不痛了，像好了似的。他拿着泥土，找到了一个被烧伤的人试验。当泥土落在伤口上，那人就说，太神奇了，一点也不痛了。老汉又把泥土送给了其他人。慢慢地，村民都知道老汉有有效的烧伤药。一次有户人家被烫伤了，向老汉求药。老汉已经没有药了，就来到地里求大蛇再给点药。大蛇在前带路，老汉在后面跟着。来到山洞里，大蛇卷起一些泥土，老汉就明白了。他把泥土拿回来为村民治病。那户人家的病好了，拿着许多东西来答谢老汉。老汉心地善良，分文不收。慢慢地，老汉成了当地专门治疗烧伤、烫伤的名医。

老汉在去山洞里取药的时候，几次发现大蛇在地上一动不动。他感到奇怪，问了大蛇几次，大蛇也没有反应。一天晚上，大蛇托梦告诉老汉，大蛇已修炼多年，是老汉救了它的命，逃过了一次劫难，现在已经修炼成正果，奉玉帝之命要上天当龙了。它身体躺的地方，就是老汉来取药的地方。老汉醒来知道这是大蛇托给他的梦，就带着许多供品来到山洞里，为大蛇摆上了供品，还磕了头。他看到大蛇躺的地方结出了像冰一样的东西，就是中医称作"冰片"的药。这是治疗烧伤、烫伤必备的药材。老汉取了一些带回家，为乡亲们治病。老汉医德高尚，只收取村民一点费用，过着平平淡淡的日子，受到村民的好评。

老汉常常告诉村民保护动物的好处，临终时告诉他的子女他家和大蛇的缘分。说他死了以后，子女还可以去山洞里取药，为村民治病，不准多收费，要多做好事善事。家人牢牢记住了老人的嘱托。老汉过世后，家人继续做善事，为村民治疗烧伤和烫伤。

（二）

据传说，福山南面有个小村，村中有棵古老的大槐树，几个年轻人都围抱不过来。大槐树下面有个树洞，平时没有人注意。村民都说大槐树有灵气，平时还有人为大槐树挂红彩绸，在大槐树下祈求平安。夏天许多人都在大槐树下纳凉。大槐树的花还可以治疗咽喉肿痛。大槐树和村民世世代代在这里生活着，村中的人对大槐树非常有感情。

话说，村中有个人，外号叫"血爪子"，什么动物都敢杀。一天，有人看见大槐树的洞里露出一个蛇头，很害怕，就跑回家了。这事被"血爪子"知道了。他找来辣椒水往树洞里灌，灌了半天蛇也没有出来。他就在树洞里点火用烟来熏那条蛇。许多好心的村民说，蛇从来也没有出来伤过人，劝说他不要"作索"（祸害的意思）大槐树和蛇了。他却我行我素地要把蛇弄出来。蛇从树洞里出来爬上了树梢，"血爪子"就用石头打那蛇。有人看见那蛇有碗口粗，一丈长；有人说比那还要大，总而言之是条大蛇。"血爪子"继续用石块打那蛇。就在这时，大蛇从树上飞走了，不知去向。

一次，"血爪子"在杀驴的时候被驴踢了一蹄子，他的一只眼睛被踢瞎了。驴没被杀死还跑了。"血爪子"赔了本钱，气得直蹦高。"血爪子"明明知道杀害畜类是伤天害理的事，但是他还是不思悔改。一天，"血爪子"抓到了一条小蛇。村民劝说他快快把小蛇放了，可是他置之不理，把小蛇蘸上油，要把小蛇烧死。他用柴草点上火烧小蛇，小蛇痛得不行了，带着火钻进了"血爪子"家的草垛。说来也怪，小蛇身上的火灭了，小蛇也跑了，可是"血爪子"家的草垛却起了大火，一会就烧到了他家房子上。善良的村民纷纷来帮忙救火，"血爪子"家的三间草房被烧得就剩下了一间。"血爪子"祸害蛇得到了报应，可是他还没有悔改之心，住在那一间破草房里，继续宰杀牛马。后来，"血爪子"杀害畜类上了瘾,什么猪、猫、狗、鸡、鸭、鹅,没有他不杀的;蛇、刺猬等动物碰上他,也必死在他的手下。

一天,"血爪子"所在的村的村长做了一个梦:大槐树里的那条蛇告诉他,"血爪子"的眼睛和他家的房子着火,都是大蛇点化驴和小蛇做的。大蛇已修炼成精,就是为了报当年的仇,因为"血爪子"把大蛇的媳妇和几十个孩子都弄死了。大蛇让村长转告"血爪子",如果继续残害生灵,大蛇就要好好治治他,叫他生不如死。村长是个好心的人,就把梦中的一切告诉了"血爪子",还答应给"血爪子"几亩土地,叫他以种地为生,以后不要杀害生灵了。可是"血爪子"只是口头上答应了,还是偷偷摸摸杀害畜类。一天,"血爪子"在地里看到一条蛇,野性又上来了。他拿起锄头就打那蛇,哪里知道这是大蛇变的? 蛇一边跑一边把"血爪子"领到了一个山洞里。到了山洞蛇就不见了,"血爪子"找了半天也没有找到。"血爪子"就是不舍弃,回到村里拿着柴草和辣椒面,告诉村民他要去山洞熏那条蛇。村民和村长都劝他,快快住手吧!"血爪子"说什么也不听。几个好事的村民也跟着来看热闹。"血爪子"放好柴草,放上辣椒面,点着火扇着风来熏蛇。浓烟滚滚,熏得人都睁不开眼,辣得人直流眼泪。就在这时,大蛇发怒了,一尾巴把"血爪子"打倒在地,吐着信子在"血爪子"身上乱窜。这时"血爪子"一点反抗能力也没有了,看热闹的人都吓得都躲得老远,还求大蛇饶了"血爪子",留他一条命。大蛇似乎懂得人们的意思,还怕吓坏了村民,就爬到了草丛里。这时,村民过来看看"血爪子",他的身上全是血泡,有鸡蛋大小。他好不容易才爬了起来,在村民的搀扶下回了家。从这以后,"血爪子"的身上的血泡就开始溃烂,他整天痛得直叫。

人们都说这是他作恶多端的结果。天地万物皆有灵,对动物不能滥杀,只有行善积德,才能富贵平安。

鲤鱼与小皇帝

传说,很早以前福山出生过几个太子,都没有长大成人。据说是因为清洋河(夹河)的鲤鱼没有能跳过龙门,福山也就没出过"真龙天子"。有段故事是这样说的。

过去,夹河里有许多鲤鱼。福山城南的青龙山,住着一条青龙。因为它犯了天条,玉皇大帝贬它到此处,不允许它出入,也没有给它留下龙门。夹河的鲤鱼在夹河里找不到龙门,就得到北海龙宫去跳龙门。北海龙王的小太子从小娇生惯养,性格孤僻,常常作恶。它沿着夹河在水里兴风作浪,夹河的鲤鱼精劝它多次,它都置若罔闻,不予理睬。一次,龙太子在夹河里抓了两个女子,要带到龙宫当媳妇。夹河的鲤鱼精率领着众鲤鱼前来阻挡,和龙太子打了起来。龙太子因为不适应淡水,被鲤鱼们打败了,女子被救下了。鲤鱼们救了人,打败了龙太子,也留下了后患。后来,鲤鱼们就无法到北海龙宫跳龙门了。

当时,夹河到龙宫的水域是"两合水"(有海水也有淡水),在淡水生活的鲤鱼慢慢适应了入海的咸水,就能去到龙宫跳龙门。可是,龙太子被鲤鱼们打败后,就在夹河的入海口兴风作浪,把海水向夹河推了一里多,海水和河水界限分明:一步之间,一面是海水,一面是河水。鲤鱼没有了适应的过程,突然接触到海水,被呛得晕头转向,死去活来,无法到龙宫去了。有的鲤鱼因体力不支,还被海水呛死了。所以,在海水和河水的交汇处,常常能见到死鲤鱼。从此,鲤鱼们到不了龙宫跳龙门,龙太子也不能到夹河里兴风作浪了。鲤鱼精想,这样能保护福山人不受龙太子的伤害,也是件好事。

后来,福山出生了几个小皇帝,因为鲤鱼没能到龙宫跳过龙门,小皇帝都夭折了。因此,福山没有出过皇帝。夹河的鲤鱼们就在夹河里练习跳龙门,它们把河里的小木桥当成了龙门来跳,保佑福山人升官发财,家家富裕。过去,天气晴朗的日子,常常能看到鲤鱼在夹河里蹿跳。据说,谁能看到鲤鱼跳过小桥,谁定能得到高官厚禄。据说清朝时,福山两个进京赶考的人在夹河边苦读诗书,见到鲤鱼跳过了小桥,二人双双考取了进士。"鲤鱼跳小桥"为夹河添加了神秘的色彩。

后来,福山人就富了起来。明清时期,小小福山县就出了75个进士,几百个举人,在山东闻名遐迩。

猫与老虎

传说,很早以前,猫和老虎不分名字,只分大小,老虎叫大猫,猫叫小猫。那时大猫很笨,不会跑也不会跳,什么本事也没有。一天,动物王国在森林里开大会,狮子就叫大猫是大彪子。大猫不高兴地问狮子:"为什么叫我大彪子?"狮子说:"所有的动物一看你身上的三撇花纹,就知道是你,把'虎'字加了三撇就成'彪'字。"大猫气得哭了三天三夜,哭完了到河边洗脸。它用河水一照自己的脸,头上多出了三横一竖,是个"王"字。大猫就想,从此以后要好好学本领,将来成为百兽之王。它告诉动物们它不再叫大猫了,要叫老虎,然后找到自己的同类小猫当师傅,开始学本领。

老虎认真跟着猫学本领,小猫也真心实意地教老虎。老虎先学奔跑。几个月的时间,老虎的一身肥肉就练了下去,身体轻了许多,奔跑的速度快了。老虎又跟着猫学扑、抓、跳等动作,学会了三扑一跳的本领,又学会了用尾巴击打,本领增长了许多。一次,老虎遇见了小狗,就和小狗比武。最后,小狗招架不住了,跳到河里游走了。老虎不高兴地回来质问猫,为什么不教它学游泳。猫告诉它学武艺不能着急,要一步步地学才能成功。老虎让猫先教它游泳。它很快就学会了游泳,傲慢地又来找小狗比武。这次,小狗并没有下河,而是用后爪子使劲扒泥来对付老虎,把老虎的眼睛迷得什么也看不见了。老虎气得又回来埋怨猫,说猫教的本领都用不上。猫就告诉老虎,学习武艺是为了强身健体和防身,不是用来欺负他人的。老虎又学习了一段时间,武艺也长进了不少。一年一次的动物比武大会开始了,老虎也来参加。比赛的结果是狮子和老虎并列第一。回来后,老虎就慢慢地骄傲起来,仗着自己身体高大,奔跑速度快,又会扑跳,开始有点瞧不起猫了。猫想,对于这种徒弟,自己要留一手用来防身。以后,老虎也不安心学艺了,常常欺负其他动物,觉得自己就是百兽之王了。猫非常生气,决定要教育教育它。

一次,许多动物提出要举行师傅和徒弟的表演赛。老虎知道后就得意忘形地想,这次它要让猫看看,师傅能把他它这个百兽之王怎么样。表演的时候,其他动物都让着师傅,点到为数,不把谁胜谁负看在眼里。可是老虎一出手就来了狠招,处处把猫往死处逼。猫和老虎打斗了几十个回合,还是打了个平手。忽然,老虎把猫逼到了一棵大树下,猫没有了退路。老虎就张开血盆大口,要一口把猫吃掉。猫"噌噌"地爬上了树,老虎没办法了。老虎就问猫为什么不教它上树。猫告诉老虎:"你作为徒弟,心术不正,习武为了欺负他人,还对师傅不敬。为师早留了一手防着呢。你永远也别想当百兽之王。"

森林里许多动物也都纷纷指责老虎,说它忘恩负义不可交,把老虎气得见了其他动物就咬,后来就成了一种凶狠的猛兽。

香椿树和桑树的传说

传说,很早很早以前,玉皇大帝和孙悟空在凡间发生了一段与香椿树和桑树有关的故事。

一年春天,孙悟空为找兵器,在福山城南40华里的镇泉山下发现了一种长着紫红色叶子,散发着香味,树木芯为深紫红色的树木,这就是香椿树。悟空一吃树的叶子,感到有奇香,全身发热,就在这里观察此树的长势。他惊奇地发现这里这种长得笔直、光滑、结实的香椿树众多,又发现了许多其他树木、花和水果,还有涓涓溪流。这里就是一个花果山。

孙悟空变化成一老者,来到镇泉山旁边的张格庄村,想看看这里的民风民俗。他来到村中,见到许多人在给一户村民盖房子。悟空问村民盖房为什么雇这么多人。村民回答说这不是花钱请的人,是传统的互助帮工。这里的人家自古就有"一家有事多家帮"的习俗。悟空又问都有什么活是互助的。村民答道,大事。芒种时,村民们都互相帮忙播种和收获;采石、伐木、修路和架桥等大工程,村民们自发出工出力;婚丧嫁娶等大事更需要相互扶持和帮忙。悟空感到这里的人真好,互帮互助,民风淳朴,福山真乃福山福地。

孙悟空回到山上,找到了许多可吃的山花和野果。他看到一片叶子大如手掌,结着红果子的树林。这种果子酸甜可口,数量很多。这就是桑树的果子桑葚。孙悟空就把家中老弱病残的猴子搬到这里来养着。不几天,猴子吃了这里的山花和野果,身体都健壮了许多,个个活蹦乱跳。猴子在吃桑葚的时候,把嘴和手都染成了红色。

孙悟空选择用香椿树的木头来做兵器,就上天庭请玉帝下来把把关,看看香椿木做兵器是否可行。玉帝和孙悟空变化成两个生意人,先到了张格庄村。那家盖房的人家正在上梁,房梁上用的也是香椿木。两人在人群中看热闹。按习俗,只要来看上梁的人,东家都开流水席管饭。玉帝和孙悟空也被请进来做客。在席间,两人吃到了民间的香椿大餐,有油炸椿头、青拌香椿、鸡蛋香椿、豆泡香椿、什锦椿卷、香椿焖鱼,还吃到了福山有名的香椿冲汤炸酱面。玉帝和悟空边吃边想,福山人热情、豪爽又大方,还能将一种树叶做成美餐,看来民间说的"要想吃好饭,围着福山转"名不虚传。他们二位在村中看到百姓栽了许多的香椿树;回到了山上,见到这里香椿树漫山遍野,是一种取之不完、用之不尽的好资源。

玉帝看了香椿木做成的兵器后,对香椿木大加赞赏。玉帝一高兴就赐香椿为百木之王。这时,一棵快成精的桑树不高兴了,就找到玉帝和孙悟空论理。桑树把自己的优点摆了出来:桑树的叶子可喂蚕;木材可做农具;桑葚可食用、可造酒,还可做紫色的染料;桑树皮可入药。桑树精告诉玉帝自己全身是宝,问玉帝为什么不赐给自己一个名分。玉帝说:"桑树你做无名英雄多年,就不必争什么名分了。"孙悟空在一旁说:"对对对。"这把桑树气得头都大了,就对悟空说:"你的小毛猴吃我的叶子,还吃我的果子,你猴王一点情面都不讲。"桑树精和孙悟空吵得不可开交,玉帝生气地回天庭了。

玉帝上了天庭后,悟空和桑树精都有些后悔。猴子的屁股越来越红,动物们嘲笑它们,人们也对猴屁股指手画脚。桑树也落下了大祸,那就是,桑树长到四五年后,主干就开裂爆开,长不出成材的木料,留下了"桑树不成材"的俗话。

从此猴子的屁股就成了现在这个样子的红色,桑树长几年也就自然开裂。

猴脸香椿

过去,福山人盖房,不管什么样的人家,从古至今都要用些香椿木。他们认为,香椿木可以驱灾辟邪,民间有"盖房必用百木王,不用香椿不成房"的说法。在乡间,胶东香椿树极少开花,开花者为奇、为王。过去一些有钱的人家都不惜重金,争着买开过花的香椿做房料。现如今,这里楼房内部装饰也会选用香椿木。

据传说秦始皇东巡,吃了新鲜香椿,觉得非常鲜美,便封香椿为百木之王;又有说李世民路过胶东,用香椿解决了兵将的缺粮难题,封香椿为百木之王。关于香椿,还有如下一说。当年,孙悟空在天下寻找兵器材料,怎么也找不到。他来到了胶东,发现一棵香椿树又高又粗,采下来一用,总算可以。孙悟空的道行越来越大,而香椿木有点轻,又不能随心所欲地变大、变小,他就到东海龙宫用香椿木换得了定海神针。孙悟空高兴得不得了,来到福山,对着香椿树亲了一口,把脸型印在了香椿树上。他又吹了一口气,香椿越发香气扑鼻。从此,所有香椿叶的杆基部都有猴脸形态。民间多把香椿称为猴脸香椿和猴头香椿,年头长了,就简称香椿。许多福山人都知道香椿和孙悟空有关,说孙悟空是猴中大王,香椿木应为木中之王。孙悟空能降妖除魔,香椿木也能驱灾辟邪。传说毕竟是传说。人们一直在找猴脸到底印在什么地方,却没有找到。

福山有一位书法家叫张鲁家,他酷爱摄影,2012 年春天在福山拍春天树木发芽的作品,无意中发现香椿树叶杆基部的疤痕极像猴儿的脸形。张鲁家先生经过多次民间走访和调查研究,又把香椿树的多个部分,比如年轮、根瘤、花叶、种子,拍了几百张照片,同那基部对比,都不如基部的猴脸逼真。就这样,传说中的猴脸之谜解开了。后来,张鲁家先生出版了《椿树百相》一书,又为福山香椿注册了"猴脸香椿"的商标。

车家村的棘子无钩刺

相传,唐太宗征战高丽国的时候,在位于福山县城南 40 华里,张格庄镇车家村东的塔顶山间安营扎寨。在山北坡的沟里的一处泉水形成的大水湾,就成了官兵们的饮用水源地。这里的山上开满了山花,泉水长流,又有许多树林,是一处休整部队和练兵的好地方。

在官兵驻扎的时候,当地百姓为部队送粮,来往于村中和营地之间。唐太宗要经常检查军务，又要接待当地百姓，忙得脚不落地。一天忙下来，他的战袍就被当地的一种丛生植物刮破了好几处。这种植物民间叫棘子。棘子也把其他官兵的战袍刮破了。唐太宗找到了当地的村首，合计着叫村妇们来营地缝补战袍。村妇们各个飞针走线，忙个不停。一天，唐太宗来到一个营地视察，看到村妇们的针线活很精细，大加赞赏，并向她们表示谢意。有一名大胆的村妇就说："陛下，您不必谢我们，您是皇帝，金口玉言，快叫棘子不长倒钩刺吧！"唐太宗也确实感到棘子的钩刺挺碍事的，就接着那村妇的话说，好吧，明天就叫棘子不长倒钩刺。几个男随从中有人也附和着说，好，好，不长倒钩刺好。就因为唐太宗这句话，从此车家村的棘子就不长倒钩刺了。

　　这不过是民间的一则传说故事，但据考察，福山的小乔木中确有两种棘子，一种叫酸枣树的棘子，一种是柘棘的棘子。酸枣树的棘子民间也叫水棘子。酸枣树枣核、枣仁可入药，花前的叶子可做茶。此棘子全身长着许多直刺和倒钩刺，如织物落上必被倒钩刮坏。人误入这种棘林，要顺利行走是很麻烦的事。柘棘（即柘树），幼树是丛生的小乔木，长大后可成大乔木，木质坚硬，光滑细腻，是雕刻的好材料，民间有"南檀北柘"之说。柘棘幼树全身长着直刺。民间把这种不长钩刺的棘子叫旱棘子。当年唐太宗说的不长倒钩刺的棘子就是柘棘。近几年，在张格庄天然林保护区，发现了几棵柘棘长成的柘树，又高又粗，实属罕见，现已报请烟台市古树名木并入编志书。

大葱和马齿苋

　　马齿苋是一种山野菜（福山叫马珠菜），叶子和茎呈浅紫色，叶子椭圆形，花为粉色，可入药可食用。

　　传说，过去大葱和马齿苋的全身都有剧毒。一次，大葱和马齿苋比晒太阳。大葱被太阳晒得爆了十几层皮也没有死，马齿苋被人折断后晒了十几天也没有死，他俩都自称不怕太阳晒，是旱不死的植物。大葱问马齿苋最恨什么事。马齿苋说，最恨那些不孝顺、不诚信的人，还有杀人犯和偷盗的人。马齿苋又问大葱最恨什么事。大葱说，最恨那些做买卖缺斤短两和卖假药的人，还有那些欺男霸女和当官不为民做主的人。大葱和马齿苋越说越气，认为人间的风气太坏了，人类是坏人多而好人少。马齿苋说："大葱，你看我气得全身都发紫了。"大葱说："马齿苋，你看气得肚子里也全是气了。"他俩一商议，就做了一个整治人类的决定：吸收了所有植物的毒素来毒害人类。从此，它俩身上的毒素就非常大，人一碰就必死无疑。

　　有一年天大旱,半年无雨,地上的花花草草都要干死了,树干得落了叶子。大葱和马齿苋这抗旱的壮士也抗不住了,整天耷拉着头等雨来救命了。百姓们到龙王庙摆上供品,烧纸烧香,鸣放鞭炮向龙王求雨。说来也灵,雨不紧不慢地下了三天三夜,地上的植物得救了。大葱和马齿苋也活了过来,便去龙王庙谢龙王。龙王对他俩说:"这场救命的雨是民间百姓求来的,你们俩对人类的认识有偏见,人类也不那么坏。"龙王就给他俩讲了一个民间二十四孝的故事,说的是有一个叫王祥的人,其母大病,卧床不起,在天寒地冻的三九天要用鲤鱼来做药引子治病,家中无钱买。王祥就赤身裸体卧在冰上,用自己身子的热气焐化了厚厚的冰层,终于得到了鲤鱼,为母亲治好了病,被人们传为佳话。龙王又讲了一段良医救人的故事给大葱和马齿苋听:有一年的春天,当地小孩得了一种软骨病,孩子们都不会走了。这种病只有一个老医生能治。老医生没白没黑地为孩子们治病,有钱无钱的他都治,街面上的孩子都治好了,可是自己孩子因用药不及时,落下了残疾。龙王还讲了一些民间助人为乐、见义勇为的好人好事给大葱和马齿苋听。它俩听了感到自己以前对人类的看法是错误的。

　　以后,大葱和马齿苋就把身上的毒素消除了。它俩找到一个老中医。大葱说,自己能做调味品,入药可通气、驱寒、利湿、驱虫等;马齿苋说自己能充饥,入药能止血、凉血、通便、润肠等。从此它们成了人类生活中常见的植物。

何首乌的传说

　　很早以前,福山的塔顶山下有个小村庄,村里的老人个个头发乌黑,比其他地方的同龄人都显得年轻许多。有一次,一个外地人见到一个约 60 岁的人在哭,便问他为何啼哭。他说是母亲打了他。他母亲出来说:"这个小儿子太淘气了,不管教他不行啊。我不管教他俺妈也不答应。"来者一看老太太约 80 岁,头发乌黑,牙齿完好。她竟然还有母亲。来者问老太太年轻的原因,老太太就道出了缘由。

　　从前,村里有爷儿俩天天上塔顶山挖药材为生。一天,爷儿俩来到半山腰,儿子因父亲年龄大了,就叫父亲在此挖药材,自己上山顶去挖。儿子走了一会,天上就乌云滚滚,下起了大雨。父亲在一个山洞里避雨。雨慢慢地小了,这时,他忽然听到小孩的哭声。父亲心里很纳闷,天下着雨,谁家把孩子落在山上?老汉就在山上到处找。他定神一听,哭声是在一块巨石的旁边。他来到巨石旁边仔细看了看,没找到小孩。他想,人老了真是没用了,耳朵听岔了。就在他要走的时候,小孩的哭声又响了起来。巨石的边上有一棵长得像木灵芝但比木灵芝黑得多的东西在摇摆着。原来,是这棵东西发出的声音。他想,莫非这就是人们说的人参宝贝吗?他就用一块红绸布系在了它的叶子上,用镐头刨除了上面的土,一看下面结着一些像地瓜一样的东西。他慢慢地把它刨了出来,用鼻子闻了闻,有一种特殊的香味。老汉吃了一点尝了尝,感到嘴里甜中带苦,气味芳香,回味无穷。过了一会儿,他感到七窍发热,双目锃亮,头发、胡子都在颤抖,原来的饿意也没了。老汉一看,地上长出许多同样的东西。他想,弄不好这东西是宝贝,就又吃了一大块。过了一会儿,儿子回来了。他一看父亲,差一点没有认出来,父亲的头发胡子都变得乌黑锃亮,原来干干巴巴的老头现在满面红光。儿子问父亲这是怎么回事。父亲也感到蹊跷,就感到全身有使不完的劲。爷儿俩往家走去,父亲健步如飞,儿子得小跑才能跟上。父亲回家照了照镜子,一看自己确实年轻了十几岁。爷儿俩感到是挖的宝贝起了作用。儿子急着要和父亲把山上的宝贝全挖回来。父亲说,让那些宝贝在山上先长着吧,先把挖来的宝贝分给邻居,看看是否有作用。爷儿俩就把宝贝分给了邻居吃。几天后,奇迹发生了,食用过宝贝的人,特别是老年人,个个头发乌黑锃亮,真可谓返老还童了。爷儿俩确认这确实是一种宝贝。

爷儿俩是不贪财不自私的人,又心地善良,还知道保护植物资源的重要性。爷儿俩找到了村里的村首,商议按一年四季,分期分批地把宝贝挖回来分给村民食用。村首同意了他俩的建议,由爷儿俩山上挖宝贝,公平分配。后来,村里的人吃了宝贝个个身体健康,从来不得大病,老人返老还童,个个长寿,这就有了开头管教儿子那一幕。

一天,狮子山下来了许多官家军队驻扎。当地人打听到,是皇帝李世民率队东征,村首和村民就把宝贝献给了李世民。李世民高兴地告诉他们,此宝贝是名贵的药材,叫何首乌,人吃了确实能返老还童。李世民赏赐了当地百姓,还把挖药材老汉的儿子留在军营中当御医。因为认识许多药材,老汉的儿子很快就学成了医术,成了名医。

大槐树的传说

(一)大槐树捉贼

从前有一个村里有棵大槐树。槐树很有灵气,村人有事都去求大槐树帮忙。有灾有病的求,没有小孩的求,妇女们丢了猫、狗、鸡、鸭的也求,甚至有知心话的也去找大槐树说说。大槐树成了村人的保护神。

大槐树的旁边有户人家,树叶把他家的院子遮了一半。一次,大风夹着暴雨下了一天一夜,大槐树的一根大枝把他家的门楼和院墙弄塌了。家里的人点上香,对着大槐树说,大槐树的树枝会妨碍门楼和院墙的整修。为了保护大槐树的树枝,就不修理门楼和院墙了,并叫大槐树帮忙看着门,防止盗贼入侵。一天夜里,家里来了盗贼。大槐树发出了呜呜的响声,家人就发现了盗贼。盗贼往外跑的时候,大槐树落下了许多豆子,盗贼滑倒了,一连几次都爬不起来。家里人和村民把盗贼抓到了。许多人都说,从来没有看见槐树落下这么多豆子,这是帮着捉盗贼的。槐树豆子滑倒盗贼的消息很快就传开了,以后这个村就很少有盗贼来了。

几年后,这户人家的儿子到了娶亲的年龄。几个媒人都说,他家里连个门楼和院墙都没有,不像过日子的样子。媒人找了几个媳妇也没有说成。女主人发愁,就在大槐树下面说,如果割了树枝人人都心痛,不割树枝无法砌门楼和院墙,儿子的媳妇就难找,家里的人两头都为难。说来也巧,夜里,大槐树的树枝就转了一个方向,离开了门楼和院墙。家人和村人一看,明白大槐树知道了这户人家的难处,就自己转了方向,给这户人家行了个方便。村民们敲锣打鼓地给槐树挂红绸布,摆供品,帮着这户人家把门楼和院墙盖好了。他家儿子也娶上了媳妇。结婚这天,村里人在大槐树下为小两口举行了婚礼,拜了天地,在大槐树下喝喜酒,吃喜面。婚后小两口生了一对双胞胎儿子,全家人其乐融融地生活着。后来,两个儿子一个中了进士,一个中了举人。后来,村里的年轻人都在大槐树下求婚、求子。凡是儿子娶媳妇,女儿出嫁都要在大槐树下拜一拜。慢慢地成了一个习俗。外村的人要嫁娶,也来大槐树下拜一拜,大槐树就成了人们的生命树。

现在,人们的文化知识水平提高了,但是对大槐树的感情始终不减。每逢村中大事小情或逢年过节,村民都给大槐树挂红彩绸。人们还提高了对古树名木的保护意识,为大槐树修了护栏,立了保护大槐树的公约碑。现在大槐树枝叶茂盛,花果飘香,人们在大槐树下讲述着美丽传说,叙说着今天的幸福生活。

(二)槐树之魂

明朝时,福山西北关村西迟家门前有一棵大槐树,经过数百年成长,树身周长丈二有余,三人才能合抱过来,树高如擎天金柱,树冠枝叶茂盛,成了村中的象征。

这棵树位于城西北面的村庄出入福山县城的必经之路上,来县城赶集的百姓常常在树下乘凉和歇息。人们谈论着赶集的趣闻,谈论庄稼的收成,谈论油盐酱醋的贵贱,渴了就去树的主人迟家讨碗水喝。迟家人也常常为路人送水喝。夏天,树下就成了免费的茶馆,也成了说故事的地方。歇息的人三三两两,走了一拨又来一拨,把树下的一排石台磨得溜光水滑。

人们喜欢槐树,是因为汉代有人认为"槐树"有望怀之意。在槐树下怀念远方的亲人,期望早日相会,进而衍生成了一种文化现象。旧时,有名的地方和大户人家都喜欢栽槐树,槐树还是身份和地位的象征。《周礼·秋官》记载:周代宫廷外植三棵槐树,三公(太师、太傅、太保)朝见天子时,均站在槐树下候旨。后人用三槐树比喻三公,槐树成为三公官位的象征,槐树也成了我国著名的文化树种,民间也称槐树为国槐、家槐。

大槐树在民间具有神秘色彩,留下了许多美丽的传说。据说,有位赶集的人患了喉疾,喉咙嘶哑,言语困难,感到疼痛。槐树的主人得知后,就取槐树莪(槐树上长的一种食用菌)让患者回家烧水喝。患者饮用后便告知治愈,将红绸布系于槐树上,以示敬谢,并感谢了迟家。慢慢地,十里八乡的百姓有个头痛脑热、咽喉发炎的小病,都向迟家讨要槐树莪冲水喝,均有疗效。据说,村中有个小孩连续睡了几天不醒,家人怎么呼喊也没用。有人说是小孩的魂魄走丢了,家人就去大槐树下叫魂。家人叫了一会,回家用一根小槐树枝在小孩的身上摆动了几下,小孩果真醒了。小孩告诉家人是自己迷了路,听见家人的呼喊,按照大槐树标示的方向回到了家。家人高兴地称大槐树是神树,并在大槐树下摆了供品,挂了红彩绸。后来,村中有昏迷不醒、小孩走失的都到大槐树下叫魂,往往能见奇效。传说,村中有个常做善事的老汉做了一个梦,梦见槐树的真神在芝罘和福山城里帮助村中的几个商人做买卖。商人富了后不忘乡亲们,个个乐善好施,救济贫穷的人摆脱困境,为公益事业捐款捐物。如果哪个商人有自私自利之心,大槐树的真神就会叫他破产。这个梦一传开,人人都学着行善积德,做善事,做善良的人,村民们相处更加和睦了。

1947年冬,国民党军队进入福山县,有百余个官兵住在村西北的"天齐庙"。他们在庙周围挖战壕,修工事。因材料不足,国民党官兵盯上了迟家的大槐树。官兵欲屠刀相加,村民苦苦哀求。无奈国民党官兵置民心众愿于不顾,挥刀向大槐树砍去,斧斧伤民心。相伴村庄几百年的大槐树枝叶脱落,因为槐树太高大,砍了几天时间,主干仍然高傲地挺立在村旁。国民党官兵还要继续砍伐。树主人就和村民经过商量,夜里在大槐树下摆上供品,焚香烧纸,向大槐树祷告说,因为时局动乱,无法保留神树,不能让大槐树落入民国党官兵的手中。祷告完了,迟家人和村民含泪把大槐树的主干伐倒了,分成许多块,浇上煤油焚烧。迟家人和村民见到火焰中飞出一只金凤凰,在村庄的上空盘旋。人们想这是大槐树的树神还在继续保护着村庄的安全;保佑着村民安居乐业,幸福安康。

(三)槐树教人救人

在福山城北宋家疃村的肖氏门旁有棵大槐树,已有几百年历史。大槐树留下了许多美丽的传说。

在很早以前,宋家疃村祖上传下来制秤的老手艺在十里八乡非常有名,他家做的秤公平标准,远销栖霞、芝罘、蓬莱等地,就连在北京、天津、大连、青岛做生意的福山人也喜欢用宋家疃村的秤。为什么宋家疃村的秤这么标准? 这里还有一段故事。

一天,宋家疃村的秤铺里来了一位商人。商人要求师傅做几只实重九两但看起来是一斤的称,再做几只实重一斤一两但看起来是一斤的称。商人问能不能做出来。制秤的师傅答,完全可以。商人说做出来了多给工钱。生意商量好了,师傅问为什么做这种不标准的称。商人说要用九两等于一斤的秤卖货,用一斤一两等于一斤的秤往家收货,这样可以赚钱。商人付了定金,就等着用这种秤发财了。夜里,制秤的师傅梦见大槐树对他说:"称为十六个星(旧时秤是十六两为一斤),不说北斗七星和天枢六星,就说后面的福禄寿三星,做生意的人少给顾客一两,就折去五福;少给二两折禄,永远当不上官;少给三两,就必将折寿,成为短命的人。你作为制秤的人做这种鬼秤(鬼秤泛指用秤的时候耍鬼的人),比使用鬼秤的人罪恶更大。凡是使用鬼秤的人,死了都要下地狱,要用秤钩挂着头朝下来受刑。做这种秤害了自己也害了他人,太不道德了。不做善事哪能得好?"制秤的人醒了,看看家里还有大槐树留下的几片树叶。他想,这真是一件大事,不可小视。第二天他把这事告诉了所有制秤的人,千万不要做鬼秤了。几天后,商人来取秤,师傅把槐树说的话告诉了商人,商人也不敢用鬼秤了,就买了几只公平秤走了,从此宋家疃村制的秤,标准公平,分毫不差,还免费为生意人校对标准秤,在当地传为佳话。

宋家疃村的大槐树,在北面永福园等村进县城的必经之路上。许多人都爱在大槐树下纳凉歇息,谈天说地,常常赞大槐树让人公平交易,不用鬼称。一天,永福园村的肖老汉在大槐树下歇息,迷迷糊糊地睡着了。他恍恍惚惚听见大槐树告诉他夹河要发洪水,叫他快快通知村民躲水害。肖老汉不敢误了大事,立即回村报信。人们纷纷离开了村子躲避。傍晚,大水果然来了,淹没了村庄,但是村中无一人畜死亡。人人都认为大槐树太神奇了。大水过后,村民们就自发组织起来给大槐树摆供品、挂红,宋家疃的村民也打起鼓,以示庆贺和感谢大槐树的救命之恩。

大槐树默默地保佑着宋家疃及周围的人们,人人视大槐树是自己的保护神。可是1947年春天,大槐树没有发芽,像死了一样。秋后国民党官兵侵入了福山。他们为了修碉堡、筑工事,到肖家门旁来砍伐大槐树。大槐树被他们砍倒了。但是,国民党官兵一看恼了,大槐树的心全部空了,不能做木料用了。人人都说,大槐树知道敌人要来,一气之下,树心空了,自己也死了,没有留一点东西给国民党官兵,这就是天意吧。

说来也巧,后来在原来大槐树生长的地方又长出一棵槐树,全国解放了,槐树也获得了新生。

(四)大槐树与小龙的故事

传说,在福山南部的某村有个刘老汉,他家旁边有棵大槐树。因为年代久了,大槐树有个树洞,但还是枝叶茂盛。过路的人常常在树下歇息,当地的农民也在树下纳凉,凑到一起讲些民间故事。刘老汉心眼好,免费为过往的人送些茶水,人人夸他是好人。

一年,大槐树的洞里爬出一条蛇,被人打得头破血流,奄奄一息。刘老汉得知后就告诉打蛇的人,蛇是小龙,不能伤害。他把蛇弄回家,给蛇抹了药,包好了伤口。蛇在他家养好了伤,像感恩似的在刘老汉面前摇头摆尾。刘老汉就对蛇自言自语地说:"你是小龙,人们对你还是有恐惧心理。我在家里养你也不方便,你还是找个合适的地方去住吧。"小龙好像真听懂了刘老汉的话,就爬出了刘老汉的家。刘老汉就跟在后面看看小龙要到什么地方去。他见到小龙又回到了大槐树里。刘老汉就说小龙,不要随便出来,免得被人误伤。就这样,刘老汉和蛇再也没有见过面。

一年春天,村里有许多人得了咽喉肿痛的病,刘老汉也没有幸免。刘老汉发着高烧,浑身酸痛,喉咙无法吞咽食物,已经好几天汤水不进,卧床不起了。这天,天刚蒙蒙亮的时候,就见小龙驮着一些槐树荚,来到了刘老汉的家。刘老汉一看是他救过的那条蛇。小龙长粗了,也长长了。刘老汉就问小龙驮的东西是不是救命的药。小龙摇头摆尾地表示是。刘老汉撑着身子,把槐树荚煮了水喝。几天后,刘老汉的病全好了。他出门一看,槐树上有许多槐树荚,就告诉村民用这个煮水喝能治好咽喉病。有村民一试,果然有很好的效果。这个方法很快就在全村传开了,人人都治好了咽喉病。有人问刘老汉是怎么知道这个法的。刘老汉就把救了小龙到小龙送药的过程说了。人们就在大槐树下摆上供品来感谢小龙,还为大槐树挂上了红彩绸。

后来,村民就在农历二月初二龙抬头的日子和清明节时,在大槐树下为小龙摆放供品,为大槐树挂红彩绸。对大槐树和小龙的感恩之心就在村民的心中深深地扎下了根。一年夏季的夜里,刘老汉梦见小龙告诉他,村南的河里要发洪水,小龙要去挡住洪水,保护村民生命财产的安全。果然几天后,大雨倾盆而至。眼见着洪水就要淹没村子了,只见小龙把身子横在河边上,挡着洪水。洪水多高小龙的身子就多高。这一切,和小龙有缘的刘老汉看得一清二楚,但是,村民们却没有看到。洪水退了后,小龙因为劳累过度,已经无法行动。刘老汉就问小龙怎么能救它。小龙告诉刘老汉,自己元气大伤,只能化作一条土岗,永远留在河边保护村民的安全。刘老汉一直在河边守护着小龙。第二天早上,刘老汉一看小龙的身体果然变成了土岗。当人们看到河边多了这条土岗的时候,刘老汉说出了小龙为了救村民付出的一切。人们才知道这是小龙的化身,都为小龙的精神而感动,纷纷在河边为小龙烧香磕头,摆放供品,感谢小龙。

后来,村民在土岗上盖了小龙庙。在久旱无雨的时候,人们常常来小龙庙求雨;逢年过节人们也来土岗和小龙庙拜拜。从此,这里的人们过上了幸福的生活。

文庙菊花会

文庙,是纪念孔子的庙宇,也被福山人俗称为"圣庙"。据说,福山的孔庙是山东省第二大孔庙,比曲阜的孔庙小,是胶东半岛最大的孔庙。旧时这里年年举办菊花展会,还留下了一段民间故事。

据说,福山东北关赖氏家族和城西村王氏家族的人都酷爱菊花。他们自发把家中种植的菊花拿到文庙,供人们免费观赏。最多的时候,菊花达到了几百盆,得到了观赏者的好评。夜里,菊花放在文庙里,由一个看管文庙的姓刘的人照看。菊花盛开的时候,散发出阵阵清香,沁人心脾。一天夜里,老刘睡不着。他借着月光往摆放菊花的地方看去,忽然见到有人在看菊花。他定神仔细一看,原来是庙里孔子的塑像出来了,正在仔细地看着菊花。老刘也不敢出声。约一个时辰的时间,孔子又回到了庙里。第二天一大早,老刘来到孔子的塑像前仔细一看,塑像的脚上还粘着外面的泥土。第二天夜里,老刘留了个心眼,躲在暗处等着孔子出来看菊花。果然,月亮出来的时候,孔子又出来看菊花了,约一个时辰后回到了庙里。老刘来到孔子的塑像面前,听到孔子累得呼呼喘气。老刘就选了几盆最好的菊花摆在塑像前,每天更换。以后,孔子再也没有出来看菊花。老刘就把孔子看菊花的事告诉了养菊花的人和来看菊花的人。人们就都先来参拜孔子,后看菊花。人们都说孔子看了的菊花,能给自己带来吉祥和福寿。

　　就这样，在两个大户人家的操办下，菊花展览会每年都在文庙举办，既供奉了孔子，也给福山人带来了美的享受。由于两家都在外地有生意，后来就陆续从外地引进了许多名贵菊花品种，细丝的有十丈珠帘、桃花红线、十月飘雪、十丈瀑布、十丈垂帘，球形的有黄虎球、粉虎球、黄鹤楼、白雪塔、粉绣球，宽瓣的有虎啸、帅旗、金盘托桂、银盘托桂、红十八、粉十八，还有灰鸽、粉毛刺、白毛刺、绿毛刺、金背大红、粉脸荷花、绿云、绿牡丹、墨菊、墨牡丹、墨龙、风雪飘环、金钩挂月、金发女郎等品种。他们还引进了小朵的菊花品种制作菊花盆景。在他们的带领、影响下，福山的其他大户人家也纷纷养菊花参展，有的人家还雇了侍理花卉的工匠。福山的商号和富户，家家都以摆放菊花等鲜花为荣耀，可以自己欣赏，也可以招揽生意，美化环境。福山城区养花和爱花的习俗蔚然成风。

福山上的玫瑰哪里去了

　　福山，位于县城西北5华里，城西村北面。相传，刘豫被敌兵所追，败退后躲避在福山的玫瑰丛里，逃过了敌兵追击，保住了性命。刘豫庆幸地说："此山乃福山福地也。"后来他当了皇帝。因为皇帝来过此山，县名就改叫"福山县"。后来福山上的玫瑰慢慢没有了。究竟哪里去了呢？故事还得从头说起。

　　传说，天上有花仙子，专门管着地上的这种花卉。一年，王母娘娘过生日，命令花仙子下凡到人间摘百花来助兴。花仙子摘了许多奇花异草，有牡丹、梅花、水仙、菊花、仙客来和杜鹃等。玫瑰盛开的季节，花仙子来到福山上，看到争奇斗艳的玫瑰比什么花都好看。她摘了红色、紫色、黄色、粉色和胭脂红色的玫瑰花，要带回天宫为王母娘娘过生日。她在福山大集上游玩，看到福山的小吃琳琅满目，有福山大面、焖子、叉子火食、福山烧鸡、包子、饺子，还有卖熟蟹子、熟鸡蛋、熟海螺、炒花生米的。花仙子贪吃，就吃了起来。她吃得过了量，就开始闹肚子。她在福山城里住了几天。听说福山有八大景，她感到好奇，就到各处把福山的美景看了个遍。她在磁山上空往北一看，蓬莱仙阁就在眼前。她带上玫瑰花，到了仙阁，要看看八仙得道的地方。她还进神仙洞看了看。花仙子感到真是不虚此行。这时，她看到了蓬莱娶媳妇的场面。新郎和新媳妇都坐着花轿，非常热闹。抬嫁妆的队伍浩浩荡荡，大柜小柜，桌椅板凳，样样俱全。随轿的媒婆高声喊道："新郎娶亲美美美，姑娘坐轿头一回。欢天喜地拜了堂，拉着媳妇进洞房。"花仙子想，人间的生活真是美好，男女成亲不像天宫那样没有自主权，得王母娘娘选，玉皇大帝批。花仙子叹了口气，由蓬莱往西向天宫走去。

　　花仙子一会儿在云端前行，一会儿在地上行走。她来到掖县（今莱州）地界,突然看到一个身上背着书箱的公子昏倒在路边,手里还拿着一本书。花仙子就吹了一口仙气,把公子吹醒了。她得知公子名叫德福,是个举人,在进京赶考路上因为劳累过度昏倒了。花仙子帮助德福背着书箱,来到德福家。花仙子一看,家里只有一个多病的母亲。花仙子就在德福家侍候德福和他母亲。为了保护好玫瑰花,她把玫瑰花枝暂时插在德福家的地里。花仙子侍候了德福和母亲约半个月的时间,对德福也产生了爱慕之情。花仙子就说父母已过世,自己孤苦伶仃一个人,愿意嫁给德福为妻。德福和母亲都非常高兴和满意,就请了亲戚朋友,按胶东婚俗举行了婚礼。全家人高高兴兴地过了几天。眼见着王母娘娘生日就要到了,却总不见花仙子返回天宫。王母娘娘就派两个天神下凡找花仙子。天神在莱州一看,花仙子已嫁给德福,就回天宫报告王母娘娘。王母娘娘下令捉拿花仙子。花仙子不得不从,就来到地里取玫瑰花。可是玫瑰花在地里扎下了根,花也凋谢了。天神一看花仙子无法回天宫交差,同情花仙子,就回天宫谎报王母娘娘说,花仙子得了重病无法回到天宫,只好在人间养身体。王母娘娘忙着过生日,就没有再过问花仙子的事。

王母娘娘过完生日后,下到人间看望花仙子。花仙子请求王母娘娘不要把她带回天宫。王母娘娘看德福和他母亲都是善良的农家人。德福的母亲告诉王母娘娘,新媳妇如何的孝顺,又机灵又能干,真感谢苍天赐了个好媳妇给她。王母娘娘看到花仙子和德福夫妻恩爱,也不忍心拆散他俩,就同意把花仙子留在莱州。她担心花仙子在人间生活困苦,就和花仙子来到当初放玫瑰花的地里,摘下自己头上的一朵头花,向玫瑰花丛中扔去。这时,就见满地的玫瑰花都变成了月季花,各种各样,有日食黄、明月、皓月、阳光锦、赛太阳、紫龙和天地红等。王母娘娘告诉花仙子,要和德福好好打理月季花。每年玉帝和她过生日,都叫其他花仙子来采月季花庆贺。后来,花仙子和德福就以卖月季花为生。他们还把月季花苗送给乡亲们,使莱州遍地盛产月季花。可是,福山上的玫瑰花却慢慢枯萎了,变成了一种叫"刺梨蓬"的植物。这种植物和月季花同科,可以用来嫁接月季花。福山上的玫瑰花默默无闻地当了月季花的幕后英雄。一年,玉皇大帝和王母娘娘过千岁生日,告诉花仙子和德福,需要许多的月季花。花仙子就求两个天神帮忙,把莱州的月季花种子撒遍胶东大地,胶东从此就处处都能见到月季花。玉皇大帝和王母娘娘过完了生日,为了表彰花仙子和德福的功劳,就请花仙子和德福到天宫住了几天,让德福看看天宫的美景。他俩回来后,花仙子就生了一对龙凤胎。据说,花仙子的儿子考取了状元,德福、女儿和花仙子继续养护月季花,使莱州的月季花经久不衰,为当地人民增加了收入,美化了环境。

五、习俗传说

桃木牌位的由来和传说

传说,过去福山人家中的祖宗牌位,大多数都是桃木制作的。这是为什么呢? 这里有一段故事。

有一对老夫妻老来得子,老两口都很溺爱孩子。这孩子从懂事开始,就和其他家孩子不一样,不但不听母亲的话,还经常偷窃,随着年龄的增长开始打爹骂娘,把爹娘气坏了。几年后父亲早早离开人世,可这孩子变本加厉,对母亲不孝,真是马尾提豆腐——没法提了。母亲对他是热豆腐掉在灰里——吹不得,打不得。于是这孩子成了远近闻名的浪荡公子。

时间一年一年地过去了。一年春天,满山桃花开。这浪荡公子上山游玩,来到一棵桃树下,忽然听到小鸟叫个不停。他一看,在桃树上有一窝雏鸟。这时,一只老鸟嘴里叼来个小虫子喂小鸟。老鸟来来回回几十次,小鸟都吃饱了,也不叫了。过了一会儿,老鸟又把窝里小鸟的粪便清理了出来。又过了一会儿,老鸟叼着草来为小鸟筑窝。这时,小鸟又叫起来。老鸟又叼来小虫,一次又一次地喂小鸟。就这样来回往返着,不知道有多少次,可把那只老鸟累坏了。浪荡公子看了一下午。就在这时候,母亲来叫他回家吃饭。他来到自家地里一看,地都被母亲锄完了,就和母亲一起回家了。

母亲在前,儿子在后。儿子走近母亲,看到母亲后背的衣服都被汗湿透了,用汗流浃背来形容一点没错。儿子一边走一边想,母亲就像那只老鸟一样,太辛苦了,就上前接过锄头扛到了自己肩上。母亲想,今天太阳打西边出来了吗? 十几年来,这个横草竖草都不捏的儿子,怎么今天主动帮自己拿锄头呢? 母亲心里美得不知道说什么是好。回到家里,母亲高兴得也不觉得累了,就开始做饭。儿子无事,还在想着那老鸟喂小鸟的事。这时,天下起了大雨,母亲将自己的衣服披在儿子的身上。很快饭做好了,母亲端上饭菜,和儿子吃了起来。儿子一边吃一边告诉母亲,今天看见老鸟喂小鸟的事。母亲说:"好看你还继续看去吧。"一连几天,儿子看见太阳出来的时候,老鸟张开翅膀为小鸟挡太阳;凉了就搂住小鸟为小鸟取暖；下雨就用身子保护着小鸟，怕小鸟被雨淋着。儿子就问母亲，为什么老鸟对小鸟这么好。母亲就问儿子："娘对你好不好啊？"儿子回答，好啊。母亲就说："天底下没有母亲不爱护自己孩子的，动物也不例外，就连老虎也不吃自己的孩子。有一年你风寒发热，大雨天我就用被包着你去找郎中看病。回来后你吃了药病好了，我一病就是三天没爬起来，是让雨淋着了。"说着，母亲就掉下眼泪来。儿子问母亲为什么不吃药。母亲说："当时家里的钱只够买你一个人吃药，我命大就扛过来了。"

儿子就这样一次次地看老鸟喂小鸟，小鸟都出窝飞行了。母亲就通过老鸟喂小鸟的事，教育儿子应该做一个忠孝的人。久而久之，儿子开始学好，白天帮母亲种地，晚上就找读书人学字，冬天大雪封门，儿子就一天到晚学习读书。他天生聪明伶俐，看书过目不忘。教书先生说，他是块好材料，能成大器。经过几年的学习后，这孩子孝敬老母，对人对事也处理得非常好，第一年参加科举考试就中了进士，母亲也过上了好日子。后来他当了一个清官。据说，在南方的某城市还有这孩子当官时的功德碑。

老母亲因年迈过世了，儿子就在福山为母亲购得一块墓地。儿子又想起当年桃树上的鸟窝，是它改变了自己的人生。他想到母亲为他付出了太多太多，就将母亲葬在了那棵桃树下，并选用了优质的桃木给母亲制作了牌位。从此以后，这件事就在福山传开了，也留下了一个习俗，就是用桃木来制作祖宗的牌位。

倒贴福字传说两则

（一）

自古今来，福山县被誉为宝地和福地。福山人又对一切与福有关的事物都很重视。很早以前，有一大户人家家财万贯，可是从未出过官人。老东家一直盼着后人出官。有一年春节前，老东家自己精心画了一幅四尺的蝙蝠作品，送到装裱店装裱。装裱店的伙计无意中将蝙蝠装得头朝下了，成了一幅倒画。装裱店掌柜一看，计上心来，在画的一处题写道："天官赐福福来到（倒），皇榜喜报必来到。"装裱店掌柜对伙计说："只要你在老东家面前说他家能出官，他能乐得三天合不上嘴。"老东家取画时，一看题字"福到（倒）官到"，连说："好，好！"春节来拜年的人看到画作后也都说有新意，福到官来发大财。无巧不成书，当年老东家儿子果然考取了功名。为庆贺儿子中官，老东家又请了装裱店的掌柜，写了 100 个福字，倒贴在家中门里门外各显眼处。就这样，一传十，十传百，福山县的周边地区,春节的时候都喜欢倒贴福字。

(二)

很早以前,有一个专写照壁的匠人,有一天,他为一大户人家写照壁。大户人家的老太爷说写得好有赏钱,但要求必须有新花样,有说辞。匠人苦思苦想了一番对老太爷说:"我要写好了福字,赏钱要比工钱还多。"老太爷说,好汉一言既出,驷马难追。匠人写好了照壁后,请老太爷观看。这个匠人留了个心眼,福字有一处没写完整。他对老太爷说:"我知道你和县太爷私交很深,请县太爷来赐福吧!"老太爷看不懂所写照壁的寓意,就命人请来县太爷。匠人想,当着县太爷的面讲明照壁的寓意,老太爷也不敢不给赏钱。这时门外大声喊道:"县太爷到。"县太爷看了,也不理解照壁的意思。匠人就对老太爷和县太爷说道:"我是匠人,所写福字没有灵气,请县太爷赐福才有灵气。"县太爷感到脸上有了无限光彩,就赐写了完整的福字。老太爷和县太爷要匠人说说照壁的寓意。匠人说,县太爷为龙和狮子开眼开光,龙和狮子才能有灵气;县太爷赐福才能五福齐临。县太爷大喜,还给了赏钱。匠人就开始讲照壁的寓意。匠人说道,县太爷点福福无边,灵气就来了。天赐福来倒下来,高官厚禄全都来,地赐福来福常在,永葆东家发大财。四方蝙蝠加中福,卐字连着寿字来,就叫福寿双全。东家已四世同堂,四角蝙蝠加中间大福字,必是五世同堂。匠人又说,四方来福加县太爷中间赐的洪福,是托县太爷的福,真是五福同在。县太爷说,太好了,要东家必须重重有赏。东家给了匠人赏钱。县太老爷说:"看着上面的两个蝙蝠头朝下有些不妥,照你这一说,是天福到了,还挺有道理的。这么一说福字也可以倒贴了。"匠人和东家都说是。县太爷说:"拿红纸和笔墨来。"县太爷就写了两个福字倒贴在老太爷的厅堂。老太爷设下酒宴,几个人欣赏着倒贴的福字,喝着美酒,好不高兴。正高兴的时候,有人来报:"请大人接旨,贺县太爷升迁。"众人向县太爷贺喜。接着,又有人来报,给老太爷贺喜,贺喜老太爷家又添了重孙子,已是四世同堂。众人都说倒贴福字福无边,县太爷赐福福双至。县太爷下令,大宴三日,款待百姓,分发福字,回家倒贴。就这样,在福山留下了两个习俗,年节福字都要倒贴,写照壁找官家人点福和赐福。

腊八粥的传说

农历十二月,是民间祭祀祖先的日子,俗称腊月;十二月初八,俗称腊八,人们在这一天要喝腊八粥。

在福山民间,喝腊八粥还有一个传说故事。传说从前有对老夫妻,他们有个儿子,老夫妻对儿子从小娇生惯养,从来不教育儿子劳动,儿子很懒。后来,儿子找了个媳妇,也是一样懒。一天,老两口不在家,小两口都懒得做饭吃。两个人都不想动,在炕上躺着。男人发现炕上有一些熟豆子,就拿着吃了起来。媳妇更懒,就趴在炕上吃。男人说她用手抓着吃快一些。媳妇说,还用手干什么,费那事。吃完了豆子,二人就喝了点凉水,结果胃肠不适,开始拉肚子,好几天臭烘烘的,人人见了他俩都烦。小两口从来不洗脸。一天,男人出门被大雨淋了,脸上的灰尘被雨冲走了。男人回来后,他老婆都不认识他,想这是谁家的白脸小伙?一次老婆出门,一阵风刮来,从她头上掉下来些东西。路人告诉她头巾掉了。媳妇根本没有围头巾,只是感到头上轻快了许多。路人走近一看,原来是媳妇头上的灰尘和落发卷成的东西掉了。小两口懒得出了名,真是懒猫陪懒狗——懒上加懒。

后来,老两口去世了,剩下小两口。他俩不管有什么活计,总是能懒就懒。大雪封门的寒冬腊月,家里已经揭不开锅了。腊八这天,小两口扫米缸扫面缸,好不容易找了点五谷杂粮,在家里熬粥喝。可是,因为连续下了几天的雪,加上刮大风,小两口刚刚盛出的粥还没有来得及喝,他们住的房子就塌了,把小两口压在废墟里。邻居们想,小两口就是压在里面也懒得出来,怕他俩死了,就把他们救了出来。结果媳妇死了。男人有气无力地说,都是自己懒的后果,刚刚熬的粥还没有喝就出了事。他念叨一句"腊八粥啊",就一命呜呼了。邻居就用他说的腊八粥为他俩祭祀了一番,把他俩埋葬了。

后来,人们就在腊八这天喝腊八粥,来教育人们要勤劳致富,自食其力,不能步那小两口的后尘,成了懒人,死于非命。在佛教和小两口故事的影响下,福山腊八喝粥的习俗延续到了今天。

腊八这天福山还要憋腊八蒜、打辣菜、制作酱茄子、腌八宝菜、炸酱豆、制作灰豆腐等,准备过了腊八换饭食用。在福山,腊八这天还要吃面条,有"立冬的饺子腊八的面,吃了赛神仙"的说法;民间还说"过不完的日子,忙不完的年"。腊八过后,还有许多春节前要做的事,妇女们开始制作家人的新衣服准备过年穿,还要剪窗花春节贴。

正月十五祭海的传说

据传说,福山北海边上有一户渔民。过了年没几天,家中因为孩子多,生活十分困难。眼看着就要无米下锅了,家里的男人没有办法,就出海打鱼了,可是一连几天,北风一直刮个不停,老婆孩子都饿得站不起来了。

男人又来到海边,发现海岸上潮上来几条有剧毒的廷巴鱼(河豚)。男人看着鱼就想,家中生活这样困难,活着又这么受罪,不如一死了之,就把毒鱼拿回家来。家里人都饿得躺下了。男人把鱼煮成了鱼汤,看看一人一份还不够,就把院子里的干饽饽花连叶带花弄了一些下锅煮了。他叫醒了家人,每人都喝了一碗鱼汤。男人看着心如刀绞,就到了院子里,用高粱秸扎了三支高香,用雪堆了几个墩来当大饽饽。他点上高香,喝了这有毒的鱼汤,就上炕躺下等死了。慢慢地,他们睡着了。

再说北海龙王。几天的大风刮得海里不安宁,他就到岸上的渔村游荡。他一看这户人家烧着高香,饽饽还特别大。他再往室内一看,全家好几口人都奄奄一息,是吃了有毒的鱼所致。北海龙王就吹了一口龙气,解除了鱼的毒素,并告诉家中的男主人和他老婆说:"高香引了海龙来,全家性命我安排,明日海上把鱼抬,再要轻生我可怪。"家中男主人醒来发现无事,就叫醒老婆。他老婆起来也无事。两人都说起睡觉时听到北海龙王的话,便叫起全家人讲了此事。得知是北海龙王救了全家人的性命,男主人说,今天一定能打着鱼,就叫了许多渔民出海打鱼。那真是神了! 网网鱼满,船船满仓。高兴之余,男主人告诉所有渔民正月十三晚上发生的事情,就在正月十五这天,从早上到晚上,渔民家家到海岸和船上祭拜海龙王等海神。所以,北海边的渔民就流传下来了从正月十三到十六祭海的习俗。渔民生活一年比一年好,祭海场面也一年比一年大。

祭海的时候,人们还要到龙王庙和海神娘娘庙祭拜。傍晚家家户户送渔灯,海中星星点点,岸边焰火五彩缤纷,把渔村映照得火红一片。现在,福山的祭海活动已成了重要的民俗文化品牌。

猜灯谜的由来

说起灯谜,必须先说灯会。灯会是旧时每年正月十四至十六的花灯展览。传说有个宫廷侍女叫元宵,在春节后的几天里,非常想念家人,整天愁眉苦脸。大臣东方朔见了,问其为何悲伤。元宵回答,是因为想念家人。东方朔得知后就请旨皇上,批准元宵回家探亲。元宵是个织锦能手,她给邻居带了一些锦缎为礼品。这天正是正月十五,邻居们都非常高兴元宵姑娘能回来,夜里都把春节挂的灯笼点上以示祝贺。晚上,皇帝出宫赏月,见到元宵姑娘家的街上,家家户户挂着大红灯笼,把天映得通红,非常壮观。皇帝不解地问大臣,百姓为什么挂灯笼。大臣一打听得知,是为了感谢皇上叫元宵姑娘回家看望家人,感谢皇恩浩荡。皇帝高兴地回到了宫。东方朔见皇帝如此高兴,就问皇帝为何高兴。皇帝说,高兴之事是由东方朔引起的,因为是他奏请才放了元宵姑娘的假,民间因此而张灯结彩来谢恩。东方朔是个精明的人,就告诉皇上,正月十五是一年中的第一个月圆日,元宵姑娘和家人团聚了,是花好月圆的吉利日子,应该庆贺。皇帝一高兴就说,那就把每年的正月十五叫元宵节,家家挂灯笼以示庆贺,祝愿天下百姓团团圆圆,五谷丰登,永保太平。就这样,留下了每年的正月十五挂花灯和逛灯会的习俗。人们又叫正月十五是元宵节、灯节和上元节,又演变出了正月十五的庙会、大秧歌表演、祭海等民俗活动。

在灯会上猜灯谜,是灯会的一项重要游戏活动。那么灯谜是怎么来的呢?

传说,自正月十五挂花灯的风俗兴起后,凡是喜庆的日子都挂花灯以示庆贺。宫廷中有个扎灯笼的高手叫高亮,他扎的灯笼非常精美,上面有精美的剪纸,还有画的人物、山水、花鸟、鱼虫等内容。快到正月十五的时候,高亮扎的灯笼供不应求,造办处的官员批了许多条子,叫人来找高亮要灯笼。高亮和手下的人做不出来那么多灯笼,急得团团转。他苦思冥想了一个办法,就是自己出几条谜语,叫来取灯笼的人回答,回答正确的人才有灯笼。他的灯谜有"四高"和"四低":皇宫里什么高,什么低?天上什么高,什么低?人间什么高,什么低?地里什么高,什么低?高亮还出了下面两个灯谜:"一夜连两岁,五更分二年",要答是什么节日;"头戴大红花,脚下大钢叉,叫声三遍起,快快下地去",要答一动物。高亮的谜语出来后,许多来要灯笼的人答不出谜底,只好两手空空地回去了。有人把此事报告了皇帝,说高亮对皇帝不忠,不给灯笼,并要求皇帝治高亮的罪。皇帝就把高亮唤到了大堂,问他为什么用谜语当借口不给大臣们灯笼。高亮胸有成竹地说,有的大臣都不知道什么高,什么低,在皇帝手下为官也不是好官。皇帝就叫高亮说说四高四低的谜底是什么,如果不合理要治高亮的罪。高亮就说出了谜底。他说:"皇宫里什么高,什么低?应该是皇帝高,大臣低。天上什么高,什么低?应该是玉帝高,众神低。人间什么高,什么低?应该是父母长辈高,儿女子孙低。地里什么高,什么低?应该是黄瓜高,茄子低。可是有的大臣说,皇宫里是金銮殿高,茅厕低,简直一窍不通,竟然不知道皇宫里皇帝最高。"皇帝听后很高兴。高亮接着说,天上是玉帝高,众神低。有人说是云彩高,天河低,这个也不对。更有笑话,有人还不知道父母高,子女儿孙低。还有人忘了农民的辛苦,不知道黄瓜高,茄子低。高亮反问皇帝,这样不忠于皇帝,不孝敬父母的人,能是好官吗?皇帝听了感到很有道理,心中大喜,就又问高亮,一夜连两岁,五更分二年,是什么节日。高亮回答,就是过年。皇帝一听确实如此,心想一个扎灯笼的人还有如此学问,大臣们应该向他学习,不给灯笼是正确的。于是皇帝赏赐了高亮等扎灯笼的人,还下令给造办处,凡是年节的时候,来拿灯笼的人都要猜对谜语才能给。许多人为了得到灯笼都开始学习猜谜语,后来就有了猜灯谜的活动。正月十五的时候,皇帝也带头在皇宫里猜灯谜。慢慢地,猜灯谜从宫廷传到了民间。在正月十五的灯节上,民间就流行开了猜灯谜活动。

哄哄的由来

哄哄(别名混混),是一种可以吹奏的民间乐器,属低音乐器,在旧时的红白喜事上常用。俗话说:"大杆号唢呐吹出点,哄哄跟着瞎胡闹。"这说明哄哄是民间的主要乐器。

老辈人叫吹奏乐器的人为"鼓手匠"或"吹鼓手",主要乐器有大杆号、唢呐、管子、捧笙、笛子、箫和哄哄。鼓手匠们都是贫穷的人,属"下九流",现在都称呼他们为艺人。过去谁要能有这么份苦差事干着,也算是能吃上饭了。有一个老艺人听他师傅讲了一段关于哄哄的故事。

很早以前,有个鼓手班的班头,生意挺多,人手也多。许多吃不上饭的人,都想来鼓手班里讨碗饭吃。班主没法安排他们,也很无奈。一次,班主在家修理大杆号。此大杆号缺少喇叭筒,主杆还短了一块。他安上大杆号的哨子一吹,发出了嗡嗡的低沉的声音。经过多次试验,他做出了一种可与其他乐器配合的低音乐器,可以在他的鼓手班里多安排几个人吹奏。可这种乐器还没有名字。他想能混饭吃就行,就起了个"混混"的名字。后来,使用哄哄演奏的时候,内行和外行都感到乐曲比以前的演奏更有味道,招来了许多人看新乐器。

自从有了混混这种乐器后,许多同行都来购买。班主认为混混这个名字不高雅,就把这种乐器取名叫哄哄。

过年挂芝麻秸

旧时,北方地区许多地方过年,都有在门上和其他地方放上芝麻秸的习俗。福山地域也是如此,这与一个皇帝的传说有关。

传说,那是朱元璋当了皇帝的第一年,天下风调雨顺,国泰民安。大年三十,人们都在欢天喜地地过年,朱元璋就穿着民装出来看热闹。当他来到一农户家的时候,听见小两口在吵架。媳妇埋怨丈夫没有挣多少钱,过年的肉买得太少,像个要饭的似的。丈夫就说媳妇:"我现在还没有要饭,就连要过饭的朱元璋都当了皇帝,等着将来,我还能管着朱元璋。"朱元璋一听,怒发冲冠。他想,此人胆大妄为还要篡夺自己的皇位,罪当处死。他要把那人抓回宫去治罪,但是身边又没有兵卒,也没有穿皇袍,无计可施,气得在门口直转。朱元璋转来转去,忽然看见几棵芝麻秸。他把芝麻秸悄悄插在这户人家的门上,做了个标记,就气哼哼地回了宫。

回宫后,娘娘问他为什么生气。他就把此事告诉了娘娘,又叫来了捕头。他命令捕头把门上插着芝麻秸的那个农户抓来砍头治罪。娘娘想,大年三十,普天下的人们都在团圆过年,皇宫在民间抓人又杀人,惊扰民间过节,很不得人心。她就悄悄地背着朱元璋,下了懿旨,命令手下兵卒去农户住的那条街上,把所有的门上都插上了芝麻秸。当皇帝派的官兵来到这里,一看这里家家户户都在门上插着芝麻秸,究竟抓哪户人家也分不清了。官兵无奈,回去禀报皇上家家挂着芝麻秸,无法辨认是哪家。在过年热闹的气氛中,皇帝的气也消了一半,这事就作罢了。

后来,娘娘多次劝解皇上说:"都快过了一年了,那个说诳话的人也没有妨碍到您。再不能为这种琐事杀人了,要多为百姓着想,多造福百姓。"皇帝也为自己的过激行为感到后悔。这事不知道怎么从皇宫走漏了消息,民间知道是娘娘用芝麻秸救了这户人家。后来,百姓就年年在年三十的时候挂芝麻秸祈求平安,认为这种做法能逢凶化吉。过年挂芝麻秸的习俗就慢慢地在民间传开了。

后来,过年挂芝麻秸又演变出来许多说法,比如过年的时候要踩芝麻秸,寓意着步步登高;把芝麻秸放在门口,用来防止灾难进门;把芝麻秸插在粮囤,寓意着粮食丰收,叫芝麻开花节节高;过年时候的水饺叫元宝,煮水饺的时候也要烧芝麻秸,所谓"芝麻秸儿烧烧烧,烧出一锅大元宝,家家日子好好好,芝麻开花节节高"。

六月六的由来

农历六月六,并不是什么重大的节日,但民间始终过着这个节日。这与一个传说有着密不可分的关系。

传说,天宫的一个司粮官在人间巡查,见到一个农妇糟蹋了许多粮食,还自己做白面饭偷着吃。司粮官就问灶神这个女人的为人如何。灶神就说,这个女人真是马尾拴豆腐——没法提的人,她平日不孝敬公婆,虐待丈夫和孩子,坐街头骂大街、说瞎话样样她都数第一。灶神和司粮官就商议,夜里托个梦教育教育她。夜里两个神仙就把她过去做得不对的地方说了,叫她改邪归正重新做人。这个女人却不思悔改,早上起来就对两个神仙破口大骂。司粮官气得吹了一口气,她从此再也不会说话了。司粮官在一片麦地旁边又看见一个放羊的人,眼看着羊在吃麦子也不管。司粮官气得就要把麦子收回天宫。早先的麦子光麦穗就有一尺长,司粮官就在地里把麦穗上的麦粒往下拨。这让村里一个叫爱姑的女孩看到了。爱姑心地善良,孝敬父母,和邻居处得很和睦,人人都夸她是个好女孩。爱姑一看有人在糟蹋麦子,就说司粮官为什么要糟蹋粮食。司粮官就说是因为那个恶女人和放羊的人,他们把好好的粮食糟蹋了。为了要惩罚这里不道德的人,要把麦子收回天宫,从此叫这里再没有麦子。爱姑就说,作为神仙做事太片面了。人还是善良的多,恶人少;爱惜粮食的多,糟蹋粮食的少。可为时已晚,麦穗就剩下很少的一点了。这时候,放羊的人也过来认错,司粮官听了爱姑的话,也觉得自己有点莽撞,就说,如果人间确实是如爱姑所说好人多,就留下剩下那块麦穗给好人吃吧!人们知道是爱姑保护了麦子,都夸她为人们做了一件大好事。

在爱姑出嫁那天,邻居们用白面做了许多大饽饽和花饽饽,为她做陪嫁,感谢她救了麦子。从此,留下了女孩出嫁要带大饽饽的传统。后来,每年的农历六月初六,在收获了麦子后,邻居们就邀请爱姑回娘家做客。慢慢地,六月初六日成为出嫁的女儿回娘家的节日。女儿们用新麦子面蒸饽饽、磕莲子、蒸喜鹊、蒸包子带回娘家,民间也就留下了"六月六,掰开包子一包肉""六月六,大肉包子送舅舅"的说法。

天地棚的由来

在福山,人们多在腊月二十三前在院子里搭建一个棚子,称天地棚,用以祭祀天地神,开始准备过年。

传说,很早以前有个小伙,心地善良,读过书,靠勤劳致富,家里过得挺好。但天有不测风云,一场台风把他的房子刮得支离破碎,无法居住。他就用了四根木棍做立柱,几根横木做横梁,搭了一个棚子来居住。他想,一切都是天地之意,就在棚子里设了一个祭祀天地神的牌位,上书"天地三界十方万灵真宰之神位",还摆上了供品。这就是"天地棚"!后来他通过辛勤劳动,修好了房子,但天地棚的一切保留了下来,小伙家的日子也越过越好。他娶了妻,生了子,送孩子上了学,还常常施舍钱物给学堂和贫穷的人。后来,他的大儿子做起了生意,二儿子考取了进士,他家成了村里的富户。俗话说:"人敬有的,狗咬丑的。"逢年过节,他家人来人往。有人注意到他家逢年过节总是祭祀天地神,还摆着供品,问他为什么这样做。他说,自从有了天地棚,家里的日子就像芝麻开花节节高。他认为天地万物皆有灵,就年年祭祀天地。人人都向往幸福生活,于是就有人家效仿他家,也搭了天地棚。

一次,他的儿子回乡探亲。因为儿子的官比当地县令大几级,当地县令就登门拜访。县令一进门就看见全家人在祭祀天地神,院子里的天地棚装饰一新,牌位上书"天地三界十方万灵真宰之神位",对联右书"苍天佛祖泽吉祥",左书"上帝玉皇佑安康",横批书"天地人间"。县令一看也跟着跪拜。祭祀完了,两个官人就交谈起来。县令说,敬天敬地自古有之,但天地棚少有,是一创举,值得提倡。后来官府就有了不成文的规定,家家都建天地棚祭祀天地,很快就在民间传开了。

后来,福山家家在腊月二十三前搭建天地棚祭祀。明末清初以后,许多大户人家在修建新房屋的时候,在照壁和南屋的北墙上修建了永久的天地神位,民间名曰"天地窝",作为祭祀天地神的新场所。有天地棚的人家,为了常年保留,还在天地棚旁边种上了葫芦、丝瓜、方瓜、紫藤、癞瓜、眉豆、亚腰葫芦等,但忌种葡萄。这样做,既保留了天地棚,又美化了庭院,还收获了农产品,好处多多。在农历七月初七乞巧节,女人们就在天地棚下,庆贺牛郎和织女相会,祈求织女赐双巧手。她们把时令瓜果和巧果摆在供桌上叫织女尝,还把有关乞巧节的剪纸挂在空中,并在地上点燃艾蒿驱赶着蚊虫。她们在烟雾缭绕中看着天空,如同进入仙境。农历八月十五中秋节的时候,家家户户在天地棚下,吃着月饼,赏着皓月,和天地老爷共度团圆之夜。人们点香烧纸,摆着各种各样的供品,祈求天地之神,保佑家家团圆,平安康乐,粮食丰收,万事如意。

现在,虽然天地棚和天地窝很少见了,但是民间祭祀天地的习俗犹存。年节的时候还在院子里,摆供品,烧香烧纸,祈求风调雨顺,国泰民安。这并不是迷信,而是人们对美好生活的向往和期盼。

太平顶庙会与南涂山六合棍

明代时,南涂山六合棍由河北沧州人于秋传入南涂山,多年来遍及胶东大地的福山、芝罘、海阳等地,现已传至国外。

过去,每年农历四月十八日是胶东最大的庙会——太平顶庙会,庙会时连北京、天津、大连的香客都闻名而至。庙会上人山人海,最热闹的是福山秧歌上山表演的时候。秧歌队被香客挤得无法边表演边上山,就请南涂山六合棍的36个人,来边舞棍边开道。

几百年来,太平顶庙会越赶越大,六合棍的名声也越传越远。一年,京城的香客把太平顶庙会的盛景告诉了京都护卫的一个长穗剑武教头,并有声有色地讲述了南涂山六合棍的棍术特点。香客说,那个村里于氏家族的男人们,老老少少都练棍,棍长齐眉,棍法套路多变,出棍必致命,招式中只有攻法无防守,全套路约百式,在当地有"天下第一棍"的说法。长穗剑武教头听后感觉这种棍术必有绝招。他想自己"天下第一剑"的封号不能徒有虚名,一定要会会这天下第一棍的高手们。

这年秋末,武教头来到了太平顶,在看庙的人那里住下,开始打听六合棍的情况。他得知南涂山六合棍因有"六大套路"(六合)而得名,是以齐眉棍为器械,用当地的白蜡树干制成。棍粗细盈把,竖直立起后,与使用者眼眉高度齐平。六合棍术总共分六合,第一合13个动作,第二合20个动作,第三合22个动作,第四合15个动作,第五合21个动作,第六合35个动作,总共126个动作,均有明确的动作名称和动作要领。六合棍练起来要丝丝入扣,灵活完整,博采众家之长。其中挑、刺、劈、撩、扫、打交替变化,分阴阳合八卦,虚实分明,进退有法,快慢有理,棍内藏枪,变化无穷,配合身法步法,勇猛刚健,体用兼备。武教头又打听到六合棍的宗师是于秋老先生,并得知他为人实诚,练棍多年从不以武欺人,切磋武艺点到为数,对来访切磋者以兄弟看待。教头胸中有数心不慌,就选了一个秋高气爽的日子前去拜访。武教头走了一会儿,就来到了南涂山村头。

武教头走到南涂山村东头的一棵大树下,看见几个顽童在玩耍,其中一个孩子来了一个就地拔葱,飞上树摘下了许多树叶做玩具。武教头问孩子们是否认识于秋先生的家。一个孩子指着上树的孩子大声喊:"那是他老爷爷。"武教头一听便知,于秋已是四世同堂。孩子打量一番,抱拳施礼道:"找我老爷爷?请师傅跟我来。"孩子做了一个请的手势走在前面。武教头想,这么小的孩子既有武功又有礼道,真是了不起。很快二人来到了一座四进的院子前,大门敞开着,一看就是来者不拒的样子。孩子一个蹿跳,跨过了五个台阶进去通报,武教头在大门外等候。不一会儿一位老者迈着坚定有力的步伐走出来了,两人互报了姓名,于秋将武教头请进了客房。

武教头走进客房一看,墙上挂着名人字画,有许多是关于于秋师傅习武的题字,最醒目的是"尚武"二字。武教头又看到了"习武者,德必修,德高者,武必精"的警示语,便知道了于秋是个高手。于秋开门见山地问武教头是否来切磋武艺的。武教头答到:"久闻于师傅的大名,想来拜学一二。"于秋告诉武教头:"本家棍法从不外传,切磋中谁能得其一招半式那就是造化了。"于秋又问武教头习武使用什么兵器。武教头答专用京都长穗剑。于秋接过话茬把长穗剑叙述了一番："长穗剑是穗和剑比人身高多一尺，剑刃削铁如泥，剑穗柔中带刚，治敌与剑同功。穗法和剑法精湛者，刀枪不入。"武教头听了连声说道："过奖，过奖。"中午，于秋用正宗的鲁菜招待了武教头，二人约定第二天上午辰时，在南涂山于氏六合棍房的大院切磋武艺。

　　第二天上午，武教头早早来到六合棍房大门前。武教头看见大门旁的一块石头上刻着几行字："访者比我强，进院请过墙；访者不如我，敲门见老朽。"武教头一看不敢贸然。他正要敲门时，于秋叫住了他，告诉他不必敲门，越墙进去就是比武的第一步。二人对视一笑，只见于秋平地跃起，跳过了两丈有余的院墙；紧接着武教头一个箭步也越过了高墙。二人先后落地，只见于秋马步扎得稳如泰山，武教头一着地差点摔倒在于秋面前，于秋拉了他一把才站稳。于秋便说："真对不起，这是棍术站架和运步练功的场地。"武教头看到地上铺了半寸厚的黄豆粒大小的粗砂粒，地面很滑。二人拱手抱拳施礼，于秋带武教头走进北屋。这是五间合一的大屋子，室内的棍架上摆着百余根棍子。棍子长短不一，长的约五尺，短的约二尺，一看便知从儿童到成年用的棍都有。一面墙挂着约百件其他门派使用的习武器械，其中还有长穗剑。据于秋介绍，屋内用来讲棍法和武德，院子是练棍的地方。二人商讨着比武的方式方法。

　　这时，于氏习棍者纷纷越墙而来，儿童从大门进入。于秋宣布："今天是比武的第一场，对打两个时辰。"他又告诉徒弟："你们要好好学习京师武教头的身手和步法。"众徒弟抱拳施礼，向二位师傅高喊："谢谢二位师傅教诲。"于秋请武教头先出手。武教头毫不客气先出了手，使出一个"剑刺上，穗扫下"的招式。于秋来了一个"收棍金弯护膝"，上挡利剑，下扫剑穗。剑客来了一个"飞鹰捕食"，从空中刺了下来，于秋来了一个下蹲步，出了一招"偷步明封一枪"。于秋来了一招"翻身上打一棍"，武教头来了一个"穗拉千斤"。棍子和剑穗绕在了一起，二人打了个平手。徒弟们看到了二位师傅的高超武艺，连连称赞。

　　两个时辰的比武打斗，于秋和武教头不分上下，最后在一片掌声中结束了比赛。于氏习棍者们向武教头问这问那，知道武教头功夫不浅，都很敬佩他。于秋告诉徒弟们："明天上午去夹河边的腊条墩子继续比武。"武教头跟着于秋回到家里。吃完午饭后，于秋的重孙子练了六合棍的前三合套路给二位看。武教头夸奖了一番于秋的孙子，又说，于氏六合棍确实名不虚传，要好好学习六合棍，自己要回太平顶了。于秋就对武教头说："来者是客，按福山规矩哪能叫你走，就在此过夜吧。"武教头再三推脱："这样太打扰于秋师傅了。"武教头坚持要走，于秋就来了个激将法，随口说出："我不白留你一宿，今晚咱俩再来个小比武怎么样?"武教头无奈就留了下来。晚上该睡觉了,于秋抱着被褥来到了武教头的房间陪他休息,进门一看武教头将自己头上的发辫系在墙上的钉子上睡着了。于秋想:"比武的事他还当真了,那我也露一手,来比试比试睡觉的功夫吧。"于是,于秋找来两棵江篙(一种变异的芦苇,比芦苇高而粗)放在窗台上,然后躺在上面也进入了梦乡。鸡叫头遍时,二人醒来,抱拳一笑。于秋表示歉意,而剑客表示非常满意。

第二天上午,二人往夹河边上走,来到棍房前看见许多六合棍武者在此等候。他们向二位抱拳施礼,跟着两人到了一片已收获的腊条地。腊条收获时被镰刀割出的斜茬带尖,一眼望不到边,人脚踩上去,必然刺透鞋底。民间人说:"这种地块牛羊都进不去。"于秋问武教头:"我们俩都不穿鞋,在这地上比武,你看是否可行?"武教头毫不犹豫地答:"没问题。"武教头从身后取下长穗剑,于秋准备好了腊棍。比武前,众徒弟鼓掌欢呼。于秋让武教头出招,只见武教头一招"鹰抓摘心",于秋一个"崩砸一棍"打在武教头腕部。武教头摘心无望,来了一个"穗尾扫目"。于秋举棍来了一个"凤凰三点头",棍把穗尾绕在了棍的前端。打了几个时辰,二人不分胜负。于秋停下来对武教头说:"老弟脚下功夫确实高人一等,我们再去那边腊杆棍小树林里,比比藏身和躲让功夫吧。"武教头一挥手飞身来到小树林里,一个时辰以后还是难分胜负。于秋叫停了比武。二人回来穿鞋之时,观摩比武的一帮徒弟们纷纷来看二人的脚底,二人脚底只是有点发红;另一帮徒弟到腊树林看了看,腊树上没有剑和棍留下的痕印,徒弟们都赞扬二位师傅的武功高超。当天夜里,于秋和武教头闲谈,了解双方武术的长处与短处。武教头提议夜里再比试点什么,于秋爽快地答应了。二人出了大门,来到村南面的打谷场上。于秋请武教头先出招。武教头见到一粮囤,于是飞上了囤,拔出剑来脚踏着囤边,分别舞着长穗剑的108招式,招招式式虎虎生威。武教头舞完了,于秋上了废弃的碾砣。只见他脚一蹬,碾砣转动起来。于秋舞出六合棍的126个动作,剑客看得眼花缭乱,佩服得五体投地。二人互相了解了对方的全套招式和功法,又定下了第三天比武的地点。

第三天上午,二人同六合棍弟子来到了夹河边上的一片江蓠地旁边。于秋指着白色的芦花说:"我们二人在芦花上比试比试如何?"武教头点头答应下来。于秋起身站在芦花上,如履平地,亮出了招式。武教头也上了芦花迎招,身形也是四平八稳。于秋先出一招"横打一拶"。武教头出一招"剑托丹阳",把于秋的棍逼了出去,接着一招"剑穗送怀"正刺于秋心窝。于秋来一式"棍里藏身",躲过武教头直刺过来的一剑;接着,"白蛇吐信"棍像箭一样,来回直刺武教头。武教头使出一招"剑穗齐飞",剑与穗在手中旋转成了一条直线,挡住了于秋的进攻……二人多招多式打了十几回合,不分胜负,芦花四处飘起,卷起来像白云一样。两人在空中上下舞动,腾云驾雾一般,下面的人都看得着了迷。这时,二人同时回到地面。六合棍的弟子中有人说,还没看过瘾。于秋说:"早应该让老弟歇歇了。"他们一起回到村中。第二天中午,于秋请来了南涂山村的村首,用福山鲁菜招待了武教头。食用完了福山大面,武教头请求于秋师傅说,想继续研究研究六合棍的棍法,改日再来拜访。于秋本就是个很爱好习武的人,有着以武会友的侠客风度,痛快地答应了。武教头谢过坐席的人,和于秋师傅道别后,回到了太平顶庙里的住处。

武教头在太平顶庙里三天三夜闭门不出,把六合棍的126式动作要领从头到尾分析研究了多遍,只知"攻是防,防为攻,可谓防不胜防"。他又用了一个多月的时间走遍了胶东大地,访听了有名的拳房和武馆,都没有人能破解六合棍的招式,也没有能胜过六合棍的高手。他又回来把长穗剑的精华招数和六合棍的薄弱处,做了许多研究,总想赢六合棍一招半式。一日,南涂山村首上山拜庙,遇见武教头,武教头托村首捎话给于秋,三日后前去拜访。

三日后,武教头果然来到于秋家。出于礼节,他还捎了两坛老黄酒给于秋。这时已是小寒节气,夹河已结冰一指厚。于秋同武教头商量,能否在夹河的冰上为六合棍的徒弟们表演几招六合棍和长穗剑的对打,让徒弟们开开眼界。武教头很高兴地同意了。于秋的子孙很快把消息告诉了六合棍的徒弟们。在众徒弟的围绕下,武教头和于秋在前面走着,很快来到了夹河岸边。河里的冰锃光瓦亮,薄薄的一层用手指都能捅破。于秋和武教头来到冰上,于秋让武教头先出招。武教头一个蹿跳使出一招"马上锁喉",于秋接招来了一个找"拦马挑灯"躲过一剑。于秋飞起身子使出一招"明封一枪"。武教头来了一招"剑穗护膝",可是被于秋一棍刺在了左肩上。武教头道:"好棍法。"武教头开始反攻,来了一招"拔地刺苍龙"。于秋接招双手握棍打下时,脚下一滑被刺中了肩部的武服。于秋一个滑步出去约一丈远,对武教头说:"好剑法。"二人头上都冒着热气,又打了个平手。于秋对武教头提出暂停对打,改日继续比武。停手后,武教头说:"看来长穗剑和六合棍已经很难分出胜负,六合棍确实名不虚传。"二人回到夹河岸上,众徒弟拍手叫好,夸武教头的剑法高超,于秋的棍法高超。还有人要求要跟武教头学习长穗剑的剑法。

过了一会,武教头和于秋头上还是热气腾腾。于秋解开武服的盘扣透透气;武教头也解开武服的扣子,露出了黄色的马褂。于秋一看便知武教头定是受皇帝封赏的高人,就赶紧召集徒弟,向武教头施礼。武教头慌忙说:"且慢,快快请起。本人是个人出行访友切磋武艺,没有什么了不起的事。"武教头回礼后,众徒弟都不敢随便讲话了。见多识广的于秋对武教头说了许多客套话。在六合棍众多徒弟的簇拥下武教头和于秋回到了家里。在路上于秋打发徒弟告诉村首,有要事请他商谈。他们前脚进家,后脚村首也跟着到了。于秋提议要在福山城里最大的饭店"吉升馆"宴请京城武教头。武教头得知后无论如何也不答应到县城做客。就这样,他们在于秋家吃了饭。六合棍的徒弟们,这家送一盘福山家常菜,那家送来一只鸡,有人还在夹河抓来了封河大鲤鱼。俗话说:"要想吃好饭,围着福山转。"武教头感动万分:"来福山约两个月的时间,领教了福山的六合棍,确实高深。福山人的武德高尚,武功高强,为人友善。福山真是个福地宝地。"不知不觉,已两个时辰过去了。武教头告诉于秋等人,不几日他就要回京去了,就在这时,有人来报说海上(指芝罘区)来了一访者。于秋说:"快快有请。"来者进门便报了姓名,请于秋作为介绍人,说自己要学习长穗剑。于秋见来者是海上螳螂拳的名师之子,便把内情如实告诉了武教头。武教头很痛快地答应了,就在于秋家行了简单的拜师礼。武教头收下了这个福山徒弟。天色已晚,武教头告别了于秋等人,和徒弟回到太平顶庙里,准备回京。

　　回京几年后,一切都平安无事,武教头和福山徒弟亲同父子,徒弟也得到了长穗剑的真传。可是,祸从天降。武教头被恶人陷害和诬告,被发配到边疆做苦力。徒弟风风火火地回到福山老家,告诉了于秋武教头的遭遇,还说了一个重要的信息:宫里的人查抄武教头家产时没有查到什么值钱的东西,就发现了一本奏折,上面详细地写着六合棍的特点、巧妙之处及以攻为防的绝技和福山人的武德等内容。最主要的是,武教头请求皇上封山东福山南涂山于氏六合棍术为"天下第一棍"。可是,官兵不问青红皂白就要把奏折和许多兵法书及武术谱集一起烧掉。幸运的是,福山徒弟把这个奏折偷偷藏了起来。听到这里,于秋老泪纵横,说:"好人呐,好人怎么不得好报?"福山徒弟告诉于秋,他也要去边疆,跟随师父左右,为师父养老送终。徒弟便告别了于秋和父母,同武教头去了边疆。

　　这事在福山太平顶山脚下的南涂山村很快传开了。六合棍的习棍者纷纷为武教头惋惜和抱不平,但没有地方去讲理。于秋想,六合棍同武教头、皇家有了一点联系。为表示怀念,他在村中习过武的场地上,栽了许多白果树(银杏),并告诉习棍者没有被皇帝封赏也光荣,以后就以白果树为荣吧。现在南涂山的村西头还有一棵古银杏树,这树已列入《烟台市古树名木志》。南涂山的六合棍,几百年来传承至今,后继有人,习棍者众多,棍术传遍了全国,就连日本、美国、俄罗斯、韩国等国家的人都来学习六合棍。现在南涂山的六合棍已被列入烟台市非物质文化遗产保护名录。

黑色街门的传说

传说,旧时民间娶媳妇时,为了增添喜庆气氛,要把街门刷成红色。后来来了一伙土匪,土匪头子知道了这个习俗。一次他上街看到有一户人家在刷红色的街门,就打听到人家要娶媳妇的日子,命手下人在人家娶亲的日子来抢新媳妇。土匪尝到了甜头,就叫手下的喽啰兵在大街小巷里看着,谁家有新刷的红门,就上谁家抢新媳妇。一次,有个聪明的媳妇被土匪抓去了。这个媳妇胆大心细,非常有心计。她小心地陪着土匪头子喝酒,把土匪头子灌得说了胡话,说出了抢新媳妇的事。新媳妇知道了事情的缘由,就巧使妙计,逃出了土匪窝。她把土匪按照红门来抢媳妇的事告诉了百姓。打那以后,民间都知道了此事,娶媳妇的时候便不再漆红门了。胶东开始用油漆把门刷成黑色,但是,青年人将门框内弧线油成红色,中年人油成绿色,而老年人用全黑色门。这黑色也成了镇宅辟邪的吉祥色,把街门刷成黑色就成了一种习俗。

福山秧歌

秧歌是上古时期先民劳作和庆祝丰收的表演形式。秧歌的"秧"字和秧苗的"秧"字为同一个字,先民们在劳作的时候,用演唱和舞蹈及敲锣鼓的形式来鼓劲,年节和庆祝丰收的时候也要表演,慢慢地就形成了秧歌,至今已有千年的历史。

福山秧歌是胶东秧歌的一种,内容丰富多彩,引人入胜。每年正月民间的秧歌队进城表演,是福山人精神文化生活的大餐。表演的节目不但都有来由,而且都有神奇的故事。过去的人都能说上几段,现在有许多人都不知道它们的内涵,只不过是看看热闹罢了。现将搜集到的关于秧歌的故事说几段。

(一)为什么舞龙舞狮

传说,玉皇大帝在天上召开动物大会。龙被封为管天的大王,分管太阳、月亮、下雨和刮风。许多动物纷纷争着要当地下的大王,其他动物看到狮子和老虎争得最凶,就不敢争了。老虎告诉玉帝,他的本领比狮子大,自己要当大王,狮子不高兴地说老虎:"看看你那个样,身上的那三道伤口还没有好,你怎么能当地下的大王。我狮子一爪子就制服了你。"老虎不服,玉皇大帝就叫狮子和老虎比武,胜者为王?狮子和老虎开始比武,狮子用爪子把老虎头后面又抓了三道口子,三两下就把老虎打败了。可老虎还是不服,在玉皇大帝面前又哭又闹,用头往墙上撞,竟撞出个"王"字。玉皇大帝就说老虎:"看你的样子,撞出个'王'字也不能让你当大王。"玉皇大帝是金口玉言,说什么是什么。玉皇大帝这么一说,狮子就成了地下的大王。老虎身上对称的三道口子和头上的"王"字变成了明显的黑毛。造字先祖在"虎"字上加了三撇,就是现在的"彪"字。

狮子回到地上就开始管理一切,动物必须听他的,五谷杂粮的收成也归狮子管。一次,龙和狮子在交流管理经验时,龙对狮子说自己的法宝是宝珠,宝珠非常灵,二龙只要戏一戏宝珠就能生出龙子,还能保证风调雨顺。狮子就对龙说自己的法宝是绣球,只要把身上的毛弄下来一点,滚一滚就成了绣球,绣球能生出来小狮子,保证地下五谷丰登。龙和狮子都说要为玉皇大帝争光,保佑天下人风调雨顺、五谷丰登,叫人们逢年过节的时候能想起它们。可是天下的人还不知道他俩做的事。没想到龙和狮子的对话被土地爷听得一清二楚。于是,土地爷就现身告诉他俩,自己要把此事告诉民间的人。土地爷找到了灶王爷,灶王爷又把此事告诉了天下百姓。百姓就在逢年过节的时候舞龙、舞狮,祈求五谷丰登、风调雨顺,祈求平安。皇宫也知道了此事。皇帝就在祭祀天地的时候,组织人员表演舞龙和舞狮,祈求五谷丰登、风调雨顺。所以,舞龙和舞狮就成了秧歌的主要表演节目。

(二)表演八仙的传说

据说,全国各地的八仙是不一样的。《中国民间神话辞典》中记载:最正宗的八仙是蓬莱的八仙。福山与蓬莱相邻,也有许多八仙的故事,秧歌中就有了扮演八仙的节目。

传说,八仙在福山修炼的时候,各自找到了法器:铁拐李在兜余镇找到了宝葫芦,何仙姑在古现镇找到了荷花,蓝采和在东厅镇找到了花篮,张果老在八角镇找到了渔鼓,吕洞宾在臧家镇找到了宝剑,韩湘子在门楼镇找到了竹笛,曹国舅在回里镇找到了阴阳板,汉钟离在张格庄镇找到了宝扇。他们选择了福山的通仙宫,作为去天宫为玉皇大帝祝寿的地方。因为铁拐李回蓬莱老家拿宝葫芦,很长时间没有回来,其他七位道友就到蓬莱找铁拐李。王母娘娘来福山度他们成仙,发现他们不在福山,就赶到了蓬莱,最后在蓬莱度化他们成仙到了天宫。

八仙在福山的时候,为福山带来了许多物产。张果老在八角海边找到了渔鼓。有个渔民和张果老开玩笑说,福山的海里鱼虾很丰富,就是没有珍贵的海产品,请张果老给弄点好的水产品,让福山人也发发财。张果老知道此人是未来的"鱼鹰眼"(能在海岸上看到海里有没有鱼的人),就用仙法来逗他。只见张果老将两行鼻涕甩进海中,把身上的一块疮痂掐取下来也抛到海里,告诉"鱼鹰眼"海里多了两种海物——海参和鲍鱼,是珍贵的海产品,取不完,用不绝。"鱼鹰眼"下海捞了一些,和张果老拿回家去尝。"鱼鹰眼"吃了一口海参,立即感到身上发热,头脑清凉,两眼锃亮;再尝尝鲍鱼,鲜美无比。"鱼鹰眼"知道了张果老不是普通人。张果老看出"鱼鹰眼"知道了他的身份,就告诉"鱼鹰眼"自己是快修炼成正果的人。张果老走后,"鱼鹰眼"把海里有海参和鲍鱼的事告诉了渔民们,并告诉渔民们怎么食用海参和鲍鱼。有了海参和鲍鱼,福山人饱了口福,福山也有了珍贵的海产品。

铁拐李的功劳也不小。他在福山兜余镇得到的宝葫芦是兜余镇绍瑞口唐老汉用了整整三年的时间种成的。铁拐李为了答谢绍瑞口的人,问唐老汉有什么要求。唐老汉说,庄稼人没有过分的要求,只是希望山里多点桃李瓜枣就行了。铁拐李看看福山的水果,唯独缺少苹果,就把自己的帽子疙瘩取了下来,和唐老汉一起种到了地里。唐老汉感到奇怪,埋怨铁拐李胡闹,没想到三天以后这里长出了一棵苹果树。又过了三天,苹果树开了花,结了果。很快苹果成熟了,香飘十里。唐老汉摘了一个苹果尝尝,清脆可口,甘甜奇香,非常好吃。可是唐老汉怎么也找不到铁拐李了。他把苹果收回家,等着铁拐李来分享。过了好多天,铁拐李来了。唐老汉就告诉他,苹果怎么怎么好吃,要铁拐李多留一些。铁拐李告诉唐老汉自己已经快修炼成仙了,用不上苹果了。福山人为他修炼帮了许多忙,心眼好。苹果是用来感谢福山人的。现在苹果完全成熟了,铁拐李告诉唐老汉把苹果吃完留下核,种在地里,能长出许多苹果树苗,分给乡亲们种便是。唐老汉知道了铁拐李是神仙之身,哪能不听神仙的话?他种植了许多苹果树苗分给乡亲们。很快,苹果这种新水果就在福山繁育开了,福山从此就有了苹果。苹果成了福山人永远的财富。

福山东厅镇老官庄村的小米远近闻名。有传说这里的小米与铁拐李有关,也有传说与蓝采和有关。传说很早以前,老官庄的小米被宫廷选为贡品。老官庄的小米为什么这么好呢?这还得从品种开始说起。蓝采和在福山修炼的时候,在东厅镇的金鸡山上找到了许多奇花异草,做成了能广通神明的花篮。他在老官庄一带为花篮施法的时候被天地老爷看见了。天地老爷说蓝采和:"你在老官庄一带得到了法器。看看善良的村民,你还不答谢这里的人?"他俩合计着,此处干旱,庄稼长势一般,应该弄点旱涝保丰收的庄稼给乡亲们。蓝采和就为花篮施法,花篮里长出了一棵谷子。他把种子撒在地里,长出了许多谷子。蓝采和和天地老爷变成一对老夫妻。他俩在路上把老官庄的老王拦住了,告诉老王这是谷子,碾去皮就是小米,营养丰富,是一种好粮食。他们还告诉老王收获后把种子分给乡亲们。说完,蓝采和和天地老爷一下不见了。老王定住神一想,他从来没有见到谷子这种庄稼,知道了这是神仙所赐。后来在老王的努力下,谷子繁育遍及全县。老官庄的小米就成了福山的标志性农产品。

何仙姑的功劳也不小。她在古现镇西面的小河里种了许多荷花,结识了几个常常在小河边洗衣服的村姑。何仙姑种的荷花长得非常好,村里漂亮的姑娘们都爱来看看。何仙姑看到村民个个心地善良,勤劳朴实,忠孝有德,在荷花快收获的时候就问村姑们最需要什么。村姑们就顺口说:"那当然是钱越多越好。"何仙姑说,自己在河里种荷花,是因为这里让她得到了如意的东西。她要好好答谢这里的乡亲们,就把荷花的根留在了河里。她要走的时候告诉村姑们河里能淘出金子。村姑们不相信,何仙姑就给教村姑们淘金子的方法。村姑们把淘出的金子拿到金铺一看,确实是上等的金子。当村姑们回来找何仙姑的时候,看见何仙姑拿着荷花飘上了天空。大家这才知道她是神仙,都纷纷跪下磕头,感谢何仙姑赐给的金子。从此,古现的河里就有了金子,古现镇周围的人都富裕了起来。人们就把小河取名为"黄金河"。

再说吕洞宾。他在福山臧家乡一带得到了天盾剑法和威震四方的宝剑。他的宝剑是臧家乡的一个宋姓铁匠帮他打造的。吕洞宾在臧家乡一带一边修炼一边给宝剑施法。一天,吕洞宾和宋铁匠在臧家乡小杨家村的响水泉边浸宝剑。吕洞宾告诉宋铁匠,他这是为宝剑最后一次施法,等完成了,宝剑就有了神奇的功能。宋铁匠半信半疑地说:"剑成了宝贝那你不就成了神仙吗?"吕洞宾说:"那你就看看我的神力吧。"宝剑浸完水,宋铁匠就见吕洞宾坐上宝剑飞到空中转了一圈。宋铁匠感到太不可思议了:难道他真是神仙? 要不怎么能飞起来呢? 吕洞宾回到地上告诉宋铁匠自己已得到了法器,过几天就要到天宫为玉皇大帝庆寿了。宋铁匠知道了吕洞宾果真是个神仙。这时他俩感到口渴。宋铁匠要喝泉水。吕洞宾就把宝剑插在地里,一会儿宝剑上结出个大大的香水梨。宋铁匠尝到了从来没有吃过的大梨,汁多皮薄,非常香甜。二人吃完了,宋铁匠要把核丢掉。吕洞宾把梨核要了过来,告诉宋铁匠,臧家乡一带的土地非常好,也没有香水梨这种水果。福山人心眼好,自己走后要给宋铁匠和当地人留个念想,把梨种在这里。吕洞宾把梨核放在宝剑上,对着宝剑开始施法。宝剑从臧家乡小杨家村向东飞去,直飞到城关镇上夼村奇泉寺的山边,在这片土地上播下了梨树的种子。宋铁匠和吕洞宾分别后的第二年的农历七月,吕洞宾托梦告诉宋铁匠,他要来福山看看梨树长得好不好。宋铁匠就在山里迎接神仙吕洞宾。山上多了梨树,但乡亲们还不知道这是很好吃的水果。一个老汉牵着狗逛山景,摘了一个尝了尝。因为梨还没有成熟(福山人叫没开渣),又酸又涩。这时吕洞宾对老汉说:"这是好水果,过了中秋节才能成熟。"老汉从来没有见过梨,不相信吕洞宾的话。他说吕洞宾:"你这个人净瞎掰,快走开吧。"老汉和吕洞宾争得脸红脖子粗,狗朝着吕洞宾直咬。这时宋铁匠过来了,告诉了老汉梨的由来。老汉知道了这是神仙吕洞宾所赐的梨,随口说出了"我真是狗咬吕洞宾,不识好赖人呐"。中秋节过后,臧家乡周围的山上到处都是香水梨树,大梨挂满枝头,以楮佳疃为代表的福山香水梨特别出名。每年到了春天梨花盛开的季节,从上夼村、下夼村和山前李家村往西到小杨家村就成了春游的好地方,这就是福山民间八景之一的"楮佳疃的梨花"胜景。后来,乡亲们想起香水梨就想起吕洞宾,也想起狗咬吕洞宾的事,常说那些不认好赖人的人"狗咬吕洞宾,不识好赖人"。

韩湘子在福山门楼镇的西埠庄村,得到了有妙音萦绕、生万物万灵之能的竹笛。传说,很早以前,韩湘子在门楼镇西埠庄村找到了一片竹林。他发现在竹林边上坐着一个体弱多病的老人,便向老人打听竹林的情况。老人给他讲了许多关于竹林的故事。韩湘子感到竹林有灵气,就在老人的带领下找了许多竹子来做笛子。老人本来就体弱多病,这下把老人累得呼呼喘,走都走不动了。二人就在一起歇息。韩湘子问老人为什么身体这样虚弱。老人告诉韩湘子,这里的人老得很快,40多岁就失去了劳动能力,自己还是好样的,活到了50岁。韩湘子住在老人家里做笛子,老人对韩湘子以宾客相待。邻居们知道老人家里有客人,就这家送蔬菜,那家送水果,有的还送来鸡蛋和猪肉。韩湘子非常感动,把笛子制作好了,和老人一起来到竹林边。韩湘子往空中一吹笛子,能唤来百鸟;往水边一吹,能唤来游鱼。韩湘子快言快语,他告诉老人,自己在福山修炼多年,有了笛子这种法器就可以成为神仙了。他得知了这里的人是因为缺乏营养才体弱多病的,寿命也短,就想帮帮这里的百姓。韩湘子摘了几个竹子果种在地里,吹笛子为种子施了法,地里长出来一种植物,韩湘子告诉老人:"这是山药,可以补肾生血,强身健体,使人长寿。"他还告诉老人山药的播种、收获时间以及食用方法。西埠庄成了山药主产地,从此福山有了山药,人人面色红润,身体健壮,老人长寿。有名的福山鲁菜"拔丝山药"就是用西埠庄的山药制作的。福山的厨师把这种鲁菜带进了宫廷,西埠庄的山药也出了名。

众所周知,福山大樱桃在国内外非常著名,福山被国家命名为"中国大樱桃之乡"。福山的大樱桃和汉钟离还有一段故事。传说,汉钟离在福山张格庄镇找到了玲珑宝扇,有起死回生的功效。一天,汉钟离在张格庄周围修炼,发现了一种可以雕刻的树木——柘树(福山叫柘棘),并用柘树的木头雕刻制作出了宝扇。他看到这里的山水很有灵气,烟云缭绕,如同海市蜃楼,就在这里借着灵气为宝扇施了法。他见到一个男子在山上采香椿树的叶子,就问男子此树叶怎么食用。男子对汉钟离说:"告诉你你也不知道滋味,跟着到家里尝尝俺做的香椿就知道是什么味道了。"汉钟离跟着男子来到村里,在村里汉钟离没有见到一个年轻女子,他也不好意思打听这是为什么。他俩往家走,男子一进门就大声说:"来客人了。"他来到男子家里,只见到了男子的母亲。老太太和男子一起忙活着做饭,炒香椿,拌香椿,炸香椿,鸡蛋勾香椿,还用香椿冲汤做了福山的手擀面给汉钟离吃。吃饭的时候,男子家人向里屋送饭。汉钟离问里屋是什么人,男子的母亲无奈地说:"是儿媳妇在里屋,因为她得了一种大嘴病,不好意思见生人,就没有出来。"汉钟离才知道了男子进院的时候大喊"来客人了"是为了告诉他媳妇躲起来。在闲谈中汉钟离还知道了村里的年轻女子都得了这种大嘴病。他掐指一算,知道了这是貔狐精作的妖。他想,一定要治治这个貔狐精。吃完了福山的香椿大餐,汉钟离连连致谢,告别了男子,来到张格庄村的南山上。他忽然见到几个年轻的女子,嘴大得都快咧到耳边了。因为嘴大得很丑,已是无法见人,她们几个要在山里上吊自杀。汉钟离躲在树后看着。她们刚要上吊,汉钟离用宝扇一扇,绳子就断了。女子们气得说:"得了这种怪病,想死都死不成。"突然有人打了汉钟离一巴掌,他一看原来是住在福山太平顶庙里的碧霞元君公主和两个侍女来了。碧霞元君公主嘲笑汉钟离说:"得道之人为何偷看女人?"汉钟离叫元君公主快看看女子得的怪病。碧霞元君公主告诉汉钟离她就是来帮助人们治疗此病的,可是她治不了貔狐精,还得求汉钟离帮忙。汉钟离很爽快地答应了。他们告诉年轻女子,能把她们的嘴治好,女子们都非常高兴。碧霞元君公主从身上带的饰品中取下来一颗红珍珠埋在地里,瞬间就长出一棵樱桃树,樱桃挂满了枝头。碧霞元君公主叫年轻女子快快吃樱桃。她们吃了几个嘴就变小了。年轻女子们你看看我我看看你,都恢复了原来美丽的模样,个个高兴地感谢元君公主。汉钟离带了几个樱桃,告诉元君公主他要去惩治貔狐精了。元君公主告诉年轻女子,快快把樱桃送给有病的人吃。人们把种子种在地里,从此就有了樱桃树。汉钟离用宝扇把貔狐精住的山洞一扇,貔狐精死了,人们再也不得大嘴病了。

再说曹国舅。他在福山回里镇的善疃村得到了阴阳板,其仙板神鸣,有万籁之声。那么曹国舅的阴阳板是怎么来的呢?他看到善疃村的土地肥沃,就种了一棵树。他给树施法使它长得木质坚硬,光滑易雕刻。树长成后,他用此树的木材制成了阴阳板。一天,曹国舅在善疃村里逛,看见一个年轻人背着一个病人急匆匆地走着,他就跟在后面要看个究竟。在郎中家,曹国舅得知病人是过路的人。郎中免费为病人针灸服药,病人很快好了。原来,他是中暑了。曹国舅和病人都说善瞳善人多。曹国舅和郎中说话间，郎中无意说："福山的中药很多，就是缺少补药大枣。"说者无心，听者有意。曹国舅便对他们说："大枣会有的，你们心地善良，我可以帮你们弄到大枣。"他领着郎中等人来到他种的那棵树下，打着阴阳板唱道："善瞳善人心眼好，树上大枣就来到。神仙也来做善事，人人向善得福报。"果然树上结满了大枣。人们看着满树鲜红的大枣喜出望外，再一看曹国舅已升到空中。他们知道这人一定是神仙，就磕头问："你是什么神仙，报个名字，我们要永远记住你。"这时空中传出了"曹国舅是也"的声音。他们把此事告诉了乡亲们，人人都说自己是善瞳人，还有了善瞳村这个名字。后来人们把枣树的小苗栽遍了福山大地。

在福山，八仙的故事很多很多。八仙给福山人赐予了许多物产。他们的形象在福山人心中深深地扎下了根。人们忘不了八仙的恩赐，在逢年过节的时候，都会表演八仙贺寿和八仙过海显神通的大秧歌，这也成为福山秧歌必演的节目。

（三）跑旱船的故事

跑旱船的由来在福山有两个传说。

一是说在福山北面的一个渔村，有几条渔船出海打鱼几天没有回来。渔民家人就在海边烧香烧纸磕头，祈求龙王保佑渔船早日归来，可几天过去了也不见渔船的踪影。夜里，一只海龟上来告诉村中一个救过海龟的人，说只要渔民在岸边的渔船上呼喊亲人的名字，表演行船的动作，出海的人就能回来。这人就告诉了等亲人回来的村里人。大家纷纷来到海边的渔船上，载歌载舞，呼喊着亲人的名字。果然没过多久，出海的渔船回来了。家人问他们是怎么回来的。他们说："起初渔船在海里迷失了方向，转了几天也找不到回家的方向。不知怎么的忽然听到了家人的呼喊，一会儿又看到旱地上有船在行走。我们知道有旱船的地方就是家，快快前行定不差，于是朝着旱船方向找到了家，保住了性命。"后来，只要有渔船没有回来，渔民就用这种方法呼唤家人和祈求渔船平安。慢慢地人们在逢年过节的时候，就用跑旱船的秧歌舞来祈求平安。

二是说这是白蛇传故事的后续。白娘子、小青和许仙开医馆救了许多人，在法海和尚水漫金山的时候，人们纷纷用竹筏和木船来救他们。传说许仙和孩子是旱船救的。许仙得救后继续为人们治病，救了许多人，他的儿子也中了状元。人们认为旱船能惩恶扬善，能保平安，还能保佑孩子中状元，就把这个故事叫跑旱船，并排演成了秧歌。后来福山的秧歌跑旱船还加了其他内容，如何仙姑跑旱船、麻姑跑旱船等。

（四）跑毛驴的由来

传说，福山有户人家，生活过得一般，家中有个待嫁的闺女。父母问她想找个什么样的婆家，闺女没有回答。父亲就说婚姻这事是天命管的；母亲则说是人命管的；闺女却说天命和人命都管不了，婚姻是自己管的。三个人争论不休，父亲气得说："那就叫闺女自己找婆家吧。"闺女就叫母亲做证人，要自己找婆家，决定自己的婚姻。一天，全家人去赶山会。他们在逍遥亭里看光景，偶然看见路边有一串钱。这时，一个穿戴得体的书生看到钱就捡了起来，揣在怀里走了。父母说："闺女，这个人命好，可以选为女婿。"闺女说："此人绝对不行。原因有二，一是不等失主来找，得了不该的钱财；二是不劳而获，自私自利。"三人又争论起来，最后也没有争出个结果。赶完山会他们就骑着毛驴往家走。这时，一个年轻男子跟在他们后面拾驴粪。父母对闺女说："这个男子出来拾驴粪，命不好。"闺女认为父母是门缝里看人，不看人的本质就下结论。父亲一边走一边扔下几个铜钱。男子捡起铜钱后仍然跟在后面。当他们到家门口的时候，男子上前送还了铜钱。父亲问男子为什么不自己留着铜钱。男子答道："驴粪可拾，铜钱不可得。因为铜钱是你们失落的钱财，理应归还。"还了钱，男子如释重负地走了。父亲说男子没有什么大出息，母亲说男子有点傻，可是闺女却说男子有善心，可作为夫君。父母本没有拿闺女的话当回事，可是后来闺女常常念叨那拾驴粪的小伙子，并流露出愿意嫁给他的心思。但是父亲坚决不同意。一天，拾驴粪的小伙子拉了一车农副产品去赶集，正好路过他们家门口。母亲见到小伙子就问："你为什么把好葱捆在里面，坏葱捆在外面？"小伙子说："卖货不能掺杂使假，里外一样才叫货真价实。"母亲觉得小伙子很诚实，叫他来家坐了坐，闺女又见到了小伙。就这样，小伙子只要路过他们家就进来坐坐，还捎些农产品给他们。闺女的父母逐渐对小伙的看法发生了转变。父亲打听到那个捡到钱自己留着的男子整天吃喝嫖赌，认为闺女的想法是对的。一来二去，闺女和小伙成了亲，二人的小日子过得很滋润。女人织布纺纱料理家务，男人白天种地夜里读书。很快他们有了儿女，男人也考取了进士，当了朝廷命官，在家乡被传为佳话。人们根据这个故事，排演了秧歌：一个女子骑毛驴，一个男子跟在后面，手里拿着拾驴粪的铲子，背着粪篓。秧歌的情节令人捧腹，也让人联想到诚信做人的好处。

（五）媒婆和丑婆秧歌

媒婆是"六婆"（牙婆、师婆、药婆、稳婆、虔婆和媒婆）中品德较好的人之一，多数人讲诚信,但也有骗子。民间有"吃人的作保,馋人的做媒"的说法。家中娶不上媳妇的人,都要好饭好菜的招待媒婆。有些媒婆就养成了骗吃骗喝的毛病。在秧歌中的媒婆角色,是以诚信的媒婆为原型的。媒婆手中拿着折扇和花手绢,打扮得很好看。表演时她的旁边有一对少男少女。媒婆有时在他俩的耳边窃窃私语,有时拉着两人的手合在一起,表示成亲的意思。丑婆演员一般是二至三人,表现的是反面人物,是把村妇丑陋的行为表演给观众看。丑婆妆化得不得体,身上的衣物不整齐,嘴巴画成血盆大口,脸上点着大黑痣,手里拿烧火棍或大烟斗,表演时还会有对骂和对打,有时还去推拉其他演员,表示作风不检点,使人看了捧腹大笑,明白了恶妇女的丑陋行为是不可取的。现在有的秧歌队把媒婆和丑婆混淆成一种形象表演,弄得媒婆和丑婆不伦不类,失去了本来的意义,人们看了也不能理解其中含义,只是看热闹罢了。

(六)高跷和抬阁

旧时,高跷和抬阁在是福山秧歌的主要表演内容。传说,福山有个老汉能预知将要发生的奇事和怪事,成了当地的半仙之人。一天,他和石狮子说话。狮子告诉他,近几天要发洪水,人畜都要遭殃。老汉求狮子给个解救方法。狮子告诉老汉,洪水来的时候,人们在脚下踏上任何东西都可以避免水患。老汉把此事告诉了村民。洪水真的来了,村民按照老汉说的,都踏在板凳上,躲过了水患。以后村民在祈求天地保佑平安的时候,就踏在板凳上表演。村中确实有表演秧歌的高人。他们做了一种简单的用具,绑在脚上来表演,慢慢地就演变成了现在的高跷。逢年过节的时候人们踩高跷来祈求平安,踩高跷也成了秧歌的一种表演形式。福山有名的高跷队在上夼村,他们的高跷不但高,而且表演花样多。他们把戏曲人物和神话故事排演成了高跷节目,有特色的是八仙过海、西游记、牛郎和织女等。后来许多村纷纷向上夼村学习踩高跷,因此许多村也有了高跷表演。上夼村的高跷艺人不再满足于这种表演了。他们想,人高了能保佑平安,是吉祥的表演。因此经过多次研究,他们在高跷的基础上发明了一种多人抬的木架,上面有一根立柱,在立柱上可以固定1~2个小孩。因为表演者像在楼阁上,因此取名"抬阁"。这种表演当时轰动了福山县城,县令甚至宣布,在抬阁上表演的小孩将来考官的时候可以免考乡试。抬阁节目有麻姑献寿、天仙送子、牛郎和织女等。旧时小孩没有什么玩具,大人们给孩子做一个竹筒子当望远镜来看高跷和抬阁,都说"竹筒子看高跷,人人能上天"。有一段时间福山的高跷和抬阁表演基本上绝迹。近几年政府和民间又重新进行了挖掘和保护,高跷和抬阁演出才得以恢复。

(七)挑担货郎和翠花的故事

传说,从前有个挑担货郎常常下乡卖货。他总是掺杂使假,以次充好。翠花是个耿直的女孩,多次批评挑担货郎不应该这样做,但挑担货郎就是不改。翠花挑选女红用品非常在行,村中的婶子大妈和姑娘们都叫翠花帮着选货。她总能挑出货郎物品的毛病,如剪纸的剪子尖儿不尖,绣花的丝线色不正,绣花针的线孔太小等。受到翠花的影响,货郎的货物不好卖。后来,货郎感觉翠花是个精明的女孩,就托媒人说亲娶了翠花。他俩结婚后,翠花把货郎教育好了,诚信卖货。他家的儿子还中了举人。翠花和货郎的小日子过得红红火火。秧歌艺人们根据货郎和翠花的故事排演了秧歌,表演翠花在挑担货郎面前选货的场面,场景生动,惹人喜爱。

(八)锢漏匠与王大娘的故事

传说,玉皇大帝的小女儿为了给王母娘娘熏衣裳,来到凡间采薰衣草。她因为迷恋民间生活,变化成了王大娘留在了民间。王母娘娘知道了此事,就派土地神变成锢漏匠来民间催促她回天宫。可是不论锢漏匠怎么劝说,小女儿就是不肯回。变成王大娘的小女儿变得风流泼辣,诙谐幽默,还挑逗和戏弄锢漏匠。无奈之下,锢漏匠用锔子锔住子小女的灵魂,要把小女儿带回天宫。小女儿花言巧语地说服了锢漏匠,他不但给小女儿取下了锔子,也产生了留在民间的念头。这一切王母娘娘在天上看得清清楚楚。她心疼小女儿,就发了慈悲之心,叫锢漏匠在民间和小女儿成了亲,就这样留下了一段神仙的爱情故事。从此民间有了土地神。秧歌艺人们依据这个故事,把锢漏匠和王大娘见面和二人的挑逗、周旋,以及二人结为伴侣的情节排演成了秧歌。秧歌表演通过对故事的加工和渲染,使人们看到了男女青年大胆追求爱情的场面。秧歌中锢漏匠诙谐、机敏、有趣,王大娘风流泼辣,使人看了捧腹大笑。这是福山秧歌早期的表演节目之一,也是说唱秧歌的开场戏。

(九)大头娃娃的故事

在福山的秧歌表演中有大头娃娃的表演,还有许多大头娃娃的民间剪纸,这是为什么呢? 这里有一段故事。

传说,很早以前,福山有个小孩,生下来头特别大,腿和胳膊还粗,村民就给他取了个绰号叫"大头宝"。大头宝出生后,他母亲常常对别人说儿子是给皇帝保驾的武官。村人听了都说她是因为孩子的头太大不好看,所以在瞎掰。他母亲就反驳说,这是自己在生大头宝的时候,送子观音告诉她的,孩子将来是给皇帝保驾的人。不管有没有人信,大头宝的母亲是确信无疑的。后来,大头宝长到七八岁的时候就有过人的力量,能拿起同龄人拿不起的东西。到了十五六岁,大头宝就成了大力士,能轻而易举地把一头健壮的牛摔倒。一次,一个船夫到村里找人帮忙,要把船弄上岸来修理。大头宝知道了此事,自己提前把船拖上了岸。当船工和村民来到以后,船已经在岸上了。有人不信是大头宝一人所为,村民和船工就合计着试一试大头宝的力量。船工就请大头宝帮忙把船再正一正。大头宝不费吹灰之力就把船正了过来,看得村民目瞪口呆,十个壮汉也不是他的对手。

后来,大头宝跟着师父学武功。因为他力大无比,仅一年的时间,就没有人能打过他了。一次,大头宝和师父在路边习武。突然,一匹受惊的马拉着车在路上狂奔,车上有妇女、小孩和车夫,眼看就要车毁人亡了。就在千钧一发之际,只见大头宝一个箭步上前把马头和马的前腿死死抱在怀里。惊马被拦住了。在场的人都惊呆了。虽然大头宝力大无比,但他从来不欺负人,还常常为百姓做好事。村民都夸他是真正的男子汉。

据说,李世民东征路过福山的时候,县令为了讨好李世民,就举荐大头宝给李世民护驾。李世民不相信福山有这样力大无比的人,就找了队伍里的几个大力士和大头宝比武。几个人都不是大头宝的对手。大头宝领教过了,感觉都没有费什么力气,就在李世民面前提出,他能打败李世民的十个大将。李世民告诉大头宝,如果能胜了十个大将,就封他为"军中第一大力士"。结果大头宝真的胜了。李世民大喜,大头宝成了军中第一大力士。大头宝跟着李世民东征的时候,战功赫赫,多次救了李世民的命。李世民就封了大头宝为"武状元"。这回,大头宝真的当上了武状元,也是福山第一个武状元。村中的妇女们就根据小孩天生头大的特点和大头宝的故事,创作出了大头娃娃剪纸,用来祈求自己的孩子有出息,能当官。

大头宝的父亲是个秧歌能手。为了炫耀自己家里的大头儿子当了官,他还专门做了大头娃娃道具,找小孩表演。一开始没有孩子愿意表演。他就给小孩买衣服,表演完了还发钱。说来也巧,演过大头娃娃的小孩,不但不得病,还个个有出息。慢慢地小孩子们争先恐后地来表演大头娃娃,家长还托人走后门送孩子来。就这样演大头娃娃成了秧歌的一种表演形式。

很早以前,福山的说唱秧歌还有大头娃娃秧歌调,歌词是:"大头娃娃大头宝,孩子壮实武功好,长大能把皇帝保,大头娃娃好好好……"民间百姓也有大头娃娃歌谣:"大头大头,下雨不漏,吃饽饽就大肉。""大头大头,上高楼,吃不愁,穿不愁,不怕孩子长大头。"

石狮子叫"蹲门瞅"

据说,狮子是玉皇大帝赐给人间,保护天下平安的神兽。它有神力,是所有动物的大王,能镇住一切妖魔鬼怪。它能把身上的毛弄下来,滚成球从中生出小狮子。狮子就成了民间镇宅辟邪的图腾,后来皇宫还使用狮子图腾,民间也在年节期间舞狮来祈求天下平安。

传说,有户官宦人家姓赖,赖家在大门两旁摆着石狮子。他的家人仗着家中有为官之人,常常横行乡里,无恶不作。乡民们敢怒不敢言,当地官府拿他家也没有办法。村中有个姓侯的秀才,看不惯他家欺负百姓的行为,常常为百姓打抱不平,和赖家理论,慢慢地和赖家结下了矛盾。侯秀才家有很好的四合院,就是门旁没有石狮子。秀才也想在门旁摆上石狮子。然而,官府有规定,普通百姓不许摆石狮子。侯秀才想了好几天,终于想出了为石狮子起个别称的方法,就叫"门瞅"和"蹲门瞅"。这样既不违反官府的规定,又能达成自己的心愿。他请了石狮子摆在门旁,还做了首小诗来炫耀石狮子:"门瞅门瞅门旁瞅,妖魔鬼怪全瞅走。他有你有我也有,不服气的别来瞅。"

侯秀才家摆上了石狮子后,赖家人看到了。他们认为侯家没有当官的人,却摆了石狮子,而且比他家还大,压了他家的风水。于是赖家人不问青红皂白,就带着人来要用绳子把侯家的石狮子拉倒。侯家人不许,赖家人就把侯家告到了县衙。县官也认为侯家人做得不妥,就问侯秀才为什么摆石狮子。侯秀才说根本没有此事。县官说:"明明你家摆着石狮子,为什么说没有?"侯秀才说:"我家明明摆的是'门瞅',怎么能说是石狮子?"县官从来没有听过这个名字,就问侯秀才摆"门瞅"是什么讲究。侯秀才说:"官府和当官的人家摆石狮子镇宅辟邪,百姓家摆'门瞅'也是镇宅辟邪,有何不可?"县官本来就对赖家的所作所为有看法,于是就说:"赖家人你们家摆的是石狮子,侯秀才家摆的是'门瞅',本来是一种东西,但在民间有两种叫法。秀才家知道自家不是官宅就叫'门瞅',于你们赖家何妨?"赖家人就说:"侯家人怎么能和我赖家一样来摆石狮子?"赖家人感到不服就大闹公堂。县官一拍惊堂木说:"你赖家姓赖简直是癞皮狗,胆敢大闹公堂!"县官就命令衙役,把赖家人打了四十大板赶出了公堂。县官又问侯秀才,对石狮子还有什么说法。侯秀才告诉县官,在民间石狮子可以叫"门瞅"或"蹲门瞅",摆在墓地可以叫"墓瞅"。如果当官的人家败落了,就有违了狮子的威严,且因为有种看门狗像狮子,民间就叫狮子狗是"蹲门貂",所以可叫败落的当官人家的石狮子为"门貂"或"蹲门貂"。县官听后觉得还真有道理,就和侯

秀才继续谈论"门瞅"的意思。侯秀才告诉县官："石狮子摆在门旁能镇宅辟邪，它瞪着眼瞅着妖魔鬼怪不敢进入家门，保佑家人平安。作恶多端的人一看，也要退避三舍。传说狮子还有一个本领，它把身上的毛弄下来滚成球就能生出小狮子。狮子瞅一瞅，天下太平。所以，民间就给石狮子起了别名叫'门瞅'。民间瓦匠搬运石狮子的时候，都用行话说'请瞅神'。"县官听后捋着胡须说"好好好"。侯秀才还把他写的小诗念了一遍："门瞅门瞅门旁瞅，妖魔鬼怪全瞅走，他有你有我也有，不服气的别来瞅。"县官听了非常高兴，还亲自把侯秀才送出了县衙。

后来，赖家的官人回来了，还为侯秀才家摆狮子之事耿耿于怀。县令就把侯秀才叫来，把民间对狮子别名的解释和狮子在民间的用途说了一遍，他还把小诗也念了一遍。那个官人一听那句"不服气的别来瞅"，就老老实实地走了。后来，侯秀才还考取功名当上了官人，他在家乡还是叫石狮子为"门瞅"。从此，福山民间门旁的狮子就有了"门瞅"和"蹲门瞅"的叫法。

封生肖的故事

我国古代历法是由十天干和十二地支结合来纪年的，又有十二种动物，称之为生肖。十二地支和十二生肖彼此一一对应相配，分别如下：子鼠、丑牛、寅虎、卯兔、辰龙、巳蛇、午马、未羊、申猴、酉鸡、戌狗、亥猪。知道哪年生人便可是知道是什么生肖。据说，当初封十二生肖的时候各有一段故事。

传说十二生肖属相是玉皇大帝给封的。在封生肖之前，十二种动物的头都是人的模样。封生肖的时候，老鼠因为个头太小过不去天河，就叫牛驮着它。走到河中间，老鼠从牛背上滑下来了，它就咬住牛的尾巴。快到岸的时候，牛的尾巴被老鼠咬得生疼，一甩尾巴把老鼠甩到了岸上，结果倒是老鼠第一个见到了玉帝。玉帝于是封老鼠为第一生肖。这把牛气得不行了。牛张着大嘴瞪着大眼不同意玉帝的做法。玉帝一看牛的头，都气得变了模样，还有两只角，于是玉帝就叫牛变成了现在的模样，封了牛为生肖第二。其他十种动物一看牛变了模样封了第二，也纷纷变化出各种模样，争着封生肖。老虎想起了它师傅的模样，就变成了猫的模样对玉帝说："在人间，人人都说我老虎身上有三缕黑毛，而把虎字旁边加了三撇就是彪字；说我彪呼呼的，最听玉帝的话。可是，我不怪人们怎么说我，我就是爱听玉帝的话。"玉帝听了很高兴，就封了老虎为生肖第三。小兔子变得温顺可爱，它对玉帝说："我在月宫捣了许多神药，送到人间给人们防病治病，人人都说我是玉帝安排下凡的，纷纷感谢玉帝的恩德，天天来供奉玉帝，请玉帝快快封我为第四生肖吧。"玉帝点点头，看看兔子的两只大耳朵，就封了兔子为第四生肖。这时龙急了,它想了想其他动物的模样,就把马嘴、鹿角、鱼鳞等动物的模样统统放在了自己身上,并告诉玉帝,自己有其他动物的模样,也有其他动物没有的本事,能上天下地,能行风行雨,能保佑天上地下的平安,谁也没有它这种模样,应该封自己为第五位生肖。玉帝于是封了龙为第五生肖。蛇慢腾腾地说:"我的模样和龙相似,请玉帝封我为第六最好。"就这样蛇为生肖第六,人们也叫它小龙。马着急地说:"我是人们的坐骑,还为人们拉车种地,是人们的好伙计。龙的嘴和我一样,它都封了第五,请玉帝快快也封了我吧。"玉帝于是封了马为第七生肖。羊看了看牛的角不漂亮,就给自己安上了弯弯的角,身上长出了弯弯的毛,在那里不声不响的。因为在以前,"羊"和"阳"是一个音,"祥"和"羊"是一个字,玉帝就说:"羊,你是冬至一阳生,一月二阳生,二月三阳生,有三阳开泰的寓意,人们说春天的时候常常说'阳春三月'。'吉祥'和'吉羊'一样。你还温顺老实,非常孝顺,吃母乳的时候为了感谢母恩,还跪着吃。"玉帝就封了羊为第八生肖。这时猴子急得在天宫上蹿下跳,抓耳挠腮,对玉帝说:"怎么还不封我,请玉帝快快封我为第九生肖吧,将来我还要成为'齐天大圣'呢。"玉帝生气地说:"什么大圣不大圣的!"玉帝一巴掌打在猴子屁股上,打得猴屁股后来永远变成了红色的。猴子被封了生肖第九名。鸡看着其他动物被封了生肖,就扑打着翅膀说:"玉帝,天上的凤凰是我们鸡的祖先变的,为天上和人间带来了吉祥,请问玉帝封我第几?"玉帝想起了凤凰非常吉祥和美丽,就封了鸡为生肖第十名。这时狗汪汪地叫了几声说:"我在民间为人们看家护院,忠实地保护着主人的安全,人们还给了我一个美名叫'蹲门貂'。我是人类的伙伴和好朋友。"玉帝就封了狗为第十一生肖。其他动物都在急着封生肖,猪却在呼呼睡大觉。玉帝抓着猪的两只耳朵,把猪拉醒了。猪醒了,一摸自己的耳朵,被玉帝扯得比以前大了几十倍,就对玉帝说:"你这一拉可好了。人们以前吃我肉的时候,总是嫌弃我的耳朵小,没有啥肉可吃。这回可行了,我的两只耳朵能做好几盘菜,人们能享口福了。"玉帝和其他生肖都笑了,猪被封了最后的第十二生肖。十二生肖封完了,它们各个都要回到人间做自己的事去了。

回人间的路上,十二生肖在过天河的时候,用天河的水照了照,看看自己变成的模样,发现只有老鼠还是人头的样子。它们本来就不满意老鼠为第一生肖,于是纷纷折回头来找玉帝。玉帝一看老鼠成了大家嫌弃的动物,于是,就把老鼠变成了现在的模样,并规定老鼠只能在夜里十一点到半夜一点出来活动,其他的时间出来必然人人喊打。这样,鼠对应夜里子时,谓子鼠,依此类推每个时辰对应一个生肖,正好十二个时辰有十二个生肖。

后来古人订历法的时候,把十天干和十二地支相配,正好六十年一个甲子回归年,天干地支可以记录年、月、日、时。旧时,所谓的批八字,就是指年上、月上、日上和时上的天干地支的八个字。我国的历法,确实是古人的创造,是世界少有的准确的历法。

二月二的由来

上古时期,二月二是祭祀土地的节日。那时,各村村头都有土地庙,庙内有土地神像。村民这一天要来焚纸烧香祭拜。民间还要打灰囤、熏虫、犁冻土,祈求农业生产丰收,炒糖豆分食,给小孩带小龙尾,祈盼儿女成龙成凤。在民间,传说二月二是"龙抬头"的日子,也叫"青龙节"和"春龙节"。这些名称都是由传说故事而来。

传说,玉皇大帝叫龙分管天上地下风调雨顺,叫狮子分管地上的动物不伤人,叫土地爷分管粮食丰收。人间年年粮食丰收,安居乐业。一年,地上有个女人当了皇帝。玉帝龙颜大怒,认为女人掌管天下乱了朝纲。他问女皇帝为什么不让男人掌管天下。女皇帝气哼哼地说:"玉帝,男人是女人生的,女人当皇帝怎么不行?"玉帝说,还是男人当皇帝好。女皇帝说玉帝:"天上你说了算,地下我女人就要说了算。你少管闲事,快快走吧。"玉帝很生气地回到天宫,想要惩罚这个女皇帝,就命令分管降雨的龙,三年不许为人间降雨。这一来地上的百姓遭了殃,多日无雨,庄稼枯萎,人畜饮水困难。降雨龙王不忍心天下百姓受苦,就偷偷地为人间下了一场雨。此事被玉帝知道了。玉帝非常生气,把降雨龙王压在龙山底下,还在山边写了一块碑,教导天上的龙王都要听玉帝的话,不听话的下场就和降雨龙王一样。上面写着:"降雨犯天规,山底来受罪,要想回龙宫,金豆开花归。"

腊月二十三,灶王爷上天宫过年,知道了降雨龙王的遭遇。春节过后,快到二月二了,庄稼返青急需降雨,人们纷纷向土地爷求雨,便知道了降雨龙被压在龙山的事。土地爷告诉人们,只有金豆开花,降雨龙王才能出山降雨。哪儿去弄金豆呢?金豆又怎么开花呢?善良的人们想了半天,想出了用玉米和黄豆来爆炒成花,以示金豆开花。人们把炒炸开的黄豆和苞米花摆在院子里,给天上的玉帝看。王母娘娘心眼善良。她看见民间家家户户摆着金黄的豆子和苞米花,就赶紧告诉玉帝,金豆开花了。玉帝叫天上的其他龙王看看有没有此事。王母娘娘就说,不用看了,这是千真万确的事,快快放了降雨龙王吧。其他龙王也纷纷说,确有此事,请玉帝放了降雨龙王。玉帝就说,二月二是龙抬头的日子,就叫降雨龙这天出山吧,还继续分管降雨。所有龙王都知道是民间百姓救了降雨龙王。为了感谢民间百姓,它们常常帮着降雨龙王为民间降雨,保佑天下庄稼丰收,年年风调雨顺。

从此,二月二就成了龙抬头的节日。人们都崇拜龙,感谢龙为人民造福,祈求龙的保护。

火的由来

传说远古的时候,地上没有火,只有天上有火。天上还有位"火神"专门分管火种。一次,两位天神下凡到人间游玩,人们用粮食、瓜果、蔬菜、鱼肉来招待天神。天神一看粮食是生的,蔬菜是生的,鱼肉也是生的,还带着鲜血。这怎么能吃?天神拿出了自己带的东西分给众人吃。人们吃了天神拿的烤肉,煮熟的粮米等食品,觉得味道非常好。

有个青年男子就问天神,这些食品是怎么做出来的。天神告诉年轻人是用火做出来的。年轻人就求天神,能否把火借给人们用一用,也来做熟食吃。天神大笑着说,火是火神管的,没有玉皇大帝的批准谁也不能得到火种。年轻人知道天神也无能为力,可是他非常想为人们取得火种。他求天神把他带到天宫,找玉皇大帝求火种。两个天神都感到非常为难。过去,天河和地上的河流是相通的,两个天神要顺着天河回天宫。年轻人为了求火种,就悄悄地跟在他俩后面。年轻人临走的时候,他的妻子千叮咛万嘱咐,恋恋不舍。两个天神在前面走着,年轻人在后面慢慢跟着。走了七七四十九天,此时已是冬至后的105天,他们到了南天门。年轻人被把门将军抓住了。把门将军问他怎么来到南天门的。年轻人告诉把门将军,他是跟着两个天神偷偷来的。把门将军就去报告王母娘娘。王母娘娘一听两个天神把凡间的人带到了天宫,便前来查询。年轻人告诉王母娘娘,他是偷偷来到的天宫,与两个天神无关。王母娘娘听后,感到这个年轻人做事敢于担当,就问年轻人为什么事来到天宫。年轻人告诉王母娘娘他是来向玉帝求火种的。王母娘娘笑了笑说,火种是她一手管着,火神不能随便使用火种,于是叫把门将军把年轻人送回凡间。年轻人跪下对王母娘娘说,天地本来是唇齿相依的兄弟,天上有火种地上没有,火能做出美食,地上的人却享受不到,太不公平了,请玉帝和娘娘开开恩吧!王母娘娘听后,认为年轻人不为了自己,来到天宫也不容易,就问年轻人,他把火种带回凡间,可能被火烤伤或者被火烧死,是否还愿意。年轻人坚定地回答说,凡间人都渴望得到火种,吃上熟食,自己宁愿粉身碎骨也要把火种带到凡间。王母娘娘告诉年轻人,把火种带到凡间的时候,一定要叫他媳妇在其他亲戚家住一夜,躲避火种的熏烤，免得伤着身体。

年轻人得到了火种，被天神很快送回了凡间。年轻人把火种带到家里，告诉媳妇出去躲了一夜。媳妇回来的时候，年轻人被火种熏烤得快不行了。媳妇精心伺候着他，还把火种分给了人们。人人都有了火种吃上熟食，年轻人和媳妇都非常高兴。

一年后，年轻人因为取火种受伤而过世了。人们为了感谢年轻人就称他为"火神"，还盖了火神庙来纪念他。火神庙都盖在村中间，祈求火神保佑村中不失火。从此留下一个习俗节日叫寒食节，这天不动烟火，不吃热饭，使人记住火种的来之不易。新媳妇们在寒食节这天会去亲戚家住一夜，叫"躲火"。

地上有了火种后，许多人用火不当，出现了失火的事，烧得天宫不得安宁。王母娘娘就把天河横在了天上，挡住了地上的火烧不到天宫。从此人再也不能顺着天河到天宫了。

烧纸的由来

传说很早很早以前，有个贫穷的人家，家里的老人去世了。儿子因无钱下葬，就暂时把尸首停在家里。他的朋友来奔丧，问他为什么不下葬。他为了面子就说，舍不得亲人离去，就暂时放在家中尽尽孝心。朋友看见死者的旁边还摆着点供品。朋友是个有钱人，就给了他些钱，叫他办个体面的丧事。尸体已在家放了六天了，他就在第七天赶快把亲人下葬了。他朋友就宣传说他是个孝子。有人学着用这种方法尽孝，在老人过世后发三日、五日、七日丧，后来慢慢就演变成发三、五、七日丧的习俗。

他的朋友后来成了当地有名望的人。一年夏天，他家的老人过世了。他为了证明自己孝顺和有钱，要停尸百日。他的家人都信佛，把棺椁停在寺庙的一间房子里。因夏天温度过高，入殓的尸体发出腐臭的气味。守灵的人闻到了，就点上香来除臭，但是效果不明显。有人采用燃烧杂草和草纸的办法，臭味消失了很多。于是丧主家就天天烧纸烧香。有人就问他们为什么要烧。他们就说，给过世的人送的零花钱，尽点孝心。

过去，有许多习俗都是从宫廷、官府和大户人家传出的，也有些是民间误打误撞形成的。就这样，留下人死了后烧纸祭奠的习俗。谁家有人过世，包括过世后的几个七日，三个生日，三个周年和年节的祭祀，都要烧纸。现在，这种活动已很少见了。人们观念更新，都改用鲜花来祭奠。这样做既环保又防火，也同样能表达对逝者的怀念。

六、美食传说

鲁菜传说

福山是鲁菜的发祥地之一。旧时,民间都说蓬莱的腿,福山的嘴。意思是说蓬莱人的腿能走路;福山人的嘴刁,不管吃点什么,都要讲点口味。福山的饭菜非常讲究,也就有了"东洋的女人,西洋的楼,福山的厨子遍全球"和"要想吃好饭,围着福山转"的说法。福山的饭店也有许多有意思的传说故事。

(一)内掌柜得四子

有这么一个故事,说的是有四个进京赶考的书生,他们来到县城的东门外,见一个饭店的门上有一牌匾,上面写着:鲁菜第一店。四个书生相互一看,感到这店好大的口气,就有人提议中午在此店用餐。他们进店一看,告示上面写着:煎炒烹炸,吃啥有啥,做不出来,白吃白拿。四位相视一笑,就合计着要难为难为饭店的厨师们。

这时堂倌上前热情地问:"客官想吃点什么,请点菜吧!"甲书生说:"我点个青拌象牙。"乙书生说:"我来一盘盐花骨里肉。"丙书生说:"我来个皮包皮,皮滚皮,皮打皮,又吹又打的小酒食。"丁书生说:"我来个一群黄雀窜树林。"堂倌把菜名一一记住在菜册子上,做了一个揖,拖着长音喊着"好",就快步回到后厨,把菜册子递给了大厨师。大厨师一看,惊出一身冷汗:这些菜不仅不会做,就连名字也没有听说过。堂倌在一旁说:"看来这四个人是来找碴的,今天闹不好招牌要被他们砸了。"大厨师从业多年,从来也没有遇上这种棘手的事,就在厨房里走来走去,思索着这些到底是什么菜。伙计们都说快找掌柜的想办法。然而,大家从内掌柜(掌柜的老婆)那里知道掌柜的外出了。内掌柜一听便说:"不妨事,我来看看怎么做。"内掌柜拿着菜册子一看,思考了一会,笑着说:"真乃小事一桩。我来告诉你们怎么做。第一卖(旧时福山饭店,行话把一个菜或一盘菜称为一卖),将葱白和大白萝卜切成长条装盘,即是青拌象牙。第二卖,将熟猪舌头(福山叫口条)切片入盘,盘边上加咸盐花便是。第三卖,用一个熟猪尾巴,放在木炭火中烧一烧,再抹上许多炭灰入盘就行了。切记尾巴里一定要插一只筷子。第四卖,将数棵芫荽菜整棵洗净后,必须带着根摆放盘中,再用去清的鸡蛋黄放在芫荽上,即为黄雀窜树林。"厨师们一听茅塞顿开,就麻利地备料开灶,做好了四卖菜。

堂倌和大厨师一起把菜端上了桌子。四个书生一看大吃一惊,就急着问,这四个菜是谁点破的,贵店必有高人。大厨师对四卖菜分别做了解释,目的就是要他们多付银子。大厨师说,福山叫大白萝卜为象牙白,葱白也叫象牙葱,即是他们点的青拌象牙;牙是骨之精华,骨里肉即是牙里的舌头,也叫口条,加咸盐花相配为盐花骨里肉;这皮打皮,不过就一个火烧猪尾巴,吃时要吹打上面的灰尘才行,这就是又吹又打的小酒食;至于"一群黄雀窜树林",福山读"芫荽"的"荽"字是"树","鸡"字乃"双鸟",鸡又为大鸟也,鸟与雀不过是大与小的分别,鸡蛋做黄菜在芫荽上,就成了"一群黄雀窜树林"了。书生们听得头头是道,就加倍地付了银子。他们感到鲁菜第一店的字号确实名不虚传,就提出想见一见能解开这些菜谜的掌柜。

堂倌告诉书生们,掌柜的不在家,是内掌柜指挥做的菜。书生们一听,都感到内掌柜不是一般的女流之辈,就向堂倌打听内掌柜都有什么爱好,非要见见内掌柜。堂倌告诉书生们,内掌柜琴棋书画样样精通,织布纺纱、绣花剪纸样样拿手,是远近有名的机灵人。

书生们非要见见这个女中豪杰。堂倌领着四个书生来到内堂。他们走进书房一看,墙上挂着名人字画,内掌柜正在为画作落款令印。完了她抬起了头,就见她年近四十,举止大方,彬彬有礼,风韵犹存。内掌柜问书生有何指教。甲书生说:"内掌柜能做出那四个菜,不知是否能画出我们四人要买的画?"内掌柜听后不客气地说:"那就拿银子来吧,请报上画名。"甲书生先说:"我要幅张生戏莺莺。"乙书生说:"我买张吕布戏貂蝉。"丙书生说:"来一张梁山伯与祝英台。"丁书生说:"画一张洞宾找牡丹。"内掌柜听完书生的话后,拿起笔边画边说:"你们四个不是张生、吕布、洞宾和梁山伯,想与难老娘,你们的半瓢水还是不够使唤的。"说着,内掌柜就挂起了画。四个书生一看,画的是四郎探母。四个书生看后脸上都露出了尴尬的神情。他们原想调笑一下这个内掌柜,反被对方奚落教训了一通。甲书生就提议拜内掌柜为师。内掌柜说:"男人拜师讲究一日为师,终身为父。你们拜我为师,就是一日为师,终身为母。"内掌柜的话音没落,四位公子就跪拜了内掌柜。内掌柜毫不客气地说:"那我就收下你们这四个大儿子。"

(二)赖芳圃、刘珍年与半桌头

赖芳圃(1894—1942)名声扬,字芳圃,福山东北关村人,是商界、政界的要人,1934年任福山县政府财政局局长,家族是福山出名的富户。民国时期,他家有土地2000余亩,另外在芝罘、青岛、济南、大连、天津、哈尔滨、上海等地开办作坊、工厂、钱庄、商号等达170多处。刘珍年,原国民党山东军阀张宗昌的鲁军第四军参谋长。

民国时期,刘珍年帅部队驻扎福山。在此期间赖芳圃结交了刘珍年。二人多次出入有名的饭店,品尝正宗的鲁菜。一次,二人闲谈鲁菜的品种和花样时,赖芳圃就告诉刘珍年,说福山的鲁菜吃一天也绝不重样。为讨好刘珍年,他定下要在福山的吉升馆请刘珍年和当地的绅士名流品尝鲁菜的满汉全席。经过几天准备,吉升馆备足了各种材料,终于等到了赖芳圃和刘珍年。

据说八大菜系中都有满汉全席,但各有不同。南方和北方的满汉全席也不同,少数民族和汉族的也有所不同,宫廷有宫廷的满汉全席,福山的鲁菜也有自己的满汉全席。据说福山的满汉全席,热炒菜、凉拌菜、汤菜共有108个菜,多以海鲜为主,分前半部分和后半部分,上菜时分前半桌和后半桌,也按"四二八"菜品的上桌法来进行。整桌宴席要撤桌两次和换两次桌帷,撤桌期间还要上压桌点心(糕点),更换餐具。这种宴席的时间可达4~5小时或者更长,夜里还要听堂戏和吃夜宵。

赖芳圃和刘珍年等进了饭店,堂倌递上了毛巾。等他们擦洗完毕落座后,堂倌为他们沏了明前的茉莉花茶。为了向刘珍年和其他客人介绍菜品的内容,饭店掌柜也在座。一会菜品上桌,按四二八席的顺序先上了四个凉菜、八个热菜、两个汤菜。凉菜是双拼的,有熏鱼酱牛肉、肚丝配鸡胗、香肠松花蛋、猪肝配鸡丝。饭店掌柜为客人们敬上酒,介绍热菜有福山小烧鸡、清蒸对虾、葱烧海参、酱汁鲍鱼、全脸扣肉、滑熘肚片、全烧虾仁、糖醋鲤鱼,两个汤菜是什锦全家福和甜酸银耳汤。掌柜口若悬河地介绍起来:福山的小烧鸡是从皇宫传到民间的。福山的全脸扣肉是用猪耳朵铺碟子底,上面放猪头肉。带皮带耳的一半猪头肉经过多次加工,肥瘦肉兼有,肥而不腻,猪耳软骨老幼可食,香味无比。这道菜品在当时是上等宴席的主菜。葱烧海参用的是生长在北海深水里的福山海参。捕海参的能手要潜入几丈深的海底采集。此种海参刺长肉厚,营养丰富,是阴阳双补的佳品;再配上福山特产象牙白大葱精心烹调,便成了"葱烧海参"一菜。掌柜滔滔不绝的介绍使刘珍年很满意,赖芳圃的脸上也增光不少。接着又上了第二轮菜品,有蟹黄鱼翅、鱼茸蹄筋,白扒甲裙、雪里藏珠、炒三不粘、凤凰牡丹、一品鲍鱼、五彩银丝、芙蓉鸡片、四喜丸子、一鱼三吃、鱼香肉丝……各种菜品又上了一桌子,饭店掌柜的又开始介绍上来的汤菜,先介绍的是蝴蝶捧海参的加工工艺:汤是用猪大腿骨和鸡熬制的高汤,高汤要用特殊方法澄清除去杂质,使之成为清水样;海参要过油;用彩色蔬菜刻制两只蝴蝶,将其他彩色蔬菜切成细末;将高汤烧沸,加入海参和菜末,后入汤碗,加入两只蝴蝶上桌。白色汤碗中,汤水一清二白,蝴蝶飘在汤上浮动,栩栩如生,使人一看就食欲大增。掌柜又介绍炒三不沾。这道菜是用绿豆粉和鸡蛋黄,经过几千次顺时针的搅拌,再上炒勺向一个方向翻炒千余次而成。此菜微甜奇香,色泽金黄,别名"黄金万两"。其最大的特点是不沾筷子,不沾碟子,不沾牙,故名三不沾。据说这是鲁菜进宫的当家菜。席间,赖芳圃亲自教刘珍年吃三不沾,吃前要先漱口、洗涮筷子,这样才能吃出它的美味。

接着,是第一次撤桌,将上一轮吃的剩菜及餐具、桌帷都撤下来,再换上新的。这期间要稍事休息,上茶水和点心,也叫上馃碟。之后再接着上菜,堂倌们又忙活了起来。这一轮菜品有龙凤呈祥、步步登高、抓炒虾仁、糟溜鱼片、带子上朝、汤爆双脆、浮油鸡片、上朝里脊、活口鲤鱼、扒烂鱼翅、三丝鱼信、红烧大肠,还有雪花丸子汤、八仙过海汤。就这样,福山海三鲜、地三鲜、空三鲜的菜才上了三分之二就吃到了夜晚。在赖芳圃的提议下开始休息。撤桌后,又上来点心,请来了唱曲的。听着小曲,最后一轮菜品又上了桌面。这时,大家都没有肚子吃菜了,好不容易吃了点福山大面。整桌席面的满汉全席 108 道菜品吃了,后又上了几道福山名菜,究竟也不知道吃了多少道菜,把刘珍年撑得都弯不下腰了。

这次宴会真是给足了刘珍年面子,叫他领教了福山鲁菜的奥秘,感到"鲁菜之乡"真可谓名不虚传。饭后,刘珍年客气地说,吃这么多的菜有点浪费,有一半的菜就足够了。后来,赖芳圃和刘珍年相互请客的时候,都按这种菜品的套路请。因此,也有传说是刘珍年把这种菜品叫作半桌头的。

鲁菜绝技

福山的鲁菜从明代以后就声名鹊起,特别是在京城,更是闻名遐迩。其他菜系的人都想学到福山鲁菜的绝妙手艺,但旧时自家的独门技艺是绝不外传和不对外交流的,他们绞尽脑汁也没学到。

清朝的时候,福山的厨子王三友在京城开了个饭店。饭店的菜品色香味美,面食花样繁多,饭店终日车马盈门,客来客往,如同闹市。在王三友饭店所在的同一条街上,有一家外地人开的京菜馆。京菜馆千方百计地来刺探福山菜的奥秘,又多次在福山人的背后偷手艺。他们多次点菜试吃,有时一种菜品点好几份来品尝火候和口味,还有时把菜品带回去研究。京菜馆里也是高手如林,他们根据福山菜的刀法、火候、用油、用芡及用料,来研究和试制福山鲁菜,但始终都研究不出福山菜的烹饪绝招。

后来,京菜馆的掌柜想出了一个方法,叫自己乡下的侄子去福山的饭店学手艺。一天,有一个乡下打扮的小伙子来王三友的饭店应聘,王掌柜收下了他做勤杂工。小伙子一干就是两年。平时小伙能吃苦耐劳,腿快干活勤快,手勤干活麻利,嘴勤不好听的话不说,深得王三友和大厨们的欣赏。在大厨们的撮合下,小伙就认了王三友当干爹,还按福山的习俗举行了认干爹的仪式,什么行三拜九叩大礼,敬儿女茶,送认父的衣裤,都进行得规规矩矩。后经过王三友的提议,饭店把小伙调到后厨干杂工。后厨分灶上、墩上和杂工三种人。灶上是指制作菜品的大厨,墩上是指专门改刀的师傅,杂工是烧火、递碗碟、传物料的人。要想干上大厨,需从杂工开始做起。

小伙来到后厨后,干得得心应手。在干完本职工作后,就连师傅们的围裙、套袖、汗巾他都抢着洗。时间久了,师傅们就教了他一些做福山菜的妙法。很快他在灶上、墩上都能独当一面,和师傅们不分上下。一次,小伙到叔父家的京菜馆,叔父叫他做一个福山菜来尝尝,他就做了一个叫"全家福"的福山菜。叔父又向福山的饭店买了一个"全家福"的菜,一起摆在桌上。京菜馆的大厨和师傅们都来观看和品尝。两家的菜从外观上看,色形一样,刀法、刀工一样,品尝时包括海参、肉片、蛋糕、木耳、虾仁、海珍肉、玉兰片等主副料的火候和口味也无差别。但他们一品尝汤汁,就有了很大不同,买来的菜品汤汁有一种特别的鲜味,而小伙做的汤汁就大大逊色了。那小伙有点不服,就又做了一遍。众人一品尝,还是不如福山菜馆的味道好。他们都认为小伙只是学了福山菜的表面东西,没有学到精髓。

小伙回来后,还是勤勤恳恳学手艺。一天,福山的饭店接到皇宫的圣旨,要在两月后去皇宫为皇后做寿宴。因大厨人手不足,福山的饭店就要提升小伙为大厨,传授其福山鲁菜的秘诀。在王三友和大厨们的主持下,小伙立下了生死不泄露福山鲁菜秘密的契约,大厨亲自传授了鲁菜的奥秘。百年来,福山菜有一种提鲜味的佐料,是用胶东黄渤海特产的海肠子做的。海肠子是海中生活的动物。大厨们将新鲜的海肠子洗净,焙干后研磨成细细的粉末,装在小布袋里,做菜的时候放入菜中。小伙这才如梦方醒。大厨又告诉小伙,放海肠子粉的时候还要有分寸,汤菜出锅时放,炸菜喂口时放,溜菜勾芡前放,炒菜汤前放。这些做法，即使在福山的饭店学几年徒，若不提升为大厨，没有师傅的口口相传，也是掌握不了的。小伙得到真传后，做出的鲁菜同师兄们不分上下，成了名副其实的鲁菜大师。

古语讲，家有利器不可外示。福山人对鲁菜的研究，对独门绝技也深藏不露，从不外传。小伙的叔父多次让小伙子说出福山菜的秘诀，但小伙子信守自己的承诺，始终保守着秘密。后来，为了叔父的生意，在多方说和下，福山的饭店兼并了他叔父的京菜馆，但是大厨全是福山人。

福山小吃

福山被誉为"鲁菜之乡"，其中许多名菜是从家常菜和小吃演变而来的，有些小吃已经被淡忘或消失，如福山硬面锅饼、杠子头火烧、椒盐烤饼、手背包子、挖碗火烧、羊杂面、各种露天烧锅（包括羊肉汤，牛肉汤，驴肉汤，羊杂汤，猪大骨汤，鸡锅蔬菜汤）、烩饼、豆腐脑、豆腐脑饭、拌凉粉、煎黏糕、福山焖子，等等。现将福山的部分小吃的由来和故事叙述如下。

（一）羊杂面

羊杂面是用福山大面的面坯（福山大面的成品面条）加羊杂汤做面卤来吃的。据说在很早以前，福山大集上有一家卖福山大面的，有一家卖羊杂汤的，两家的店铺挨着，生意也平平。一天，大面的摊上来了几个乡下人吃面，大面的面卤还没有做好，乡下人就在等。这时卖羊杂汤的摊主就喊"大碗羊杂汤"来招揽顾客。吃面的人就买了几碗面坯，在卖羊杂汤的摊上买了几碗羊杂汤，把羊杂汤当面卤，浇在大面里吃了起来。这一吃不要紧，鲜、香、酸、辣，味味俱全，几个人吃得狼吞虎咽，满头大汗，连连叫好，直呼过瘾。乡下人走了，两个摊主都感到用羊杂汤做面卤肯定不一般。于是，两人就一人吃了一碗羊杂汤做面卤的大面，也就是羊杂面，味道确实不错。二人一合计就开始推销羊杂面。几个集的时间，羊杂面就传开了。食客们纷纷来品尝羊杂面，羊杂汤和大面摊上的生意红火得不得了。从那时起羊杂面就成了名小吃。

（二）挖碗火烧

挖碗火烧，是将福山的硬面火烧和叉子火烧等在羊杂汤、羊肉汤、猪大骨汤、鸡锅蔬菜汤等汤汁里浸泡来吃。这种挖碗火烧，味道厚重，老幼皆宜，有加工简单和食用方便的特点，是当时很受欢迎的快餐食品。

据说,福山有一家卖鸡锅蔬菜汤的,边上有家卖硬面火烧的。卖蔬菜汤的是个老汉,老得没有几颗牙了。一天老汉买了几个硬面火烧,却怎么也咬不动。他就将火烧泡在锅里,软了再吃。过了一会儿,老汉捞出来一吃,松软可口,还有嚼头,鸡锅蔬菜汤汁味道十足,既有饭又有菜,还便于加工。老汉和卖火烧的就做了几碗,叫食客免费品尝。食客们纷纷叫好。就这样一种新的小吃出现了。因为是把火烧泡好了放在碗里,用铁勺子连铲带挖地弄成小块就可以食用了,便取名"挖碗火烧"。传说,一家卖挖碗火烧的业主欺骗顾客,一只鸡用了很多天,正月还伺候了四个女婿,最后还是自己把鸡吃了。他的鸡锅蔬菜汤不但汤汁不浓,蔬菜的数量也少,就成了清汤泡火烧。顾客就嘲笑他,叫他家的"挖碗火烧"是"尿泡火烧"。他做生意不实在,结果自己把买卖干倒了。后来,正宗的挖碗火烧就有了别名"尿泡火烧"。

(三)手背包子

福山的手背包子,是从福山的大菜角子(一种简易的包子)演变而来的,经过几百年的时间又演变出了麦穗包子和折花包子。手背包子因为加工简单快捷,个头小,熟得快,轮流作业一分钟可包几十个,适合在集市上现吃现做,而且四季皆宜,经济实惠。顾客吃完了,还可以打包带回去吃。

民国时期,手背包子是集市上的主要面食制品。到解放初期,实行公私合营后,手背包子逐渐淡出集市。20世纪80年代初改革开放后,福山的手背包子又闪亮登场。福山地区数东关村王允圃的手背包子最为出名。据王师傅讲,民国以前福山城里有手背包子摊铺约十几家,出名的有邓少堂包子铺、随福盛包子铺、"一分利"包子铺、王氏包子铺等,加上其他乡镇的,福山手背包子的业户约40家。除了店铺和集市经营外,凡是福山的大小庙会、山会,都有卖手背包子的。因为收入颇丰,福山手背包子的店家们还到芝罘、八角、古现、高疃等地方出售。

据王师傅讲,福山的手背包子还有一段故事,是从他的师祖那辈传说过来的。传说很早以前,福山来了许多路过的官兵。部队驻扎下来急需开饭,官兵就找了很多人去做饭。第一顿做什么的都有,烙饼、小米干饭、馒头、面条和大菜包子。因天气原因,官兵不能出发,还要吃第二顿饭。当官的人一看,就是吃福山的大菜包子好,又有菜又有饭,好吃还省时间,就决定全部吃大菜包子。包大菜包子的时候,两手一捂一捏边就包一个,这种大菜包子,个头大,熟得慢。福山的一个厨师为了加快速度,叫包子熟得快,就包成普通包子一半的大小。他无意中在手背上一捂,包出了这种小包子。这种包子的式样不漂亮,但是制作速度快,吃头好,熟得快,得到官兵们的好评。后来官兵走的时候,他还做了许多这种包子给官兵路上吃。有人说怪话,叫这种包子是"兵背包子"。官兵走的时候,把体弱多病的人留在了福山。那个包小包子的厨师也留下了,他就开始继续研制手背包子的制作方法。

通过多次试验,他把这种包子研制成功了,一斤白面可包十五六个,样子像银元宝一样漂亮。馅料可用猪肉、牛肉、羊肉、蔬菜和海鲜,包时不用擀皮,用手按面皮即可,包子对折的地方少,熟得快,口感好,成了大众食品,又适合做快餐,好手一分钟能包四十多个。很快这种包子就传开了,因为是在手背上捂出来的,就取名"手背包子"。现在福山还有几家小店经营手背包子,传承着这种古老的手艺,保留着福山的传统食俗文化。

(四)豆腐脑饭

据说,很早以前,福山八角港口有兄弟两个开了一家豆腐脑的饭铺,经营豆腐脑、火烧、硬面锅饼、椒盐烤饼。一天,海上起了大风,渔船纷纷靠港避风。吃饭的人多,饭铺应接不暇。现做豆腐脑已来不及了,只能卖火烧等面食。船工们要求只要做点能就饭的菜就行。弟兄俩急得团团转。哥哥一看家里还有一些豆腐脑,有自己喝的一盆小米面稀饭,还有猪肉、蔬菜和小虾米,于是就把猪肉切成丁,用大葱、姜、蒜爆锅,把小米面稀饭加进去,开锅后又加上豆腐脑、小虾米和新鲜蔬菜,熬了满满一大锅。弟兄俩为了招揽生意,准备把这种菜饭免费给船工们吃。船工们吃的时候,还加上了喝豆腐脑的辣椒油、虾油、韭花酱等调料。船工们一品尝,这种菜饭有豆腐脑的特殊味道,有猪肉的香味,有小虾米的海鲜味,有蔬菜的鲜味,还麻辣可口。船工们吃着火烧,喝着菜饭,感觉别有一番风味,就问弟兄俩这叫什么菜。哥哥想,这是用豆腐脑和小米面稀饭做出来的,就说,求大家给起个名字吧。船工们起什么名字的都有,什么烩豆腐脑、稀饭豆腐脑、船工豆腐脑等。最后,还是哥哥一锤定音,取了名叫"豆腐脑饭",后来简称"脑饭"。几天来,船工纷纷来要脑饭喝。后来,弟兄俩经过多次改进,把脑饭做得更加美味可口,成了有名的小吃。福山城里和八角港口的人品尝了脑饭,也感到非常新鲜,就提议弟兄俩在福山城里开一家豆腐脑饭铺,就这样,哥俩就误打误撞把豆腐脑饭传到了县城。

俗话说,蓬莱人的腿,福山人的嘴。豆腐脑饭传入城里后,好吃的福山人纷纷来尝新鲜。豆腐脑饭就轰动了县城,也有许多人学着做豆腐脑饭。这样,福山人饱了口福,福山也多了一种小吃。

（五）疙瘩汤

疙瘩汤，是先在锅里烧开高汤，再用白面加水搅拌成小面疙瘩，将小疙瘩放入锅里烧开，再放入新鲜蔬菜做青头，出锅即可食用。这种简单的小吃，还有一段有趣的故事。

传说，福山的一户人家有个勤俭的媳妇，她从来不浪费粮食。一次家里包了"挲馅饺子"（福山方言，是说把蔬菜切碎去掉水分叫挲馅）。饺子正煮着，还没出锅，孩子突然哭闹不止。她就去照顾孩子。她回来的时候，有些饺子皮都破了。媳妇把饺子捞了出来，剩下的饺子汤里有肉和蔬菜。媳妇看看，觉得糟蹋了太可惜了，就留下了饺子汤。她左思右想，怎么能用上这些饺子汤。于是，她就用白面做了些小疙瘩，放在汤里做成了糊糊样。她尝了尝，口味不错，有菜有肉，面疙瘩又可充饥。后来，她就常常做这种疙瘩汤喝。一年闹灾荒，她就和丈夫做了疙瘩汤到集上去卖，人们觉得用来充饥很好。过了灾荒年，夫妻俩就把疙瘩汤进行了改进，先用肉丁、葱、姜爆锅，加上黑木耳、蘑菇、碎粉条、小虾米等，加上水烧成高汤，再加上小面疙瘩，出锅前打上鸡蛋花，加上香菜青头，还可以加上海鲜。这种疙瘩汤，喝着爽滑，就着火烧、烤饼等面食更加美味可口，既可当粥喝，也可当菜就饭；食用的时候加上辣椒油，就着大蒜瓣，别有一番风味。特别是严寒的冬天，疙瘩汤里多加点姜，可驱赶严寒，预防伤风；夏天加上少许绿豆粉，可去瘟避暑。因为疙瘩汤取材方便，加工简单，经济实惠，后来就成了大众喜爱的食品，小两口的疙瘩汤生意也非常红火。

旧时福山大集上，有许多卖疙瘩汤的摊铺。人们来赶集，带着自己的干粮，买一碗疙瘩汤泡着干粮，吃得鲜香无比。在当时的社会背景下，疙瘩汤是很适应市场需求的名小吃，就是现在，高档宾馆里也常常能见到疙瘩汤的踪影。

（六）煎黏糕

煎黏糕，是将普通的黏糕用平锅煎得焦黄，外焦里嫩，带有奇香，且便于携带，在旧时是福山有名的小吃之一。它是一个老汉误打误撞发明出来的。

过去，福山城里有个刘老汉，天天在城里的大街摆摊卖黏糕。他摆着饭桌、小板凳，黏糕方方正正放在碟子里，撒着白糖，等着顾客的光临。他的黏糕做得非常好，上面不结硬盖，下面不结死底，爽滑不粘牙，有韧性，有嚼头。集市日乡下人在摊上吃，平时城里人还买回家吃，因而他的生意兴隆，收入可观。

一年伏天中午的时候，老刘把黏糕摆放好了准备开摊。俗话说："伏天的云彩，后老婆的脸，说翻脸就翻脸。"天突然下起了大雨，老刘来不及收拾，黏糕和自己都被雨浇透了。老刘收拾黏糕回了家。黏糕无法回锅，一回锅品相就不好看了，无法出售。老刘看着黏糕心痛得要命。他左看看右看看，想来想去，就想出了一个办法。他用猪大油（猪油）把黏糕煎成了金黄色，外面还结了一层饹馇。他一看被雨淋湿的黏糕这么一煎品相挺好，尝了尝外焦里嫩，有猪油的香味，还有糖的甜味，里面的黏糕口味还不变。老刘把煎好的黏糕送给邻居尝了尝，邻居都说好吃。老刘把煎黏糕拿到街上试卖，顾客食用后都觉得很好吃。老刘就制作了煎黏糕的平锅炉具，卖起了煎黏糕。煎黏糕就成了当时福山集市上的名小吃，逢年过节和山会、庙会上也必不可少。

现在，福山已经没有专门的煎黏糕作坊了。但是，民间爱好这一口的人还在家里自己制作煎黏糕以饱口福，所以还保留着这种传统的老手艺。

（七）福山焖子

焖子，是用绿豆粉团制作成凉粉，经过油煎加佐料食用的一种小吃，很受大众的欢迎。刚刚改革开放时，一家卖焖子的业户，一年就成了万元户，这在当时是非常惊人的事。关于焖子的由来，说法很多，大体如下。

从前，福山芝罘岛上有弟兄俩，以卖凉粉为生。他们起早贪黑辛勤地干着，靠这个手艺养家糊口。一天上午，天下着大雨，弟兄俩做好的凉粉没法出去卖了。中午的时候，弟兄俩没有午饭吃。他俩憋闷了半天。弟弟想，吃拌的凉粉不能充饥，就和哥哥商量要把凉粉在锅里煎着吃。哥哥想，拌的凉粉早就吃够了，就叫弟弟随便弄吧。弟弟把凉粉切成小块，锅里放上油，在锅里煎了起来。这时锅里发出阵阵香气，哥哥一闻说"好香啊"，就尝了尝，外焦里嫩，外皮奇香，里面还保持了凉粉的原味。弟兄俩就把煎好的凉粉加上拌凉粉的佐料，有大蒜泥、虾油、麻汁、韭花酱等，吃了起来。弟兄俩就做了一些出来卖。食客们一吃，既感到新鲜，又觉得好吃。有个读书的公子吃了，赞不绝口，就问弟兄俩是怎么发明出来的。弟兄俩就说是下雨天憋闷出来的，公子就把煎凉粉取名叫"焖子"。还有人说，弟兄俩本来就姓"门"，是根据姓氏取名叫"焖子"。这就是名小吃焖子的由来。

（八）灰豆腐

将成品豆腐切成厚片放在草木灰里，被吸干水分的半干不湿的豆腐干用大料、茴香、葱姜等煮好便可食用，即为灰豆腐。灰豆腐可凉拌、炒菜和做汤，最好吃的是凉拌，是民间年节期间的好食品。现在的酒店里还有灰豆腐制作的菜品。那么灰豆腐是怎么来的呢？有这样一段传说。

　　很早以前,土匪作乱。村中有人打锣鸣号,通知来了土匪,村民纷纷出去躲避。有一年冬天,福山南部山区的某村,一个村妇买了几方豆腐放在锅台上,还没有来得及吃,突然,村里打锣通知土匪来了。村妇一听不好,为了逃命以防不测,她就随手把豆腐放进锅灶的炉膛里藏了起来,到亲戚家躲避了。回来的时候要做饭,她一掏灶台里的草木灰,发现里面藏的豆腐成了灰黑色,成了灰豆腐。豆腐的水分已被草木灰吸得很少了。她仔细一看豆腐还没有坏,闻一闻还有豆腐的香味。村妇舍不得浪费,把豆腐洗了洗尝了尝。这种豆腐比水豆腐味道厚重,草香味十足还有韧性。她就用花椒、大料、葱姜,加水、面酱、食盐把灰豆腐煮了煮,煮好的灰豆腐有特别的香味和韧性。她把灰豆腐用大葱、白菜心,加大蒜泥、芝麻油拌成凉菜,一吃真是美味可口,回味无穷。俗话说:"豆腐掉在灰里,吹不得打不得。"那是说新鲜的水豆腐。灰豆腐被吸去了水分,上面的灰很容易洗净,不存在吹不得打不得的问题。

　　经过几百年的传承,善于研究美食的福山人,总结出了制作灰豆腐的完整工艺及灰豆腐菜肴的制作方法,可将灰豆腐加四季蔬菜,也可加海鲜、鸡肉丝、鸡胗、猪肚等拌成凉菜,还可将灰豆腐油煎和油炸或制作炒菜和汤菜。灰豆腐作为福山的一道传统小吃,保存时间长。其取材简单,制作简便,口味独特,可荤素搭配,受到人们的喜爱。现在福山的饭店和宾馆,还有灰豆腐制作的菜肴。

(九)福山发糕

　　旧时,福山的发糕是玉米面和白面发酵制作的。在发酵的过程中,容易产生一种酸味,使得发糕吃起来味道不好,还容易结硬盖和死底。一位农家妇女无意中解决了以上问题。

　　传说福山的一个媳妇在家里做发糕,和面的时候引子(酵母)放少了。她想加点白醋加速发酵,误把公公喝的白酒倒在了面里。她想,酒是人喝的东西,也没有毒,就这样吧,就用带酒的面在锅里蒸起发糕来。发糕出锅时,酒香四溢。金黄色的发糕发得特别好,上无硬盖,下无死底,中间发酵的小孔均匀。她和家人一尝比以往味道都好。她认为是白酒起的作用。这个媳妇也不解,酒怎么能起到这种作用? 公公告诉她,做白醋的时候要加些白酒,酒和醋同样有发酵功能;用酒又解决了玉米面和白面发酵产生的酸味,是个好办法。

　　以后媳妇用同样的方法做出来的发糕都非常好吃。她就告诉了邻居。做发糕时加点酒的做法就传开了。所以,福山的发糕就比别处好吃,成了福山过年过节的传统美食。

（十）鱼锅片片

传说，很久以前，北海边上有户人家。丈夫出海捕鱼，因为风浪太大无法作业，只捕获了几条小黄花鱼和几条小杂鱼，还有几个蚬和小螃蟹，就早早地收网回到家里。已经到了中午，丈夫饿得要命，急着吃饭。妻子急中生智，在锅里贴满了片片（用玉米面做成饼状，贴在锅边蒸熟的像锅贴一样的食品），把小黄花鱼和其他海鲜洗了洗，爆好锅后就都放在锅里一起焖了。一会儿锅里冒出了阵阵香味。媳妇掀开锅一看傻了眼，因为焖鱼的水沸腾后粘在片片上，片片不是金黄色的了。她怕丈夫嫌弃，就想先尝尝味道怎么样。然而，媳妇还没来得及尝，丈夫一看饭熟了，就叫她赶快弄出来吃。媳妇拿了几个片片，盛了一碟子鱼，就端上了桌子。丈夫狼吞虎咽地吃了起来，边吃边说："好，好，好，今天的片片不一样，还有鱼的鲜味。"就这样，媳妇用同样的方法做了多次鱼锅片片，每次都感觉味道很好。她还总结出了用小黄花鱼做的鱼锅片片最好吃。

她把此法告诉了邻居，邻居们都学会了做鱼锅片片。鱼锅片片很快在会吃的福山人中传开了，成了福山的民间美食。

（十一）杂面汤

福山人说的面汤，指的是面条不加面卤，爆锅后加水烧开直接煮出来的面，是一位农家媳妇发明的。

有个福山姑娘出嫁了，父亲来看她。姑娘家里贫穷，没有什么能招待父亲的。按福山老辈的习俗，父亲来了还要叫公爹来陪客。媳妇一看，家里的白面做不出两个人吃的饭，把她难得团团转。她就在白面里加了一些豆面和高粱面，擀面汤给父亲和公爹吃。面汤做好了，父亲和公爹喝了都说好吃。剩了一点姑娘尝了尝，面汤劲道，还有黄豆的香味，确实好吃。后来她用同样的方法做，每次都感觉很好吃。慢慢地，邻居也学着做这样的面汤。会做饭的福山妇女们，在面汤里加上了新鲜蔬菜、海鲜、猪肉等来调味，把面汤做成了美食。

因为这种面汤可以在白面里加上豆面、高粱面、大麦面、地瓜面、豇豆面等，就取名"杂面汤"，还有叫"豆面汤"和"三条腿汤"的。

（十二）椒盐烤饼

椒盐烤饼是福山人发明的。它从福山传遍了胶东半岛，后来传遍了全省，成了山东传统名吃之一。

据说李世民东征的时候，官兵驻扎在福山。他们喜欢吃福山的发面层饼，就着福山的花椒盐(使用少许花生油,用文火把花椒炒出香味,研成粉末加上细盐做成)。官兵要走的时候,需要一些行军干粮。福山人发现官兵们喜爱吃花椒就在发面层饼里加上了花椒盐,给他们当干粮。官兵们吃着味道很好,有饭味又有菜味。李世民大加赞赏福山人的做饭手艺高超。有人就叫这种饼是行军饼。后来福山的厨师们经过多次改进,把这种饼做成了约手掌大的菱形,外面焦黄,里面松软起层,松软适口,还带有椒盐味。因为制作时是在平锅上烙半熟,再在炉里烤熟,就取名"椒盐烤饼"。

现在福山区东北关村的 82 岁夏洪海师傅,还会盘旧时的椒盐烤饼炉。他把老手艺完整地传给了子女。所以,福山的椒盐烤饼现在仍可以见到。

(十三)杠子火烧

相传,福山有两个伙计跟着师傅做火烧。一次他俩把面和得太硬了,无法揉成面团。二人就想了一个办法,用擀面杖来压面。他俩一人把着一头,一按一压地把面压成了面团,就开始制作火烧。火烧做出来,师傅一尝口味不佳,就往火烧里加上猪油和白糖。又经过多次改进,这种火烧终于成了大众喜爱的食品,取名"杠子头火烧"。

杠子头火烧具有面硬有型,酥脆爽利,冬吃不凉,夏天耐储存,便于携带的优点。20 世纪初,福山有许多经营杠子头火烧的店铺,一直流行至今。现在虽然用现代工艺制作杠子头火烧,但仍然保留着传统的口味,登上了大卖场和超市的柜台,以饱人们的口福。

(十四)拌凉粉

福山的凉粉分为两种,一种是用地瓜和绿豆淀粉制作的,一种是用海粉菜(民间叫海毛菜)制作的,统称凉粉。用海粉菜制作凉粉,还有一段故事。

传说,福山海边的一户人家家里已揭不开锅了。男主人到海里去赶海,却只潮上来许多海粉菜。海粉菜煮好后,夫妻俩一看锅里什么也没有,只有一锅像糨糊的东西。二人也不敢喝,就放到盆里观察。这盆水冷却后,却凝成了晶莹剔透像凉粉的东西。因为这东西和凉粉差不多,他俩就用拌凉粉的方法,拌了一些尝了尝。他俩怕有毒,还准备了绿豆水来解毒。他俩吃完很长时间也没什么事。这种东西吃起来柔嫩爽滑,有海鲜的清气,比普通凉粉还好吃。

慢慢地,人们就利用海粉菜制作出了凉粉,叫"海粉"。在盛夏的季节,凉爽鲜美的海粉,是人们喜爱的美食。

(十五)烧锅子

把猪肉、牛肉、羊肉、鸡和其下货,经过反复煮沸制作而成的高汤,再加葱和香菜做青头,喝时加胡椒辣粉和醋,就和现在的羊肉汤一样,福山人叫这种高汤就是烧锅子,是福山名吃之一。

烧锅子传说是朱元璋八月十五杀鞑人的时候留下的。在杀鞑人的官兵凯旋的时候,百姓们在街上支着大锅,煮着牛羊肉汤款待官兵们。他们喝着高汤就着火烧,吃得很香。后来这种高汤就演变成了用多种食材来熬。在清末和民国时期,福山的大集上有许多熬烧锅子的,因为锅支在露天,人们就叫这种烧锅子是"朝天锅"。后来,烧锅子里还可以煮火烧、烩饼、烩片片等。烧锅子也演变出多种做法,特别是烧锅子里煮火烧演变出的挖碗火烧,可与陕西的羊肉泡馍媲美。

(十六)葱花饼

葱花饼是用白面加葱花、食盐等和成面糊,在锅里烙成的一种薄饼。

传说,一位妇女在家和了一些面糊准备做糊糊吃。儿子急着吃饭,妇女就把面糊中加了葱花食盐,在锅里烙成了薄薄的饼。饼烙好了,儿子吃着很香。妇女尝了尝,饼有葱花的特殊香味,外焦里嫩,松软可口,非常好吃,而且做法简单快捷。此后,她又用此法做了多次,发现面糊里还可以加鸡蛋、小虾米和蔬菜末,在平锅上烙更好。现在福山的早餐店还在经营葱花饼和小米稀饭,价格便宜也快捷,成了福山的美食之一。

(十七)炸油条

关于炸油条,早年有油炸鬼、麻糖、炸两口、炸秦桧等叫法,传说是为了纪念岳飞的一种食品。

传说,人们认为是秦桧两口子害死了岳飞,就捏了两个小面人在油锅里炸,一个是秦桧,一个是秦桧的老婆。还有人把两个小面人的头和脚捏在一起,意思是叫秦桧和他老婆一个也跑不了;用筷子压一压小面人,是让他俩永世不能翻身。小面人炸熟后即被吃掉。后来成了现在的油条、油炸糕和炸面鱼等快餐食品。这种油炸食品在全国各地都有,同福山的豆腐脑、稀饭配成早餐来吃更地道,是福山的传统名小吃。

(十八)老豆腐

"老豆腐"是福山人对豆腐脑的称谓。胶东其他地方皆称豆腐脑,为什么福山人叫豆腐脑"老豆腐"？有这样一段故事。

据说,1880 年前后,时任国子监祭酒的王懿荣,回福山省亲。他在东门外的豆腐脑店里吃早饭。这里人来人往,生意很好。他品尝到这家店的豆腐脑做得比其他地方好,特别是比其他家的豆腐脑要老。王懿荣就问店主:"这样做不是要少赚钱吗？"店主说:"做得老一点,是少赚点钱,但顾客吃着实惠。诚信做生意是福山人的根本。"王懿荣听后很感动,就常常来喝豆腐脑,一来二去就和店主熟悉了。店主得知其是王懿荣大人,就斗胆求王懿荣题写店名。王懿荣大笔一挥写下了"福山老豆腐店"。店主把王懿荣写的店名,刻成牌匾挂了起来,引来许多人观看。从此,福山人叫豆腐脑就是"老豆腐",并沿用至今。

(十九)炸活人脑子

旧时,福山的饭店有个规矩,顾客点的菜饭店做不出来,顾客就可以不花钱白吃一顿。一天,某饭店来了几个花花公子,要吃炸活人脑子。堂倌一听,就告诉掌柜。掌柜听到了就说"好办",并叫堂倌告诉公子们此菜很难做,要慢慢等着。公子们以为是饭店做不出来,就点了许多福山名菜,想白吃一顿。掌柜叫一个伙计去把头发剃光了,做了一盘炸豆腐脑。剃光头的伙计拿着斧头,端着炸豆腐脑来到桌前,告诉公子们"炸活人脑子"有两种,一种已做好了,就是眼前的炸豆腐脑;另一种公子们能取出来,饭店就能做。说着,其他伙计就把光头伙计的头按在桌子上,递上斧子叫公子们取活人脑子。公子们一看,这不是要出人命吗？他们谁也不敢动手,就服了输,老老实实地付了饭菜钱灰溜溜走了。

后来,饭店的厨师就把豆腐脑用干淀粉裹起来炸,外焦里嫩,用辣椒油和韭花酱等调料蘸着吃,成为一种特殊的小吃。因为这道菜是难为厨师的一道菜,一般的厨师掌握不好火候,慢慢地就被淘汰了。

(二十)腊八蒜

腊八蒜是在食醋里泡出来的一种食品。制作时,将大蒜瓣去除外皮洗净晾干,放在容器里,再倒入食醋没过大蒜瓣即可,加上几滴白酒效果更佳。泡几天后,食醋的酸味不减还有大蒜的辣味。乡民们喜欢在腊月制作,取名腊八蒜。其实,腊八蒜一年四季均可制作,夏季浸泡三五日就可食用,温度越高,浸泡时间越短。腊八蒜是误打误撞演变而成的。

传说旧时冬天没有绿叶蔬菜,人们都用大蒜瓣生蒜芽炒着吃。一个媳妇误把大蒜瓣放入了自家发酵白色食醋的容器里生蒜芽,还加了水。几天后,她发现大蒜瓣没有出芽,可是大蒜瓣在菌种的作用下变成了绿色。她发现食醋和蒜瓣的味道都非常好,用泡过蒜的食醋拌凉菜还不用制作蒜泥,又方便又省事。这种泡蒜方法很快就在乡间传开了。在腊八前后泡的大蒜,春节食用最合适,是一种很好的小食品。浸泡腊八蒜的醋还有止痒的功能。许多人还说,常食用腊八蒜和其中的醋,还有防寒和预防感冒的功能。

(二十一)豆饽饽

传说,有个巧媳妇,家中的白面不多。她用家里的白面蒸了一桌祭祀天地的大枣饽饽,共15个。因为白面不多,媳妇蒸的枣饽饽个头不大。后来她把剩下的一点白面,将地瓜面包在里面,也蒸了几个大枣饽饽自己吃。她把全是白面的大枣饽饽,摆在院子里祭祀天地爷。天地爷来到她家一看,给自己吃的饽饽个头很小,媳妇家里的饽饽个头很大,很不高兴,就要惩罚媳妇。这时,灶神出来对天地爷说:"你误会了媳妇。她把全是白面的饽饽供给了你吃,自己家里的饽饽里面是地瓜面的。"灶神又告诉天地爷,媳妇家里很贫穷,但是对众神非常孝敬。天地爷就尝了尝地瓜面饽饽,确实不如白面饽饽好吃。天地爷知道了媳妇的一片苦心,就赐给媳妇家荣华富贵。后来,媳妇家越过越好。灶神托梦告诉媳妇,她家的好日子都是天地爷赐给的。邻居们看见媳妇家富了起来,也纷纷学着蒸有馅的饽饽,有用糯米蒸的黏饽饽,有各种豆类的豆饽饽。人们发现用红小豆和豇豆蒸的豆饽饽又好看又好吃,面皮雪白,里面红彤彤的很喜庆,就在春节的时候蒸豆饽饽,祈求生活幸福。

(二十二)片汤

传说,很久以前,李世民东征的时候,有一路官家的军队于福山县安营扎寨。当地福山人非常好客,宴请官兵和家属吃饭,包饺子招待客人。外地客人吃到饺子后,感到非常好吃,又不了解饺子是怎么制作的,就向福山人请教。福山人教授他们怎样包制水饺。外地人为了答谢福山人,也用饺子宴请福山人。因为外地人手艺不精,皮和馅的边口捏得不是很紧。饺子下锅后,皮和馅分开了。可是外地人又没什么其他面食,只好把锅里的饺子皮和馅加上饺子汤一起给福山人吃。外地人不好意思地说:"包饺子的手艺学得不佳,请各位吃饺子,闹成片汤儿了。"吃过饭后,福山人感觉味道还不错,就在此基础上,制作出了一种快餐美食叫作"片汤"。从此留下了一句民间俗语,说那些光说不练的人叫"闹片汤";形容那些答应该办事却办不到的人也叫"闹片汤"的人。

福山烧小鸡

福山自古出厨师,是鲁菜的发祥地。其中有关于福山烧小鸡的由来,有一段传说故事。

相传,在明朝隆庆年间,福山人氏郭宗皋在朝为官,任兵部尚书。郭氏家中的厨师都是老家福山的,各个厨艺精湛。郭氏经常宴请朝中的官员来家中品尝福山的鲁菜。这事不知怎么被皇上知道了。一次皇上和郭氏说笑:"大臣们都吃上了福山的鲁菜,朕看来是没有这个口福了。"郭氏一听此事不好,就跪地巧妙地说:"本官哪能惊动皇上的龙体到寒舍吃顿便饭呢? 如果皇上要吃福山的鲁菜,立马叫厨子们进宫伺候皇上。"皇上把郭宗皋叫了起来,说过几天必须上他家吃顿福山饭。宫里的人都知道皇上一餐备三日的说法,可大意不得。郭宗皋就命厨师早早地准备好了福山特有的海参、干贝、虾仁、蟹肉等,总之,山珍海味样样俱全。厨师们还剃了头,洗了澡,分了新的上灶衣服。郭氏又把家中收拾好几遍,张灯结彩地迎接皇上到来。

这天,皇上坐着八人抬的大轿,和几个大臣来到郭宗皋的家里。郭氏为皇上献上了清明前的铁观音茶水,介绍了福山筵席上菜的习俗:先上的六个小菜,在福山叫垫补菜,一可开胃,二可知道客人的口味,寓意是席间的客人六六大顺。主菜是先鸡后鱼。先鸡的寓意是,坐席的人开门大吉,大吉大利,后上鱼的寓意是席间的客人都发财,年年有余……郭氏还没有介绍完,皇上一挥手说:"别光说不练,边吃边介绍吧!"

六个小菜端上了桌,甜咸鲜香辣酸,味味俱全。皇上一一尝过,张口就说了一个"好"字。郭宗皋的心就放下了大半。这时主菜清蒸小公鸡上来了。皇上一尝,鸡皮烂而有韧性,肉烂而不腻,骨酥可食,口味特别,鲜嫩清香,回味无穷。皇上对福山的清蒸小公鸡赞不绝口。郭宗皋对皇上和大臣们介绍了福山清蒸小公鸡的加工方法:选八个月左右的小公鸡,宰杀去内脏,洗净,用盐卤,用清水浸泡,特别是要在鸡的内膛,添上荷叶和鲜玉米秸以及多种佐料,再上笼屉蒸熟。工艺复杂,缺一不可。一个大臣接着说:"这种鸡用盐卤的时候,就是为了入咸味。卤好了再不能加盐了。厨子的水平就在一把盐上。都说'破烂厨子一把盐',那是误解。好厨师做菜用盐是关键。盐可去杂味,可提鲜香。不会用盐的厨师不是好厨师。"紧接着,福山名菜都上来了,有葱烧海参、芙蓉干贝、油爆对虾、蛋黄蟹肉、红运当头、糟溜鱼片、清蒸加吉鱼,等等。皇上和大臣们边吃边叫好。皇上在席间问大臣,中国的八大菜系拟定得怎么样了。大臣们答,还缺一个。有大臣提议应为福山菜。皇上说，福山地面太小，就以福山菜为主命名为鲁菜。郭宗皋就立刻说："谢主隆恩！福山小小的地方第一次受到皇封，幸事，幸事！"大臣们为了讨好皇上和郭宗皋，就提议说八大菜系之首应为鲁菜。皇上说："福山第一次封赏，朕第一次吃鲁菜，那就鲁菜为首吧！"郭宗皋和大臣们都呼："皇上英明，皇上万岁万岁，万万岁！"

一次，皇上龙体欠安，食欲不振，娘娘急得火烧火燎，就问皇上想吃点什么。皇上说，想吃郭宗皋家的鲁菜。娘娘下懿旨，找来福山的厨师为皇上料理御膳。皇上吃了福山菜，胃口大开。福山厨师进宫仓促，还不熟悉御膳房的环境，忙中出错，把清蒸小公鸡的锅烧干了。大厨掀开锅一看，清蒸的鸡烧得金黄金黄的，香味扑鼻。大厨想，此鸡的颜色符合烧炸烤的标准，已超过了清蒸鸡的火候。大厨就把鸡身上抹上了香油，鸡身金黄，锃光瓦亮，香气四溢，边上摆上了蔬菜，就端给了皇上。皇上品尝后赞不绝口，特意把大厨叫到跟前，询问此菜名。大厨心虚，想自己是福山人，就结结巴巴地说，叫福山烧小鸡。皇上听后大悦，赏赐了大厨，并把厨师留在宫中做了御厨。福山厨师们在宫中大显身手，经过多次研制，把福山烧小鸡做得更加美味，简称为福山烧鸡。

就这样，福山烧鸡就成了胶东风味鲁菜的招牌菜。后来流传着这样一句话："西有德州扒鸡，东有福山烧鸡。"

福山大面的传说

福山大面已有300多年的历史，在福山又有抻面、摔面、拉面的称谓，其工艺性强，品种多达几十种，口味独特，是福山传统宴席上的美食之一。民间有这样的谚语说："北海边上吃个遍，不如福山一碗面。"旧时，福山大面是宴请宾客的首选。过去福山城里有20余家有名的饭馆，又有许多集市大面小吃摊，家家都有做福山大面的绝技。出条、打卤、炸酱，样样出新，食客们交口称赞。有关福山大面的由来、大面的制作、大面卤汁的调制和大面馆的故事，在福山民间早已广为流传，成为美谈。

福山大面的由来传说（一）

传说很久以前，福山有一户人家，家里就一个儿子，家境富裕。男主人是个读书人，还是个秀才。妻子在家料理家务，她的手擀面可谓福山第一。邻居家有个喜事只要她去帮忙擀面，一个能顶三个。邻里都夸她的饭食手艺好。她为人心眼好，勤快能干，心灵手巧，窗花剪得也是一绝。她长得也很漂亮，特别是有一头秀发,乌黑锃亮,垂腰飘荡。这年宫廷开科考官,她的男人就要进京赶考去了。临走时她将自己的一绺长发装在一小盒子里,交给自己的男人,以表示对丈夫的思念,并告诉他要早日往家中捎信。

男人一去几年都没有音信,她不知道男人已中了进士,因为边疆兵乱,被派到了边疆。几年后,男人回京议边疆战事,从京城捎了一封家书回福山,说了他在京为官,一时半会儿回不来福山。后来他又去了边疆,从此音信全无。

家里的妻子因为思念男人得了眼病。孩子已老大不小,在福山的一家饭馆当学徒。儿子非常勤快,学手艺认真,菜案面案样样精通,几年的时间就能独当一面。但是他母亲的眼疾却越来越重,晴天还能看见个人影,下雨阴天就什么也看不见了。一天,儿子为母亲擀面吃,剩下一块面团。母亲想丈夫在家时就爱吃自己擀的面,就把剩下的面团拿在手里揉搓起来,几天来都是如此。大概这也是她思念丈夫的一种寄托吧。儿子很有孝心,常给母亲换些新的面团来揉搓。久而久之,他母亲把揉搓面团当成一种消愁解闷方式。说来也巧,有一天母亲揉搓面团的时候,边拉边抻,用手抻拉出了像手擀面一样的面条。她反复试验了多次,用这种抻拉的方法确实能做出面条来。母亲把拉出的面条给儿子看。儿子一看,感到真是神奇:母亲几乎双目失明,怎么能做出这样的面条呢?娘儿俩就按比例,用食盐水和碱水和面,按母亲的方法果真做出了面条。儿子经过多次的试验,添加了摔和搋条等手法。人们吃了这样做出的面条,都说比手工擀的面还好吃。这种做法加工时间短,操作一次可供多人食用,面条爽滑可口,耐嚼而不硬,适合于饭店。就这样,儿子就在福山城东门外开了一个拉面馆,他一边经营一边对拉面进行改进,还带了许多徒弟。拉面馆的生意非常红火,儿子拉面的手艺也很快传遍了福山。几年后,许多福山的拉面手艺人又到外地开起了拉面馆。

几年后,这户发明拉面的人家生活有了改善,又有了积蓄,但儿子和母亲都有一块心病,那就是没有和父亲团聚。儿子看透了母亲的心事,就提出了一个大胆的想法,在京城开个面馆,以便打听父亲的下落。母亲一听他的想法就答应了。就这样,儿子领着几个福山老乡,风风火火来到了京城,开起了福山拉面馆。因福山大面加工工艺特别,卤汁讲究,条形多变,美味可口,老幼可食,拉面馆在京城红遍了大街小巷。儿子和老乡们在面馆里忙活,他母亲就天天在后屋盼望着能早日有丈夫的消息。

再说这丈夫,自从进京考官取得功名后,先后两次被紧急派到了边疆。因边疆战事吃紧,交通又不便,无法通信,他和家中多年没有书信来往。后来边疆战事平稳,他被调回了京城,官至兵部大员。他先后写了几封家书回福山,因家中无人也没有收到回信。过了几年,他被恶人诬告。皇帝听信不实之言,将他贬为庶民。因他为官清廉,身无分文,就剩下妻子给他的那几绺长头发。他看着长发就想起家中的妻儿,也想妻子拿手的手擀面。因在战场上腿受伤落下了残疾,他只好在京城以乞讨为生。

一天,儿子的面馆里有一食客提及一个很像他父亲的人的遭遇。儿子和母亲核实了一下,这人只是和父亲来京城的时间吻合,但对于在边疆作战和父亲的残疾他们全然不知,感觉不会是自己的家人,就没有在意。但是母亲梳着自己的长发,无事揉搓着面团,心里总有一个念头,那就是自己的丈夫就在京城。

一天午饭过后,京城的福山拉面馆的伙计们正在门口歇息。这时,过来一个瘸着腿,穿着破衣烂衫的乞讨者,向伙计们要水喝。话一开口,伙计就听出了来者是山东福山老乡。他们相互打听着对方的来历,无话不说。开面馆的儿子在一旁听着,越听越觉得来者像自己要找的父亲。儿子就把来人的情况告诉了母亲。母亲就叫儿子拿几根自己的长头发交给来人,看看他的反应,老太太在屋里听着。来人接过头发一看,就说自己福山老家的妻子的头发和这头发一样长,还拿出自己带的头发比量说,这头发完全一样。儿子便说:"那你说说家中妻子的名字。"他刚说出名字,儿子和母亲就知道,来人就是自己要找的人。全家人高兴地相认了。

一家人团聚后,都知道了对方的遭遇。老太太就劝丈夫说,当官如流水,人有手艺在身,走到天边也有饭吃,以后就开好自家的面馆便是。就这样,福山的拉面馆在京城开得红红火火。在京城名医的治疗下,老太太的眼睛也好了,一家人小日子过得真如"芝麻开花节节高"。好事连连。有一天,皇宫里的人在面馆旁边贴出了告示,写着:山东福山某某在朝为官时,被人诬告,处罚有误,现已平反昭雪,请回朝复命,切切!爷儿俩看见告示后,父亲叫儿子将告示揭了下来,不予理睬。但是官府还是找到了他。皇帝为他平了反,又安排了官级。他推说自己腿有残疾,不能胜任,只能好好开面馆为皇上效劳。无奈,皇上就赏了他一些银子,要他在京城开一个像样的大饭店。后来,福山的拉面馆就在京城开成了有名的大饭店。饭店的鲁菜人人叫绝,拉面人人叫好,经常为皇宫做御宴。

一次,皇帝吃了十几个花样的福山拉面。大臣们问皇帝福山拉面怎么样。皇帝说,福山的鲁菜是中国八大菜系之首,福山拉面是中国四大面条的老大。从此,福山拉面就叫福山大面了。据说凡是用拉、抻、摔的技法来制作面条的,他们的师祖都是福山人。明末清初的时候,福山的大面技艺又传到了国外。近几年韩国的炸酱面来中国寻根,最终找到了福山,这充分说明福山大面名不虚传。

福山大面由来传说(二)

传说很久以前,福山有个念书的公子,家中挺有钱,娶了一个漂亮的妻子。婚后按福山民间习俗,公婆和亲戚家人要看新媳妇的烹饪水平,就是要看新媳妇做家常菜和做手擀面如何。这个媳妇心灵手巧,擀出的面条,众人们一看齐声叫好。媳妇的刀法熟练,切出了多种条形,宽条、特细条、圆条、方条和扁圆条都很拿手。众人都夸新媳妇的手艺巧,定能把小日子过得红红火火。这媳妇还长了一头美丽的头发,足有三尺长,惹人喜爱。

新婚后,小两口恩恩爱爱。男人读书,媳妇操持家务,父母颐养天年,享受着天伦之乐,可谓幸福之家。但是好景不长,公婆因瘟疫而亡,男人参加乡试几次都没有考中。他心灰意冷,不思进取,开始不学好,整天混吃混喝,又赌又嫖。妻子整天劝说都无济于事。男人在家里还挑饭挑食。一天,妻子为他炒了菜,还烫了酒。他喝完酒后吃妻子给他做的手擀面。不巧,妻子的一根长头发掉在了面条碗里。丈夫吃出来后,就破口大骂,还动手打了妻子。这时妻子已有孕在身,但这个可恶的丈夫却全然不知。一天,他又赌输了钱,回家就找事和妻子吵架,把妻子狠狠地打了一顿。妻子和他理论,他就把妻子赶出了家门。好在妻子被一家饭店收留了,也顺利地生下了儿子。她为了报答东家的收留之恩,就在饭店擀面和打杂。她干活任劳任怨,对手擀面进行多次改进,发明出了一种不用刀切的面条,就是福山拉面。食客们吃了这种面条,人人叫好。很快,拉面从福山传遍了胶东半岛,也留下了谚语:"胶东好饭吃了个遍,不如福山一碗面。"

丈夫把妻子赶出家门后,就变本加厉地不务正业,吃喝嫖赌挥霍无度,典房卖地一贫如洗,最终流浪街头以乞讨为生。他的眼睛也视物不清,成了街坊四邻的笑料。

时间过得飞快,几年过去了。这妻子有一阵子,一连几天都看见她的丈夫乞讨路过饭店门口。看着日渐长大的孩子,她心里不是个滋味。这事被掌柜的知道了,就问那妻子,如果她丈夫有悔改之心,她是否愿意再给他一次机会。这善良的媳妇想到孩子,就同意和他先见见面再做打算。一天,那个讨饭的被叫进了饭店。掌柜的叫店小二端来一碗他媳妇做的福山拉面。他瞪着半瞎的眼,狼吞虎咽地吃了起来。忽然,他吃出一根长头发,那是他媳妇特意放进去的。他用手捏着头发比量着,想起了当年吃面时碗里的那根长头发,心中后悔万分,知道对不起自己贤惠的妻子,情不自禁地流下了眼泪。这时,掌柜的问他是否知道以前做的事对不起妻子,是否愿意痛改前非重新做人。他哭着认了错,表示愿意痛改前非。这时,掌柜的把他妻子叫了出来,并说愿意收留他也在饭店干点杂活。几年后,他们一家三口的日子好了起来。贤惠的妻子就请了名医,把丈夫的眼病也治好了。丈夫像变了一个人似的,拉面手艺也学得很精,闲着的时候还教自己和掌柜的孩子学字。掌柜的饭店也干得红红火火。

福山大面由来的传说(三)

传说很久以前,福山城西南住着一户人家,父母早亡,就剩下小弟兄俩过日子。哥哥大弟弟十几岁。为了活命,哥哥在邻居的帮助下,在一家饭馆当学徒。掌柜的心眼好,常叫他带着弟弟来他家和自己的儿子玩耍,对他和弟弟非常好,如同一家人一样。哥哥安心地学手艺,很快把鲁菜制作的技艺学得炉火纯青,福山面食手艺也学得很精湛,许多人都对他刮目相看。

一次,掌柜的过寿,他去掌柜家做寿礼饽饽。按福山的习俗,这天要做一个特大的寿花饽饽,需要做许多小面花当陪花,陪花要先做好。几个孩子看着陪花好看又好玩,就都来要。他的弟弟也跟着来了。无奈哥哥就用面来教孩子们自己捏面花。几个孩子一人得了一块面团,高兴地走了。就这样,弟弟和掌柜的儿子玩面来了兴趣,经常用面来做些小面塑玩。

这真是"有心插柳柳不活,无心插柳柳成荫"。有几次两个小孩把面团经过捏、搓、摔、拉、抻、抖、揉的手法做出许多像刀切面一样的面条。这种面条被有心的哥哥看见了。哥哥在两个弟弟的启发下,就用这种方法来研究制作拉面。同四时季节的温度相结合,他总结出了和面要先加盐水后加碱,春秋加水要适中,冬天多来夏天少,一顺和面不可反,成团面光盆光手也光。发明了一窝丝、龙须面、银丝面、空心面、韭菜扁、带子条、三棱条等特殊面条条形,又把福山民间的面卤进行挖掘整理和开发,按福山大面的条形和季节,配合出了大卤、温卤、鱼卤、炸酱、干拌、麻汁等卤汁。哥哥经过几年的研制和开发,根据食客们的口味进行改良,使福山大面越做越好,很快传遍了福山,遍及了胶东。

后来,饭馆的生意发达了,财源滚滚来,家中有钱了,弟弟就和掌柜的儿子一起到学堂读书。据说这两个孩子后来都中了进士,是他俩把福山大面的绝技介绍给了御厨,使福山大面在宫廷出了名。

福山泥砂碗盛大面的故事(一)

民国初年,海上(旧时,福山指芝罘区的范围叫海上)的头面人物来福山有名的饭馆请客,因吃福山大面时用泥沙碗盛而发生误会,闹出笑话。这事在福山已口口相传多年,已形成几个版本,其中一个是这样的。

据传，福山县城东北关村有个大财主叫赖芳圃，字方舟。有一次，为了巴结省城来烟台的官场人士，他就在海上热情地招待了他们，什么烟台的名吃、烟台的名景，他们吃的吃，看的看，玩够了又来到鲁菜发祥地福山，要尝尝福山鲁菜的味道。赖芳圃提前两天通知福山最有名的饭馆吉升馆，嘱咐做好一切准备，四二八加十大碗的菜品、烟台最好的洋酒、福山最出名的福山大面，以当地的最高接待标准来招待省里的达官贵人。饭店的掌柜接信后一点也不敢耽误，里里外外地忙活起来，准备接好这桩大买卖。

这天，太阳上了一竿，东门里进来几顶小轿，还有几辆棚式马车，浩浩荡荡地向吉升馆而来。按福山饭馆的惯例，凡这种订桌生意的客人到了，饭馆的掌柜、堂头、账房和大厨都要出门迎接。客人中有烟台富商张颜山及一些省里来的大人物。掌柜的招呼着他们进屋，堂头高喊着："贵客到！"堂头赶紧给客人递上手巾擦脸和手。伙计们招待客人坐下，敬上了明前茶泡的茶水。做东的赖芳圃手一挥招呼堂头，意思开始上菜。这时，四个双品大拼盘端上桌来，拼盘内鸡鸭鱼肉样样齐全；两个海碗全家福；接着八个热炒菜，地上跑的，天上飞的，水里游的，应有尽有。客人们吃得很高兴。一会儿，又上来了一碗醒酒汤和四种糕点。这种上菜的程序在福山叫撤桌，中间吃点点心，喝点茶水休息一下后，下一轮菜品上来还要接着吃喝。这回又上来了名菜十大碗，十个大碗中分别为整鸡、整鱼和整鸭，还有海参、海胆和鲍鱼，再加熊掌、燕窝、鱼翅和火腿。

他们一顿酒席吃了几个小时，最后就是吃主食福山大面了。这期间他们齐夸福山的鲁菜口味正宗而好吃，难怪人们说"要想吃好饭，围着福山转"。说话间，用大砂碗盛着的福山大面端上桌来。当时细瓷碗已普及，一般人家都用上了细瓷碗，粗的泥砂碗成了下等人和乞讨人用的碗。那省里的官员一看这砂碗不高兴了，对手下的陪同说，拿这种下等人用的泥砂碗给我盛面吃是什么意思；站起来就要走，大家纷纷阻拦。还是赖芳圃出面解了围，告诉省里的官员福山泥砂碗盛面的历史和特殊处理方法，说泥砂碗盛面的味道和瓷碗就是不一样的。省里的官员这才明白了是怎么回事儿。吃了福山大面后，省里的官员笑呵呵说："好吃，好吃！"一场误会就这样化解了。

据说，那省里来的官员吃了福山大面后，认为自己官级不低，又走南闯比，连福山大面用泥砂碗盛的奥秘都不明白，感到很没有面子，就又在吉升馆回请了上次坐席的人。席间他高谈阔论地为自己打圆场，什么八大菜系，山珍海味，都说得头头是道，又把福山大面夸赞为"天下第一"。吉升馆的掌柜看出了门道，就说："省里的大官能来吉升馆吃福山大面，是吉升馆的荣光，请大人为吉升馆留下墨宝。"在众人的簇拥下，他写下了一副对联："与他人有别添别味，同自家无异增异香。"横批是"砂碗盛面"。吉升馆的掌柜高兴得不得了,就送了一套泥砂碗给省里的官员做纪念。

后来,这副对联被吉升馆刻在大门两旁的木柱上,招来了许多食客和观看者。福山其他的饭店和面馆,也纷纷找名人书写对联、字画装裱好,挂在店内显眼的地方,用名人效应来招揽生意。一时间福山的饭店里,大兴挂名人书法和字画。

福山泥砂碗盛大面的故事(二)

福山大面的制作过程非常严格,尤其讲究面卤的制作。旧时,福山的饭馆都有这样规矩,凡是客人自己点菜名,饭店做不出来的,客人吃其他饭菜都不付饭钱;如果做出来了,吃饭的人要付双份的饭钱。这种事时有发生,虽然为难了店主,但也发明出许多新的饭菜样式。

福山大面的面卤也是如此。传说有一次,福山的一个大面馆来了四位花花公子,要吃一种地下横着长的,房檐下飞的,海里不游动的温卤福山大面。四个公子以为这样的面卤会难住饭店的厨子,定能白吃一顿美食,就要了"四二八"的菜品:四指双拼凉拌菜四个,二指两个汤菜,八指八个热炒菜。对虾、海参、鲍鱼等都点了上来,他们又点上了美酒。四位公子就海吃海喝了起来。酒菜过后,他们就大声喊堂倌,叫赶快上福山大面,一心想难住大面馆。他们哪曾想到,高明的厨子们早就把面卤做好了。这时,堂倌端着大面上了桌,后面跟着面馆的掌柜。掌柜的不客气地讲解起他们要的面卤:"地下横着长的是荷花藕,屋檐下飞的是鸽子,海里不游动的是海青菜。因为荷花藕做面卤口味不佳,只加了少许做陪头,请四位公子品尝吧!"有一个浑小子说面卤做得不对,他说地下横着长的是甜草根。掌柜的不慌不忙地说:"本店从来不做不合常理的饭菜。人有病吃草药,畜类饿了吃草,好人哪能吃草?请问公子这是为什么?"这时,其他的3位公子自知理亏,急忙对掌柜的说:"面卤做得好,做得好!"最后他们乖乖地付了双份的饭菜钱。后来,福山面馆的厨师们经过反复的研制,就有了鸽子温卤面。

銮驾庄的由来

相传,古时候,皇帝驾临胶东地区,想吃当地的美味。大臣们就在当地找了一位老厨师,为皇帝打理御膳。他把皇帝侍候得非常满意,皇帝就把他带回了皇宫。

老厨师在宫里大显身手,把胶东的名菜制作给皇帝吃,鱼类菜有糟溜鱼片、糖醋鱼、清蒸鱼,一鱼三吃;肉类菜有红烧肉、烧蹄筋、肘子肉、烧腰花,其他菜有葱烧海参、爆海螺、芙蓉虾仁。特别是糟溜鱼片,皇帝吃了大加赞赏,也最爱吃这道菜。这道菜加工极难,一要刀工好,二要火候好,三要选料好。制成菜品,味道鲜美,口感细嫩,爽滑劲道。皇帝食欲不振的时候,皇后娘娘总是点这道菜给皇帝吃,皇帝一吃就有了胃口。除了老厨师外,谁也做不出这道菜的好味道。老厨师就成了御厨里百里挑一的高手,多次受到皇帝和皇后的奖赏。后来,老厨师老了,就请旨皇上要告老还乡。皇帝念他做御厨有功,就批准了他的请求,并批准他在胶东选最属意的地方安家,由当地官府为他建造住所。老厨师就来到了福山这块宝地,选择了现在福山銮驾庄的地方。当地官府为老厨师盖了标准的福山四合院。从此,老厨师就在这里安度晚年。

老厨师在福山带了许多徒弟,传授着鲁菜的技艺,使福山的鲁菜发扬光大。一年,皇上龙体欠安,茶不思,饭不想,已无法上朝了,把娘娘急得团团转,用了许多方法也无济于事。御厨们提议,是否叫福山老厨师来,做糟溜鱼片给皇帝试一试。皇后就传懿旨,用皇帝出巡的半幅銮驾马车请来福山老厨师。古时,銮驾是皇帝专用的出行工具。听说銮驾到了,登州府和福山县衙的官员纷纷来迎接銮驾。老厨师得知皇上龙体欠安,就立马带着一个徒弟进了皇宫。老厨师进宫后,先去看望了皇帝。他一看皇帝的气色,知道皇帝没有什么病,就是大鱼大肉吃多了引起的消化不良。老厨师就用山楂、萝卜和其他消食的食物,为皇帝做了消食汤,给皇帝喝了两天,又叫皇帝喝了些酽茶。皇帝很快就想吃东西了。老厨师就又做了糟溜鱼片和酸辣汤给皇帝食用,皇帝的身体又和往常一样,能上朝处理国事了。皇后娘娘心安下来,就问老厨师皇帝的病是怎么好的。老厨师告诉皇后,主要是御膳的荤素搭配不得当,荤多素少引起的消化不良。老厨师就叫自己的徒弟和御厨们为皇帝改善了食谱,皇帝后来再也没犯这个毛病。

老厨师进宫完成了使命,把徒弟留在宫中,当了御厨的领班。他就要回福山了。皇后娘娘非常感激老厨师,就又用了半副銮驾把老厨师送回了福山。老厨师住的小村子,来了两次銮驾,登州府和福山县衙都沸腾了。谁能想到福山的厨师能两次坐上銮驾?老厨师住的村子因而得名"銮驾庄"村。从此,福山菜也闻名京城,遍及全国和海外,还留下了这样的说法:"东洋的女人西洋的楼,福山的厨子遍全球。"

木头鱼上席

福山有"无鱼不成席,无鱼不发纸"和"春节家中无鱼,脸上没面子"等俗语。

在过去生活困难、交通不便的时候,大户和有钱的人家,都在冬初,买几条鱼放在冰里冻着,春节的时候化开食用。贫穷的人家是没有这种条件的,都将咸鱼干发开来食用。福山南部和西部居民,为了脸面和基于有"鱼"生活才能富裕的念头,在来客时,特别是春节期间,都要做一条整鱼来待客。因家中无鱼,就有巧人用木头鱼待客,就是将木头雕刻成鱼的样子,挂上面糊炸好,再放上新鲜蔬菜,放入盘中祭祀和待客。这是一个只能看而不能吃的菜。

传说,有一个农家,娶了个新媳妇。正月她父母要来看望她公婆。公婆为难地告诉媳妇,家中没有整条的鱼来接待亲家。儿媳妇就告诉公婆不用为难,她用木头刻了一条木头鱼。她在木头鱼身上挂上面糊,用做鱼的方法烹饪,这样就可以吃上面的面糊了。这天婆家还找了陪客的人来招待她父亲。公婆就告诉陪客的人,最后的一道菜做的是木头鱼,只能吃上面的炸面糊。后来陪客的人巧妙地把亲家招待得很好。这事很快就传开了,人人都夸这媳妇真聪明,家家也学着用木头鱼来待客和祭祀,以此解决了没有鱼的难题。

后来,人们就把木头鱼去掉了,直接用白面炸面鱼,采用和做鱼一样的方法。而这种面鱼,既是最后的一道菜,也是一种面食。

随着时间的推移,鱼多了,上菜还是最后上鱼菜,叫"有余头",上的鱼菜有糖醋鲤鱼、清蒸鱼、烧溜鱼条等甜味鱼菜,叫"富富有余,年年有余"。

客不翻鱼的传说

很久以前,有一大户人家,小孩的舅舅到姐姐家来做客。舅子是家里的高客,姐夫家中还请了陪客的人。小外甥挺调皮,一直闹得舅舅没办法。舅舅就说:"外甥,你皮得我得叫你小祖宗了。"后来舅舅就哄外甥说:"回头吃饭时,客不吃鱼的下一面,等着留给你吃。"外甥高兴极了。

在席间,做的清蒸鱼上桌了。外甥就在外屋看客人吃。舅舅把鱼在桌上放好。陪客的说:"头朝我肚朝客。"过去,讲究的人吃鱼的时候,头尾都不能动。陪客就要叫客人吃鱼的时候,外甥就在外屋指着自己的鼻子喊舅舅,意思是说下一面鱼留给他。客人都看见了。舅舅不好意思,又没有办法,就叫外甥上桌前来念诗。这外甥来到桌前,背了一首唐诗。客人们都鼓掌说好。舅舅也说好,并示意叫他下去。他说还有一首诗没有念。他就把陪客人的话和舅舅的话连起来说:"吃鱼吃鱼有讲究,头朝陪客肚朝客,鱼头鱼尾不要动,留下一面给祖宗。"客人们认为另一面给祖宗,指的是家中先辈牌位的那个祖宗,就留下了一面鱼没有吃。筵席间还要撤桌,鱼撤了下来,外甥吃上了清蒸鱼,就伸着大拇指说,舅舅讲信用。

以后孩子长大后,考取了官人。当了官大人必须亲自回家看舅舅。外甥回家看舅舅的时候,舅舅就在很多人面前说外甥小时候的故事。因为这个外甥的官大,福山一些地方官听了,为了和当官高的人套近乎、攀高枝,就当着这个官高的人面说奉承话:"大官人说的话是有道理的,是大人教育我们要懂孝道,还有坐席吃鱼的规矩。我们都要好好向大官人学习。"当大官的外甥高兴得不得了,在众人的簇拥下,就当着众人的面,又重复一遍说:"吃鱼吃鱼有说辞,鱼头朝陪客,鱼肚留给客,鱼头鱼尾不能动,留下一面给祖宗,升官发财有你也有我。"此后,这个吃鱼的故事在福山一带就慢慢地传开了,还传成了多个版本,也留下了在做客时吃鱼不翻鱼的规矩。

媳妇巧做火鲢鱼

旧时,妇女从小就要学习女红,还要学习做饭、剪纸等技能。出嫁后媳妇的饭食做得不好,是要受公婆气的。儿娶女嫁时又讲究门当户对,所以,福山的妇女都能做一手好饭食,为福山的鲁菜增加了不少的新菜品。

福山城西的下夼村,有一个大户人家鹿氏。主人鹿泽长(1791—1864),字春如,清嘉庆十八年(1813年)考取拔贡。鹿泽长为官清廉,知识渊博,乐善好施,对子女的教育严格又有方。家有小女儿鹿氏,从小聪明伶俐,能写会画,手工活样样拿手。鹿氏的饭食做得一般机灵人(手巧的人)都没法比。1876年冬,年方十六的鹿氏就嫁给了栖霞最大的财主牟墨林的长孙牟宗植。

按胶东的习俗,新媳妇结婚后的头三天,要为婆家的长辈们做一桌饭菜,民间叫试试饭食,主要是看看新媳妇的做饭手艺怎么样。牟氏家族是大户人家,就请了家族的长辈,要鹿氏来做饭招待。鹿氏自幼就学习了家务活,一会儿十几个菜就做了出来。但在做火鲢鱼(鲞鱼)的时候,差一点把牟墨林惹急了。鹿氏在洗鱼的时候,把鱼鳞刮掉了。牟墨林看到了,很不高兴。按常理,做火鲢鱼是不刮鳞的。只要把鳞刮了下来,就是不懂吃火鲢鱼的奥秘。据说,火鲢鱼的鱼鳞比鱼肉的营养价值高出许多倍。牟墨林回来坐下就不高兴,其他人也不敢做声。这时,鱼做好了就端上了桌子。孙媳鹿氏介绍了吃火鲢鱼的方法。这一介绍把牟墨林乐得脸上开了花。这是为什么呢?原来,鹿氏的做鱼方法是,先将鱼洗净,把鱼鳞刮下,单放在容器内;再除去内脏洗净,用少许食盐卤一会;用葱姜蒜末、花椒和茴香,用文火、文油来炝锅,把鱼慢慢地煎熟,出锅时加少许食醋解腥;再将鱼鳞用七成油炒至金黄,加桂皮粉即可食用。这种鱼做出来,外黄里白,外焦里嫩,不流失鱼鳞,且鱼鳞单食别有一番风味。鱼吃完后,剩下的鱼头和鱼刺还可做成高汤,那就是另一番风味了。火鲢鱼的这种做法是鹿家的专利,也是一般人家从来没有吃过的。

牟墨林吃着鱼,喝着烧酒,转怒为喜,直夸孙媳妇不愧是大户人家的子女,问这种做法是从哪里学来的。鹿氏答道是跟家中母亲学的。牟氏问鹿氏这鱼叫什么菜名。鹿氏答道叫煎鱼。牟氏说道:"鱼好吃,名不雅,就叫醋熘油煎火鲢鱼吧!"在座的都说好。后来,牟氏家中有高客来往,都叫鹿氏做这种鱼来待客。

时间久了,牟氏家中很多人都会做这种鱼。后来福山的厨子听说牟氏庄园做的一种鱼非常好吃,就联合着几个厨子前来学习。很快,福山的鲁菜就有了一个名菜——醋熘油煎火鲢鱼。

红孩爬金银山

有一则谜语,谜面如下:南面来了一个小小(小男孩的意思),穿着红裤红袄,屁股下面一棵草。谜底是,红枣。意思是说枣的全身是红色,枣蒂像一棵草,就因红枣的小孩名,福山有两种美食与此有关。

福山自古就是鲁菜之乡,对面食的研究也不逊色,福山有大面、大枣饽饽、面莲子、杠子火烧、花饽饽等,糕点有鱼果子、核桃酥、饭饼、蛋糕等,都很出名。大枣是制作面食的辅料和饰品。

传说,福山有个饭店,掌柜姓夏。老夏的手艺精巧,饭菜花样多。他的脑瓜灵活,可谓难不倒的大厨。一次,饭店来了几个花花公子,他们点了福山有名的鲁菜,喝着福山产的黄酒。酒菜过后,堂倌问公子吃什么饭,公子答道,要吃"红孩爬银山"和"红孩爬金山"。堂倌听到饭名一惊:这是什么饭?从来没有听说过。他就急火火地到了后厨。大厨也没有听说过,就赶紧叫来掌柜的商量怎么办。掌柜看了饭名一笑说"小菜一碟,这样的饭哪能难坏了福山的厨师",就指挥着厨师们开始和面。他们将白面和玉米面分别和好。掌柜将白面做成高桩饽饽,像山形,上面放了五颗大枣;又将玉米面做成窝窝头,也像山形,上面放一颗大枣,随后放入笼屉蒸熟。掌柜拿着一颗大枣,找到几个公子,叫他们猜大枣的谜语。这个谜语连三岁的孩子都能猜中,公子们也猜中了。掌柜的把大枣往桌子上一放说:"小红孩到!"公子们一看做的饭肯定与大枣有关。其实他们也不知道这饭应该怎么做,只不过是想难为饭店罢了。伙计把饭端了上来,掌柜就介绍了饭的寓意:黄色的窝窝头,民间叫黄金塔和黄金山,上面一颗红枣,即为红孩爬金山;白色的高桩饽饽是银山,银色为白纸,可做文章,五颗红枣为五孩,叫五子登科,管保公子们将来登科当状元。几个公子听后茅舍顿开,都拍手叫好,感到福山的厨师真了不起。后来就有了"红孩爬银山"和"红孩爬金山"两种面食。

送画眉笼

送画眉笼即是送食盒。提盒也叫食盒,是用木头做成的长方形带把手的木盒子,是福山饭店旧时送外卖的一种工具。提盒为什么别名叫画眉笼呢？这还得从画眉笼说起。

从前,提画眉鸟笼的人,多是有钱的阔佬和纨绔子弟,他们有的经常出入大烟馆和妓院。旧时福山城区驻地有几家大烟馆,叫"永记楼""清润阁""会宾楼""厚记"等。还有40余家妓院。由于提画眉笼的人经常出入大烟馆和妓院,民间就形象地说那些不务正业的人是提画眉笼的。福山的饭店送外卖,主要送往大烟馆和妓院。大烟馆和妓院有需求,伙计们就得提着食盒去送饭菜。时间久了,饭店间就有了行话,凡是给大烟馆和妓院送饭菜,就叫送画眉笼子。

过去,福山饭店送外卖有很多讲究和规矩,如送福山大面,必送面码,就是吃面的小菜,有盐香椿末、盐韭菜、黄瓜丝、蒜瓣等;如没有送面码,食客就可以不付钱。送馄饨还要送胡椒粉、酱油和食醋。送米饭必须把米饭盖好。冬天要有保温措施。饭、菜要分开。送外卖不小心打碎了碗碟,要给掌柜的赔偿。凡是去烟馆和妓院送饭的,一律不准进入室内,只在室外敲门和敲打提盒,由内部人员自行提入;违者,轻者扣发工钱,重者开除。民国时期刚有自行车的时候,伙计们都学自行车抢着送外卖。凡是用自行车的,打了碗碟和撞了人的,责任都由伙计自负。伙计们都把骑自行车的技术练得很精,骑行自如。在那个年代,会骑自行车还成了到饭店学徒应聘的一个条件。据福山的老人回忆,福山街上的饭店送外卖的,可谓鲁菜之乡的一道风景线。

郑板桥写店名

旧时,福山有个饭店,饭店的对门是一个叫"福寿堂"的茶馆,"福寿堂"几个字据说是大书法家写的。饭店有个伙计爱好书法,在干活之余也能写上几笔。他在收拾完桌子上的碗筷,用擦布擦桌子时,总要用擦布照着"福寿堂"几个字,在桌子上练习几遍。时间长了,他写得和原作非常像。

一天,饭店来了一个客人。客人年过半百,髯口(上嘴唇的胡须)和底胡收拾得十分得当,非常斯文。饭店的伙计正在桌子上练"福寿堂"三个字,被他看到了。客人说他的字写得很好,伙计说就是勤练而已。二人就谈论着书法的奥妙之处。这时,饭店进来四个公子,在旁边的桌子上坐了下来。伙计看来了生意,就让老客人在此坐下,过来招待四个公子。老客人听到四个公子也高谈阔论地说起了书法,有说颜体楷书的撇应怎么写的,有说柳体的横应该怎么写。老客人一听他们简直是"杀猪鼓腔的手艺"——外行的人。伙计将两个炒蔬菜和一壶老酒,给老客人端了上来。老客人慢慢地吃着喝着。公子吩咐伙计,拿笔墨纸砚来,他们要写两笔。笔墨纸砚拿了上来,他们就横涂竖抹起来。老客人吃喝完了,过来一看他们写的字,大笑了起来。公子们不解又不满,就叫老客人指点一二。老客人就在两张五言的对联纸上面分别划了五个圆圈,挂了起来叫四个公子看。公子们一看说这是什么东西,三岁的小孩都会画圆圈,并说他们几个已练书法多年,个个都能写会画。老客人就把两张对联纸摞在一起,让他们在亮光的背面看是什么效果。公子们一看,纸上只有五个圆圈。老客人又把纸叠成了五份。公子们一看五个圆圈摞在一起,不偏不斜地成了一个圆圈,就感到老客人不是个等闲之人。公子中还有个不服气的,就说老客人,拿点真本事看看。

老客人不慌不忙地说:"书法和写字不是一回事儿。写字就是和你们一样,随便写写而已,能认得就行。写书法就完全不一样了,要讲究法度和严谨,是有法可依的。"那个不服气的公子就说老客人:"那你就来点有法度的给我们看看吧!"老客人就拿起笔,在纸上画了一幅竹子,画完后题字落款盖印。公子们一看此人原来是大名鼎鼎的郑板桥。这回他们是真的服了,都纷纷向郑板桥请教书画的技巧和奥秘。

饭店的掌柜一听来了大师,就请郑板桥为饭店起名和写牌匾。郑板桥挥毫泼墨,为饭店写下了"松竹林饭店"五个大字。

茶客的故事

旧时,福山夹河的水清澈见底,河水甘甜。福山人就开了几个茶馆,用夹河的水煮茶,就连芝罘的茶馆,有的也到夹河拉水回去用。福山的茶馆有以下特点:一是穷人、富人都可以入座,不欺贫爱富;二是文人墨客多,是了解历史文化的好地方;三是说书和讲故事的人多,不喝茶也可去听听。茶馆就成了三教九流的会聚的场所。

据说,福山的茶馆有两种服务方式,一种是客人自带茶叶,茶馆提供开水;

另一种是茶馆提供茶叶和开水。一天,茶馆来了个外地的茶客,穿戴得体,斯文高雅。他自己带着茶叶,伙计用开水为他沏了茶。他慢慢地品着,伙计就去忙活了。客人的茶水飘出奇特的清香。他把茶水喝了三遍,不声不响地走了。伙计过来喝了几碗客人剩下的茶水,虽然知道是明前的好茶,却品不出是什么茶。第二天,客人又来了,伙计又是照样伺候着。客人问伙计沏茶的水井在哪里。伙计说是东河(夹河)的水。客人说:"好水,好水。"客人把茶洗了几遍,焖了一会儿就开始喝了起来。客人喝着、品着,伙计过来了。客人就说伙计:"今天沏茶的水烧煳锅了。"伙计一听就笑着说:"从来没有听说水能烧煳了。"伙计就请教客人是什么意思。客人告诉他,所谓的水烧煳了是说,水烧开后长时间没有停火。伙计想了想确实如此。他想这客人定是品茶的高手,就向客人学习了一些品茶的知识。下午,客人又来了。这次,他拿出六片小小的茶叶,叫伙计用旺水来沏茶。伙计不解就问客人什么是旺水。客人告诉他就是最沸腾的水。伙计沏好了茶就去忙活了。客人慢慢地品着茶,喝了一会儿,叫伙计过来,对伙计说水是好水,茶是好茶,但是烧水的时候用了柿子木,烧出的水就发涩。后来,客人又来了多次,每次烧水用的什么木头,他都能品尝出来,什么松木烧水发香,榆木烧水发黏,槐木烧水发苦,枣木烧水发甜等等。一次,水快开锅时,伙计用了一些包糕点的油纸把水烧开了。水一提上来,客人就从热气中闻出来了。客人就告诉伙计,包糕点的油纸烧水,是天下无双的,用来沏茶天下第一。客人又说,以前有一个皇帝就用这个方法烧水来沏茶。

后来,伙计看他总是拿六片茶叶来喝,就悄悄地每次留下一片茶叶,连续留下六片茶叶。这一切客人早有所察觉,但他一直没有声张。一天,客人又来了。他问另一个伙计,那个伙计哪里去了。伙计告诉客人说他病了。客人就说是不是他白天和夜里都睡不着觉,还拉肚子。伙计答道,正是。客人说,是那个伙计把他的茶叶喝了,才发生这种情况。客人下午又来了,叫出了那个伙计,给了他一包药粉,叫他快快喝下去,告诉他近几日千万不要喝茶水,因他的茶叶有特别的醒目和清肠的功能,伙计的身体受不了。客人又告诉伙计,药里有进补的人参、鹿茸和西洋参等,喝了很快就好了,以后再不要赚客人的茶叶了,做生意要讲诚信。

原来客人过去是宫廷的监茶官。掌柜的后来跟客人学习了许多选茶、验茶和品茶的经验。福山的茶馆越开越好,以至于许多芝罘的有钱人都坐着轿子来福山的茶馆喝茶。还有人从福山拉夹河的水(冬天拉冰)到芝罘去卖,也是不错的生意。自古以来,福山人就吃着夹河的水生活。夹河不知道养活了多少代福山人,确实是福山的母亲河。

炸里脊

福山的鲁菜有许多讲究,在选料上,可谓精中选优。厨子们为选料磨破了嘴,跑破了腿。曾经有一个厨子为选猪肉,就拜了杀猪的师傅为师。

传说,福山有一位杀猪的师傅手艺平平,但就是肉卖得多,因为他了解猪肉的哪个部位做什么饭菜最好吃。有个饭店的厨子,对鲁菜的海产品加工做得恰到好处,人人都说他是高手,但就是做不好猪肉菜。他做的炸里脊外老里硬。他就找到杀猪师傅,行了拜师大礼,认了杀猪师傅为师,学习做猪肉菜的选料方法。杀猪师傅告诉他,猪的脖子肉是包水饺和炸肉的好食材;腰部的带皮肉是做扣肉的好食材,不带皮可包包子;后肘是做肘子肉的好食材。杀猪师傅又把猪内脏的选料告诉了他,如熘肝尖要用肝的下三分之一,熘腰花和烧腰花,务必要把尿骚处剔除,拌肚丝要用肚的中间部分,熘肚片要用肚的下半部分,肚的上半部分是爆炒双脆的好食材。总之,杀猪师傅把猪的每个部位怎么用都告诉了厨子。

最后杀猪师傅告诉厨子炸里脊的选料和运用方法:必须选不过两年的猪,取下精里脊肉,用小木棍慢慢地敲打几百下,切成薄片。冬天忌放在温度过高的地方,夏天必须放在最凉的井水里浸泡透。里脊肉取出后要快速调味和挂糊,再用沸腾的油炸好。这样炸出的里脊,外皮微黄,外焦里嫩,美味可口,老少皆宜,久吃不腻。后来,厨师们掌握了这些精选猪肉的方法后,就潜心研究福山鲁菜里肉类的加工方法,成功研究了许多名菜,有四喜丸子、清蒸肘子、扣肉、炸肉、炸里脊、熘肚片、熘腰花、烧腰花、拌肚丝、爆双脆、滑熘肉片、清蒸肉、烧大肠、扒猪蹄、酱肉、锅塌肉、烧蹄筋、木须肉、肉松、猪皮冻、肉肠香肠、和肉粉肠等。

俗话说:"不怕艺不精,就怕不专心。"福山人办事就讲究认真。后来厨师们把鲁菜研究得炉火纯青,出了许多鲁菜大师,把鲁菜传遍了全世界,鲁菜也成了八大菜系之首。

磁山茶

古时候,福山当地很少有人知道福山也有茶树。传说,是南方的一个和尚在磁山发现了茶树,福山人才学会了制茶,茶叶就在福山传开了。

相传,福山的磁山上长着许多的野生茶树,福山人没有认识的,也没有当回事儿。有一年,磁山的庙里来了个南方和尚。他非常懂茶,春天在山上采茶,回来自己制茶。福山的和尚不相信他制的茶,也不喝他的茶,只喝自己做的棘子茶(棘子茶,是早春采当地野生的棘子芽制作而成,是福山古老的茶)。南方和尚根据福山的气候和环境,分别采了春、夏、秋三季的茶,制作成了成品。他忙活了一年,要带着自己采制的茶叶走了。临走前,南方和尚把一个雕刻精美的木盒交给了福山的和尚,告诉他们,这是福山春、夏、秋的上品茶叶,叫他们享用,说自己在此居住给庙里添了麻烦,以此答谢。福山的和尚认为这个和尚小气,也就没有拿着茶叶当回事儿,把盒子放在角落里不予理睬。他们还是喝着自己的棘子茶。

　　过了年,南方的和尚又来了磁山,一进门就叫福山和尚泡茶喝。福山和尚就泡了棘子茶给他喝。他一喝不是自己采的茶,就问,他给的茶叶怎么不泡着喝。福山和尚说,那些茶叶还放在那里没有动呢。南方和尚就要来了他采的茶叶,泡了一壶。他把庙里的福山和尚都叫了过来,在茶壶里放了几个铜钱。过了一会儿,他把茶壶里的东西全倒了出来。和尚们惊奇地发现,几个铜钱全不见了。南方和尚又泡了一壶茶,又放了几个绣铁钉。过了一会儿一看,铁钉也不见了。福山和尚惊奇地问这是为什么。南方和尚就说,一种过路的候鸟,在南方吃了南方茶树的种子,种子在候鸟肚子里没有消化。候鸟来到磁山栖息的时候,种子就被候鸟排泄了出来。种子在候鸟的胃里经过发酵,在这里生长成了茶树。茶树种子在南方播种,也要几天才能出芽。所以,福山的茶树是天然生长的,也是很好的茶树品种。这样一说,大家都知道了这里的茶树是怎么来的。南方和尚又说,这种茶叶有提神明目,消食润肠,祛暑解渴和解毒化石的功能。南方的茶叶在清明前的最好,福山的茶叶谷雨前的最好。南方茶树过了清明出门老;福山茶树三季好,谷雨后茶树小休眠,立夏出新芽可采夏茶,立夏后茶树又小休眠,立秋后出新芽可采秋茶。南方和尚又说,福山冬无严寒,夏无酷暑,是茶树生长的好地方。后来,福山的和尚都喝了福山产的茶叶,个个感到确实地道,就跟着南方和尚学着制茶。

　　南方的和尚耐心教福山和尚制茶,福山的和尚都会制茶了。很快,民间的百姓也学着制茶,可以自己喝又增加了收入。现在,福山又从南方引进了茶树新品种,生产出了高档的北方茶叶,现已注册了福山品牌。

棚子拉面

　　棚子拉面,是指旧时在福山的东门外,有家叫"不一馆"的饭店,因福山大面拉得好,顾客盈门。饭店就在门前搭了个棚子。时间久了,乡下人来得多了,驴和车马没有地方放，不一馆饭店就在路西面钉了许多拴马桩，来拴乡下人的牲口。

不一馆饭店是福山人张桐子开的。张氏为人忠厚老实，饭菜质量好，鲁菜口味正宗，特别是福山大面拉得更好。饭店有个拉面师傅，手艺高超，能拉方条、圆条、韭菜扁、一窝丝、灯草皮等形状的福山大面。他拉面的每个动作都有诗情画意的名字。单说出条，面条下拉时叫"海底撒网"，面条上拉时叫"九天揽月"，面条斜拉时叫"策马扬鞭"，面条平拉时叫"平分秋色"。他拉面的时候还表演花样动作，把面条往空中一甩，叫"西施浣沙"；把面条在面案上平拉，叫"巧姐织锦"；把面条往空中旋转几圈，叫"白云飘飘"。他还能在一丈开外，把拉好的面条从空中送入锅内。这个动作是拉面师傅的拿手戏，叫"白龙入海"。这里的师傅拉面的时候，招来了许多人观看，还有许多在饭店内办酒席的人，也要在这里看个够再入座位，就连芝罘的食客都坐着轿子来这里吃面，真应了那句话说的："胶东半岛吃了个遍，不如福山一碗面。"

饭店还有一个特点就是用泥沙碗盛面。早时候都是用泥沙碗盛面，后来瓷碗普及了，饭店纷纷用上了瓷碗。然而，棚子里的拉面还保留着用泥沙碗盛面的传统。棚子拉面的顾客越来越多，都认为泥沙碗盛面口味正宗。福山最有名的饭店也认为泥沙碗盛面好吃，就和不一馆饭店一起来研究两种碗的特点。结果表明泥沙碗冬天保温好，夏天散热快；泥沙碗外表面粗糙，面卤的汤汁容易挂碗，所以味道正宗。后来，福山的许多饭店纷纷改用了泥沙碗，就连红极一时的吉升馆也用泥沙碗盛面。

不一馆饭店为了弥补泥沙碗与瓷碗的不足，就将泥沙碗细细打磨；再用许多中药作香料，将泥沙碗浸泡几日；之后又用鸡汤和海鲜的汤汁浸泡。夏天用的泥沙碗皮薄，冬天用的泥沙碗底厚、皮厚。食用这两种泥沙碗盛的面，愈加回味无穷。

明天倒的由来

"明天倒"是旧时福山一家有名的饭店。饭店的鲁菜很正宗，天天顾客盈门，车水马龙。饭店开了多年也没有倒，可为什么叫"明天倒"呢？事情是这样的。

福山城里有户人家，家里有个小孩聪明伶俐。小孩不大的时候，对饭菜的咸淡、海味的新鲜程度等异常敏感。他只要一尝，都能说出个门道。父亲和舅舅都说这孩子没有出息，一天到晚就知道吃，而母亲却不以为然，认为这是孩子的特长，将来可以做个好厨师。孩子很快长大了，就学了厨师，几年就学成了手艺。师傅认为他能独当一面，怕耽误了孩子前程，就告诉他可以独立门户，自己开家饭店，将来必定大有作为，还给了他点开业资金。孩子回家同父母商量开饭店的事。家中的钱不够开饭店，母亲就叫他去舅舅家试一试，借点钱来开业。舅舅是个很够囊（烟台方言，小气）的人。外甥向舅舅来借钱，舅舅不但不借，反而嘲笑外甥，说外甥开饭店还不够自己吃的，必然是今天开了明天倒。这把外甥气得够呛，回到家中告诉了父母。父亲也瞧不起孩子，就说，"今天开了明天倒，还不如找个饭店卖胳膊（给人家干活的意思）去吧。"孩子气得一夜没有睡好。

他师傅家有个女儿，和这孩子的年龄相仿。师母看好了这个徒弟，想把女儿嫁给他，但这话一直没有跟他师傅挑明。师母知道徒弟开业缺钱的事后，就和他师傅商量女儿的婚事。师傅听后，一拍即合，就同意了。师傅和师母没有找人提亲和告诉徒弟，而是先叫来了徒弟，借了一笔钱给徒弟开业。徒弟把舅舅说他开饭店明天倒的话告诉了师傅。师傅就告诉徒弟，要好好记住舅舅的话，潜心经营饭店，继续精心研究鲁菜，干出个样给嘲笑他的人看看，自己的饭店是不是明天就倒了。师徒俩干脆就给饭店起了一个叫"明天倒"的名字。

"明天倒"饭店开业以来，天天顾客盈门，很快就成了福山的名店。饭店培养的厨师，先后在北京、天津、大连开起了饭店，有的还去国外当了厨师。饭店研制开发的糟溜鱼片、一鱼三吃、红烧海参、清蒸加吉鱼、软炸里脊、炸蛎黄等菜品成了鲁菜的招牌菜。

后来，徒弟和师傅的女儿成了亲。成亲这天，饭店喜气洋洋地招待亲朋好友。舅舅也来做客，看到外甥的饭店开得有声有色，感到外甥确实了不起，后悔自己当年不借钱的事。后来，逢年过节的时候，舅舅来外甥的饭店吃饭，外甥就跟舅舅开玩笑说："今天来了就快多吃点吧，饭店明天就倒了。"舅舅就对外甥说："倒不了，倒不了，今天过了是明天，明天到了叫今天，明天永远过不完，哪能出来明天倒？"

洪顺茶馆

洪顺茶馆，位于旧时福山城南门里的花市街中段路西，是牟平硝山人张永祥创办，后由张庆和张庆海执掌。

"洪顺茶馆"四个大字的匾额是名家书写的，迎门而悬。对联"鸿宾细嚼龙芽味，顺意常含雀舌香"出自城里书画家谢道章先生之手。联语新颖精巧，看了令人顿生品茗之意。茶馆常年经销茉莉花口味的茶叶，有重窨大方、黄山小叶、珠兰小叶、茉莉三角、银针大叶、旗枪毛峰、明前龙井、毛尖贡馀、甘苦广丁等。

茶馆的茶具也非常讲究。烧水的大壶全是锡壶，茶壶、茶碗都是上等的紫砂和细瓷。雅座更有高档的茶具,有江西景德镇的彩绘描金细瓷,还有宜兴紫砂茶具,都是镶银雕花的精品,显得名贵典雅。雅座内布置得高雅大方,条几上摆放着四季鲜花,春兰秋菊、茉莉水仙、松梅海棠、迎春紫竹,四时更新。墙上挂着名人字画,其中一副对联"夹河南来水,黄山西峰茶",是福山贡生王景增的手笔。进入雅座,人立刻感到心旷神怡,美不胜收。

　　一个春天的下午,茶馆里来了几位中青年茶客,个个潇洒倜傥,穿着入时。伙计就把他们请进了雅座。他们自报是从海上(芝罘)来的,专程去奇泉寺看梨花,回途路经福山县城,久慕鸿顺茶馆的大名,今日得以借此机会前来一饱口福,要求店家沏两壶好茶,价钱不限。伙计一看,来的是几位阔少爷,就不容分说地殷勤招待。一会儿,特级茉莉泡好了,端了上来。伙计为每位客人斟了一碗茶水。茶水冒着腾腾的热气,散发着阵阵浓郁的清香,扑人鼻翼,沁人心扉。只见几位茶客每呷一口茶,就不住地啧啧称赞。茶馆的环境好,茶叶的品质也好,并得知是夹河水泡的茶,感觉味道就是不一样。几位客人心满意足。临行,他们拿出五块大洋,作为赏钱,高高兴兴地离开了鸿顺茶馆。

　　谁也没有想到,几天后,烟台《东海日报》登出了一则消息,赞扬鸿顺茶馆水甜茶香,招待殷勤得体。报道中有这样一句话:"壶中的茶香胜过园中的梨花香。"此事一时在社会上传为美谈。后来,烟台有名的茶馆,纷纷来福山夹河拉水泡茶,说夹河水泡茶,口味就是好。据说,当时来鸿顺茶馆品茶的人,是军阀刘珍年等人。从此茶馆名声大振,生意更加兴隆。

　　从清末到民国末年,鸿顺茶馆以诚信为本,善待客人,不分贫富,童叟无欺,顾客盈门。城里、西关、东北关、东关、东西留公、城西等县城周围的一些茶客常年光顾。每逢集期节日,就是烧开水也得 30 余担。福山清明会、六月会的时候,顾客都拥挤不下,只好在街上搭棚卖座,却还是供不应求。四乡的集镇,如门楼、古现、高疃以至栖霞的臧家庄等地的商贩都闻名来鸿顺购茶进货,一些乡间小铺也为其代销茶叶。

　　鸿顺茶馆清光绪十三年(1887 年)开业。1942 年,由于战事和社会不安定,加上伪军特务和便衣队的骚扰,人心惶惶,经营了 55 年的鸿顺茶馆以倒闭而告终。

七、剪纸传说

二月二的剪纸

蛇俗称小龙,在许多地方被视为吉祥的动物。在生肖中,蛇排第六位。福山民间有崇拜蛇的习俗。农历二月初二龙抬头的日子,人们要贴蛇的剪纸,炒糖豆吃。旧时这天是土地神生日,农户家家在庭院、场院用草木灰撒成大圆圈,叫"打囤";再在囤中放上五谷,囤外面画上梯子型,叫"上粮梯",寓意粮食满仓,五谷丰登。

相传,福山有个卫姓老汉,家境贫寒,只有几间破草房。他是一个会纸扎手艺的人,还会剪纸。农历二月初二前一天夜里他做了一个梦,梦见院子里有一条蛇已有了龙的灵气。老汉一家人与蛇和睦相处。蛇为了感恩,要在二月初二这天到老汉的房子上,保佑老汉家出个当官的人。不过,蛇需要老汉帮忙,为它找个梯子用来上房。卫老汉醒来知道自己做的是个梦,但宁可信其有不可信其无。天亮后他把梯子搭在了房子边上。说了也巧,二月初二的夜里,卫老汉就见到一条蛇顺着梯子爬上了他家房顶的草窝里。后来卫老汉惊奇地发现,自从蛇爬上房子后,破草房再也不漏雨了。以后,他年年二月初二都把梯子放在房子边上,让蛇常来常往。然而,他再也没有见到有蛇往房子上爬。他就用红纸剪了一条蛇,每年二月初二的时候贴在梯子上,年年如此,从不间断。后来他的儿子真中了进士,家里也发了财。

后来,村民见他家日子越过越好,又发现他家二月初二的时候剪蛇样的剪纸贴在梯子上,就效仿他家,也纷纷剪蛇样的剪纸贴在梯子上,用来祈求平安,保佑家中能出当官的人和发财。慢慢地,就留下了二月初二贴蛇样剪纸的习俗,在清末和民国的时候,又演变成了二月初二这天,不管什么地方都可以贴蛇的剪纸。以后,百姓纷纷传说,蛇在房子里住能使这家发财和出当官的人,所以,蛇被改称为"屋龙"。如果农家翻新房子发现有蛇,视为大吉之事,还要烧香祷告,请蛇暂时到其他地方住下,盖好新房子再祷告和摆放供品请蛇回来居住。从此蛇成为民间的吉祥动物,留下了许多蛇仙的故事。

大公鸡剪纸的传说

鸡是十二生肖之一,可代表时辰,又是吉祥物,寓意着大吉大利,在民间有着广泛的文化基础。

很早以前,福山有一户人家,母亲双目失明。儿子忠厚老实,还非常孝顺,整天下地劳作,还要伺候瞎眼的母亲,十分辛苦。到了娶亲年龄,儿子就找了一个农家女为妻。儿媳妇也非常孝顺。婆婆无牙,她就像喂小孩一样喂婆婆吃饭,一家三口过得也算舒心,就是眼下无子,成了全家人的一块心病。

这年四月十八,夫妻俩到娘娘庙求子。当年五月初五端午节的前一天,送子娘娘出游,查看无子女的人家,就找到了上庙求子的这对夫妻。来到家里一看她们婆媳情深,是个孝道之家;且这个媳妇长得又有贵人相,就送了一个文曲星的魂魄给她,要这文曲星投胎在他家。这事被他家的一只修炼多年的蝎子精知道了。蝎子精一想有文曲星在,他修炼多年的道行就废了,于是跑到孕妇的鞋子里要蜇死孕妇。巧的是,送子娘娘发现了蝎子精的阴谋,就点化那家的男人,鸡一叫就下地干活。送子娘娘又给他家养的大公鸡吹了一口仙气,公鸡叫得又响又亮。公鸡一叫,男人就下来开门,出去下地干活。大公鸡飞身进屋,同蝎子打斗到天亮。这时大公鸡的冠子被蝎子精连咬带蜇,有好几块肉都掉了下来,还肿了许多。从此大公鸡的冠子就再没有长好。当天,这个妇女就剪了一只大公鸡嘴里吃着蝎子的剪纸贴在窗上。

据说,送子娘娘送的这个孩子是个善良孝顺的人,常常免费为贫穷的人治病,救了许多人的命。送子娘娘找到天官,给他喝了很少的迷魂汤。这孩子从小就比同龄人聪明,看书过目不忘,后来考取了功名,做了大官。那家婆婆的眼疾也好了。真应了老话说的:"孝不孝的天知道,贵人得子神来保,孝道人家官来到,瞎眼也能见天了。"

从此以后,到四月十八和五月端午节,许多人家都贴送子娘娘和公鸡吃蝎子的剪纸。

毛猴剪纸

在福山民间,有许多人讲毛猴的故事来哄小孩,多半是妇女自己编出来吓唬小孩的,为的是让小孩听大人的话。

街上有几个草垛,几个小男孩就把草垛扒了几个洞,小男孩和小女孩都进去玩。这天,小孩们在草洞里玩得正欢,不幸的事情发生了。草垛意外失火。跑得快的孩子都跑了出来。有一个小女孩没有跑出来,被火烧得遍体鳞伤,幸亏抢救及时才保住了性命。小女孩的伤口好长时间才好,伤口上长着许多锃亮的疤痕,使人看了都害怕。小孩们不知道这是烧伤的疤痕,就问母亲这是怎么了。妇女们就说,是他们在草垛里玩耍时,毛猴知道了,要烧死小孩来吃,就放火烧的。妇女们绘声绘色地告诉小孩,小孩不听大人的话,老毛猴和小毛猴,都出来吃小孩。旧时,夜里的照明少,妇女就吓唬小孩说夜里毛猴最多,吓得小孩不敢出门。有时大人弄破手脚出了血,就吓唬小孩是毛猴咬的。久而久之,在小孩的心中,就有了对毛猴的恐惧。

妇女们为了教育小孩,开发孩子的智力,还创作了许多剪纸。福山的毛猴剪纸,就是这一类。有毛猴咬鸡的;有毛猴拿着棍子打小孩的;有的毛猴呲牙瞪眼,面目狰狞。有人用白纸剪,还在毛猴的嘴上画上红色,告诉小孩是毛猴吃小孩时的血,以至于胆小的孩子一听说毛猴就吓哭了。福山还有"打毛猴"的游戏。妇女们剪一个大毛猴,贴在墙上,教小孩用杏核、桃核、花生和小石子来打,比赛谁打的准。大一点的孩子以命中数量为准,小一点的孩子以丢出去多少为准。打得好,母亲就发给花生米来鼓励。这样下雨阴天和冬天的时候,小孩就不着急出门了。这个活动在那时确实是个好游戏。

端午节剪纸的传说

在福山,农历五月初一为小端午,五月初五为大端午。农历五月,就进入了夏季,各种疾病和害虫多了起来。端午节辟邪除灾就成了主要活动,除了家家挂艾蒿、麦子、桃树枝外,旧时,福山还有贴剪纸的习俗。

传说,有一个叫"狗剩"的人,和母亲相依为命过日子。母亲的腿上长着一种疮,又痛又痒,久治不愈,眼睛还有毛病。端午节的时候,狗剩早早地上山采艾蒿。他边采边不高兴地自言自语道,家里年年挂艾蒿、桃枝和小麦,怎么老母还得不好治的病。狗剩就朝天大喊:"老天啊! 帮帮我吧!"他发泄完了,背起艾蒿往家走。半路上,一个慈眉善目的老婆婆叫狗剩歇一会儿再走。狗剩停了下来。老婆婆告诉狗剩,回家用艾蒿烧水给母亲洗洗腿;用艾蒿烧成炭灰,和着麻油擦腿上的疮;用圆的东西给母亲滚滚眼睛。老婆婆说这个方法治这两种病一治就好,让狗剩快回家试试。老婆婆说完,就唰地一下不见了。狗剩回家将这事告诉了母亲。母亲说这肯定是神仙在搭救自己,就按着老婆婆的方法做了。其他的都容易做,只有这用圆的东西滚眼睛,娘儿俩都纳闷,用什么呢? 狗剩母亲看见家里的两个鸡蛋是圆的,就用鸡蛋滚了滚眼睛。这个方法确实很灵,几天的时间狗剩母亲的病就好了。后来,福山民间就留下了端午节吃鸡蛋保护眼睛的习俗。

民间的剪纸艺人们创作了许多端午节辟邪祛病的剪纸,分别贴在窗上、门上和房间里,还贴在院子里的鸡窝、猪窝等地方,有葫芦降五毒、艾人和艾虎、宝剑和剪刀、公鸡吃五毒、剪刀剪五毒等。最有意思的是还剪了母鸡抱蛋的剪纸。福山民间有农历五月用新麦糠抱鸡的习俗。妇女们认为,既然端午节吃了鸡蛋可以保护眼睛,那就让叫母鸡多抱鸡,避免五毒危害母鸡,于是创作了这种剪纸。端午节的剪纸,旧时多是用黄纸和金箔纸来剪,后来又演变成了红纸。在福山北面的沿海居民还有"剪牛"的习俗,多是贴在后门和大门上,寓意是牛力大无比,可帮渔民拉牛网来捕鱼。据说网鱼丰收的时候,才让牛来帮忙拉网。所以,人们"剪牛",祈求鱼虾满仓。

从许多遗存剪样看来,端午节又是换窗户纸的时候,这就给端午节剪纸提供了舞台。随着时代的变迁,端午节剪纸已很难见到了。在过去剪纸确实是端午节的重头戏。

"荷花生人"传说

在福山,还有一则荷花生人的故事。在福山的北面有一个大荷花湾。传说很早很早以前,荷塘里有几朵长得特别好的荷花。有一个老婆婆看见荷花上有几个姑娘在跳舞,跳完了就站在荷花上说话,一点也不怕人。老婆婆就在旁边听着。几个姑娘约定,要回济南的大明湖老家看看。几个姑娘说没有坐骑怎么办,其中一个姑娘说,不妨事,她到村里的人家借驴、马、骡子来用用。老婆婆听到后也没当回事。第二天早上起来一看,自己家的两头骡子满身大汗,身上还驮着几吊铜钱。她就出门问邻居家,也发生了同样的情况。她就知道这是荷花姑娘做的。她就把听到荷花姑娘对话的事告诉了村民。村长不信有荷花姑娘的事,就在傍晚拉着两匹马,送到了荷塘边,告诉荷花姑娘借两匹马给她们使唤。一连几天什么事情也没有发生,但村长还是照样天天送马。一天早上,那两匹马自己驮着几吊钱回到了村长家里,身上还汗漉漉的。村长这回相信了,就率领村民来荷塘祭拜。一天夜里,村长和老婆婆做了一个同样的梦,梦见几个荷花姑娘要转世,投生到村中人家里,成为真正的人。村长和老婆婆见面后,都说了此事,就约定要保守这个秘密,不泄露天机,保护荷花姑娘安全。

过了几年,村里出生了许多孩子。村长和老婆婆就告诉村民,多年前有荷花姑娘在本村投生的事。时光飞逝,投生的荷花姑娘也出嫁了。这些妇女多生双胞胎,有人说与荷花姑娘有关。民间就传说荷花可以生人。妇女们就纷纷创作荷花生人的剪纸:剪一朵盛开的荷花,上有一个小孩,命名为"荷花生人"。荷花生人剪纸慢慢地传开了。妇女们又创作出了"牡丹生人""梅花生人""水仙生人""石榴生人"等剪纸;还用十二个月配上十二种花卉,叫"十二月生人";四季花卉配上小孩叫四季生人。后来这种剪纸就成了祈求生子的剪纸。

鱼剪纸的故事

鱼,作为传统民间美术中的一种吉祥图案,经历了长期的变化与发展,在历朝历代的民间美术中均有表现。中国人喜爱鱼,更是赋予了它以人情味。由于鱼与"余"谐音,在传统习俗中,鱼就成了吉祥物,常用来比喻富裕、吉庆和幸福,比较常见的有连年有余、鲤鱼跳龙门。也有用来求子和祭祀的,用如鱼得水来描述新婚夫妻生活和谐,鱼和莲组合象征着生活美满富足。

在福山,有"无鱼不成筵席"的说法,还有"无鱼不发纸(指祭祀)"的习俗,另有以鱼代替龙的习俗。剪纸巧手创作出了许多精美的剪纸作品,如王祥卧冰取鲤、胖娃娃抱鱼、鲤鱼跳龙门、鱼卧莲、鲤鱼闹莲花等。更有特色的是,福山还有全国少见的海鱼剪纸作品,成为剪纸作品中的一绝,形成了福山独有的窗棂文化。

(一)海鱼剪纸

1970 年前后,笔者在福山的渔村做民间剪纸调研,在福山的八角乡青上村的李玉莲家见到一套窗心剪纸,共计四联。这套剪纸非常少见,画面中的鱼是农家经常食用的海鱼,是由偏口鱼和红头鱼加水草组成,剪工精细,构图饱满而不乱。李玉莲说,当年她还没有嫁到婆家的时候,婆婆家有两条渔船。春天赶上了渔业丰收,家里打了许多鱼,主要是偏口鱼和红头鱼。家里的日子好过了,她婆婆乐得合不上嘴。一连几天,婆婆在恍惚中就见到窗上春节贴的剪纸窗花,原来的大小鲤鱼都变成了偏口鱼和红头鱼。她婆婆想,海鱼使家中的生活富裕了许多,这是否是海鱼要求渔家人把它们剪成窗花来观看呢?她婆婆本来就是个剪纸的能手,用了几天的工夫,剪出了这些海鱼剪纸贴在了窗上。事又凑巧,那天家里的渔船出海又获得了大丰收,而其他人家收获一般。自从贴上了海鱼剪纸,他家的渔船每次出海都是满载而归。后来邻居见她家过得确实好,就问她是怎么回事。婆婆就讲了海鱼剪纸的事。邻居想向她索要剪样,却不好意思说出口。她婆婆看出了邻居的心思,心想,居家过日子,不能锅台上打井,屋脊上开门,家贫还望着邻居富呢!就把海鱼剪纸的剪样儿送给了邻居们,希望大家共同致富。这样,这种剪纸就在当地传开了。这里的渔民家家富裕,就有了这样说法:"富海岸,穷山沟。"

李玉莲过门后,在婆婆的传授下,一直保留着这种海鱼剪纸。李玉莲也是个剪纸能手,她又创作了许多海产品的剪纸,在当地广为流传。有海螺姑娘、扇贝、虾蟹和许多鱼类。有意思的是,她剪的梭子蟹,蟹盖上有十二生肖。关于其创作意图,她说,人人吃着梭子蟹味道鲜美,就盼望着年年、月月、日日、时时能收获更多的梭子蟹;而生肖恰是代表年月日时的,这就寓意着什么时间都能得到梭子蟹。这真是民间艺人的匠心独运,把心中的美好祝愿表达在了作品上。

(二)剪鲤鱼和鲤鱼翻身

在福山的南部山区,有许多有关金鱼和鲤鱼的剪纸作品,单幅和多幅的都有,有鲤鱼跳龙门、金鱼鱼缸、鲤鱼鱼缸、元宝鱼缸、娃娃抱鱼、鲤鱼闹莲,等等,已形成了福山剪鱼剪纸的代表作品。这种剪纸在全国堪称一绝。

这些鱼剪纸里也有怪里怪气的鲤鱼剪纸,如只剪了鲤鱼的下腹部,看起来没有什么艺术水平,但是这里有故事,还有寓意。40年前,笔者在福山张格庄镇的西水夼村,见到了几幅剪着鲤鱼腹部的剪纸作品,复制者只知道叫"翻身有鱼",却不知道这种剪纸的意图。我在马蹄夼村找到了原作者王大娘。她的祖上是大户人家,清末时家里有土地,县城有杂货店生意,家里粮食丰收,生意也是财源广进。这年,她家剪了几幅鲤鱼剪纸贴在家里。王大娘的母亲酷爱剪纸。民间常说发了财的人家是咸鱼翻身。她看着家里的鲤鱼剪纸,就想怎么能把翻身的好日子用剪鱼的方法表现出来,于是创作了多幅腹部为正面的鲤鱼剪纸,选出了中意的几幅,贴一幅正面的鲤鱼剪纸再贴一幅描绘鲤鱼腹部的剪纸,看上去两鱼一正一反还对称,她就起名叫翻身鲤鱼,寓意是年年有余,日子翻身。后来家里的日子一年比一年好。她的三个女儿出嫁时,把这种鲤鱼翻身的剪纸,分别带到了福山的文家村、松林庄村和栾家村。王大娘说,老辈的人想过上好日子,都愿意来讨个吉利。她们家的人缘好,跟邻居们也常来常往。邻居们听了母亲讲剪翻身鲤鱼的意思,也要了剪样回去剪。几年的时间这种剪纸就传开了,在方圆几华里的范围内很流行,离开这个范围就很少见到。

(三)剪无手人

福山的南部有一种剪纸,用白纸和黄色的祭祀烧纸剪成,图案剪得很丑,人物嘴上有一只像飞禽羽毛的图案。这种剪纸不是喜庆剪纸，也不是丧俗剪纸，而是一种咒语剪纸，样式都是口口相传，因应用范围小，原样保留的也少，是难得一见的剪纸史料。这种剪纸主要分布在福山张格庄镇和栖霞庙后镇交界的几个村。这几个村的人家都养着许多鸡。

旧时，鸡在家庭中是主要的经济来源。谁家的鸡丢失了，有时女主人心痛得能得一场病。这里的妇女养鸡都是自繁自养，孵化的小鸡都放在炕上保温。女人们对大鸡的一日三餐从不马虎。有时鸡吃了不消化的东西，她们还会给鸡动手术，把鸡胃里的东西取出来，挽救鸡的性命。鸡得了鸡瘟，她们就用许多土法来给鸡治病。

因为鸡能产蛋，又是可食用的美味，村里也常常发生丢鸡的事情。某村有一个懒汉，常年不参加生产劳动，以偷鸡摸狗为生，被村民们教训过多次，但仍不思悔改。村里还有一种自私的人。邻居家的鸡跑了出来，他们就把邻居家的鸡弄到家里占为己有，有的把鸡给吃了，还有转到亲戚家养的。遇到这样的事，妇女们因为证据不足，也没有办法。

村中有个老婆婆，心灵手巧，也是个剪纸能手。一次，她家的鸡又丢了。她发现那个懒汉丢出来的鸡毛跟她家鸡的很相似，但是自己没有亲手抓着人家，也没有办法治他，就在家里气得团团转。她看到自己剪纸的剪子，就用剪纸的方式来发泄愤恨。她用白纸剪了一个歪鼻子斜眼的小人，嘴上还剪了鸡毛，只有胳膊没有手。她一边剪嘴里一边念叨着，是谁偷吃了她的鸡，叫他嘴上长鸡毛烂掉手。她把这张剪纸压在石头底下，叫偷鸡吃的人永世不得翻身。做完这些后，她的气消了大半。这事说来也巧，不久那懒汉真得了一场大病，全身长满了疮，身上和手脚都烂了，眼眉和胡须也变了，长得像鸡的羽毛。那剪纸的老婆婆还可怜他，多次送饭给他吃。后来，老婆婆无意中把剪无手人的事告诉了村里的姐妹们。这种剪纸就不声不响地传开了。那偷过鸡的懒汉也知道了此事。他自知心中有愧，也不敢出声。有了这个方法后，村中的鸡确实丢得少了，那懒汉也慢慢地变好了。

随着环境的改变，剪纸也在改变。后来这种剪纸就很少出现了，成了民间剪纸的一段往事。

古塔剪纸与村名

塔寺庄村，位于福山城南18华里，属门楼镇。据《福山县志》记载，唐朝初期，刘、徐二姓先后迁此建村，因村东有一寺二塔，故村名塔寺庄村。

塔寺庄村及周围地方有一种古塔剪纸,剪纸的图案是塔,主体为七层,塔身有拱洞,塔顶有兽形纹样,塔底有拱门,塔层的角上有风铃装饰。此作品早期以线条结构构图,无文字和剪纸装饰纹样,类似汉代画像刻石;中期作品有少许剪纸装饰花纹;后期作品有许多剪纸装饰花纹,有的出现了如"风调雨顺""五谷丰登"等文字。这种剪纸与塔寺庄村东的古塔照片极其吻合,应为以古塔为原型创作的。

经调查,塔寺庄村、东汪格庄村、西汪格庄村、东周格庄村等村,这种剪纸出现得较早,应用的范围也小,民国时期就比较少见了。这以前,这几个村中有一些佛教信徒。在印刷技术不发达的年代,他们很少得到佛像。在集体拜佛后,他们就供奉剪好的佛塔来拜佛。传说,有一年当地发生瘟疫,有剪塔的人家都没有得病。民间都说这是佛塔保佑的结果。没有供佛塔的人家,就纷纷来剪佛塔做供,祈求平安。慢慢地,这种剪纸就多了起来。后古塔因失修而毁,这种剪纸就更派上了用场。随着环境的改变,古塔剪纸上的图案又添加了装饰花纹,有的加上了八卦阴阳图;还有的加上了文字,有"天下太平""五谷丰登""风调雨顺"等,甚至还加上了字的纹样。

这种剪纸说明了福山剪纸的历史比较久远,从中可以看出福山剪纸的演变过程及剪纸的小区域文化特点,也能看出福山剪纸对地理风物的寄托和应用,还能看出当时佛教文化的发展情况,可谓是一种难得的剪纸史料。

眉豆花剪纸与妙龄少女

在民间,形容小男孩长得好说像梧桐苗样,形容小女孩长得说好像眉豆花样。眉豆花的说法应与当初闯关东有关。

传说,很早以前,福山没有眉豆这种蔬菜,是先民闯关东的时候,从关东引入福山的。这种眉豆叫"紫角美",有时用其谐音形容那些感觉自己很美的人是"自觉美"。据说,福山城关有户人家,老婆婆和三个女儿都去过关东。她家从关东带回了些眉豆种子,种在房子的周围。这种眉豆开紫花,结紫果,连叶子也带紫色,看起来又漂亮又好吃。老婆婆家的三个女儿都长得如花似玉,村中的人都说她们长得和眉豆花一样漂亮。时间久了,人们就把漂亮的少女说成了眉豆花,这种眉豆就在福山种植开了。后来老婆婆就和村妇们创作了一种眉豆花的剪纸,有少女的人家都争着来剪眉豆花剪纸。有心灵手巧的机灵妇女发现,眉豆花美又可食,老了的种子还可熬粥,结的种子又多。没有女儿的人家,就剪眉豆花来求子,名曰"眉豆花生人"剪纸;有女儿的家就为了女儿漂亮,也纷纷来剪眉豆花剪纸。这种剪纸后来配以其他花卉,剪成了四季花卉,并配以文字,单幅代表春、夏、秋、冬和四季平安;配以石榴、荷花、松果以祈求得子,分别叫"石榴生人""荷花生人""松果生人"。

这种剪纸有两种,一种是关东原生态的眉豆花剪纸,每幅作品比较大,方圆形的居多,粗犷豪放,是按照关东原样复制的;另一种是福山人在此基础上创作的,是以福山的棂格窗为标准剪的窗花,比关东的细腻,构图均匀饱满,装饰性也增强了,寓意也丰富了许多,用途也广泛了许多。

抱鸡剪纸

民间剪纸,起源于生活,又服务于生活。俗话说:"男人的驴,女人的鸡。"这意思是说男人爱惜驴是为了下地生产劳动,女人爱惜鸡是为了让鸡下蛋。

旧时,鸡在农家是一种重要的经济来源。鸡蛋可用来换钱、换物:可以兑换孩子的学费,换火柴、煤油、食盐和碱面等物品。鸡和鸡蛋又可馈赠亲友,是农村人人情往复的好东西;另外,鸡和鸡蛋是逢年过节必备的食材。所以,农家妇女可谓"视鸡如子",非常珍惜。如果损失一只鸡,她们几天都吃不好饭,睡不好觉。为了多养鸡和养好鸡,她们费尽了心思。福山有一种"抱鸡"(孵鸡)用的剪纸,很有创造性,体现了对民俗文化的传承。

1970年前后,笔者去福山西南部与栖霞东北部的几个村子里收集民间剪纸,来到一个老婆婆家。她热情地拿出了许多民国时期的剪纸熏样,并讲解了剪纸的用途和寓意。这时,她家的西屋发出小鸡的叫声,她起身去了西屋。按老辈规矩,生人不可在主人不在的屋里久留,我便跟随老人来到西屋。一看西屋的地上,有个底部直径约一米大小,高约一尺的纸篓箩,里面有一只老母鸡正在孵化小鸡。老人小心翼翼地摆弄着刚出壳的小鸡。我惊奇地发现纸篓箩对称的四面贴着四张剪纸,是一只老母鸡的身上有十几个小鸡,非常漂亮。我刚要问这是为什么,老婆婆摆摆手,示意我不要喧哗,怕惊动了老母鸡抱鸡。我俩回到东屋,老人告诉我,人看见什么会什么,没有学不会的东西,鸡也是一样。看见老鸡和小鸡在一起的剪纸,老母鸡就能安下心来孵化小鸡。老婆婆告诉我,她周围的村中,抱鸡的人家多数都贴这种剪纸。当时我感到不解和不信,就亲自到其他的地方找这种剪纸。经调查,确实如老人所说。

这种剪纸,只要是抱鸡的人家都贴。有的人家在锅台的草窝里抱鸡,剪纸就贴在草窝的墙上;有的用木箱抱鸡,剪纸就贴在木箱上。有趣的是,南面离这几个贴剪纸的村不足一华里,有一条干涸的小河,河南岸的村里有几十家剪纸的人家也在抱小鸡,但是他们就不贴这种剪纸。这充分说明,民间剪纸的区域特色,也说明了"十里不同风,五里不同俗"的概念。在贴抱鸡剪纸的几个村中,还有一个习俗,就是看喜的时候,包括看望生子的人家、庆祝别人新婚、祝寿等,都要带上几十个鸡蛋做礼品,也留下了俗话:"礼钱照拿,鸡蛋白搭。"这种习俗至今还在沿用,但是,自家抱鸡的事情已不复存在,抱鸡剪纸也不见了。

打剪刀

俗话说:"把式,把式,全看家什。"意思是说,手艺人手艺的好与坏,看看他的工具就知道了。对剪纸艺人来说,没有一把好剪刀,是剪不出精品的。旧时福山的剪纸剪刀,都是福山当地生产的。这里的剪刀质量非常好,也留下了有趣的故事。

据说,旧时手艺人的绝活从不外传。福山有两家铁匠,都打菜刀和剪刀,一家姓李,一家姓刘。李家的菜刀福山数第一,刘家的剪刀福山数第一,两家都保守着自家的绝活秘密。有人说李家的李字是上下写的,所以打的菜刀就上下好用;说刘家的刘字是两边写的,所以打的剪刀就好用。李姓和刘姓两家人都不服气,都想得到对方的手艺。事有凑巧,李家有个儿子,刘家有个女儿。两个孩子都到了婚嫁的年龄。刘家的主人就想把女儿嫁到李家,李家的主人也有娶刘家的女儿当儿媳的想法。两家都有一个目的,那就是得到对方的手艺。在媒婆的说和下,婚事很快就定了下来。两家都有手艺,也算是小富户,婚礼就热热闹闹地举行了。双方亲家也常来常往,都想学到对方的绝活,但一直没有得到真传。

刘家的女儿过门后,在婆家勤快肯干,再加上心直口快,她的公婆也挺满意。小夫妻俩恩爱如宾。丈夫过问妻子多次她家打剪刀的绝活方法,问来问去妻子确实不知。时间长了,丈夫也就不问了。她的公公和丈夫常年在村口打菜刀和剪刀,她经常去送午饭。一天中午她去送饭,见公公和丈夫正在给剪刀蘸火(给刀具上钢的工艺)。儿媳一看蘸火的水盆里冒着热气,就说,自己的父亲给剪刀蘸火时,蘸两三把就换一次凉水。要是一盆水蘸了多把剪刀,水温过高,剪刀的钢上得就不锋利。这真是"一语点醒梦中人"。公公和丈夫连饭也不吃了,就重新给剪刀蘸火。剪刀蘸好火后一磨,果然钢口锋利无比,剪硬剪软均可。她公公和丈夫美得差一点蹦了起来。李家无意中得到了刘家的绝活,感到绝门手艺的来之不易,就把自家打菜刀上钢的绝活传授给了刘家,两家都致富了,福山的厨师和剪纸人也都用上了顺手的工具,为福山的鲁菜和剪纸做出了贡献。这事就在当地传为佳话。

后来,两亲家就把剪刀的链接轴改名叫"链钱",意思是说,两家联姻后都发了财。这事在民间传开了。民间的手艺人在儿娶女嫁时,也在嫁妆中加上一把剪刀,后来就成了一种习俗,一直沿用至今。这真是:"祖传手艺两家连,家中发财多挣钱,习俗之中有故事,链钱链钱婚姻连。"

皇帝剪纸的传说

传说,很久以前,有一个小孩是龙女所生,生下后是吃虎奶长大的。他夏天有"老雕"(雄鹰)为他搭棚纳凉,平时又有凤凰相伴。福山就有这样一套剪纸,共计四幅:第一幅是龙的身上有一个小孩,第二幅是老虎的身下有一个小孩在吃虎奶,第三幅是老雕展翅搭棚为小孩纳凉,第四幅是凤凰陪伴在小孩的旁边。这幅剪纸剪的就是这个完整的传说故事:龙生虎奶,雕搭棚凤凰陪。这个故事,在民间有许多版本,有说故事中的小孩是楚霸王的,有说是孔子的,有说是包公的,总之,这个孩子长大后都有了不俗的功绩,名垂青史。

故事里说,曾经有一个皇帝,在北海填海。北海龙王害怕了,就叫女儿出来求情,央求皇帝不要再填海了,保留下北海龙宫。皇帝看龙女长得美丽,就没有再填海,并收下龙女当了几天夫妻。龙女怀孕后回到龙宫,生了一个小孩。小孩不能在海里生活,就被送到了岸上。有一只凤凰为小孩取暖,一只老鹰为小孩遮阳和避风、避雨。有一个老中医,看见一只老虎正在给小虎喂奶。老虎的嘴里因捕食,插了一颗骨刺,求中医帮它治一治。中医就做了一个工具,把老虎的嘴撑起来,把老虎嘴里的骨刺拔了出来。这个工具就叫"虎口撑子"。后来,它成了治疗动物口腔疾病的专用工具。老虎为了感谢中医的恩德,中医叫它干什么它就干什么。一天,中医看见小孩和老雕、凤凰在一起,小孩奄奄一息的样子。中医一检查小孩没有病,就是没有奶水吃。他叫老虎来试试给小孩喂奶,老虎就老老实实地为小孩喂着奶。小孩长大了就当了皇帝。

这个故事被演绎得有名有姓,越传越神秘,在民间深深地扎下了根。妇女们就把它创作成了剪纸作品。手巧的妇女们还把这个故事绣在小孩的肚兜上和围嘴上,寓意着小孩遇到难事有贵人相助,将来能有出息,能得到高官厚禄。这个故事也成了胶东剪纸的一个题材。

王祥卧冰取鲤剪纸

王祥卧冰取鲤是二十四孝里的人物故事之一。二十四孝的故事在福山广为流传,特别是王祥求鲤的故事,在人们心中深深扎下了根。

据说,王祥是晋朝时期的人,字休征。王祥幼时丧母,失去了亲母之爱,父亲又娶了继母朱氏。后来,父亲过世,朱氏对王祥不仅没有慈爱之心,还对王祥无故打骂。小小的王祥想,俗话说,父母打骂是亲是爱,也不记恨继母。王祥慢慢地长大了,勤勤恳恳地劳作,还饱读诗书,什么《三字经》《百家姓》《孝道经》,他都熟记于心。有人说王祥,继母虐待他可以不孝顺她,娶个媳妇单过,不用管她。王祥说,做人要以孝为根本。不孝之人不可交,将来必定一事无成。王祥还是照样和继母生活在一起,孝敬继母。邻居家的一个姑娘,看王祥忠厚老实,孝敬继母有爱心,就嫁给王祥为妻。可是,继母对儿媳妇也不怎么样。媳妇说王祥,母亲虐待自己不如分家单过好。王祥就劝说妻子,继母已年迈,像小孩一样,不要和老人一般计较,让继母一人单过自己放心不下。只要为母一天,就要服侍她终生。媳妇听了王祥的话,不再和继母计较了。

一年,王祥的继母病得卧床不起,王祥和媳妇精心伺候着,在床上给继母喂饭喂药。从春天到冬天,小两口每天精心伺候着继母,从不厌烦。大冬天里,他俩为继母生上炭火盆取暖,还多加被子,生怕继母冻着,自己却住在冰凉的屋里。一天,继母告诉王祥,她想吃新鲜的鲤鱼。王祥和媳妇难得确实没有办法了。家中无钱,又是冰天雪地,上哪去弄鲤鱼给继母吃呢?王祥就来到河里,用身体捂化冰层,抓鱼给继母吃。他在冰上卧了一天,冰也没有化开。王祥回家冻得就像筛了芝麻(打冷战)。媳妇说他真做傻事,身体能捂化那么大的冰吗?但是王祥还是坚持这样做。一天,天上下着鹅毛大雪,王祥又卧在冰上取鲤。媳妇心疼他,就来到冰上帮助王祥。媳妇跪在冰上对老天说:"苍天啊,看看我丈夫这份真诚的孝心,帮帮他吧!"说来也巧,就在这时,天空出来一条彩虹,照在王祥的腹下。这时,奇迹发生了,王祥的身下出来个冰窟窿,一下子涌出来两条大鲤鱼。这下把王祥和媳妇美得不得了,朝着苍天磕了三个响头,抱起鲤鱼就回家了。继母吃了新鲜的鲤鱼,知道了王祥是卧冰取来的鲤鱼。对王祥的孝心,继母又感动又自责,感动的是王祥拿着她这个继母比亲生母亲还亲,自责的是自己以前那样虐待王祥和儿媳。继母悲喜交加地流下了眼泪。以后,继母对待王祥和媳妇同亲生儿女一样,全家人和和睦睦地过着幸福的生活。后来王祥还考取了功名。

有诗写道:"继母人间有,王祥天下无。至今河水上,留得卧冰模。"

二十四孝的故事在福山广为流传,特别是王祥卧冰取鲤的故事,成了民间教育子女尽孝的范本。福山的妇女们就以二十四孝故事为蓝本,创作成了剪纸作品。早期的剪纸作品,是20厘米的大小,或方或圆,剪工和手法都是粗犷豪放,酷似汉画像的风格。这种整套二十四孝作品较少。单幅的主要有"为亲负米""怀桔遗亲""哭竹生笋""卧冰求鲤"等。其中,以"王祥卧冰取鲤"为主题的剪纸作品众多,有的里面还有王祥的妻子,有的作品像娃娃抱鱼,不细分就不知道是王祥的故事。王祥卧冰取鲤应是王祥卧式,鱼在旁边。后来,这种剪纸因环境的改变也有了变化,由方圆形改变成了长条形,贴在棂格窗上,叫窗心。福山有一套二十六联的窗心剪纸,是整套二十四孝故事。每一幅上都有文字,剪工细腻,构图饱满,形象逼真,可谓是清末民间剪纸的精品。福山还有一套六厘米的小方剪纸,把二十四孝故事内容表现得栩栩如生。清末这种剪纸精品已很少见到了。这套剪纸不仅图画精美,还反映了中国的孝道文化,是难得的剪纸史料。

福山的妇女们把这种剪纸贴在家里,用讲故事的方法,来教育孩子尽孝,使中国传统的孝道文化种子,深深地播种在孩子的心里。这使福山人人人有孝心,人人有爱心,所以福山从明清时期,就出了75个进士和无数个举人,真迎合了老话说的:"不孝之人不可交也,不孝之人不成事也。"

老鼠剪纸

在清末和民国初期,福山的剪纸艺人根据老鼠的种种故事,创作出了许多老鼠系列故事剪纸,有老鼠救人、老鼠告猫、老鼠闹京、老鼠嫁女、老鼠娶亲和老鼠过寿,每套100幅,六套600幅。这些剪纸,都有一些与内容相关的传说。

(一)老鼠救人

老鼠救人的故事也叫老鼠开天,说的是老鼠拯救人类始祖的故事。传说,在远古的时候,大地上并没有人,只有老鼠和其他动物,而老鼠最多。玉皇大帝看到地上青山绿水,鸟语花香,五谷茂盛,动物和谐,很有生机,可与天宫媲美,但就是没有人类。玉皇大帝就叫男女二神,下凡到人间造人。当时天河的水和地上的河流是相通的。玉帝把两个神装在一个葫芦里,顺着天河漂到了大地。这天是农历的正月初一。经过七天七夜的时间,两个神在天河里颠簸,已经无法从葫芦里出来。正月初七这天,老鼠出来打猎游玩。老鼠们抬着鼠王和鼠后,在黄河边上看见了天降的神物"人神宝葫芦"。小老鼠一听葫芦里有声音,就报告鼠王前方有怪物。鼠王就命令老鼠们咬开它看看究竟为何物。老鼠们轮番上阵,把葫芦咬开了。老鼠们一看,惊奇得不得了。二神告诉它们,他俩是奉玉帝之命,要在地上繁育人类,将来人类就是地上最有本事的动物。鼠王不服,就叫二神显示显示本领。二神表演了几招,鼠王老老实实地服了气,敲锣打鼓欢迎神的到来。第二年的正月初七,二神就生下了许多的男孩和女孩,留下了正月初七是人节的习俗。从此老鼠就成了人类始祖的保护神。

(二)老鼠告猫

老鼠告猫,说的是老鼠救人后,封生肖成功后的故事。传说,老鼠救人后就得意忘形,找人类给他起个姓。人类给他起了许多姓,老鼠都不满意,就自己给自己起了个姓,姓"强"。它认为自己救了人,比谁都有能耐,自己是强大无比的。人类认为,姓只是个代号,就同意了。一天,玉皇大帝要召开封生肖大会,叫老鼠通知动物们参加。老鼠和猫是邻居,也是好朋友,但它怕猫选上,就心怀鬼胎地没叫猫。最后,老鼠使尽了伎俩,得了生肖第一,把猫气得直跳,坚决要把老鼠咬。老鼠生肖排行得了第一,美得不亦乐乎,就回来娶媳妇。这事被猫知道了。猫就在半路上,把老鼠的媳妇咬死了。老鼠就去县衙告猫。在大堂上,大小老鼠哭得呼天号地,县令判了猫有罪。就在要惩罚猫的时候,县令的官服下面乱动。县令低头一看,官服被老鼠咬了个大洞。县令一气之下,就改判猫咬老鼠最应该。从此,猫就成了老鼠的天敌。老鼠不服就继续告猫。但是,因为人类和动物都受了鼠害,老鼠逢告必输。老鼠怀恨在心,引出了五鼠闹东京的传说。

(三)五鼠闹京

传说,老鼠输了官司,气得得了一种怪病,叫"老鼠瘟",就是鼠疫。老鼠把这种瘟疫传染给了人类。旧时,人得了老鼠瘟很难治疗,死了许多人。老鼠还不解气,就糟蹋庄稼,见什么咬什么,成了人人喊打的动物。老鼠告猫输了后还不服,就把猫告到了皇帝那里,皇帝也判了老鼠败诉。老鼠还是不认输,就开始在家里练兵,后来挑选了五只成了精的老鼠,到皇宫白天黑天地闹,闹得皇宫日夜不得安宁,皇上不能料理国事,天下乱作一团。宫中的一个大臣,在民间找到一只八斤的大狸猫,用了七七四十九天的时间,把五只老鼠精,逼得现出了原型。大狸猫把老鼠精咬死了,从此宫廷里得到了安宁。皇帝高兴地问那个大臣,怎么知道用大狸猫去抓老鼠精的? 大臣告诉皇帝,是被发甲子的父亲告诉他的。发甲子是旧时把年满 60 岁的人,送到野外关在一个小房子里面,让其慢慢地死去,民间也叫这样的小房子为丘子坟。皇上想,人老了还能献计献策,为国分忧解难,认为发甲子是错误的指令,就废除了,从此,满 60 岁的人还可以继续生活在家里了,也留下了"五鼠闹东京"和"废除发甲子"的故事。

（四）老鼠娶亲

古时候，人们认为人人均有魂魄。魄是人的生命，魂是能游走于人体体外的精神。魂魄分离人则得病，魂魄尽去人则死亡。魂要是能游离了人体，能知道另一个世界的的事。灵魂还可以自己回来附在人体上。灵魂出去的时候，人就像死了一样；而灵魂回来后人就像好人一样，且人可以把灵魂出去见到的一切说出来。

传说，很久以前，有个老汉灵魂游走了。在正月初七这天，他看到了老鼠娶亲的场面，和人类一模一样，有老鼠抬着喜字招牌，拿着鸳鸯肉、联姻面条、八个饽饽，还抬着一头猪，真和民谣说的一样："八个饽饽，一头猪，快快乐乐去娶妻。"迎亲的仪仗队里有开道大锣、虎头牌、龙凤旗、金瓜、斧钺；后面是新郎，骑着高头大马，披红挂彩地娶亲。两台大花轿里，分别坐着压轿的童男和童女。再后面是迎亲的民乐队，双吹双打的乐器有大杆号、唢呐、捧笙和排箫、大锣、小锣，还有手鼓和铙钹。老汉一看是老鼠娶亲，比人间还热闹。老汉问老鼠为什么正月初七娶亲。老鼠说："今天是人日，人间知道今天是衍生繁育的日子，家家都知道多子多孙才能多福。我们鼠类比人类知道得还早，就在今天娶媳妇延续后代。"老汉的灵魂回到了自己身体上后，就把老鼠娶亲的事，讲给了人们听了，人们才知道了有老鼠娶亲这一说法。

（五）老鼠嫁女

老鼠救人后，在人们心中有了地位，且老鼠又封了生肖的第一，老鼠的女儿就不愁嫁了。老鼠为了壮大家族，纷纷娶媳妇、嫁女儿。没有子女的鼠类要娶媳妇，来繁育后代。儿子要娶媳妇，就有女儿要出嫁。传说，一个大户人家的女儿，在绣楼上制作自己的嫁衣，迷迷糊糊地睡着了。她在梦中看见老鼠嫁女的场面：有开道的护卫，有抬着喜毯的，后面是抬着椅子、箱子、八仙桌的；有抬着大衣柜和小衣柜的，有炕床柜、梳妆台和小饭桌，还有两只大蜡台；其他还有老酒、花瓶、大鸡。六只宫灯引路来，男女送客出了台，开道的仪仗队排成排，龙旗凤旗虎头牌，金瓜执钺和板斧，大花轿把新人抬，新郎美得抽烟袋，新娘的照妖镜光朝外，伞扇服侍跟上来，送亲的乐队一排排，大杆、唢呐吹得响，再听笙、管、笛子和排箫，奏的声响喜洋洋，打锣小锣震天响……大户人家的女儿醒了，她就把老鼠嫁女的事告诉了父亲，说老鼠嫁女比人还气派，也要按照老鼠嫁女的样子出嫁。父亲想，自己家里有钱有势，要把嫁女儿搞得比老鼠嫁女更气派。

(六)老鼠过寿

老鼠过寿,是由一个很早的故事而来。传说,皇宫里消灭了老鼠精后,一个大臣为了皇宫再不被老鼠骚扰,发明了驱鼠的巫术和咒语。一天,这个大臣在用巫术和咒语逼老鼠现形,忽然见到了老鼠过寿的场景。鼠王和鼠后坐在太师椅上,后面有"寿"字牌,两边还有过寿对联,上书"福如东海,寿比南山"。有小鼠在扮演"八仙贺寿",敲锣打鼓得好不热闹。晚辈们磕头作揖地来祝福。有亲戚朋友排着队来送寿礼,有长寿面、福寿肉、鱼、鸡、酒和粮食,还有桃李瓜枣,另有为寿星做的新衣。远道的亲戚骑着马,拿着礼金送了上来,还有的送来了千年人参和灵芝等寿礼。这个大臣一看,老鼠过寿过得如此豪华和热闹,他就在皇帝过寿的前夕,把老鼠过寿的场景说了出来。为了讨好皇帝,他就说,皇帝是天下臣民的真主,小小的鼠类过寿都这样豪华,他要给皇帝办一个举世无双的寿宴。皇帝大喜,就按他说的办了。从此,皇宫和民间都把过寿作为人生的大事来办,而且越办越豪华。

老鼠题材的剪纸极为丰富,其他还有老鼠上灯台、老鼠吃葡萄、老鼠与白菜、老鼠与石榴、老鼠甜瓜、老鼠和猫、老鼠与葫芦、老鼠坐椅子、五子登科、人头鼠身、老鼠生人等单幅或多幅的剪纸作品,每幅的寓意也不同。人们还把老鼠和甜瓜、西瓜、石榴、芝麻等结子的植物结合在一起,寓意是多子多孙;把老鼠和白菜剪在一起,寓意是有百财。民间还有在鼠年续修家谱和族谱的习俗,寓意是祖祖辈辈人丁兴旺。在春节的时候,许多人家都贴吉庆的老鼠剪纸,寓意都是祈求多子多孙,幸福平安。

剪纸不剪五爪龙的来历

龙,在中国传统文化中,是华夏民族的代表,是中国的象征。华夏民族素以"龙的传人"自称。龙,是一种吉祥、喜庆、欢乐、威严的神物,为四灵(龙、凤、麒麟、龟)之首。龙王治水,造福百姓。久旱逢甘霖,化雨润万物,是劳动人民的心里祈盼。每逢风雨失调,久旱不雨或久雨不止,男女老幼都要到龙王庙烧香磕头祈祷,以求龙王治水,拯救一方生灵,祈盼风调雨顺,五谷丰登,国泰民安。

龙文化自形成之后,在华夏大地迅速传播开来。在福山一带的民间,就自然形成了"鲤鱼跳龙门""龙凤呈祥""攀龙附凤""生龙活虎""卧虎藏龙"等诸多剪纸的艺术图案。这类剪纸成了家家户户过年过节喜庆必备的装饰佳品。

在中国封建社会,龙是历代帝王皇权的象征。他们自命为真龙天子,使用的器物以龙为装饰,有"龙床""龙椅""龙袍"等。到了明、清时期,皇帝龙袍上和宫殿中都有"五爪龙"的装饰品。因此,龙就成了帝王和皇家的专用图案,民间不能随便用。福山民间艺人创作的"五爪龙"剪纸,被县令买去后,回家贴在窗户上,就惹来了弥天大祸。

清朝初期的一年夏天,福山区域连降几天大雨,山洪暴发,河流横溢,致使夹河的河堤被洪水冲垮,好多土地被淹没,庄稼被掩埋,房屋被冲毁,给百姓造成了极大的损失。许多家庭流离失所,逃荒要饭。为了尽快疏河固堤,造福百姓,福山县县令将灾情如实向朝廷禀报,争取了一笔专项拨款。不足部分由当地大户人家捐资,并在功德碑上刻上捐资者的名字。无钱捐赠的,有力的出力,有物的出物。

为保证修复堤坝的质量,加快进度,防止偷工减料,消极怠工和工头等贪污施工银两,县令在衙内和东北关、盐场村、宫家岛等村秘选了几个公正清廉且仗义的人,在施工现场暗地里监督着。

随着堤坝的不断增高,偷工减料、消极怠工、贪污银两的情况源源不断地反馈到县令的案前。县令乔装打扮,来到工地四处察看。果然不出所料,有的人把监工的贿赂好,推三车泥,挑五筐土,多要十几张,甚至几十张证据票。石匠在石头里也卖关子,多算方数,然后拿着票据到县衙领钱。这些现象如果没有后台撑腰,他们是不敢这么做的。如此下去,再多的款项恐怕也不够用。于是,县令掌握各方收集来的证据,把偷工、怠工者各打五十大板,收缴工钱,令其加倍干活;把减料者进行重罚,令其返工补料;令从中得到好处的人全部退赃,强迫劳动,以观后效。有一个福山首富的儿子,仗着有钱有势,朝中有人,平日欺压百姓,抢财夺女,无恶不作,称霸一方。他派了不少的走卒,安插在工地上有肥缺的位置,暗中分银,得了大头。县令对他也不客气,令衙役将其捉住,带上镣铐,鞭抽棍打;其所收银两全部上缴,存入国库;另对其加倍罚款,判了重刑。白天强制他在工地上劳动,晚上将他押回大牢服刑。

这些重要的举措,深得民心。百姓直呼青天大老爷,爱护肯干的,打击偷懒的,惩罚贿赂的,严打幕后的。在县令、衙役的直接带领下,施工百姓齐心合力,日夜加班,损毁的堤坝很快筑好了。

可那个首富坐不住了。尽管他托了不少的人,送了不少的礼,让县令对儿子手下留情,可那个县令就是不给情面,一点缓和的余地都没有。儿子遭殃,父亲着急。于是首富对县令恨得咬牙切齿:"咱们骑着毛驴看唱本,走着瞧!不报此仇,难解心头之恨!"首富写好奏本,令人快马加鞭,向京城送去。

春节将至,县令微服私访,来到集市,看看老百姓买卖的什么东西。只见赶集的人络绎不绝,人山人海,摩肩接踵。集上有五谷杂粮、瓜菜果枣、油盐酱醋、锄镰锨镐、文房四宝、书画瓷器、民间剪纸、福山名吃等,好一派丰年盛世景象。

县令走着走着,看见一些卖剪纸的民间艺人,就径直走了去。这年春节恰是龙年,于是他买了几张龙图和四季平安、吉祥如意、福禄寿喜等剪纸。回到家后,他就将剪纸贴在了窗户上。

正月里,登州府州官来福山巡视。以往不管什么时候,到什么地方去巡视,当地官员及富户都要给巡视的官员送礼,这已是不成文的规矩。州官边走边想:"福山首富财大气粗,且朝中有人,想扳倒县令绝非易事。县令清正廉明,刚正不阿,软硬不吃,在百姓中威望甚高,朝中口碑极好,得想个毒辣的招法,不露声色,将其整倒。再说,福山福地富得流油,远近闻名。古语讲:金招远银福山(注:指招远人做买卖一天能挣一个金元宝,福山人做买卖一天能挣一个银元宝),遍地财富人人羡。再清廉的官员还有不贪的? 我不信找不到把柄。既然来了,就得好好运用手中的权力,先尝尝福山的美食名吃,对不送礼的人借机敲打敲打,让他们知道我的厉害。"

那个财主见州官要来,认为肯定是朝廷派来惩治县令的,立即着手准备好好招待。届时,在州官面前再给县令的伤口上多撒把盐,方出恶气,以解心头之恨。

州官乘坐四人大轿,前边鸣锣开道,两个人举着"肃静""回避"的牌子,八个腰中挂刀的护卫分列两旁,径直来到福山县衙。县令不敢怠慢,躬身施礼,请进二堂(注:县衙分头堂,是升堂办案的地方,二堂是接待官员、会客的地方,三堂是县官住的地方),用家常便饭招待了他们。州官心里想:"原本以为,县令能用福山在朝中有名的地上三鲜、地下三鲜、海里三鲜、淡水三鲜、天上三鲜来招待我们,万万没想到的是,他竟用地瓜白干酒,用栗子面和苞米面搅和在一起烀的片片,熬了一锅鱼,来抓糊(注:方言,糊弄的意思)我们,还说什么这就是'福山名酒老白干,名吃鱼锅片片'。太眼中无人了!"

州官憋气也只能装在心里,不露声色地出门溜达。当溜达到县令的住所时,州官突然发现窗户上竟然贴的是"五爪龙"的剪纸。于是,机会来了,把柄有了。

那时在皇宫里,二品以上官员的朝服等方可用"五爪龙"的装饰图案,二品以下的官员及民间百姓只能用"三爪龙"的装饰图案。小小的七品芝麻官,官职不够,竟敢将"五爪龙"的剪纸贴在窗户上。这是藐视皇上,大逆不道,犯上作乱,轻者撤职查办,重者坐牢杀头。于是,州官立即令其手下将县令五花大绑,装进囚笼。州官对县令说:"你可知罪?"县令说:"下官不知。""你是不知道呢? 还是装糊涂?"县令回答:"下官不明。""你好大的胆,官职不到,竟敢在窗户上贴

'五爪龙'的剪纸,想一步登天,和当今皇上平起平坐! 按大清律条,该判重罪!"此时,县衙账簿先生见势不妙,赶忙耳语衙役如此这般交代一番。那衙役立马抽身走了。

正当州官押着囚笼里的县令往外走时,只见门外黑压压的一片人群。当地百姓听衙役说州官要撤掉人们心中的好官,押走青天大老爷,纷纷不平,一传十,十传百,近千人急急赶来,围在县衙门前。一位当地名望甚高的老者,手持升堂棍,敲得升堂鼓震天响。县令被绑,不能升堂,州官就自己坐在头堂里案后的太师椅子上,手敲惊堂木大喊:"升堂!"衙役分列两旁,门外挤满了人。老者进堂说道:"州官大老爷,为什么不问青红皂白,就要治清官、好官的罪呢?"州官怒言:"县令胆大妄为,不知好歹,竟敢在窗上贴'五爪龙'的剪纸,这是欺君犯上,该当重罪!"老者不卑不亢,理直气壮地回敬说:"大老爷,自古至今,福山民间剪纸艺人,个个都会剪龙。民间剪龙的形状,是随心所欲,剪几个爪都行。之所以剪五个爪的龙,是因为在百姓心目中,五爪龙的能耐最大,能解干旱、降甘霖,寓意风调雨顺,五谷丰登,天下太平。这是皇恩浩荡,恩泽百姓,县令何罪之有!"这时,又进来一位仙风道骨、胡须洁白的长者说:"我们福山一带千年以来,百姓过年过节时,家家都贴五爪龙。如果照大人之说法和推断,岂不都要抓起来问罪不可!"这时,有人插话:"龙有五爪,力大无比,方能呼风唤雨,如缺两爪,力气减弱,怎能风调雨顺?"门外民众大声呼喊:"抓吧,抓吧,把我们几千人都抓起来吧。"门外百姓纷纷下跪,齐声呼吁,要求州官手下留情,放了清官。州官一看,慌了手脚,乱了章法。这么多人,法不责众,抓谁? 如果强行抓走,惹火百姓,自己遭殃,对朝廷也不好交代。于是,趁机下台,放走了县令。那个福山首富,夹杂在人群,本想给州官助威,使县令难堪,见这阵势,不敢造次,吓得溜了。

从此以后,福山百姓为了不给好官、清官添麻烦,每到节日、喜日等民俗活动,都不剪"五爪龙"了。可是,遇到了龙年或属龙的怎么办? 不管怎样,总要欢乐喜庆吧? 再说,不管是穷人,还是有钱人,不管是当官的,还是平民百姓,凡是剪纸,都爱买。不管怎样,这"五爪龙"还是回避一下,隐藏为好。于是,福山民间艺人中不乏高人奇才,他们组织起来,相互切磋,集思广益,生出了高招妙法。那就是,根据福山一带的民俗风情,如"鲤鱼跳龙门"的民间传说,在民间自发地出现了不同类别的"鲤鱼跳龙门"等的艺术剪纸。在这浓厚氛围的熏陶下,民间剪纸艺人的队伍迅速壮大起来,剪纸的花样也越来越多。达官贵人将这些剪纸进贡给京城高官,赠送给亲朋好友。平民百姓再穷,过年过节,也要买几幅剪纸贴在家中窗户上。剪纸人群因此也挣了不少的钱,日子好过起来。于是在福山民间就流传了一首民谣:

　　龙年剪纸不剪龙，剪个鲤鱼化成龙。

　　化成龙来招来凤，家家日子红彤彤。

　　随着时间的推移，民间剪纸艺人又创作出来似龙非龙，似鱼非鱼的艺术佳品，起名为回回龙、龙回回，表达风调雨顺，日子红火，平平安安的心理祈盼。

　　在福山地域高手林立的剪纸艺人当中，又出现了一批顶尖的高手，创作出了 100 多幅鱼的剪纸，其中有龙的图式也就三五幅，且龙的五爪都被巧妙地遮挡住，由此形成了福山独有的鱼形象的艺术剪纸，在中国剪纸领域独树一帜，堪称一绝。

　　这就是福山剪纸不剪"五爪龙"的来历。

后　记

　　在这本《福山风物传说》即将付梓之时，我想先说说韩月湖先生。韩老师非常普通，说他普通因为他就是陋巷中开一间理发屋的"理发师傅"。可是在我心目中，他却是个大家，一个真正的民俗大家，因为他做了大量的田野调查，他是个"百事通"。

　　与韩老师结缘是因为剪纸。我的学生去采录福山剪纸的片子，回来跟我说起韩老师。因为胶东剪纸能手不少，我当时并未在意。等到我去福山张格庄大樱桃博物馆，看到一个展室里全是韩老师的剪纸时，才与学生所言对上号来。等到我到了他那间小巷深处的"韩记理发"，看到他收集的那些剪纸熏样，看到他那些老式果模子，看到墙上他自制的"九九消寒图"，我更感到眼前这个人、这个小厢房都犹如一座宝库了。

　　韩老师是个真诚热心的人，热心到谁去找他他都真诚相待，热情相助。他的理发店离不开人，可是他却牺牲了大量的时间去为别人忙活，去招呼慕名而来找他的人。就我本身来说，我经常向他请教相关民俗问题，他差不多都能说出个子丑寅卯来。即使不知道，回头他会用心去打听，很快就会反馈回相关信息。

　　韩老师是个博学的人，这种博学不仅体现在他能对每一幅剪纸说得头头是道，而且表现在其他众多方面，举凡节日习俗、人生仪礼、衣食住行、社会生产，他几乎无所不晓。我多次对别人说起过韩月湖老师，称他为福山民俗的"百科全书"。可以说生活百科几乎没有他不知道的，而且从他嘴里说出来的多是你在书本上看不到的。那是真正的生活，真正的"接地气"。这一切有赖于他的勤奋与有心。他说他跑遍了福山区 308 个村，他不止熟悉他生活的东北关，也熟悉福山大大小小的村落。他说自己爱琢磨，见到的、听到的都会记下来，不明白的他会想方设法去打听。由于他理发主要还是用传统的理发工具，成为许多老人的不二选择，因此他的"韩记理发"也成了他搜集各种知识和信息的"据点"。所以，我称他是"小胡同里的民俗大家"。

　　本书的福山风物传说全部为韩月湖先生搜集。与其他人嘴里说出的传说不同，他将自己的知识也融合到了传说里。在这本书里，我们可以看到韩月湖先生的勤奋与博闻强记。这些传说故事全是靠他多年来的苦心积累，这对于一个只有小学文化水平的人来说何其艰难。《福山县志》载，福山以"其民力田而好义,其士敦诗而好礼闻名遐迩,经济酬士、文章华国者不胜枚举"。韩月湖先生就是这样的福山人。

说起我个人与民间文学的结缘,要追溯到30年前。

1988年,山曼先生给当时还在上大三的我们上民间文学课。我听他讲民间故事,开始搜集民间歌谣,一起去招远做田野采风,才知道原来我从母亲那里听来的从小喜欢的那些都是民俗。

2004年,我在山曼先生的鼓励下开始教授民间文学课。备课过程中,我发现民间文学同作家文学一样甚至比作家文学更直接地反映生活,两者同样主题鲜明,朴实真挚,爱憎分明;或者说,民间文学就是民众生活的一部分,尤其是有些民间文学的文本中体现了曾经的时代特征和生活状态,应该将其记录下来。我的学生们只知道"灰姑娘""小红帽""小美人鱼",对于本土的民间文学知之甚少,甚至连自己村庄的来历及传说都说不清楚,更不知道"灰姑娘型"故事最早出自我国。可见民间文学的保护和整理没有得到应有的重视。随着一些村庄的消失和会讲故事的老人们的离世,有些地名的来历和演变无人知晓,许多传说将被淹没在现代城市的喧嚣与奢华中,而随之消失的是历史与文化。

2006年起,我开始担任烟台市非物质文化遗产保护名录的评审委员,关注民俗类项目之余,也关注民间文学类别。看着每次申报上来的民间文学作品数量在锐减,我愈感对民间文学的抢救挖掘之紧迫。近几年,先后有四位老先生找到我,希望能帮忙整理他们手里的民间故事。看着他们一生的心血,我很欣慰也很感动。原来,民间一直有人在坚守。可是老先生们拿来的文本有些粗糙,整理出版确有一定的困难,极需要有人帮他们做这件事情。既然找到我,我愿意义务帮他们整理出来,完成他们的心愿。2015年3月,荆辉祥先生的《烟台民间故事》已经由山东人民出版社出版。所以当韩月湖老师请我帮他整理福山民间故事的时候,我非常欣悦地答应了。首先是感谢韩老师的信任,其次是真想为抢救民间文学做点事情。已过天命之年,说我有忧患意识并不夸张,现在不做更待何时。我心里是着急的,"非遗"申报的民间文学数量越来越少,不是没有,而是没有挖掘到。民间像韩老师这样的人应该还有许多,面对他们的勤勉,我必须要做点什么才能心安。他们在传承,我应该帮助他们传承,民间文学的宝贵资源不应该被淹没在快节奏的现代生活中。

本书在成书过程中,得到了社会各界的帮助,在此表示衷心的感谢。

感谢福山区政协文史委的杨强主任、东北关村党支部书记王帮树的支持,感谢安家正先生的鼓励,感谢烟台市书刻协会主席荆辉祥先生的指导,感谢柳宗铎、权锡铭等史料专家的帮助,感谢鲁东大学曲绍平、司书景、王晓东老师的鼓励和帮助,感谢王进全、吕道行、宋广军、潘业东等朋友的支持。

感谢鲁东大学亢世勇教授、胡晓清教授及文学院各位同仁的大力支持。感谢中国海洋大学出版社的编辑,是他们的努力,才使本书得以顺利出版。

最后,对那些向我们讲过故事的人表示感谢,向那些过世的老人深深鞠躬。我们愿意继续为民间文学的搜集整理贡献自己的绵薄之力。民间文学取自于民众的口头传承,不可避免地会带有作者的主观情感和理解,因此,文中不当之处在所难免,诚望各界人士不吝赐教,在此一并致以真诚的感谢。

兰　玲

2018 年 10 月于鲁东大学